BLÜTENSCHWERE

CADE MERIDIAN

CADE MERIDIAN PRESS

Copyright © 2026 by Cade Meridian

Alle Rechte vorbehalten.

Kein Teil dieses Buches darf ohne vorherige schriftliche Genehmigung des Autors in irgendeiner Form oder mit irgendwelchen elektronischen oder mechanischen Mitteln reproduziert werden, einschließlich Informationsspeicherungs- und -abrufsystemen, mit Ausnahme kurzer Zitate in Buchbesprechungen. Dies ist ein Werk der Fiktion. Namen, Figuren, Orte und Ereignisse sind entweder das Produkt der Fantasie des Autors oder werden fiktiv verwendet. Jede Ähnlichkeit mit tatsächlichen Personen, lebend oder verstorben, Ereignissen oder Orten ist rein zufällig.

Übersetzt aus dem Englischen.

Originalausgabe: The Weight of Petals: A Story of Memory and Resistance

Copyright © 2026 by Cade Meridian

Veröffentlicht von Cade Meridian Press

Taschenbuch ISBN: 979-8-9943346-3-8

Hardcover ISBN: 979-8-9943346-4-5

eBook ISBN: 979-8-9943346-5-2

Erste Auflage, März 2026

www.cademeridian.com

WIDMUNG

In der dunkelsten Nacht leuchtete jemand den Weg.

Auf dem längsten Marsch überlebte die Wahrheit.

Inmitten des Schlimmsten von uns — wählte das Beste in uns.

Nicht die Generäle. Nicht die Könige.

Sondern die Stillen, die das taten, was sonst niemand tun wollte.

Dies ist mein Dank — an jene, die das Gute wählen, selbst wenn es sie das Leben kostet.

BLÜTEN SCHWERE

ROMAN ÜBER DIE GEWALT
DER AUSLÖSCHUNG

KAPITEL 1
DIE WELT IST NOCH GANZ

In Las Vegas, Nevada, blühte in jenem November ein Jacaranda-Baum völlig unzeitgemäß. Warum, konnte niemand sagen. Vielleicht war sein innerer Kalender durcheinandergeraten. Vielleicht war er durch die selbe seltsame Wärme und plötzliche Kälte der Wüste verwirrt, die auch die Menschen umtrieb. Oder es war schlichte Beharrlichkeit – die Behauptung, dass Schönheit eine Form des Widerstands sei und genau dann erscheinen müsse, wenn die Welt sagt, dass sie es nicht tun sollte. Der Baum stand an der Ecke Saguaro Avenue und Desert Rose Drive, seine Äste weit und großzügig ausgebreitet, schwer von violetten Blüten, die es eigentlich nicht hätte geben dürfen, da die Luft bereits herbstlich kühl geworden war.

Vor dem bernsteinfarbenen Himmel des späten Nachmittags wirkte er wie aus einem Traum gefallen: unmöglich, außerhalb der Zeit, trotzig. Die Blüten hingen in dichten Büscheln herab, ihre Farbe ein Changieren zwischen Violett und Blau, zwischen der Dämmerung und einem leisen Schmerz. Wenn sie fielen, dann langsam, schwer wie Reue. Sie sammelten sich in Haufen am Straßenrand, wo der Wind sie zu kleinen violetten Galaxien zusammenfegte.

Die Kinder, die täglich an ihm vorbeistreiften, fragten längst nicht mehr nach dem Warum. Er war einfach da: der violette Baum an der Ecke, älter als ihre Eltern, älter als die Nachbarschaft selbst. Im Frühling würde er wieder blühen, pünktlich wie immer, und die ganze Straße violett färben. Doch diese Herbstblüte fühlte sich anders an – irgendwie dringlich, als wüsste der Baum etwas, das sie nicht wussten. Als würde er ein letztes Geschenk der Schönheit darbieten, bevor die Welt kalt wurde.

Sie nannten ihn schlicht „den lila Baum", denn sie waren Kinder und brauchten keine botanischen Namen. Sie kletterten auf seine Äste, versteckten sich unter seinem Blätterdach, machten ihre Hausaufgaben in seinem Schatten und ritzten Initialen in seine Rinde, während ihre Eltern so taten, als würden sie es nicht bemerken. Er war Zeuge ihrer ersten Küsse und aufgeschürften Knie, ihrer Fangspiele und stillen Momente der Einsamkeit – all der kleinen Freuden und Leiden des Erwachsenwerdens an dieser Ecke der Stadt in dieser besonderen Zeit.

Der Baum blühte. Seine Blütenblätter fielen. Und die Kinder gingen darunter hindurch, ahnungslos, dass sie durch einen heiligen, stillen Augenblick der Zeit schritten, der nie wiederkehren würde.

Um drei Uhr öffneten sich die Türen der Schule und ließen sie heraus – wie ein angehaltener Atemzug, der endlich in die goldene Luft ausgeatmet wurde. Sie strömten in Wellen auf den Bürgersteig: die Kindergartenkinder mit ihren Truthähnen aus Bastelpapier, die Fünftklässler, die so taten, als wären sie zu cool zum Rennen, und die verstreut herumstehenden Mittelschüler der Charter-Schule nebenan mit ihren Kopfhörern und ihrer vorsichtigen Distanz zu allem Kindlichen. Rucksäcke rutschten von den Schultern. Stimmen erhoben und senkten sich wie Vögel, die sich für den

Abend niederließen. Die Luft roch nach trockenen Blättern, Wüstenstaub und irgendwoher wehte der süße Duft von Zimtgebäck.

Leila Álvarez ging langsam. Ihr Künstlerauge katalogisierte bereits Details für später. Ihre Mutter hatte es ihr beigebracht: Schönheit ist es wert, bewahrt zu werden, und es lohnt sich, genau hinzusehen.

Das Licht tauchte den Beton in einen warmen Schein. Marcus Brooks' Schatten streckte sich lang und dünn vor ihm aus, während er einen Basketball unter dem Arm trug. Tessa Brown bewegte sich am Rande der Menge, still und aufmerksam; ihr dunkler Zopf schwang bei jedem Schritt mit. Samantha Reyes' helles Lachen hallte über die Straße, klar wie eine Glocke. Leila wollte es in ihrem Skizzenbuch festhalten, das bernsteinfarbene Licht in Kohle einfangen, bevor die Sonne es hinter den Bergen versenkte.

Sie gingen nicht alle zusammen – zumindest nicht ganz. Sie bewegten sich in jenem vertrauten Miteinander einer Nachbarschaft, in der sich alle seit dem Kindergarten kennen; seit sie noch keine Worte hatten und ihre Eltern sie im selben Park auf den Schaukeln anstießen.

Marcus wohnte zwei Straßen weiter. Tessas Wohnblock grenzte an den von Leila. Sams Haus stand an der Ecke, umgeben von einem Maschendrahtzaun und Rosenbüschen, die ihre Abuela wie eigene Kinder pflegte. Die Nachbarschaft breitete sich in angenehmer Unordnung um sie herum aus: niedrige Stuckhäuser in verblassten Pastelltönen, Wohnhäuser mit schmiedeeisernen Geländern und eine etwas verwilderte Wüstenlandschaft. Jemand hatte Dekorationen zum Día de los Muertos aufgehängt, die noch niemand abgenommen hatte: Papierringelblumen und Zuckerschädel, die im Wind tanzten. Hier und da lagen geschnitzte Kürbisse auf den Veranden, deren dreieckige Augen die Straße beobachteten.

Die Schülerlotsin in ihrer gelben Weste winkte sie bei der

Desert Rose über die Straße – dieselbe Frau, die schon seit Jahren dort stand, alle ihre Namen kannte und ihnen jeden Tag wie einen Segen ein „Seid brav!" mitgab.

Im Café an der Ecke, dem *Casa de Sol* mit dem handgemalten Schild und den zusammengewürfelten Stühlen, fegte der Besitzer den Bürgersteig. Der Duft von gerösteten Bohnen und Pan Dulce strömte warm durch die offene Tür. Mr. Orozco winkte Sam zu, die automatisch zurückwinkte. Sie ging schon dorthin, seit sie klein genug war, um auf der Theke zu sitzen – damals, als sich ihre Mutter samstagmorgens mit anderen Müttern traf, während die Kinder mit Buntstiften auf Servietten malten.

In der Bodega nebenan gab es einen Obststand unter freiem Himmel: Pyramiden aus Orangen und Äpfeln, Korianderbündel in weißen Eimern und Papel Picado, das über der Markise gespannt war und in Rot, Gelb und Grün flatterte. Mrs. Khoury saß auf einem Klappstuhl neben der Tür, fächelte sich trotz der kühlen Brise Luft zu und beobachtete die Straße mit der geduldigen Aufmerksamkeit von jemandem, der jeden Winkel seit dreißig Jahren kannte.

Auf der anderen Straßenseite stand das Gemeindezentrum, niedrig und braun. Seine Fenster reflektierten das goldene Licht. Ein Schild vor dem Eingang warb für ESL-Kurse am Dienstag, einen Strickkreis am Mittwoch und eine Jugendbasketballliga, die nächsten Monat beginnen sollte. Tessas Mutter unterrichtete dort donnerstagabends Perlenstickerei. Der Parkplatz war jetzt fast leer, aber in einer Stunde würde er sich mit den Abendgästen füllen: mit denen, die nach der Arbeit kamen, mit denen, die ihre Kinder brachten, und mit denen, die Wärme und vertraute Gesichter suchten.

Das Harmony-System der Stadt – jener unsichtbare digitale Herzschlag, den der Staat vor zwei Jahren installiert hatte – summte leise im Hintergrund. Es sorgte dafür, dass die Ampeln perfekt auf

BLÜTENSCHWERE

die Fußgänger abgestimmt waren und die Straßenlaternen genau dann aufleuchteten, wenn die Sonne unterging. Es war konzipiert worden, um den Rhythmus der Stadt sanft zu takten und die Kanten einer rauen Welt zu glätten. Niemand dachte groß darüber nach. Es war einfach da, beobachtete, koordinierte und sorgte dafür, dass alles funktionierte.

Es sorgte für die Sicherheit aller. Alles war normal. Alles war, wie es sein sollte. Alles war gut.

Leila bog in ihre Straße, die Calle Mariposa, ein, und das Glühen des Nachmittags folgte ihr und tauchte den Bürgersteig in Gold. Ihr Wohnhaus war hellgelb mit dunkelroten Akzenten, an der Seite rankte eine wilde Bougainvillea empor. Im Innenhof stand ein trockener Springbrunnen, den niemand reparieren wollte, sowie ein paar kümmerliche Wüstenweiden, die ihre Mutter regelmäßig goss. Sie sah Mrs. DeAndrade auf dem Balkon im zweiten Stock, wie sie Wäsche hereinholte. Mr. und Mrs. Patel luden Lebensmittel aus ihrem Auto aus, während ihre Tochter Asha eine Tüte Milch in den Armen hielt. Die Katze der Johnsons saß wie eine Sphinx am Fenster und beobachtete alles mit grünen Augen.

Das war ihr Zuhause: drei Stockwerke, zwölf Wohnungen, zwölf Familien, die auf angenehme Weise miteinander verwoben waren – man teilte sich die Wände, kannte die Essenszeiten der Nachbarn und lieh sich gegenseitig Eier, wenn sie beim Backen fehlten.

Marcus bog an der Ecke ab und ging in Richtung der Reihenhäuser mit den roten Ziegeldächern. Tessa ging an Leilas Gebäude vorbei zum größeren Komplex dahinter mit dem Spielplatz und dem Gemeinschaftspool, der immer leer war. Sam lief weiter zu den kleinen Häusern am Ende der Straße, wo die Gärten etwas größer waren und die Leute, wenn sie hartnäckig genug waren, echten Rasen anlegten.

Leila stieg die Außentreppe zum dritten Stock hinauf. Ihr

Rucksack war schwer von den Büchern aus der Bibliothek. Sie hörte leise Musik – jemand übte Klavier – und der gedämpfte Ton eines Fernsehers drang durch ein offenes Fenster. Die Sonne stand jetzt tiefer, es war fast vier Uhr, und das Licht hatte sich von Gold zu Bernstein gewandelt und glühte nun zunehmend in Bronze.

Sie blieb oben auf der Treppe stehen, eine Hand auf dem Geländer, und blickte zurück zum violetten Baum. Von hier aus konnte sie gerade noch seine Krone sehen; die Blüten leuchteten im schrägen Licht. Sie würde ihn heute Abend zeichnen, beschloss sie. Nach den Hausaufgaben. Nach dem Abendessen. In jener ruhigen Stunde, in der ihr Vater Tar spielte, ihre Mutter am Webstuhl arbeitete und die Wohnung vom Klang des Erschaffens erfüllt war.

Während sie dort stand, die Hand auf dem warmen Metallgeländer und die Gedanken bereits bei ihrem Skizzenbuch, ahnte sie nicht, dass der Präsident in weniger als einer Stunde seine Rede halten und die Welt mitten durchbrechen würde. Sie wusste nicht, dass die Erinnerung bald der einzige Ort sein würde, an dem sie dieses Licht bewahren konnte.

Für einen Augenblick war alles still. Der lila Baum. Der bernsteinfarbene Himmel. Das Mädchen oben auf der Treppe.

Für diesen einen Moment war die Welt noch ganz.

KAPITEL 2
SICHTBARE ERINNERUNG

In Wohnung 3C stand Yasmin Álvarez an ihrem Webstuhl am Fenster. Ihre Finger bewegten sich mit der traumwandlerischen Anmut jahrzehntelanger Übung durch Kette und Schuss. Das Nachmittagslicht verfing sich in den Fäden – tiefes Rot und Gold, ein Muster, an dem sie seit Wochen arbeitete. Leila stellte ihren Rucksack neben der Tür ab, ging direkt zum Küchentisch, der ihr als Atelier diente, und holte ihr Skizzenbuch heraus.

„Na, wie war's?", fragte Yasmin, ohne den Blick von ihrer Arbeit abzuwenden. „Golden", sagte Leila, und sie meinte es genau so.

Ali kam mit seiner Tar aus dem Schlafzimmer. Das langhalsige persische Instrument hielt er wie ein kostbares Erbstück in den Armen. Er ließ sich auf seinem Stuhl neben dem Bücherregal nieder und begann, es zu stimmen, das Ohr dicht an den Saiten. Drei schnelle Drehungen der Wirbel, dann eine winzige Korrektur, während er darauf achtete, wie der Ton einschlug. Der Klang erfüllte die kleine Wohnung – tief, resonant, uralt.

Yasmin lächelte, ohne den Rhythmus des Webens zu unterbrechen. Das war ihre Stunde. Donnerstagnachmittag, die Zeit zwischen Schule und Abendessen. Musik, Kreativität und die warme Stille von Menschen, die einander liebten und Seite an Seite arbeiteten. In der Wohnung roch es nach Kardamomtee und dem schwachen, chemischen Duft von Leilas Zeichenkohle. Durch die dünnen Wände hörte man den Fernseher von Mrs. DeAndrade und das Kind eines Nachbarn, das Geige übte – die alltägliche Symphonie eines Lebens auf engem Raum.

Ali spielte ein paar zögernde Noten, dann wechselte er zu einer Melodie, die Leila wiedererkannte: etwas, das ihre Großmutter vor Jahren gesungen hatte. Ein Lied über Berge, Sehnsucht und die Art, wie einen der Heimweg anzieht, selbst wenn man bereits mittendrin steht.

Leila skizzierte hastig. Sie versuchte, die Hände ihres Vaters auf den Saiten einzufangen und die Weise, wie die Konzentration seine Gesichtszüge weich werden ließ. Ihre Mutter hatte ihr beigebracht, nach solchen Momenten Ausschau zu halten. „Kunst ist sichtbare Erinnerung", sagte Yasmin immer. „Verschwende niemals die Schönheit."

Um 16:25 Uhr vibrierte Alis Handy. Er warf einen kurzen Blick darauf, und seine Augen verengten sich. Sein ganzer Gesichtsausdruck veränderte sich. „Der Präsident hält um halb fünf eine Rede", flüsterte er. Yasmin hielt am Webstuhl inne. „Sollen wir zuschauen?" „Wahrscheinlich besser." Ali legte die Tar mit bedächtiger Sorgfalt beiseite. „Damit wir wissen, was auf uns zukommt."

Leila spürte, wie die Stimmung im Raum kippte, wie bei einem plötzlichen Temperatursturz. Ihr Vater schaltete den kleinen Fernseher über dem Bücherregal ein. Der Bildschirm leuchtete blau auf, dann erschien das ernste Gesicht eines Nachrichtensprechers. „Wir sind nur noch wenige Minuten von der Ansprache des Präsidenten zur neuen ‚Initiative zum Schutz der Bürger' entfernt ..."

Yasmin trat an den Tisch und legte ihre Hand auf Leilas

BLÜTENSCHWERE

Schulter – warm, fest, real. Der silberne Pinselanhänger an ihrem Hals fing das Licht ein. Draußen begann die Sonne zu sinken. Drinnen standen sie zu dritt zusammen und warteten darauf zu erfahren, welchen Wert ihr Land ihnen noch zugestand.

Zwei Straßen weiter saß Marcus mit seinem Laptop am Küchentisch des Stadthauses mit dem roten Ziegeldach. Auf dem Bildschirm rollten Zeilen aus Code ab. Seine Mutter Maya beugte sich über seine Schulter; in der einen Hand hielt sie eine Kaffeetasse, mit der anderen zeigte sie auf eine Funktion. „Da", sagte sie. „Siehst du es?" Marcus kniff die Augen zusammen. „Die Schleife?" „Die Schleife. Du iterierst zweimal, obwohl einmal reicht." „Oh", sagte Marcus und grinste. „Stimmt. Das ist sauberer."

Aus dem Wohnzimmer drang der warme, wandernde Klang von Jamals Saxophon – kein fertiges Stück, eher ein musikalisches Selbstgespräch. Er arbeitete an einem neuen Arrangement für den Auftritt am Freitag im Blue Room, probierte Phrasen aus und horchte, was Bestand hatte. Maya drückte Marcus' Schulter. „Schick es ab, Ingenieur. Die Servos werden es dir danken."

Die Küche war eine Maschine von perfekter Effizienz: Der Geruch von Knoblauch hing in der Luft, das Saxophon wand sich durch das Summen des Kühlschranks und der Code scrollte wie Noten über den Schirm. Manchmal sprachen sie über die Mathematik der Musik, den Rhythmus von gutem Code oder darüber, dass Jazz und Programmieren im Grunde dasselbe seien: Improvisation innerhalb einer Struktur, Kreativität innerhalb von Regeln.

In der Küche roch es nach Butter, Knoblauch und dem Maisbrot nach dem Rezept von Jamals Großmutter, das er jeden Donnerstag wie ein Uhrwerk backte.

Marcus klickte auf „Speichern" und klappte zufrieden den

Laptop zu. Der kleine Anhänger in Form eines Stahlzahnrads an Mayas Schlüsselbund fing das Licht ein, als sie nach ihrem Handy griff. Ihr Lächeln erlosch. „Jamal!", rief sie ins Wohnzimmer. „Die Rede fängt gleich an." Das Saxophon verstummte abrupt. Jamal erschien in der Tür, das Instrument noch in der Hand. „Jetzt?" „Um halb fünf", antwortete Maya tonlos. „Wir sollten wohl zuschauen."

Jamal stellte das Saxophon vorsichtig auf den Ständer und griff nach der Fernbedienung. „Ja. Das sollten wir."

Der Fernseher ging an. Nachrichtensprecher. Feierliche Musik. „In wenigen Augenblicken wird der Präsident zur Nation über zusätzliche Sicherheitsmaßnahmen sprechen ..."

Marcus spürte, wie seine Eltern näher zusammenrückten, bis sich ihre Schultern berührten. Mayas Hand suchte die von Jamal. In der warmen Küche, die nach Zuhause roch, sickerte durch den Bildschirm etwas Kaltes herein.

Im Wohnkomplex hinter Leilas Haus saß Tessa mit gekreuzten Beinen auf dem Boden, während ihre Mutter Debra an einem niedrigen Tisch Perlen sortierte. Es waren winzige Glaskreise in Türkis, Weiß und Tiefrot. Draußen vor dem Fenster frischte der Wind auf. Ein Ostwind, hatte ihr Vater heute Morgen gesagt – ein Zeichen für Veränderung.

Debras Hände bewegten sich mit traumwandlerischer Sicherheit. Sie fädelte eine Nadel mit Sehnenfaden ein und begann ein neues Muster auf einem Lederstreifen. Sie fertigte das Ornat für einen Tänzer im Kulturzentrum der Southern Paiute an – eine traditionelle Arbeit, die Wochen dauerte. Jede Perle wurde mit Bedacht platziert. Jedes Muster erzählte eine Geschichte. „Erzähl mir die Geschichte noch mal", sagte Tessa leise. „Die von dem

Eichelhäher." Debra lächelte. „Die kennst du doch auswendig."
„Ich weiß. Aber ich mag es, wie du sie erzählst."

Also erzählte Debra ihr die Version ihrer Großmutter: Von dem Eichelhäher, der das Feuer von der Sonne stahl, um es den Menschen zu bringen, wobei sein Gefieder schwarz verbrannte. Davon, dass er das Feuer nicht für sich behielt, sondern verschenkte. Und dass die Brandspuren auf seinen Federn der Beweis für seine Großzügigkeit waren. Ihre Stimme war sanft und rhythmisch, genau wie die ihrer eigenen Vorfahren.

Ray kam vom kleinen Balkon herein, wo er mit dem Stammesrat telefoniert hatte. Es ging um Wasserrechte und den neuen Pipeline-Entwurf. Er sah erschöpft aus. Im Vorbeigehen berührte er sanft Tessas Kopf. „Hausaufgaben fertig?" „Fast." „Braves Mädchen." Er ging in die Küche und goss sich Wasser aus dem Filterkrug ein. In einer Schale auf der Fensterbank lag der kleine türkisfarbene Anhänger, der seiner Mutter gehört hatte, und fing das schwindende Licht ein. Der Wind ließ die Fensterscheiben in ihren Rahmen zittern.

Debra blickte von ihrer Arbeit auf. „Du solltest was essen." „Gleich." Ray nahm die Fernbedienung, sein Blick war sorgenvoll. „Die Rede beginnt." „Müssen wir das sehen?" Debras Hände hielten nicht inne, die Perlen klapperten leise. „Wahrscheinlich schon. Wenn es das ist, was sie sagen ..." Er sprach den Satz nicht zu Ende.

Der alte Flachbildschirm flackerte auf – derselbe Nachrichtensprecher, derselbe Countdown. Der Rhythmus der Perlen verstummte. Die Stille, die folgte, war nicht friedlich. Sie erinnerte an den angehaltenen Atem eines Vogels, der den Schatten eines Falken über sich spürt. Tessa spürte, wie sich das Gewicht ihres Vaters verlagerte, als er mit verschränkten Armen neben der Couch stand. Sie hörte, wie der Wind draußen stärker wurde und gegen die Scheiben rüttelte, als wollte er eine Warnung ausstoßen. In der

Sprache ihrer Großmutter gab es ein Wort für dieses Gefühl – das Gefühl, dass sich die Welt neigt, dass etwas Kostbares geraubt werden wird. Das Wort fiel ihr gerade nicht ein, aber sie spürte es in jeder Faser ihres Körpers.

In dem kleinen Haus an der Ecke mit dem Maschendrahtzaun drückte Sam die Tür auf und atmete sofort den vertrauten Duft ein: Sofrito, das auf dem Herd köchelte, Arepas, die in der Pfanne knusprig wurden, Koriander und Limette – die besondere Magie in der Küche ihrer Mutter. „Mija!", rief Elena vom Herd aus, ohne sich umzudrehen. „¿Cómo estuvo la escuela?" „Gut. Wir lesen Neruda im Englischunterricht." „Neruda!" Carlos blickte vom Esstisch auf, wo er mit einem roten Stift Arbeiten korrigierte. „Das ist wahre Poesie. *Ich möchte mit dir tun, was der Frühling mit den Kirschbäumen tut ...*' Kennst du das?" Sam grinste. „Haben wir heute gelesen." „Deine Lehrerin hat Geschmack." Carlos legte den Stift beiseite. „Dime un verso. Sag mir einen Vers, der hängengeblieben ist."

Sam überlegte einen Moment und rezitierte dann auf Spanisch: „Es tan corto el amor, y es tan largo el olvido." „Die Liebe ist so kurz", übersetzte Carlos leise, „und das Vergessen so lang." Er nickte zufrieden. „Perfecto. Ein Vers, der einem das Herz bricht."

Elena wandte sich mit einem Holzlöffel vom Herd ab. „Brich ihr nicht vor dem Essen das Herz, Carlos. Sie ist erst zwölf." „Nächsten Monat dreizehn", korrigierte Sam und berührte das Medaillon an ihrem Hals, in dem das Foto ihrer Abuela ruhte – für immer jung und lächelnd. „Nächsten Monat dreizehn", stimmte Elena zu und zog Sam in eine Umarmung, die nach Zwiebeln und Geborgenheit roch. „Deck den Tisch, mi poeta. Dein Vater korrigiert seit Stunden, er braucht was anderes als Kaffee und Enttäuschung."

Sam lachte und holte die Teller. Durch das Fenster sah sie, wie das letzte goldene Licht im Westen verblasste. Der Himmel färbte sich in jenem bernsteinfarbenen Herbstton, der alles wie eine Fotografie wirken ließ – wie eine Erinnerung, noch während sie geschah. Die Küche war warm. Das Essen war fertig. Das Lachen ihres Vaters erfüllte das Haus, während Elena ihn wegen der Grammatik seiner Schüler neckte. Dies war der Mittelpunkt ihrer Welt: dieser Tisch, diese Menschen, diese Sprache, die sie in zwei Sprachen sprachen und die sich doch wie eine einzige anfühlte.

Carlos' Telefon summte. Er warf einen Blick darauf, und sein Lächeln erlosch. „Elena." „Ich weiß." „Sollen wir ...?" „Ja." Elena stellte den Herd aus und wischte sich die Hände an der Schürze ab. „Sam, komm. Schau mit uns." Sam spürte ein flaues Gefühl in der Brust. „Was ist los?" „Der Präsident hält eine Rede." Carlos griff nach der Fernbedienung. „Über neue ... Sicherheitsmaßnahmen."

Der Fernseher ging an. Der Nachrichtensprecher wirkte professionell und ernst. „Wir sind nur noch wenige Augenblicke von einer wichtigen politischen Ankündigung bezüglich des Bürgerschutzes und der Gemeinschaftssicherheit entfernt, wie das Weiße Haus es nennt ..." Elena zog Sam an sich. Carlos legte seine Hand wie zu einem Segen auf ihren Kopf. Auf dem Herd wurden die Arepas kalt. Draußen wurde es dunkel. Auf dem Bildschirm erschien erst das Siegel des Präsidenten, dann sein Gesicht – lächelnd, selbstbewusst, entschlossen.

Und er sprach.

KAPITEL 3
WORTE WIE ASCHE

Das Gesicht des Präsidenten füllte die Bildschirme in der ganzen Stadt und warf einen kalten blauen Schein, der die bernsteinfarbene Wärme des Nachmittags hinwegfegte. Hinter ihm glänzte das Oval Office: Flaggen flankierten den resoluten Schreibtisch, goldene Vorhänge fingen das Licht ein und das Präsidentenwappen war auf Hochglanz poliert. Alles war darauf ausgelegt, Macht, Tradition und Autorität zu vermitteln.

Er saß hinter dem Schreibtisch, die Hände gefaltet – ein massiger Mann Ende siebzig mit einer komplizierten Frisur aus Gold und Messing, die jedem Windstoß trotzte. Sein Gesicht hatte jene tiefe, fast unnatürliche Bräune, die im grellen Studiolicht orange schimmerte. Sein Kiefer war angespannt, und unter schweren Augenbrauen blickten kleine, scharfe Augen hervor. Wenn er sprach, hatte seine Stimme jenen eigenartigen, hypnotischen Rhythmus – mal flüsternd, mal bellend –, der keinen Widerspruch duldete.

„Meine amerikanischen Mitbürger", begann er mit warmer, beinahe väterlicher Stimme. „Ich komme heute Abend mit einer

BLÜTENSCHWERE

schwierigen Wahrheit zu Ihnen, die jedoch ausgesprochen werden muss. Zu lange – und glauben Sie mir, ich sage das schon seit Jahren – haben wir zugelassen, dass Chaos sich als Vielfalt maskiert. Wir haben Störungen im Namen der Toleranz toleriert. Wir haben denen, die unsere Werte nicht teilen, erlaubt, die Grundlagen der Nation zu untergraben, die unsere Vorfahren aufgebaut haben. Und das war – glauben Sie mir – ein Desaster. Ein totales, absolutes Desaster."

In Wohnung 3C legte Yasmin ihre Hand fester auf Leilas Schulter. Der Druck war ein stummer Anker.

„Heute Abend kündige ich die sofortige Umsetzung der Civic Protection Initiative an – ein umfassendes Programm, wirklich großartig –, das darauf abzielt, Ordnung, Sicherheit und Einheit in unseren Gemeinden wiederherzustellen. Die Leute sagen, es sei die wichtigste Sicherheitsmaßnahme in der Geschichte Amerikas. Kluge Leute. Leute, die sich auskennen."

Der Präsident lächelte. Das Lächeln erreichte seine Augen jedoch nicht.

„Hier geht es nicht um Hass. Lassen Sie mich das ganz klar sagen: Hier geht es um Schutz. Nicht um Ausgrenzung, sondern um Sicherheit. Wir sind es unseren Kindern schuldig – den echten Amerikanern, die hier geboren sind und unsere Gesetze respektieren –, dafür zu sorgen, dass diejenigen, die sich nicht integrieren können oder wollen, den von uns aufgebauten Frieden nicht länger bedrohen. Seien wir doch ehrlich. Manche Menschen wollen sich einfach nicht integrieren. Sie kommen hierher, sie nehmen, aber sie geben nicht. Sie sprechen nicht einmal unsere Sprache. Das ist wahr. Jeder weiß, dass das wahr ist."

Marcus spürte, wie sich die Atmung seiner Mutter veränderte; sie wurde schnell und flach.

„Im Rahmen dieser Initiative werden Personen, die als potenzielle Gefahr für die öffentliche Sicherheit eingestuft werden, von unserer neuen Abteilung für öffentlichen Schutz überprüft. Dazu gehören auch diejenigen, die an nicht genehmigten Protesten teilgenommen haben – und wir haben diese Proteste gesehen, nicht wahr? Sehr schlechte Menschen. Sie verbrennen Flaggen und missachten unsere Polizei. Dazu gehören auch diejenigen, die falsche Informationen verbreiten, unsere Regierung kritisieren oder deren kulturelle Praktiken oder Verbindungen sie als unvereinbar mit amerikanischen Werten kennzeichnen."

Sein Gesicht verhärtete sich, die freundliche Maske verschwand für einen Moment. Sein Mund wurde zu einer dünnen Linie, seine Augen verengten sich.

„Wir wissen, wer sie sind. Wir haben Listen. Sehr detaillierte Listen."

Die Sonne ging unter. Durch die Fenster der Stadt wechselte das Licht von Gold über Bernstein zu Rostrot.

„Ich möchte mich klar ausdrücken", fuhr der Präsident fort, wobei sein Tonfall wieder fast sanft wurde. „Es geht um Sicherheit. Ihre Sicherheit. Die Sicherheit Ihrer Kinder. Wir können nicht zulassen, dass Gefühle unser Urteilsvermögen trüben, wenn die Sicherheit der Nation auf dem Spiel steht. Einige Menschen – um ehrlich zu sein, schwache Menschen – werden sagen, dass wir Mitgefühl zeigen müssen. Aber wissen Sie was? Manchmal ist Mitgefühl eine Schwäche. Manchmal muss man stark sein. Sehr, sehr stark."

Tessa sah, wie sich die Hand ihres Vaters auf dem Knie zur Faust ballte, bis die Knöchel weiß hervortraten.

„Manche werden das als extrem bezeichnen. Die Fake-News-Medien, die radikale Linke, all die üblichen Verdächtigen – sie werden behaupten, dass wir bestimmte Gemeinschaften aufgrund ihrer Herkunft oder Überzeugungen ins Visier nehmen." Sein Gesicht verdunkelte sich wieder, die Augenbrauen zogen sich zusammen und der Kiefer ragte nach vorne. „Ihnen sage ich: Wir nehmen diejenigen ins Visier, die uns bedrohen. Wenn das zufällig mit bestimmten Bevölkerungsgruppen zusammenfällt, dann müssen wir uns vielleicht fragen, warum diese Gemeinschaften eine so unverhältnismäßig hohe Zahl von Dissidenten und Kriminellen beherbergen. Vielleicht ist es kein Profiling, wenn es nur Fakten sind. Hast du jemals darüber nachgedacht? Das ist gesunder Menschenverstand. Es sind nur Zahlen."

Sam hörte, wie ihre Mutter etwas auf Spanisch flüsterte – vielleicht ein Gebet oder einen Fluch.

„Mit sofortiger Wirkung werden alle öffentlichen Schulen, Arbeitsplätze und Gemeindezentren an Identifizierungsprotokollen teilnehmen. Nachbarschaftswacheprogramme werden ausgeweitet und belohnt. Bürger, die verdächtige Aktivitäten melden, werden als Patrioten anerkannt, die ihr Heimatland verteidigen. Und wir sprechen hier von echten Belohnungen. Finanzielle Anreize. Steuererleichterungen. Das sind Menschen, die das Richtige tun. Sie sollten dafür entschädigt werden. Und zwar großzügig."

Er beugte sich leicht vor, sein Gesichtsausdruck veränderte sich zu etwas, das fast entschuldigend, fast bedauernd wirkte.

„Nun, ich weiß, dass einige Leute über Meinungsfreiheit und Versammlungsfreiheit sprechen werden. Glauben Sie mir: Niemand liebt die Verfassung mehr als ich. Niemand. Ein wunderschönes Dokument. Die Gründerväter waren Genies. Aber diese Freiheiten sind nicht unbegrenzt. Das haben sie verstanden. In Zeiten nationaler Notfälle müssen gewisse ... Anpassungen ... vorgenommen werden. Vorübergehend. Nur vorübergehend. Bis wir wieder sicher sind. Sie verstehen das."

Er breitete seine Hände in einer Geste der Vernunft aus.

„Mit sofortiger Wirkung sind für nicht genehmigte öffentliche Versammlungen von mehr als fünf Personen Genehmigungen erforderlich. Online-Äußerungen, die Kritik an zivilen Schutzmaßnahmen üben, werden als potenzielle Aufwiegelung gekennzeichnet. Das gilt für Social-Media-Beiträge, Blogs und sogar private Nachrichten. Wenn sie unsere Sicherheit gefährden, müssen wir davon erfahren. Das ist doch selbstverständlich. In einem überfüllten Theater kann man schließlich auch nicht ‚Feuer!‘ rufen. Nun, in einer bedrohten Nation kann man auch nicht ‚Widerstand!‘ rufen. Das ist dasselbe. Genau dasselbe.

In Wohnung 3C war Alis Gesicht blass geworden, als hätte ihm jemand das Blut entzogen.

Der Präsident machte eine Pause. Er ließ seine Worte wirken, ließ sie niederrieseln wie heiße Asche auf frischem Schnee. Sie befleckten alles, was sie berührten, und ließen sich nicht fortwischen, ohne Brandnarben zu hinterlassen. Hinter ihm schienen die goldenen Vorhänge heller zu leuchten, und das Präsidentenwappen blitzte im Licht auf.

„Ich weiß, dass dies schwierig ist. Veränderungen sind immer schwierig. Aber ich weiß auch, dass wir ein starkes Volk sind. Das stärkste Volk. Niemand ist stärker als wir. Niemand. Wenn wir zusammenhalten und uns weigern, dass einige wenige die vielen vergiften, gibt es nichts, was wir nicht erreichen können. Wir werden Amerika wieder sicher machen. Wir werden es wieder ganz machen. So wie es früher war, als die Menschen noch wussten, wo ihr Platz war."

In vier Häusern derselben Nachbarschaft sahen vier Familien dasselbe Gesicht, das dieselben Worte sprach. Sie sahen, wie sich sein Gesichtsausdruck veränderte – von großväterlicher Sorge über kalte Berechnung bis hin zu kaum unterdrückter Wut und wieder zurück. Sie sahen, wie er Autorität ausübte.

„An diejenigen, die besorgt sind: Wenn Sie nichts zu verbergen haben, haben Sie nichts zu befürchten. Ganz einfach. An diejenigen, die an Amerika glauben, die unsere Gesetze und unsere Kultur respektieren: Sie sind sicher. Sie werden geschätzt. Sie sind die Zukunft. Ich beschütze euch. Ich beschütze echte Amerikaner."

Sein Lächeln wurde breiter, doch sein Blick blieb hart und berechnend.

„Für diejenigen jedoch, die uns jahrelang von innen heraus untergraben haben, die unsere Freiheiten gegen uns eingesetzt haben, die ihre eigenen Ziele über das Gemeinwohl gestellt haben – und Sie wissen, wer Sie sind –, ist die Stunde der Abrechnung gekommen. Es ist vorbei. Die Party ist vorbei. Wir holen uns unser Land zurück."

Die Kamera zoomte leicht zurück und zeigte das gesamte Präsidentenpodium: die Würde des Amtes, das Gold, die Macht und das Gewicht des Ganzen.

„Gott segne euch und Gott segne die Vereinigten Staaten von Amerika."

Das Siegel erschien erneut. Der Bildschirm schaltete zum Nachrichtentisch um: eine glänzende, gewölbte Fläche aus hinterleuchtetem Glas. Amerikanische Flaggen wurden auf Bildschirme hinter den Moderatoren projiziert, das Logo des Senders pulsierte in den Farben Rot, Weiß und Blau. Zwei Moderatoren saßen mit ernsten, zustimmenden Mienen davor: ein Mann mit silbernem Haar und einer amerikanischen Flaggenanstecknadel am Revers sowie eine Frau in einem blauen Kostüm mit einem geübten Lächeln.

„Nun", sagte der männliche Nachrichtensprecher mit bedachter und ernster Stimme. „Das war sicherlich eine historische Ansprache. Der Präsident ist direkt auf die sehr realen Sorgen der Amerikaner um Sicherheit und Schutz eingegangen."

„Absolut, Tom", antwortete die Frau und nickte mit bedachter Betonung. „Es ist eine Wende hin zur Ordnung. Eine notwendige Straffung des gesellschaftlichen Gefüges. Nicht jeder wird mit diesen Maßnahmen einverstanden sein, aber man kann nichts gegen sein Engagement für den Schutz amerikanischer Familien einwenden."

„Das stimmt, Sandra. Die Initiative zum Schutz der Bürger ist die umfassendste Sicherheitsreform seit Jahrzehnten. Kritiker werden sie zweifellos als umstritten bezeichnen, aber wie der Präsident sagte, sind manchmal harte Entscheidungen notwendige Entscheidungen."

„Und, Tom, was mich am meisten beeindruckt hat, war seine Klarheit. Da gab es keine Zweideutigkeiten. Die Amerikaner wissen, wofür er steht, und in Zeiten der Unsicherheit ist genau diese Art von entschlossener Führung das, was die Menschen suchen."

„In der Tat. Jetzt begrüßen wir unseren politischen Analysten, den ehemaligen Kongressabgeordneten Richard Daulton, um die Auswirkungen der heutigen Ankündigung zu diskutieren. Herr Kongressabgeordneter, wie ist Ihre erste Reaktion?"

„Nun, Tom, ich denke, der Präsident hat genau den richtigen Ton getroffen. Entschlossen, aber fair. Wir haben zu viel Chaos auf unseren Straßen gesehen, zu viel Spaltung. Manchmal muss man eine Grenze ziehen ..."

Um 16:33 Uhr verschwand die Sonne endgültig.

Die Straßenlaternen schalteten sich automatisch ein und tauchten die Nachbarschaft in grelles weißes Licht. Und genau in diesem Moment, als die Dunkelheit den goldenen Nachmittag ablöste, summten die Telefone in der ganzen Stadt in einem synchronen, mechanischen Chor. Es handelte sich nicht um zufällige, verstreute Benachrichtigungen, sondern um einen einzigen, einheitlichen Befehl, der gleichzeitig an Millionen von Menschen gesendet wurde.

Maya nahm ihres in die Hand. Es war eine Benachrichtigung vom Sicherheitssystem von Techstart Solutions: „FREIGABE WIDERRUFEN". EINGEFRORENE VERMÖGENSWERTE.

BLÜTENSCHWERE

Alle Mitarbeiter für verstärkte Überprüfung morgen Vormittag gemeldet."

Sie sah Jamal an. Auch sein Telefon summte.

Im drei Blocks entfernten Gemeindezentrum zeigte Rays Telefon eine E-Mail vom Stammesrat an. Notfallsitzung heute Abend. Schutzanordnungen werden erteilt.

Im kleinen Haus mit den Rosenbüschen erhielt Carlos eine SMS vom Schulbezirk: „MORGEN UM 7 UHR OBLIGATORISCHE MITARBEITERSITZUNG." ANWESENHEIT ERFORDERLICH. Identifizierungsverfahren werden eingeführt.

Und in Wohnung 3C starrte Ali auf den Bildschirm seines Handys – eine automatische Nachricht von der Universität: „Ihre Stelle wurde einer verwaltungstechnischen Überprüfung unterzogen. Melden Sie sich morgen um 8 Uhr beim Sicherheitsdienst. Die Nichtbeachtung dieser Anweisung führt zur sofortigen Kündigung und zur Weiterleitung an die Behörde für Zivilschutz.

DCP.

Die vier Familien standen in ihren jeweiligen Wohnungen, hielten ihre jeweiligen Handys in der Hand und lasen ihre jeweiligen Nachrichten, die alle dasselbe sagten: „Wir wissen, wo Sie sind." Wir wissen, wer Sie sind. Wir kommen.

Draußen veränderte sich die Nachbarschaft.

Durch die Fenster konnten die Menschen ihre Nachbarn sehen, Menschen, die sie seit Jahren kannten. Sie versammelten sich auf den Veranden, diskutierten in engen Gruppen und ihre Gesichter wurden vom Licht der Handybildschirme beleuchtet. Einige hatten Angst. Andere nickten zustimmend – ihre Mienen verschlossen, bereits überzeugt.

Ein Auto fuhr langsam die Saguaro Avenue entlang. Auf dem Dach war ein Lautsprecher montiert. Eine Stimme ertönte: „BÜRGERSCHUTZINITIATIVE JETZT IN KRAFT. Melden Sie verdächtige Aktivitäten an 1-800-SAFE-USA. Gute Bürger schützen gute Nachbarn."

Im Laden an der Ecke zog Herr Orozco mit zitternden Händen die Metallrollläden frühzeitig herunter.

In der Bodega saß Frau Khoury ganz still auf ihrem Stuhl und beobachtete mit alten, wissenden Augen die Straße.

Im zwei Blocks entfernten Park hatte jemand das Wandbild der Gemeinde bereits mit Sprühfarbe übermalt – das Bild, auf dem Menschen aller Hautfarben an den Händen miteinander verbunden waren. Jetzt stand dort nur noch: „AMERICA FIRST".

Die violetten Blüten des Jacaranda-Baums fielen wie Schnee herab und sammelten sich auf dem Bürgersteig, wo niemand mehr stehen blieb, um sie zu bewundern.

Die Welt, die um vier Uhr noch ganz war, war um halb fünf zerbrochen.

Und die Nacht hatte noch nicht einmal begonnen.

KAPITEL 4
DER BRUCH

Die erste Sirene heulte nicht, sie piepste. Ein kurzer, scharfer digitaler Ton, der klang, als würde ein mechanischer Vogel einen Mord ankündigen. Dann kamen die anderen – eine disharmonische Harmonie von Heulern, die die Fensterscheiben zum Summen brachte.

Dann ertönte eine weitere Sirene und schließlich kamen aus verschiedenen Richtungen ein Dutzend weitere hinzu. Ihr Heulen vereinte sich zu einem Chor, der die Fenster zum Klappern, die Hunde zum Bellen und die Kinder dazu brachte, ihre Gesichter an die Scheiben zu drücken.

Leila ging zum Fenster ihrer Wohnung und schaute auf die Straße hinunter. Eine Kolonne schwarzer Fahrzeuge bewegte sich langsam die Saguaro Avenue entlang: unmarkierte Transporter mit getönten Scheiben, flankiert von Lastwagen mit Scheinwerfern und Kameras. Die Farbe an ihren Seiten war so frisch, dass sie unter den Straßenlaternen noch feucht aussah. Darauf waren strahlend weiße Buchstaben gestempelt, die verrieten, was diese Lastwagen früher einmal gewesen waren. Department of Civic Protection. Der

Geruch von chemischen Lösungsmitteln wehte im Wind, schärfer als der Duft trockener Blätter. Die Buchstaben waren klar, weiß, offiziell. Als wären sie schon seit Wochen bereit gewesen, verborgen in irgendeinem Hangar, wartend auf diesen Befehl.

Hinter ihr klingelte das Telefon ihrer Mutter. Dann das ihres Vaters. Beide gleichzeitig.

„Geh nicht ran", sagte Ali leise. „Noch nicht."

Zwei Straßen weiter beobachtete Marcus aus seinem Fenster, wie die Menschen aus ihren Häusern kamen. Einige von ihnen trugen Schilder, die sie hastig aus Pappe und Filzstift gebastelt hatten. Darauf standen in Wut und Angst gekritzelte Worte:

„DAS IST NICHT AMERIKA", „KEINE PAPIERE, KEINE ABSCHIEBUNG", „WIR WERDEN UNS NICHT FÜGEN".

Sie versammelten sich an der Ecke in der Nähe des Gemeindezentrums, vielleicht dreißig Leute, dann fünfzig. Marcus erkannte einige Gesichter: Mrs. Chen aus der Bibliothek, die Familie Morales, die die Taqueria betrieb, das junge Paar, das letzten Monat mit seinem Baby eingezogen war. Sie standen in einer lockeren Gruppe, unsicher, aber entschlossen, und ihre Stimmen wurden immer lauter.

„Wir haben das Recht, uns zu versammeln!" „Das ist Faschismus!" „Nicht in unserer Nachbarschaft!"

Plötzlich tauchte aus der entgegengesetzten Richtung eine weitere Gruppe auf. Größer. Lauter.

Auch sie trugen Schilder, aber andere:

„BÜRGER ZUERST", „KRIMINELLE DEPORTIEREN", „SCHÜTZT UNSERE KINDER", „WENN DU LEGAL BIST, BIST DU SICHER" war darauf zu lesen.

Einige von ihnen trugen rote Mützen. Einige hatten Flaggen

über die Schultern gelegt. Marcus sah Mr. Patterson, den Mann, der ihm immer zugewunken hatte, wenn er in der Einfahrt Basketball spielte, drei Häuser weiter. Jetzt skandierte er mit den anderen, sein Gesicht war gerötet und wütend.

„Geht zurück, wo ihr herkommt!" „Ihr gehört nicht hierher!" „Nur echte Amerikaner!"

Die beiden Gruppen standen sich auf knapp sechs Metern Asphalt gegenüber.

Zwischen ihnen standen die Fahrzeuge der Bürgerwehr, dahinter Polizisten in Kampfausrüstung, die mit verschränkten Armen dastanden, beobachteten und warteten.

Nicht aufhalten.

„Sie bewegen sich in einem Raster", murmelte Maya, während ihr Ingenieursverstand die Effizienz des Überfalls katalogisierte, doch ihr mütterliches Herz brach. „Sektor für Sektor. Marcus, geh weg vom Fenster."

In Tessas Wohnung hatte der Wind zugenommen und ließ die Balkontür klappern. Ihr Vater stand mit dem Telefon am Ohr da, sein Gesicht ernst.

„Wie viele?", fragte er. „Mein Gott. Okay. Nein, geh nicht allein. Warte auf ..." Er hielt inne und lauschte. „Ich weiß. Ich weiß, dass es nicht sicher ist. Aber wir können nicht ..."

Er legte auf. Er sah Debra an, dann Tessa.

„Sie verhaften Leute im Gemeindezentrum. Alle, die im Stammesrat registriert sind. Sie nennen es ‚vorbeugende Haft'."

Debras Hände hatten aufgehört, sich zu bewegen. Die Perlenstickerei lag vergessen auf dem Tisch.

„Wie viel Zeit haben wir noch?", fragte sie.

Ray schüttelte den Kopf. „Ich weiß es nicht. Stunden vielleicht. Vielleicht weniger."

Durch die dünnen Wände konnten sie ihre Nachbarn schreien und streiten hören. Jemand hämmerte gegen eine Tür am Ende des Flurs. Jemand anderes weinte.

Der Wind rüttelte erneut am Fenster, diesmal noch heftiger.

In Sams Haus hatte Elena den Fernseher bereits ausgeschaltet, aber der Schaden war angerichtet. Carlos saß mit dem Kopf in den Händen am Tisch und starrte auf sein Handy.

„Sie verlangen Listen", sagte er mit hohler Stimme. „Der Bezirk will Listen der Schüler nach Einwanderungsstatus und familiärer Herkunft. Sie nennen das ‚Sicherheitsprotokolle'."

„Das kannst du ihnen nicht geben", sagte Elena.

„Wenn ich das nicht tue, werden sie mich feuern. Und dann bekommen sie die Listen sowieso von jemand anderem."

„Was sollen wir also tun?"

Carlos blickte zu seiner Frau auf, dann zu seiner Tochter, die mit dem Medaillon ihrer Großmutter in der Hand in der Tür stand. Er sah aus wie alle Eltern in allen Zeiten, die erkannt hatten, dass sie ihre Kinder nicht vor dem schützen konnten, was kommen würde.

„Wir geben ihnen nichts", sagte er schließlich. „Wir kaufen Zeit. Wir warnen die Menschen. Und dann ..." Er hielt inne.

„Und dann?", drängte Elena.

„Dann laufen wir weg."

Durch das Fenster konnten sie sehen, wie sich ihre Straße veränderte. Mr. Kowalski von nebenan hisste eine neue Flagge, die fast schon aggressiv wirkte, so groß war sie. Zwei Häuser weiter luden die Nguyens Koffer in ihr Auto, agierten schnell und blickten immer wieder über ihre Schultern. Auf der anderen Straßenseite hatte jemand „SNITCH HOTLINE: 1-800-SAFE-USA" auf die Bank der Bushaltestelle gesprüht.

Die Rosenbüsche, die ihre Großmutter gepflanzt hatte, wiegten sich im Wind. Ihre letzten Blüten verstreuten Blütenblätter wie Blutstropfen über den Rasen.

Um 17:15 Uhr hatte sich die Konfrontation vor dem Gemeindezentrum auf mehr als zweihundert Menschen ausgeweitet. Die Gegendemonstranten waren den Widerstandskämpfern nun zahlenmäßig überlegen – drei zu eins – und sie wurden immer dreister.

Jemand warf eine Flasche. Sie zersplitterte auf dem Bürgersteig.

Jemand anderes warf einen Stein.

Die Sprechchöre wurden lauter und hässlicher: „Schickt sie zurück! Schickt sie zurück! Schickt sie zurück!"

Eine Frau mit Kopftuch versuchte, sich aus der Menge zu entfernen. Doch drei Personen versperrten ihr den Weg.

„Wohin gehen Sie?" „Zeigen Sie uns Ihre Papiere!" „Das ist unser Land!"

Ein Handy tauchte auf und begann zu filmen. Dann noch eins. Und noch eins. Das Gesicht der Frau füllte die Bildschirme in der ganzen Nachbarschaft. Das Video wurde mit Kommentaren geteilt und erneut geteilt. *Verdächtige Person flieht vor dem Protest. Melden Sie es der Polizei.*

Dann schritten die Beamten des Zivilschutzes ein.

Nicht auf die Angreifer zu. Auf die Demonstranten.

„Dies ist eine nicht genehmigte Versammlung", dröhnte eine Stimme aus einem Lautsprecher. „Sie haben fünf Minuten Zeit, sich zu zerstreuen, sonst werden Sie wegen Verstoßes gegen die Initiative zum Schutz der Bürger festgenommen."

„Wir haben das Recht, uns zu versammeln!", rief jemand zurück.

„Dieses Recht wurde für die Dauer des Notstands ausgesetzt. Vier Minuten."

„Welcher Notstand? Das ist künstlich geschürte Angst!"

„Drei Minuten."

Einige Leute begannen, die Hände hoch und rückwärts gehend, zu gehen. Andere verschränkten die Arme und bildeten eine Reihe. Marcus beobachtete von seinem Fenster aus, wie Mrs. Chen – die liebe Mrs. Chen, die ihm immer dabei half, Bücher zu finden, und die immer Butterscotch-Bonbons am Ausleihschalter dabeihatte – in dieser Reihe stand. Ihr graues Haar wehte im Wind, ihr Gesicht zeigte eine stille Trotzhaltung.

Die Polizisten rückten vor. Sie hatten Schlagstöcke. Kabelbinder. Und Hunde, die an ihren Leinen zerrten.

Die Gegendemonstranten jubelten.

Maya zog die Vorhänge zu. „Schau nicht hin", sagte sie, aber ihre Stimme zitterte.

Aber Marcus hatte es bereits gesehen. Sie alle hatten es gesehen.

Um 17:30 Uhr war die Straße voller blinkender Lichter. Polizeiautos. DCP-Transporter. Krankenwagen.

Zwölf Personen wurden festgenommen. Sieben weitere wurden verletzt, als die Menge vorstürmte und die Beamten mit Schilden und Schlagstöcken zurückschlugen.

Mrs. Chen war verschwunden. Sie wurde zu den Transportern gezogen, ihre Handgelenke wurden mit Kabelbindern gefesselt und ihre Proteste verschluckt vom Lärm. Marcus verlor sie in der Menschenmenge aus den Augen.

Die Gegendemonstranten waren immer noch da und skandierten weiter, jetzt aber leiser. Zufrieden. Siegreich.

Jemand hatte ein Banner vom Dach des Gemeindezentrums

BLÜTENSCHWERE

gehängt: „SAUBERE STRASSEN, SICHERE NACHBAR-SCHAFTEN".

Der Jacaranda-Baum stand immer noch an der Ecke, doch seine Blütezeit war vorüber. Die gefallenen Blütenblätter waren keine Galaxien mehr, sondern wurden von den Stiefeln der Polizisten in den Asphalt zermahlen. Sie hinterließen violette Flecken, die im Scheinwerferlicht aussahen wie Blutergüsse auf der Haut der Straße.

In vier Häusern derselben Nachbarschaft trafen vier Familien dieselbe Entscheidung.

Sie konnten nicht bleiben. Die Frage war nicht mehr, ob sie weggebracht werden würden. Die Frage war, ob sie ihre Kinder in Sicherheit bringen konnten, bevor es an der Tür klopfte.

KAPITEL 5
DIE ZERSTÖRUNG

Das Klopfen begann um 17:47 Uhr. Es war kein hektisches Hämmern, wie bei einem Notfall. Es war das rhythmische, hohle Geräusch von Autorität, die weiß, dass sie bereits gewonnen hat.

Leila hörte es in ihrem Zimmer, wo sie vorgab, Hausaufgaben zu machen. Ihr Skizzenbuch war offen, aber leer, denn ihre Hände waren zu unruhig zum Zeichnen. Sie hörte, wie die Schritte ihres Vaters verstummten. Sie hörte, wie ihre Mutter scharf Luft holte.

„Mach nicht auf", flüsterte Yasmin.

Aber das Klopfen ging weiter. Geduldig. Unaufhaltsam.

Ali ging zur Tür und schaute durch den Türspion. Seine Schultern sackten herab.

„Es ist DCP", sagte er leise.

Er öffnete die Tür.

Im Flur standen zwei Beamte in dunklen Einsatzuniformen mit dem Abzeichen der Behörde auf den Schultern. Hinter ihnen stand Mrs. DeAndrade aus dem zweiten Stock auf dem Treppenabsatz.

BLÜTENSCHWERE

Sie hatte ihren Wäschekorb an die Brust gedrückt und beobachtete die Szene.

„Ali Álvarez?", fragte der erste Beamte und schaute auf sein Tablet.

„Ja."

„Sie wurden im Rahmen der Bürger-Schutz-Initiative zur Bearbeitung vorgemerkt. Sie müssen sich zur Sicherheitsüberprüfung im zentralen Bearbeitungsanbau einfinden."

„Aus welchem Grund?"

„Verbreitung regierungsfeindlicher Inhalte. Teilnahme an nicht genehmigten akademischen Aktivitäten. Verbindung zu bekannten Agitatoren." Der Beamte las mit gelangweilter Monotonie vom Bildschirm ab, als würde er eine Einkaufsliste vorlesen.

„Das ist mein Job", sagte Ali. „Ich bin Professor. Ich unterrichte Soziologie ..."

„Weigern Sie sich, zu kooperieren?"

„Nein, ich frage nur ..."

„Dann kommen Sie jetzt mit uns mit." Der Beamte griff nach seinem Gürtel. „Mrs. Álvarez, Sie stehen ebenfalls auf der Liste. Gemeinschaftsorganisierende Aktivitäten. Unerlaubte Koordinierung von Versammlungen."

Yasmin trat vor und stellte sich zwischen die Beamten und Leila. „Meine Tochter ..."

„Minderjährige werden separat behandelt. Der Jugendschutzdienst wird sie innerhalb einer Stunde abholen."

„Nein." Yasmins Stimme klang eisern. „Nein, Sie nehmen meine Tochter nicht mit."

„Ma'am, Sie haben keine Wahl."

Von der Treppe herab ertönte Mrs. DeAndrades Stimme: „Was machen Sie da? Das ist eine gute Familie! Ich kenne sie seit fünf Jahren ..."

Der zweite Beamte drehte sich um und sagte: „Ma'am, treten Sie zurück."

„Ich trete nicht zurück! Das ist falsch!" Mrs. DeAndrade stellte ihren Korb ab und ging mit vor Wut gerötetem Gesicht auf die Beamten zu. „Sie können nicht einfach hier hereinkommen und ..."

„Ma'am, Sie behindern die Arbeit des Zivilschutzes."

„Ich kenne meine Rechte. Die Verfassung ..."

„Während des Notstands sind die Rechte ausgesetzt." Der Beamte zog Kabelbinder aus seinem Gürtel. „Sie werden wegen Behinderung und möglicher Umerziehung festgenommen."

„Was?" Mrs. DeAndrades Stimme brach vor Unglauben. „Ich bin Bürgerin. Ich bin hier geboren. Mein Vater hat in Korea gekämpft ..."

„Umerziehungseinrichtung? Kommen Sie mit uns."

„Das ist Wahnsinn!" Doch ihre Stimme wurde leiser, als ihr bewusst wurde, dass ihre Staatsbürgerschaft, der Dienst ihres Vaters und ihre fünf Jahrzehnte als Amerikanerin jetzt bedeutungslos waren.

In der Wohnung zitterten Yasmin die Hände, als sie den silbernen Pinselanhänger von ihrem Hals nahm. Sie drückte ihn in Leilas Handfläche und schloss die Finger ihrer Tochter darum.

„Denk daran", flüsterte sie. „Denk an alles. Zeichne alles auf."

Ali berührte Leilas Gesicht, seine Augen glänzten vor unterdrückten Tränen. „Wir kommen dich holen. Das verspreche ich dir."

Es waren Lügen, und das wusste jeder im Raum.

Die Agenten nahmen Leilas Eltern mit. Sie nahmen auch Mrs. DeAndrade mit, die immer noch protestierte und immer noch nicht glauben konnte, dass ihr das passieren würde. Ihre Stimmen verklangen im Treppenhaus und dann war nur noch das Geräusch startender Motoren und wegfahrender Fahrzeuge zu hören.

Die Stille, die in die Wohnung zurückkehrte, war schwerer als der Lärm. Sie drückte gegen ihr Trommelfell und erstickte den verbleibenden Duft von Kardamom. Leila stand allein in der Mitte des Raumes. Der Anhänger brannte wie Kohle in ihrer Hand.

Im Lebensmittelgeschäft an der Ecke Fifth und Mariner schob Marcus den Einkaufswagen, während seine Mutter die Liste überprüfte. Normal. Sie taten etwas Normales, als hätte die Welt nicht gerade verkündet, dass sie verschwinden sollten.

Maya nahm eine Packung Cornflakes – die Sorte, die Marcus mochte, mit dem Comic-Maskottchen – und hätte beinahe gelächelt. „Diese hier?", fragte sie.

„Ja."

Wie Geister bewegten sie sich durch die neonbeleuchteten Gänge, wie Menschen, die bereits verblassten. Andere Kunden machten einen großen Bogen um sie, starrten sie zu lange an oder flüsterten miteinander, während sie auf ihre Handys schauten.

An der Selbstbedienungskasse scannte Maya ihren Ausweis, um den Treuerabatt zu erhalten.

Der Scanner blinkte rot.

Er blinkte erneut.

Dann ertönte ein schriller Ton, der so laut war, dass sich die Leute drei Gänge weiter umdrehten.

„Bitte warten Sie auf Hilfe", verkündete die Maschine mit ihrer angenehmen, künstlichen Stimme.

Ein Filialleiter erschien, gefolgt von einem Sicherheitsbeamten. Kurz darauf erschienen innerhalb von neunzig Sekunden zwei DCP-Beamte, die offenbar auf dem Parkplatz gewartet hatten.

„Maya Brooks?", fragte einer von ihnen.

„Ja, aber ..."

„Sie wurden als Risikoperson gemeldet. Sie müssen mit uns mitkommen, um die Formalitäten zu erledigen."

„Das muss ein Irrtum sein. Ich arbeite bei Techstart Solutions. Ich habe eine Sicherheitsfreigabe."

„Ihre Sicherheitsfreigabe wurde widerrufen. Sie stehen unter Verdacht, Verbindungen zu Aktivistennetzwerken zu haben und unbefugt auf Daten zugegriffen zu haben." Er warf einen Blick auf sein Tablet und fuhr fort: „… und sich dual nutzbare Robotikprotokolle angeeignet zu haben. Sie gelten als hohes Sicherheitsrisiko."

„Ich betreue Mädchen im MINT-Bereich. Das ist nicht …"

„Wir sind nicht hier, um zu diskutieren. Kommen Sie mit uns."

Marcus griff nach dem kleinen Zahnrad-Anhänger am Schlüsselbund seiner Mutter, bevor ihn jemand aufhalten konnte. Er steckte ihn tief in seine Tasche. Mayas Blick traf seinen – ein Blick, der sagte: Lauf weg, versteck dich, überlebe –, doch sie sagte nichts.

Hinter ihnen trat ein weißer Mann mit Baseballkappe und Arbeitsjacke vor. Marcus erkannte ihn vage – vielleicht war er der Vater von jemandem oder ein Stammkunde. Er war Mitte vierzig, hatte die Hände eines Zimmermanns und einen sachlichen Gesichtsausdruck.

„Moment mal!", rief der Mann. „Was hat sie denn getan? Sie hat nur Lebensmittel gekauft."

„Sir, das geht Sie nichts an."

„Und ob es mich etwas angeht! Ich sehe, wie Sie jemanden wegen des Scannens einer Rabattkarte verhaften."

„Sir, treten Sie zurück."

„Ich bin Bürger. Ich darf zusehen."

„Sie werden wegen Behinderung der Amtsausübung gemeldet." Der Beamte holte sein Handy heraus und tippte etwas ein. „So, jetzt sind Sie im System. Anstiftung zum Widerstand."

Der Mann wurde blass. „Was? Ich habe nicht … Ich habe nur …"

„Sie kommen mit uns zur Umerziehungsbeurteilung."

„Das können Sie nicht machen!"

Aber sie konnten es. Sie taten es. Der Mann wurde neben Maya in Handschellen gelegt. Beide wurden in denselben Transporter geladen. Marcus blieb mit dem Einkaufswagen, in dem sich die Packung Cornflakes und der Liter Milch befanden, zurück. Er sah zu, wie das Gesicht seiner Mutter hinter den getönten Scheiben verschwand.

Ein Mitarbeiter des Ladens näherte sich vorsichtig. „Junge, können wir jemanden für dich anrufen?"

Marcus rannte davon.

Im Gemeindezentrum saß Tessa auf dem Boden, während ihre Mutter arbeitete. Die Perlen klackerten leise, und die Geschichte über den Eichelhäher war halb fertig. Die Abendkurse begannen: Erwachsene kamen zum Englischunterricht, zur Vorbereitung auf die Staatsbürgerschaft – die jetzt keine Rolle mehr spielte –, zu Zusammenkünften, die allein durch ihre Existenz wie Trotz wirkten.

Um 18:15 Uhr wurden die Türen aufgerissen.

Sechs Beamte in taktischer Ausrüstung mit sichtbaren Waffen und grimmigen Gesichtern stürmten herein.

„Diese Einrichtung wird ohne ordnungsgemäße Genehmigung betrieben. Alle Personen im Gebäude müssen sich einer Identitätskontrolle unterziehen."

Die Menschen erstarrten. Eine Frau, die sich in der Nähe der Tür befand, versuchte zu gehen, wurde jedoch sofort daran gehindert.

„Niemand verlässt das Gebäude, bevor die Überprüfung abgeschlossen ist."

Debra stand auf und legte ihre Perlenstickerei mit sorgfältiger Präzision beiseite. Ray trat an ihre Seite, sein Gesicht ruhig, aber sein Kiefer angespannt.

„Wir haben Genehmigungen", sagte Ray. „Das Zentrum ist registriert ..."

„Ihre Genehmigungen wurden um 16:30 Uhr unter Berufung auf Notfallbefugnisse widerrufen. Alle Mitglieder des Stammesrats und ihre unmittelbaren Familienangehörigen sind zur Überprüfung vorgemerkt."

„Aus welchem Grund?"

„Subversive Organisation. Umweltaktivismus, der nationale Interessen gefährdet. Unerlaubte Versammlung."

„Wir unterrichten Perlenstickerei", sagte Debra leise.

„Sie indoktrinieren Minderjährige mit einer anti-assimilationistischen Ideologie."

Diese Worte waren so absurd, dass sie wie ein übler Geruch in der Luft hingen.

Aus dem hinteren Teil des Raumes stand ein älterer weißer Mann auf. Er war in den Siebzigern, hatte graues Haar und einen geraden Rücken. Er trug ein Jeanshemd mit Dienstabzeichen am Kragen: Silver Star, Purple Heart und Kampagnenbänder aus Kriegen, an die sich die meisten dieser Offiziere aufgrund ihres jungen Alters nicht erinnern konnten.

„Ich bin General Robert Morrison, United States Army, im Ruhestand", sagte er mit einer Stimme, die das Gewicht von vierzig Jahren Kommando spiegelte. „Ich habe einen Eid geschworen, die Verfassung der Vereinigten Staaten zu verteidigen. Was Sie hier tun, verstößt gegen die Verfassung."

Der leitende Offizier warf ihm kaum einen Blick zu. „Sir, setzen Sie sich."

„Ich werde mich nicht setzen. Dies ist eine illegale Festnahme. Diese Menschen haben keine Gesetze gebrochen."

BLÜTENSCHWERE

„Sir, letzte Warnung."

„Ich bin ein dekorierter Veteran. Ich habe für dieses Land gekämpft. Ich habe dafür geblutet." Morrisons Stimme wurde nicht lauter, aber sie erfüllte den Raum. „Das ist nicht das Amerika, für das ich gekämpft habe. Das ist das, wogegen ich gekämpft habe."

Der Beamte sprach in sein Funkgerät: „Bearbeiten Sie ihn. Stufe-1-Haft. Der frühere Dienst gewährt keine Immunität gegenüber der aktuellen Einhaltung der Vorschriften, General."

Zwei Beamte gingen auf Morrison zu. Er leistete keinen Widerstand, half ihnen aber auch nicht. Sie mussten seine Arme mit Gewalt hinter seinen Rücken führen und seine Handgelenke mit Kabelbindern fesseln, während im Licht seine Medaillen glänzten.

„Sie sollten sich schämen", sagte Morrison leise, als sie ihn vorbeiführten. „Sie alle sollten sich schämen."

Sie nahmen ihn mit. Sie nahmen Ray und Debra mit. Sie nahmen drei weitere Erwachsene mit, die den Fehler gemacht hatten, dort zu sein, braun zu sein, anwesend zu sein.

Bevor sie die Kinder von den Erwachsenen trennten, steckte Tessa den türkisfarbenen Anhänger ihrer Großmutter in ihre Tasche. Die Perlenstickerei lag verstreut auf dem Boden, das Muster war nur halb fertig und die Geschichte vom Eichelhäher, der den Menschen das Feuer schenkte, wurde nie vollendet.

In dem kleinen Haus mit den Rosenbüschen hörte Sam das Klopfen und wusste sofort, was es bedeutete.

Ihr Vater stand bereits auf. Sein Gesicht war aschfahl, seine Hände ruhig, als er seinen roten Stift ablegte. Elena bekreuzigte sich und zog Sam an sich.

„Carlos Reyes?", fragte der Beamte an der Tür.

„Ja."

„Sie wurden wegen subversiver Lehrtätigkeit gemeldet. Verteilung von nicht genehmigten Materialien. Anstiftung zum Widerstand der Jugend durch Bildungsinhalte."

„Ich unterrichte Spanisch", sagte Carlos. „Literatur. Sprache."

„Sie lehren Dissens, getarnt als Kultur."

Die Grausamkeit der Worte hing schwer in der Luft.

Vor dem Gebäude hielt ein Auto. Es war Carlos' Kollegin Sarah McKenzie, eine weiße Frau in den Dreißigern, die im Klassenzimmer nebenan Englisch unterrichtete. Sie hatte ihm vor einer Stunde eine besorgte SMS geschickt und gesagt, dass sie vorbeikommen würde.

Sie rannte den Weg hinauf und blieb abrupt stehen, als sie die Agenten sah.

„Carlos? Was ist los?"

„Sarah, nicht …", begann Carlos.

„Verhaften Sie ihn? Weshalb?"

„Ma'am, das geht Sie nichts an."

„Er ist mein Freund. Er ist einer der besten Lehrer im Bezirk." Sarahs Stimme zitterte, klang aber entschlossen. „Was auch immer Sie glauben, dass er getan hat, Sie irren sich."

„Behindern Sie die Arbeit der Zivilschutzbehörde?"

„Ich übe mein Recht auf freie Meinungsäußerung aus …"

„Mit Wirkung ab heute, 16:30 Uhr, ausgesetzt." Der Beamte holte ein Tablet hervor und tippte etwas ein. „Sie sind markiert. Umerziehung nach Überprüfung Ihrer Loyalität."

Sarah wurde blass. „Was? Nein, ich bin Lehrerin. Ich bin Bürgerin …"

„Sie verteidigen einen Subversiven. Das macht Sie zu einer Komplizin. Sie kommen mit uns mit."

„Das ist verrückt!" Doch noch während sie das sagte, führte ein anderer Beamter sie zum Transporter. Ihre Proteste wurden immer leiser, während sie die Realität begriff.

Elena drückte Sam etwas in die Hand: eine mit Fettflecken übersäte Rezeptkarte, auf der die Handschrift ihrer Großmutter zwar verblasst, aber noch lesbar war. Arepas de la abuela. Es war, als wäre es eine Anleitung zum Überleben und nicht nur ein Rezept.

„La verdad no peca, pero incomoda", flüsterte Elena. „Die Wahrheit sündigt nicht, aber sie stört. Vergiss das nicht."

Carlos küsste Sam auf die Stirn. Seine Hand zitterte. „Sprache ist ein Haus, mi poeta. Halte unseres erleuchtet."

Sie nahmen ihn mit. Sarah war auch dabei. Sie versuchte immer noch zu erklären, dass sie nichts Unrechtes getan hatte, dass sie nur nach einer Freundin gesehen hatte, dass das nicht wahr sein konnte.

Sam stand in der Tür, hielt die Rezeptkarte und das Medaillon ihrer Großmutter fest in den Händen und sah zu, wie die Silhouette ihres Vaters im dunklen Innenraum des Lieferwagens verschwand.

Die Rosenbüsche, die ihre Abuela gepflanzt hatte, wiegten sich im Wind und Blütenblätter verteilten sich wie Tränen über den Rasen.

Um 19 Uhr waren vier Kinder allein in ihren jeweiligen Wohnungen.

Leila in Wohnung 3C mit einem Pinselanhänger in der Hand.

Marcus, zwei Straßen weiter, mit einem Zahnrad-Anhänger in der Tasche.

Tessa war in der Wohnanlage hinter dem Haus abgesetzt worden. Ein DCP-Van hatte sie mit den Worten ‚Bleib hier!' zurückgelassen – in ihrer Hand den Türkis, den sie gerettet hatte.

Sam war in dem Haus mit der leeren Küche. Ihre Mutter hatte

sie eine halbe Stunde nach ihrem Vater abgeholt. Sie hielt eine Rezeptkarte und ein Medaillon in der Hand.

Die Telefone begannen zu klingeln. Es waren automatisierte Stimmen, angenehm und künstlich: „Der Jugendschutzdienst wird innerhalb von 60 Minuten eintreffen, um Minderjährige abzuholen und ihnen eine vorübergehende Unterkunft zuzuweisen."

Vier Kinder schauten zu vier Türen.

Und trafen dieselbe Entscheidung.

Sie rannten.

KAPITEL 6
DIE TRENNUNG

Leila war die Erste, die rannte. Sie stürmte die Außentreppe von Wohnung 3C hinunter und presste ihr Skizzenbuch so fest an die Brust, dass sich die Spiralbindung in ihre Rippen grub. Ihre Füße trafen jede Stufe falsch – zu schnell, zu hart – und Schmerzen schossen durch ihre Knöchel. Aber sie konnte nicht langsamer werden. Hinter ihr klingelte das Telefon weiter. Diese angenehme, künstliche Stimme, die ihre Abholung und eine vorübergehende Unterkunft versprach – Lügen, die ihr den Magen umdrehten.

Ihr Atem kam in kurzen Stößen, die ihr in der Kehle brannten. Die Novemberluft war kalt, aber sie schwitzte und ihr Hemd klebte an ihrem Rücken. Ihre Hände hörten nicht auf zu zittern.

Sie erreichte den Innenhof, blieb stehen und stützte sich mit den Händen auf den Knien ab. Sie versuchte, Luft zu holen, doch es schien, als würde diese nicht in ihre Lungen gelangen. Ihre Brust fühlte sich an, als hätte jemand sie mit Draht umwickelt und diesen immer fester und fester gezogen.

Sie blickte wieder zu den Fenstern im dritten Stock hinauf. Jetzt waren sie dunkel. Leer. In dieser Wohnung hatte ihre Mutter ihr vor einer Stunde noch die Haare geflochten. Wo ihr Vater Tar gespielt hatte. Wo noch alles in Ordnung gewesen war.

Wohin soll ich gehen?

Dieser Gedanke traf sie wie ein Schlag und plötzlich wollten ihre Beine sie nicht mehr tragen. Sie sank auf den Betonrand des trockenen Brunnens. Der Pinselanhänger schwang nach vorne und klopfte bei jedem unregelmäßigen Atemzug gegen ihr Schlüsselbein.

Denk nach. Denk nach.

Aber zum Denken brauchte sie Luft, doch die wollte einfach nicht kommen. Hinter ihren Augen tauchte immer wieder das Gesicht ihrer Mutter auf: wie sie ausgesehen hatte, als die Agenten sie mitgenommen hatten; wie sie Leila den Anhänger in die Hand gedrückt hatte; die Wärme ihrer Hände.

Hör auf!

Leila presste ihre Handflächen gegen ihre Augen, bis sie Sterne sah. Sie zwang sich, langsamer zu atmen. Ein. Aus. Ein. Aus. So, wie ihre Mutter es ihr beigebracht hatte, wenn sie vor Prüfungsangst erstarrte.

„Zeichne die Angst", hatte ihre Mutter immer gesagt. Mach sie sichtbar. Dann wird sie kleiner.

Aber Leila konnte jetzt nicht zeichnen. Sie konnte das Skizzenbuch kaum halten, ohne es fallen zu lassen.

Sie stand auf. Ihre Beine zitterten, hielten sie aber aufrecht.

Sie wusste nicht, wohin sie gehen sollte. Aber sie wusste, dass sie nicht hierbleiben konnte.

Zwei Straßen weiter stürmte Marcus aus dem Stadthaus, als würde ihn etwas verfolgen – und das tat es auch. Es war die Stille, das

BLÜTENSCHWERE

schmerzhafte Fehlen der Stimme seiner Mutter. Es war die leere Küche mit dem verlassenen Einkaufswagen, der dort noch immer wie ein Beweisstück für ein Verbrechen stand.

Sein Rucksack schlug bei jedem Schritt gegen seinen Rücken. Die Gurte schnitten ihm in die Schultern. Gut. Der Schmerz half ihm. Er gab ihm etwas, worauf er sich konzentrieren konnte, abgesehen vom Rauschen in seinen Ohren und dem Gefühl, als würde sein Herz aus seiner Brust hämmern.

Er erreichte den Bürgersteig, blieb stehen und blieb vornübergebeugt und nach Luft ringend stehen. „Systemfehler, registrierte ein ferner Teil seines Verstandes. Totaler Systemausfall." Seine Mutter hätte ihm jetzt gut zugeredet. Sie hätte ihre Hand auf seinen Rücken gelegt und mit ihm die Atemzüge gezählt. Vier einatmen, vier ausatmen, vier aushalten.

Aber seine Mutter war nicht mehr da.

Allein dieser Gedanke ließ seinen Magen zusammenziehen. Er presste die Faust gegen den Mund und schmeckte Salz – er hatte sich in die Wange gebissen, ohne es zu merken. Sein Kiefer schmerzte. Wann hatte er angefangen, die Zähne zusammenzubeißen?

Der Anhänger in seiner Tasche drückte gegen seinen Oberschenkel: klein, aus Metall, von seiner Körperwärme warm geworden. Der Schlüsselanhänger seiner Mutter. Es war das Letzte, was sie berührt hatte, bevor sie ihn mitgenommen hatten.

Er schloss die Hand darum, durch den Stoff seiner Jeans hindurch, und hielt ihn fest.

Die Straße war dunkler als gewöhnlich. Einige Straßenlaternen waren ausgefallen, ausgeschaltet oder kaputt. Die funktionierenden warfen grellweiße Lichtkreise, die die Schatten zwischen ihnen fest und undurchdringlich erscheinen ließen.

Ein Auto fuhr langsam vorbei. Auf dem Dach war ein Lautsprecher montiert, aus dem folgende Durchsage ertönte: „Bürgerschutzinitiative in Kraft. Ausgangssperre beginnt um 20 Uhr. Alle Jugendlichen müssen von bevollmächtigten Erziehungsberechtigten begleitet werden."

Marcus drückte sich gegen einen Zaun und machte sich klein, unsichtbar. Seine Lungen funktionierten immer noch nicht richtig. Jeder Atemzug fühlte sich an, als würde er auf halbem Weg stocken, als würden sich seine Rippen nicht weit genug ausdehnen.

„Atme", sagte er zu sich selbst. Atme einfach.

Das Auto bog um die Ecke und verschwand.

Marcus richtete sich auf. Seine Beine fühlten sich wie Wasser an, aber er zwang sie, sich zu bewegen.

Er wusste nicht, wohin er gehen sollte. Doch die Stille im Stadthaus hinter ihm war schlimmer als jede Gefahr hier draußen.

Er begann zu laufen. Nach Westen. Denn Westen war weit weg und alles, was er hatte, war weit weg.

In dem Wohnkomplex hinter Leilas Gebäude trugen Tessas Beine, die sich schwerer als Knochen und Muskeln anfühlten, sie die letzte Treppe hinunter. Jeder Schritt war bewusst. kontrolliert. Denn wenn sie sich zu schnell bewegte, wenn sie zuließ, dass das, was an die Oberfläche drängte, sie überkam, würde sie zusammenbrechen – und das konnte sie sich nicht leisten.

Noch nicht.

Der türkisfarbene Anhänger war so fest in ihrer Faust geballt, dass sich die Kanten in ihre Handfläche gruben, scharf genug, um sie zu verletzen. Sie spürte die Feuchtigkeit, warm und glitschig. Gut. Der Schmerz hielt sie bei der Sache. Er hielt sie in der Gegenwart. Er hielt sie davon ab, in das riesige Loch zu verschwinden, das sich dort aufgetan hatte, wo früher ihre Eltern gewesen waren.

BLÜTENSCHWERE

Sie trat hinaus in die Novembernacht, blieb regungslos auf dem Parkplatz stehen, schloss die Augen und lauschte.

Das hatte ihr Vater ihr beigebracht. „Wenn du nicht weißt, was du tun sollst", hatte er gesagt, „hör auf, dich zu bewegen. Hör zu. Das Land wird es dir sagen."

Aber das war nicht mehr das Land. Hier war alles aus Beton, Asphalt und Maschendrahtzaun. Es war der Wind, der an der leeren Schwimmbadüberdachung rüttelte und die Schaukeln auf dem Spielplatz an ihren Ketten knarren ließ, als würden sie weinen.

Ostwind. Ihr Vater hatte gesagt, das bedeute Veränderung.

Sie öffnete die Augen. Für einen Moment verschwamm ihre Sicht, Tränen stiegen ihr in die Augen, aber sie blinzelte sie hart zurück. Sie schluckte sie hinunter. Sie drückte sie in das Loch, in das alles andere auch verschwand.

Später, sagte sie sich. Du kannst später zusammenbrechen.

Der Wind drückte ihr in den Rücken. Westen. Der Wind wehte nach Westen.

Sie begann zu gehen. Nicht rennen. Rennen bedeutete Panik, und Panik bedeutete den Tod. Ihre Großmutter hatte Schlimmeres überstanden, indem sie ruhig geblieben war, indem sie darauf vertraut hatte, dass Angst nur eine Information war, aber keine Wahrheit.

Tessas Hände zitterten jedoch. Trotz allem, trotz ihrer Selbstbeherrschung, hörten ihre Hände nicht auf zu zittern.

Sie steckte sie in die Taschen und ging weiter.

Sam rannte aus dem Haus mit den Rosenbüschen und und schaffte es bis zur Hälfte des Blocks, bevor ihre Knie weich wurden und sie den Halt verlor. Sie fiel auf den Beton. Ihr ganzer Körper zitterte so heftig, dass ihre Zähne klapperten.

Sie konnte nicht atmen. Sie konnte nicht denken. Sie konnte nichts anderes tun, als dort zu sitzen, die Arme um sich geschlungen, während Schluchzer aus ihrer Kehle rissen – hässliche, keuchende Geräusche, die beim Aufsteigen wehtaten.

Die Rezeptkarte steckte in ihrer Tasche, ihre Ränder waren bereits von ihrem Schweiß aufgeweicht. Das Medaillon hüpfte gegen ihre Brust. Die Müsliriegel drückten gegen ihre Hüfte. Dumme Dinge. Nutzlose Dinge. Was nützte ihr das Essen, wenn ihr Vater weg war?

„Mi poeta", hatte er gesagt. Das Letzte, was er zu ihr gesagt hatte. „Sprache ist ein Haus. Halte unseres erleuchtet."

Sie presste ihr Gesicht gegen ihre Knie und weinte noch heftiger. Ihr ganzer Körper krümmte sich, als könnte sie sich klein genug machen, um zu verschwinden.

Auf der anderen Straßenseite öffnete sich eine Tür. Sam hob ruckartig den Kopf und wurde von Angst überflutet, so schnell, dass ihre Sicht an den Rändern grau wurde.

Mr. Nguyen. Er lud Koffer in sein Auto, seine Frau drängte ihre Tochter im Teenageralter zur Eile. Sie sahen Sam, ein zwölfjähriges Mädchen, das allein im Dunkeln schluchzte, am Straßenrand stehen, doch ihre Gesichter blieben verschlossen. Keine Anerkennung. Keine Hilfe. Nur Angst.

Sie stiegen ins Auto und fuhren davon.

Sam saß da, starrte auf die leere Stelle, an der das Auto gestanden hatte, und spürte, wie etwas in ihrer Brust hart wurde. Es war nicht mehr der Schmerz, der sie zum Weinen brachte. Es war der Schmerz der Wut.

Sie hatten sie gesehen. Sie kannten sie, seit sie sechs Jahre alt war. Und sie waren weggefahren.

Sie wischte sich mit dem Handrücken grob und wütend über das Gesicht und stand mit zitternden Beinen auf. Ihre Wasserflasche hielt sie immer noch in der anderen Hand. Sie hatte sie so fest umklammert, dass ihre Finger taub geworden waren.

Das Telefon im Haus klingelte immer noch. Diese angenehme Stimme zählte herunter. Fünfundvierzig Minuten. Dreißig Minuten. Fünfzehn.

Sie musste weg.

Sie wusste nicht, wohin. Aber hier zu bleiben, bedeutete, dass sie sie holen würden. Am Ende würde sie dort landen, wo ihre Eltern waren. Und etwas tief in ihrem Inneren sagte ihr, dass sie nicht dorthin wollte, wo auch immer das sein mochte.

Sie begann zu gehen. Sie konnte nicht rennen – dazu waren ihre Beine noch nicht in der Lage –, aber sie bewegte sich. Ein Fuß vor den anderen.

Nach Westen. Ohne zu wissen warum, ging sie nach Westen.

Ihre Kehle war rau vom Weinen. Ihre Augen brannten. Aber sie ging weiter.

„Sprache ist ein Haus", hatte ihr Vater gesagt.

Also flüsterte sie sich beim Gehen auf Spanisch mit der Stimme ihres Vaters zu: „Sigue adelante, mi poeta. Geh weiter, meine Dichterin."

Geh weiter, meine Dichterin. Geh weiter.

Der Jacaranda-Baum zog sie alle magisch an.

Leila kam als Erste dort an, instinktiv angezogen von der Ecke, an der sie heute Nachmittag gestanden und gezeichnet hatte. Vor einer Ewigkeit. Als das Licht golden war und die Welt noch Sinn ergab.

Jetzt stand der Baum in der Dunkelheit. Die Straßenlaternen warfen ein grelles, weißes Licht, das die violetten Blüten grau und seltsam erscheinen ließ. Blütenblätter bedeckten den Bürgersteig, zertreten und zerknittert vom Chaos des Nachmittags. Einige von ihnen waren in den Beton gedrückt und hinterließen violette Flecken auf dem Beton. Wie Blutergüsse auf der Haut der Stadt.

Leila stand darunter, eine Hand auf dem Stamm, um das Gleichgewicht zu halten. Die Rinde war rau unter ihrer Handfläche, fest und echt. Ihre Beine zitterten. Wann hatten sie angefangen zu zittern?

Ihr ganzer Körper fühlte sich falsch an. Zu leicht und zu schwer zugleich. Ihre Haut war zu straff. Ihr Atem war zu flach.

„Schock", lieferte ein entfernter Teil ihres Gehirns. „Du gerätst in einen Schockzustand."

„Leila?"

Sie drehte sich mit klopfendem Herzen um und sah Marcus aus Richtung der Reihenhäuser auf sich zulaufen. Sein Rucksack hüpfte auf seinen Schultern. Er wirkte angespannt, eine Mischung aus Angst und Konzentration lag in seinem Gesicht. Für einen Moment hätte sie ihn fast nicht erkannt. Das war nicht der Marcus aus dem Mathematikunterricht, der immer die Antwort wusste, der ruhige und logisch denkende Marcus.

Dieser Marcus sah aus, als könnte er sich kaum noch aufrecht halten.

„Hat man deine Eltern auch mitgenommen?", fragte er, als er sie erreichte. Seine Stimme brach bei dem Wort „Eltern", und er schluckte schwer, um sie ruhig zu halten.

Leila nickte. Sie konnte noch nicht sprechen. Wenn sie es versuchte, würde sie anfangen zu weinen und nicht mehr aufhören können.

„Meine auch", sagte Marcus. „Im Supermarkt. Sie haben einfach ..." Seine Hände ballten sich zu Fäusten. Er öffnete sie wieder. Ballte sie erneut. „Wohin gehen wir?"

„Ich weiß es nicht." Die Worte kamen leiser heraus, als beabsichtigt.

BLÜTENSCHWERE

Von links kam Bewegung – Tessa tauchte zwischen den Gebäuden auf. Trotz allem bewegte sie sich leise und schnell, ihr dunkler Zopf schwang bei jedem Schritt mit. Sie sah sie, änderte die Richtung und schloss sich ihnen unter dem Baum an.

Ihr Gesicht war zu ruhig. Zu beherrscht. Leila erkannte diesen Ausdruck – es war derselbe, den sie im Van auf dem Gesicht ihrer Mutter gesehen hatte: der Ausdruck von jemandem, der alles zurückhält, weil es bedeuten würde, zusammenzubrechen, wenn er es herausließe.

„Tessa", brachte Leila hervor. „Bist du ..."

„Sie haben meine Eltern im Gemeindezentrum mitgenommen." Tessas Stimme war ruhig, aber ihre Hände zitterten. Sie steckte sie in ihre Taschen. „Auch einen General. Einen Veteranen mit Orden. Das war ihnen egal. Sie haben alle mitgenommen."

„Mein Gott", flüsterte Marcus. Sein Kiefer spannte sich wieder an. Leila konnte sehen, wie die Muskeln unter seiner Haut zuckten.

„Sam!", rief Leila plötzlich.

Sam kam aus der anderen Richtung auf sie zu. Sie rannte nicht, sondern ging nur, als hätte sie keine Kraft mehr zum Laufen. Ihr Gesicht war tränenüberströmt und sie hatte die Arme um sich geschlungen. Als sie Leila sah, verzog sich ihr Gesicht gleichzeitig vor Erleichterung und neuer Trauer. Sie lief die letzten Meter und fiel Leila fast in die Arme.

„Sie haben meinen Vater mitgenommen ...", brachte sie zwischen Schluchzern hervor. „Und seine Freundin Sarah. Sie wollte nur helfen. Sie war nur nett."

„Wir wissen es", sagte Leila, hielt Sam fest und spürte, wie diese an ihr zitterte. „Wir wissen es. Sie haben sie alle mitgenommen."

Einen Moment lang standen die vier eng beieinander unter dem Baum, der sie beim Aufwachsen beobachtet hatte. Leila spürte, wie alle zitterten – oder vielleicht war es nur sie. Sie konnte nicht mehr sagen, wo ihr Körper endete und der der anderen begann.

Sams Wasserflasche drückte sich in Leilas Rippen. Marcus' Rucksackriemen rutschte ihm immer wieder von der Schulter und er zog ihn jedes Mal mit scharfen, wütenden Bewegungen wieder hoch. Tessa stand so still da, als wäre sie aus Stein, bis auf ihre Hände, die immer noch in den Taschen zitterten.

„Was sollen wir tun?", fragte Sam mit leiser, brüchiger Stimme. „Wohin sollen wir gehen?"

Marcus holte sein Handy heraus. Er versuchte, es zu entsperren. Sein Gesicht. Sein Passwort. Doch nichts funktionierte. Es erschien nur ein rotes Schild-Symbol und der kalte Text: Zivilschutzprotokoll aktiv – Gerät gesichert.

„Meins ist gesperrt", sagte er. Seine Stimme klang flach. Analytisch. So ging er mit Angst um – er löste Probleme. Leila konnte sehen, wie er das tat, wie er alles unterdrückte, damit sein Gehirn arbeiten konnte.

„Meins auch", flüsterte Leila und holte ihr Handy hervor. Ihre Hand zitterte immer noch.

Tessa hielt ihres hoch. Dieselbe Meldung. Dasselbe rote Schild.

„Sie haben es mit allen gemacht", sagte Marcus. Trotz seiner Angst und seiner zitternden Hände arbeitete sein technisches Gehirn. „Eine Art Fernaktualisierung. Sie haben jedes Telefon in der Stadt gesperrt, vielleicht sogar im ganzen Land."

„Warum?", fragte Sam.

Marcus starrte auf seinen Bildschirm. Auf dieses Schild. Auf dieses Wort: GESICHERT. Sein Gesichtsausdruck veränderte sich, als ihm die Erkenntnis dämmerte.

„Wartet." Seine Stimme wurde schärfer. „Wenn es gesperrt ist, aber noch eingeschaltet ist und sie es aus der Ferne steuern können …"

BLÜTENSCHWERE

Er sah zu den anderen auf und Leila sah, wie sich die Angst in seinen Augen in Gewissheit verwandelte.

„Sie verfolgen uns", sagte er. „Gerade jetzt. Diese Telefone sind Ortungsgeräte."

Leilas Hand umklammerte ihr Telefon fester. Der Bildschirm fühlte sich kalt an ihrer Handfläche an. Darauf war das Gesicht ihrer Mutter zu sehen – das Hintergrundbild, das letzte Foto, das sie zusammen gemacht hatten –, doch sie konnte es nicht sehen, nicht darauf zugreifen, nicht speichern.

„Nein", hörte sie sich sagen. „Nein, ich brauche das Bild meiner Mutter, es ist hier drauf, ich brauche –"

Aus der Dunkelheit einer nahegelegenen Türöffnung – der Bodega, deren Metallrollläden halb heruntergelassen waren – kam eine flüsternde Stimme. Mrs. Khoury war kaum sichtbar im Schatten, ihr Gesicht war nur eine blasse Silhouette in der Dunkelheit.

„Eure Telefone, Kinder. Zerstört sie. Sie verfolgen euch." Ihre Stimme klang eindringlich und zitterte. Ängstlich. „Lauft! Geht nach Westen. Haltet um nichts in der Welt an."

„Wo ...", begann Marcus.

Doch sie war bereits in der Dunkelheit verschwunden, bevor sie weitere Fragen stellen konnten, da das Risiko, entdeckt zu werden, zu groß war.

Marcus sah noch einmal auf sein Handy. Das Gesicht seiner Mutter lächelte ihn vom Sperrbildschirm an – ein Foto vom letzten Sommer bei einem Auftritt seines Vaters, alle drei lachten, der Arm seines Vaters lag um die Schultern seiner Mutter und Marcus schnitt der Kamera eine Grimasse. Er konnte nicht darauf zugreifen. Er konnte es nicht speichern. Durch den roten Schutzschild konnte er es nicht einmal richtig sehen.

Es war bereits verschwunden.

Seine Kehle schnürte sich zu. Für einen Moment konnte er überhaupt nicht atmen.

Dann warf er das Telefon hart auf den Bürgersteig.

Der Bildschirm zerbrach mit einem Schuss ähnlichen Geräusch. Das Glas splitterte wie ein Spinnennetz über das Gesicht seiner Mutter.

Aber das reichte nicht. Es war immer noch eingeschaltet. Es sendete immer noch. Jagte sie immer noch.

„Alle", sagte er mit rauer Stimme. „Alle. Sofort."

Leila zögerte und starrte auf ihr Telefon. Als Hintergrundbild war ein Foto ihrer Mutter eingestellt, das Leila mit ihrer neuesten Zeichnung zeigte – eine Skizze des Jacaranda-Baums aus dem letzten Frühjahr, als er in voller Blüte stand und alles in Ordnung war.

„Das Gesicht meiner Mutter ..."

„Es ist in deiner Erinnerung", sagte Tessa leise. Sie holte ihr eigenes Handy heraus, sah es sich eine Sekunde lang an – das Kontaktfoto ihrer Eltern, das Bild vom Powwow im letzten Jahr, auf dem alle drei in ihren Festgewändern zu sehen waren – und hielt es dann hin. „In deiner Kunst. Nicht in diesem Ding."

Leila schloss die Augen. Ihre Hand zitterte so stark, dass sie das Handy fast fallen ließ. Dann warf sie es neben das von Marcus.

Die vier umringten die beiden Geräte.

Und sie stampften.

Marcus machte den Anfang. Sein Fuß landete hart auf dem Handy seiner Mutter. Der Aufprall schoss durch seinen Knöchel, sein Knie und seine Hüfte, aber das war ihm egal. Er stampfte erneut. Diesmal zerbrach das Glas richtig und die Scherben verteilten sich auf dem Beton. Er trat erneut darauf. Und noch einmal. Sein Kiefer schmerzte vom Zusammenbeißen.

Er schmeckte Bitterkeit – von der gebissenen Wange, von irgendwoher.

Das Telefon zerbrach in Stücke und wurde zu nichts. Ein Teil von ihm wollte schreien, weil er das letzte Bild seiner Mutter zerstört hatte. Der andere Teil – der Teil, der überleben wollte – ließ seinen Fuß weiterstampfen und zermalmte den Bildschirm zu Staub.

Leila gesellte sich zu ihm. Ihre Kunstschuhe – die, die ihre Mutter ihr zum Geburtstag gekauft hatte; die weichen Canvas-Schuhe, die bequem sein sollten; zum Skizzieren im Park; für den Heimweg von der Schule an goldenen Nachmittagen – trafen wieder und wieder auf das Telefon. Jeder Tritt schickte einen Schock durch ihre Knochen. Ihre Hände waren zu Fäusten geballt. Ihre Kehle war so angespannt, dass sie kaum atmen konnte, aber ihre Beine bewegten sich weiter und zerstörten. Der Bildschirm zerbrach in immer kleinere Stücke. Das Bild ihrer Zeichnung verschwand unter spinnennetzartigem Glas und schließlich unter nichts als Fragmenten.

Tessas Tritte waren kontrolliert. Eins. Zwei. Drei. Jeder einzelne war präzise. Jeder einzelne zielgerichtet. Doch ihr Atem ging stoßweise, ihre Sicht verschwamm immer wieder und sie musste kräftig blinzeln, um sie wieder klar zu bekommen. Bei jedem Aufprall schlug der türkisfarbene Anhänger gegen ihre Brust – der Anhänger ihrer Großmutter, den ihr Vater ihr gegeben hatte, als seine Hände noch warm und frei waren. Sie stampfte und stampfte, und mit jedem Schlag verdrängte sie alles: das Gesicht ihres Vaters, als sie ihn mitnahmen, die Stimme ihrer Mutter, die ihren Namen rief, den General mit seinen Orden, der sagte, dass dies nicht das Amerika sei, das er verteidigt habe – sie verdrängte alles in dieses Loch, sodass es sie nicht mehr berühren konnte.

Sam weinte, während sie stampfte. Tränen liefen ihr über das Gesicht, ihre Nase lief, aber es war ihr egal. Sie wischte sie nicht weg, sondern trat immer wieder mit dem Fuß auf das Telefon, in dem das Gesicht ihrer Abuela eingeschlossen war. „Ich wollte nur meinen Vater anrufen", schluchzte sie. „Ich wollte nur ..." Ihre Stimme brach und sie stampfte noch stärker. Eine Glasscherbe durchbohrte die dünne Sohle ihres Sneakers und drang tief in ihre Ferse ein. Sie spürte die feuchte Wärme des Blutes, doch die Wut war lauter als der Schmerz. Sie stampfte weiter. Die Wasserflasche fiel ihr aus der Hand, rollte davon und wurde vergessen. Sie stampfte, bis ihre Beinmuskeln brannten, bis ihr Fuß taub wurde, bis nichts mehr übrig war außer Plastikscherben, glitzerndem Glas und verbogenem Metall der Leiterplatte.

Sie zerstörten Marcus' Handy vollständig und machten sich dann an Leilas Handy zu schaffen. Mit derselben brutalen Effizienz. Mit derselben wortlosen Wut. Vier Paar Füße arbeiteten zusammen, wechselten sich ab, überlagerten sich in einem aus Verzweiflung geborenen Rhythmus.

Dann legte Tessa ihr Handy sanft beiseite – ein letzter Moment der Kontrolle – und trat zurück.

Jetzt stampften alle vier gemeinsam. Ein Rhythmus. Ein Ritual. Marcus' Fuß, dann Leilas, dann Sams, dann Tessas. Immer und immer wieder. Sie zerschlugen die schwarzen Spiegel, die sie in den letzten vier Stunden belogen hatten. Sie zermalmten die angenehmen, künstlichen Stimmen zu Stille und Staub. Der Lärm hallte von den Mauern wider. Krach. Krach. – wie brechende Knochen, wie eine zerbrechende Welt, wie alles, das gleichzeitig zerbrach.

Sams Handy war das letzte. Sie hielt es einen langen Moment lang in der Hand und starrte auf den gesperrten Bildschirm, auf dem das Foto ihrer Großmutter als Hintergrundbild zu sehen war – das Foto, das sie zeigte, bevor sie krank geworden war, als sie noch stark gewesen war, noch gelacht und gelebt hatte. Sam konnte es jetzt nicht mehr sehen. Sie konnte nicht darauf zugreifen. Sie konnte es nicht retten. Das rote Schild verdeckte alles.

„Es tut mir leid", flüsterte sie zu ihrem Handy, zu ihrer Großmutter, zu ihren Eltern, zu allen, die sie verloren hatte. Dann ließ sie es fallen.

Gemeinsam zerstörten sie es. Vier Paar Füße stampften im

BLÜTENSCHWERE

Gleichklang und ließen in dieser kleinen, kontrollierbaren Gewalttat ihre Wut, ihre Trauer und ihre Angst freien Lauf. Sams Schluchzen verwandelte sich in Keuchen, das sich zu einem schrillen, tonlosen Schreien entwickelte. Leilas Tränen kamen endlich und liefen ihr über das Gesicht, während ihre Füße weiterstampften. Marcus' Kiefer war so fest zusammengebissen, dass ihm die Zähne schmerzten. Tessas Beherrschung brach schließlich zusammen und ein Laut kam aus ihrer Kehle – halb Schrei, halb Brüllen –, während sie immer fester stampfte, bis ihre Beine nachgaben und sie fast hinfiel.

Marcus fing sie auf. Er hielt sie fest.

Sie blieben alle stehen, atmeten schwer und standen im Kreis um die Trümmer herum.

Lila Jacaranda-Blütenblätter vermischten sich mit den zerbrochenen Handys – zarte Schönheit inmitten der Zerstörung. Das Glas reflektierte das Straßenlicht wie Sterne. Es waren wie winzige gebrochene Versprechen, die über den Bürgersteig verstreut waren.

Als das letzte Telefon nur noch aus Bruchstücken bestand, traten sie zurück.

Sams Hände zitterten so stark, dass sie sie fest aneinanderpressen musste. Marcus' Brust schmerzte, als wäre er meilenweit gelaufen. Leilas Gesicht war nass und sie konnte sich nicht daran erinnern, geweint zu haben. Tessa hatte sich wieder unter Kontrolle, aber die Risse waren noch da: sichtbar daran, wie ihre Schultern zitterten und wie sie den Kopf senkte, um ihr Gesicht zu verbergen.

Sie standen in den Trümmern ihrer einzigen Verbindung zur Welt.

Und für einen Moment konnte sich keiner von ihnen bewegen.

Sam bemerkte Marcus' Rucksack. Seine Stimme klang heiser: „Was ist mit deinem Laptop?"

Marcus erstarrte und griff nach dem Riemen. Der Rucksack

fühlte sich plötzlich unglaublich schwer an. Vielleicht bemerkte er das auch erst jetzt, da das Adrenalin nachließ und die Erschöpfung sich wie nasser Beton in seinen Knochen festsetzte.

„Laptops sind anders", sagte er langsam. Sein Gehirn fühlte sich träge an, als würde es sich durch Schlamm bewegen. „Kein Mobilfunk. Kein GPS, es sei denn, es ist eingeschaltet und verbunden. Hartes Ausschalten. Ich würde den Akku herausnehmen, wenn ich könnte, aber er ist integriert. Wenn er ausgeschaltet bleibt, sollte der Schaltkreis kein Signal senden."

„Bist du sicher?", fragte Leila. Ihre Stimme war leise. Zweifelnd.

Marcus sah ihr in die Augen. Er sah seine eigene Angst darin widergespiegelt. „... Nein, aber es ist jetzt offline. Und wir könnten es brauchen."

Die Worte hingen in der Luft. Könnte. Vielleicht. Nichts war sicher. Nur Hoffnung und Risiko vermischten sich.

Tessa berührte seine Schulter. Ihre Hand war ruhig, obwohl Marcus sehen konnte, dass sie zitterte. „Dann tragen wir das Risiko gemeinsam."

Etwas in Marcus' Brust lockerte sich. Nicht viel. Gerade genug, um etwas leichter atmen zu können.

Er nickte, seine Kehle war zu eng, um zu sprechen.

Um sie herum veränderte sich die Nachbarschaft und wurde zu etwas anderem. Unten der Straße konnten sie Taschenlampen sehen, die hin und her schwenkten – eine Patrouille, die langsam und methodisch vorrückte und jedes Haus überprüfte. Die Lichtstrahlen durchschnitten die Dunkelheit wie Messer.

In der entgegengesetzten Richtung näherten sich Scheinwerfer. Ein DCP-Van bewegte sich im Schritttempo. Aus dessen Lautsprecher knisterte eine zu laute, zu fröhliche Stimme: „JUGEND-

BLÜTENSCHWERE

SCHUTZDIENST. Alle unbegleiteten Minderjährigen müssen sich beim nächstgelegenen Sammelpunkt melden. DIE EINHALTUNG DIESER VORSCHRIFT IST VERPFLICHTEND."

Der Ton ließ Sam zusammenzucken. Ihr ganzer Körper zuckte, als hätte sie etwas erschreckt.

„Wir müssen weg hier", sagte Marcus. Er sah sich verzweifelt um, sein Herz raste wieder. „Aber wohin?"

„Nach Westen", sagte Tessa. Sie klang entschlossen, obwohl ihre Hände noch zitterten. „Sie sagte nach Westen."

„Westen, wohin?" Sams Stimme brach und schwankte zwischen Panik und Verzweiflung. „Im Westen gibt es nur noch mehr Stadt. Mehr Patrouillen. Mehr Menschen, die uns ..." Sie konnte den Satz nicht beenden.

Leila sah nach unten. Ihr Künstlerauge fiel auf etwas auf dem Bürgersteig, das nicht dorthin gehörte. „Wartet! Seht mal."

Am Fuße des Jacaranda-Baums, kaum sichtbar im grellen Licht der Straßenlaternen, lag weiße Kreide. Ein Pfeil, der nach Westen zeigte. Daneben war ein Symbol zu sehen – ein Kreuz, ein Stern und ein Halbmond, miteinander verflochten und von einem Kreis umschlossen.

„Jemand hat das hier markiert", sagte Leila. Sie hockte sich hin, ihre Hand schwebte darüber, ohne es ganz zu berühren, aus Angst, es könnte verschwinden, wenn sie es tat. Die Kreide war frisch. Die Ränder waren noch scharf, noch nicht durch Fußgängerverkehr verwischt.

Marcus kniete sich neben sie; sein Rucksack rutschte unangenehm auf seinen Schultern hin und her. Er betrachtete die Markierung mit derselben Konzentration, mit der er ein Programmierproblem angehen würde – als würde die Lösung erscheinen, wenn er nur genau genug hinschaute. „Es ist frisch. Seht euch die Kanten an – noch ganz klar. Das wurde heute gemacht, vielleicht in den letzten paar Stunden." Er blickte auf und suchte die Straße ab. „Da ist noch eine. An dem Laternenpfahl."

Jetzt konnten sie es sehen: ein weiterer Pfeil, ein weiteres Kreuz, das in dieselbe Richtung zeigte, in die Mrs. Khoury ihnen gesagt hatte, sie sollten gehen.

„Kirchen?", flüsterte Tessa. Sie erkannte das Kreuzsymbol, obwohl alles in ihr daran zweifeln wollte, dass ihnen jetzt noch etwas helfen konnte.

„Vielleicht." Marcus stand auf. Sein analytischer Verstand versuchte, die Möglichkeiten durchzugehen, doch immer wieder unterbrach ihn die Angst und störte seine Gedanken. „Vielleicht bietet jemand Zuflucht. Das haben Kirchen in der Geschichte doch auch getan, oder? Menschen beherbergen, wenn Regierungen ..." Er hielt inne. Die Parallele war zu offensichtlich, zu schmerzhaft.

„Oder vielleicht ist es eine Falle", sagte Sam. Ihre Stimme zitterte, aber sie sagte es trotzdem und sprach damit aus, was alle dachten. „Vielleicht markieren sie Wege, um uns zu fangen. Vielleicht wusste Mrs. Khoury nichts davon, vielleicht ..."

„Sie hat sich selbst in Gefahr gebracht, um uns zu warnen", unterbrach Tessa sie. Ihre Stimme klang ruhig, doch Leila sah, wie viel Kraft es Tessa kostete. Sie presste die Hände gegen die Oberschenkel, um das Zittern zu unterdrücken. „Sie würde uns nicht in Gefahr bringen."

Marcus betrachtete das Symbol erneut. Das Kreuz war bewusst einfach gezeichnet. Nicht hastig. Nicht bedrohlich. Es war einfach nur da. Es zeigte nach Westen. Wie ein Versprechen, das jemand zu halten versuchte.

„Mrs. Khoury sagte Westen", sagte er schließlich. „Und diese Zeichen zeigen nach Westen. Das kann kein Zufall sein."

„Wir können nirgendwo anders hingehen", sagte Leila. Sie stand auf, ihre Beine protestierten. Ihr tat alles weh. Ihre Knöchel vom zu schnellen Treppenlaufen. Ihre Brust schmerzte vom falschen Atmen. Ihre Augen vom Weinen. Aber sie mussten weiter. „Wir können diesen Spuren folgen. Mal sehen, wohin sie führen. Seid vorsichtig."

„Wenn es sich falsch anfühlt, rennen wir", sagte Marcus entschlossen. Er brauchte diese Regel. Er brauchte etwas, um glauben zu können, dass sie noch die Kontrolle hatten.

„Einverstanden", sagte Tessa.

Sam wischte sich mit dem Handrücken die Augen. Ihr Gesicht war fleckig und geschwollen, doch sie presste die Kiefer aufeinander. Sie nickte.

Hinter ihnen kamen die Sirenen näher. Der DCP-Van bog in ihre Straße ein und sein Suchscheinwerfer leuchtete die Umgebung aus.

„Jetzt", sagte Tessa leise. „Wir gehen jetzt."

Sie ließen den Jacaranda-Baum zurück – und damit ihre Kindheit, die wie Glasscherben auf dem Bürgersteig zersplittert war. Sie ließen die Welt zurück, wie sie um drei Uhr nachmittags existiert hatte, als das Licht golden war und alles sicher schien.

Leila blickte einmal zurück. Der Baum stand dunkel vor dem Nachthimmel, seine Äste bewegten sich im Wind und Blütenblätter fielen wie langsamer Regen herab.

Dann packte Marcus ihre Hand und zog sie weiter, und sie rannten wieder los.

Sie folgten den Kreidemarkierungen nach Westen in die Dunkelheit. Sie wussten nicht, wer sie gemacht hatte. Sie wussten nicht, wohin sie führten. Sie wussten nicht, ob es überhaupt noch irgendwo Sicherheit gab.

Sams Atem ging stoßweise. Marcus' Rucksack schlug bei jedem Schritt gegen seinen Rücken. Tessas Beine brannten. Leilas Sicht verschwamm vor Tränen, die sie sich nicht wegwischen konnte.

Aber sie bewegten sich gemeinsam vorwärts.

Und irgendwie machte das die Dunkelheit ein wenig weniger absolut.

Sie waren noch keine zwei Blocks weit gekommen, als sie es hörten.

Das Geräusch ließ sie erstarren: ein Kinderschrei, hoch und voller Angst, der wie zerbrochenes Glas durch die Nacht schnitt.

Dann Geschrei. Erwachsenenstimmen. Das Quietschen von Reifen.

„Runter!", zischte Marcus. Sie tauchten in einen Hauseingang ein und drückten sich alle vier gegen die vertiefte Eingangstür eines geschlossenen Versicherungsbüros. Sie versuchten, sich unsichtbar zu machen und in den Schatten zu verschwinden.

Leilas Herz schlug so heftig, dass sie es in ihrer Kehle, in ihren Ohren und in ihren Fingerspitzen spüren konnte. Jeder Schlag tat weh. Sie presste die Hand auf die Brust, als könnte sie das Herz damit beruhigen, als könnte der Klang ihres eigenen Herzschlags sie verraten.

Sam zitterte. Sie zitterte nicht nur, sie bebte, ihr ganzer Körper vibrierte, als würde etwas aus ihr herausbrechen wollen. Um keinen Laut von sich zu geben, biss sie sich auf die Hand. Ihre Zähne drückten so fest in die Haut, dass sie Spuren hinterließen.

Marcus atmete zu laut. Er wusste, dass es zu laut war. Er versuchte, langsamer und durch die Nase zu atmen, aber seine Lungen schrien nach Luft und jeder Atemzug klang wie ein Keuchen, wie ein Verrat.

Tessa war die Ruhigste. Sie drückte sich gegen die Tür und starrte auf die Straße. Leila konnte jedoch sehen, wie Tessa die Kiefer zusammenpresste, sodass die Sehnen an ihrem Hals hervortraten, und wie sie die Hände so fest ballte, dass die Knöchel weiß wurden.

Sie sahen zu.

Eine Familie – Mutter, Vater, zwei Kinder, vielleicht acht und zehn Jahre alt – rannte die Querstraße entlang. Sie rannten nicht, als wären sie zu spät zu etwas. Sie rannten wie gejagte Tiere. Die Hand der Mutter umklammerte das Handgelenk des jüngeren Kindes so fest, dass Leila sehen konnte, wie das Kind stolperte und versuchte, mitzuhalten. Das ältere Kind trug einen Rucksack, der hin und her schwang und es aus dem Gleichgewicht zu bringen drohte. Es sah aus, als stünde ihm der Schrecken ins Gesicht geschrieben, während der Vater immer wieder zurückblickte.

Sie waren ungeschützt. Sichtbar. Unter einer Straßenlaterne an der Kreuzung, beleuchtet wie auf einer Bühne.

Plötzlich tauchte ein DCP-Van aus dem Nichts auf – oder vielleicht hatte er die ganze Zeit dort gewartet – und schnitt ihnen den Weg ab. Das Fahrzeug kam ruckartig zum Stehen und blockierte die Kreuzung. Die Familie erstarrte.

Eine schreckliche Sekunde lang bewegte sich niemand.

Dann sprangen die hinteren Türen des Vans auf, und vier Beamte strömten mit koordinierter Präzision heraus. Dies deutete darauf hin, dass sie dies schon oft gemacht hatten. An ihren Leinen zogen Hunde, die bellten und mit blitzenden Zähnen um sich stürmten.

„Halt! Bleiben Sie, wo Sie sind!"

Der Vater versuchte, seine Kinder zu schützen. Er breitete die Arme aus, als könnte er eine Mauer sein, als könnte sein Körper sie davor schützen. „Bitte", sagte er, doch seine Stimme brach bei diesem Wort. „Es sind nur Kinder. Wir versuchen nur …"

„Auf den Boden! Alle! Sofort!"

„Wir haben nichts getan …"

„AUF DEN BODEN!"

Das jüngere Kind weinte – mit diesen Schluchzern, die Kinder ausstoßen, wenn sie ihre Angst und ihr Verständnis überschreiten und in puren Terror verfallen. Das ältere Kind versuchte tapfer zu sein. Leila konnte sehen, wie es versuchte, aufrecht zu stehen und nicht zu weinen, aber sein ganzer Körper zitterte und sein Gesicht verzog sich.

In der Tür gab Sam einen kleinen, verletzten Laut von sich, den sie zu unterdrücken versuchte, aber nicht ganz schaffte. Es klang wie ein Wimmern, wie etwas, das zerbricht.

Marcus' Hand fand ihre in der Dunkelheit. Seine Handfläche war schweißnass, aber er drückte ihre Hand fest und gab ihnen beiden Halt.

Die Polizisten kamen näher. Raue Hände. Kabelbinder, die mit mechanischer Effizienz zuschnappten. Der Vater versuchte immer noch, zu reden und zu argumentieren: „Bitte lassen Sie mich erklären. Wir wollten nur ..."

Doch die Hand eines Polizisten drückte seinen Kopf nach unten. „Hören Sie auf, sich zu wehren."

„Ich wehre mich nicht – ich will nur ..."

„Hören Sie auf, sich zu wehren."

Die Mutter weinte leise. Ihr Gesicht war nass und ihr Körper zitterte, während man ihr die Handgelenke mit Kabelbindern auf dem Rücken fesselte. Sie versuchte, sich umzudrehen und ihre Kinder zu sehen und zu erreichen, obwohl ihre Hände gefesselt waren.

„Mama!", schrie das jüngere Kind. „Mama!"

„Es ist okay, mein Schatz, alles wird gut ..." Die Stimme der Mutter brach, sie log unter Tränen. „Sei tapfer, sei ..."

„Trennt sie", sagte ein Beamter. Klinisch, sachlich. Als würde er über Lebensmittel sprechen.

„Nein!" Die Stimme der Mutter stieg zu einem Urschrei an. „Bitte nehmen Sie sie nicht mit! Sie brauchen mich. Sie sind noch Babys."

Zwei Beamte packten die Kinder. Das jüngere Kind schrie jetzt, streckte die Arme nach hinten aus und griff mit den Fingern ins Leere. Das ältere Kind hatte aufgehört, tapfer zu sein, und weinte ebenfalls. Es rief nach dem Vater, nach der Mutter, nach jemandem, der ihnen helfen würde.

Der Vater stürzte sich – aus Instinkt, aus Verzweiflung – auf die Beamten und wurde von einem von ihnen geschlagen. Der Schlagstock traf ihn an der Schulter und er ging zu Boden, nach Luft ringend.

„Papa!" Die Stimme des älteren Kindes brach vor Entsetzen.

In der Tür verschwamm Leilas Blick. Tränen liefen ihr über das Gesicht, und sie konnte sie weder aufhalten noch wegwischen. Sie presste die Hände vor den Mund, um nicht zu schreien oder sie anzuschreien, sie sollten aufhören und diese Familie in Ruhe lassen.

Sam presste ihr Gesicht gegen Marcus' Schulter, ihr ganzer Körper zitterte vor unterdrücktem Schluchzen. Sie konnte nicht hinsehen, aber auch nicht wegsehen. Sie konnte ihre Augen nicht schließen und das Geschehene nicht ungeschehen machen.

Marcus biss die Zähne so fest zusammen, dass er dachte, sie würden brechen. Seine freie Hand umklammerte Tessas Arm – wann hatte er sie gepackt? – und hielt sich daran fest, als wäre sie das Einzige, was ihn auf dem Boden hielt. Sein Magen rebellierte. Ihm wurde übel. Er würde sich übergeben müssen. Er würde ...

Tessas Hand bedeckte seine. Sie drückte einmal zu. Ihr Gesicht war wie versteinert, aber ihre Hand zitterte.

Sie luden die Eltern in einen Kleinbus. Der Vater versuchte immer noch, zu seinen Kindern zurückzuschauen. Sein Gesicht war eine Maske der Qual, sein Mund formte ihre Namen, aber es kam kein Ton mehr heraus. Die Mutter schrie – ein wortloses, tierisches Schreien, das von den Gebäuden widerhallte und Leila dazu brachte, sich die Ohren zuzuhalten –, aber sie konnte sich nicht bewegen, sie konnte nichts tun außer zusehen.

Dann luden sie die Kinder in einen anderen Transporter. Der Jüngere weinte immer noch nach seiner Mama, die Hände gegen die getönte Scheibe gedrückt, sodass kleine Handabdrücke auf dem

Glas zurückblieben. Der Ältere war still geworden. Der Schock hatte sich in seinem ausdruckslosen und leeren Gesicht niedergelassen.

Die Motoren der Transporter sprangen an.

Sie fuhren in entgegengesetzte Richtungen davon.

Die Kreuzung war wieder leer. Still. Als wäre nichts geschehen. Als wäre nicht gerade eine Familie unter der Straßenlaterne auseinandergerissen worden.

Der einzige Beweis dafür war der heruntergefallene Rucksack, der auf der Seite auf dem Bürgersteig lag. Der Inhalt war herausgefallen: eine Saftpackung, ein Malbuch, jemandes Hausaufgaben mit einem goldenen Sternaufkleber in der Ecke sowie ein Stofftier – ein braunes, abgenutztes Kaninchen, das offensichtlich gerne benutzt worden war.

Einen langen Moment lang konnten sich die vier Kinder in der Tür nicht bewegen. Sie konnten nicht atmen. Sie konnten nicht begreifen, was sie gerade gesehen hatten.

Das war real. Das war wirklich passiert. Diese Familie war nicht mehr da.

Das hätte auch ihnen passieren können.

Wenn sie erwischt würden, könnte es ihnen genauso ergehen.

Leilas Brust war wie zugeschnürt. Sie bekam keine Luft. Jeder Atemzug stockte auf halbem Weg und blieb an etwas Scharfem in ihrem Hals hängen. Ihre Hände waren taub. Ihr Blickfeld verdunkelte sich an den Rändern.

„Panikattacke", sagte ein entfernter Teil ihres Gehirns. Du hast eine Panikattacke.

„Atme", flüsterte Tessa so leise, dass es kaum zu hören war. Ihre Hand lag auf Leilas Rücken und übte sanften Druck aus. „Ein. Aus. Ein. Aus."

Leila versuchte es. Es gelang ihr nicht. Sie versuchte es erneut.

BLÜTENSCHWERE

Ein winziger Atemzug. Dann noch einer. Ihre Lungen brannten, aber jetzt kam Luft herein, wenn auch nur in kleinen Schlucken.

Sams Schluchzen war verstummt – auf eine Weise, die schlimmer war als das Geräusch selbst. Ihr ganzer Körper zitterte, aber es kam kein Geräusch mehr heraus, nur diese erschütternden Atemzüge, die wehtaten, wenn man sie hörte.

Marcus starrte auf die leere Kreuzung. Auf den Rucksack. Auf das Stoffkaninchen, das auf der Seite lag, als würde es schlafen. Sein Verstand versuchte, das Geschehene zu verarbeiten und es wie ein lösbares Problem zu betrachten, doch es gab keine Lösung. Es gab nur das. Das war die Realität. Eine Welt, die Familien auseinandergerissen und in verschiedene Richtungen getrieben hatte, während ihre Kinder schrien.

Der Glücksbringer seiner Mutter brannte in seiner Tasche. Oder vielleicht war das auch nur seine Einbildung. Aber er konnte es spüren, heiß an seinem Bein, als wollte es ihn daran erinnern: Deine Mutter. Deine Mutter ist irgendwo in einem Van. Dein Vater auch. Irgendwo in dieser Stadt. Getrennt. Allein. Sie rufen deinen Namen.

Er presste die Faust gegen den Mund. Er biss auf seine Knöchel, bis er Blut schmeckte.

„Wir können nicht anhalten", flüsterte Tessa. Ihre Stimme klang ruhig, doch etwas in ihr brach wie Eis über tiefem Wasser, als würde es sie ihre ganze Kraft kosten, die Kontrolle zu behalten. „Auf keinen Fall. Wir gehen weiter."

Leila schüttelte den Kopf. Sie versuchte immer noch zu atmen und zu begreifen, was sie gesehen hatten. „Hast du gesehen? Sie haben sie getrennt. Die Kinder haben nach ihrer Mutter geweint."

„Ich weiß." Marcus' Stimme klang hart. Flach. Wütend. Denn Wut war leichter zu ertragen als die darunter liegende Angst, leichter als die Trauer und leichter als der Gedanke an seine eigenen Eltern, die in getrennten Transportern an getrennte Orte gebracht worden waren. „Deshalb müssen wir weiterfahren. Wir dürfen nicht gefasst werden."

Sam drückte hastig die Handballen gegen ihre Augen, um die aufsteigenden Tränen gewaltsam zurückzudrängen. Ihr Gesicht war fleckig und geschwollen. „Sie sind nur gerannt. Sie haben nur versucht, zusammenzubleiben. Und sie – sie haben einfach …"

Sie konnte den Satz nicht beenden. Das musste sie auch nicht.

Sie alle wussten, was mit fliehenden Familien passierte.

Tessa schaute auf die Straße hinaus. Die Streifenwagen waren weg, aber es würden weitere kommen. Sie kamen immer. „Wir müssen gehen. Jetzt. Bevor eine weitere Streife vorbeikommt."

„Aber wohin?" Leilas Stimme war leise und zitterte. „Wir wissen nicht einmal, wohin wir gehen sollen. Wir folgen nur den Spuren auf dem Boden und hoffen …"

„Hoffnung ist alles, was wir haben", unterbrach Marcus sie. Er klang älter als dreizehn. Älter, als er sein durfte. „Hoffnung und einander. Das ist alles. Mehr haben wir nicht."

Sie sahen sich im Dunkeln des Türraums an. Vier Kinder, die mit ansehen mussten, wie ihre Eltern verschleppt wurden. Vier Kinder, die gerade mit ansehen mussten, wie eine weitere Familie zerstört wurde. Vier Kinder, die nun mit absoluter Gewissheit wussten, was passieren würde, wenn sie gefasst würden.

„Zusammen", sagte Marcus. „Wir halten zusammen. Egal, was passiert."

„Zusammen", wiederholte Tessa.

„Zusammen", flüsterte Leila.

Sam nickte. Sie konnte noch nicht sprechen, aber sie nickte.

Sie verließen den Hauseingang.

Sie machten einen großen Bogen um den zurückgelassenen Rucksack, als würde eine Berührung das Schicksal der Familie auf sie übertragen. Das Stoffkaninchen beobachtete sie mit seinen schwarzen Knopfaugen. Leila wollte es aufheben, es retten, etwas für diese Familie tun, obwohl sie bereits verschwunden war.

Aber sie konnten es nicht. Sie konnten nicht anhalten. Sie konnten es nicht riskieren.

Sie gingen weiter.

Die Kreidemarkierungen tauchten immer wieder auf, regelmäßig und sicher. Alle halben Blocks. Manchmal auf dem Bürgersteig. Manchmal waren sie an Laternenpfählen oder Wänden zu sehen. Es war immer gleich: ein Pfeil, der nach Westen zeigte, und ein Symbol – ein Kreuz, ein Stern oder ein Halbmond.

Jemand hatte diesen Weg markiert. Jemand hatte das geplant. Jemand versuchte zu helfen.

Sie mussten einfach darauf vertrauen.

Die umliegende Nachbarschaft war ein Flickenteppich aus Terror und Stille. Während sie sich hindurchbewegten, zeigte ihnen jede Straße ein anderes Gesicht des Zusammenbruchs der Stadt.

Eine Straße: völlig leer. Alle Häuser waren dunkel. Die Türen waren verschlossen. Die Vorhänge waren zugezogen. Kein einziges Licht war zu sehen. Die einzigen Geräusche waren ihre eigenen Schritte, ihr Atmen und der Wind, der durch die Bäume rauschte.

Es fühlte sich an, als würden sie durch einen Friedhof gehen. Als wären alle tot, versteckt oder bereits verschleppt worden.

Sams Atem ging wieder zu schnell. Die Leere fühlte sich falsch und gefährlich an, als könnte jeden Moment etwas hervorspringen. Sie starrte weiter auf die dunklen Fenster und stellte sich vor, wie Augen hinter den Vorhängen sie beobachteten, wie Telefone sie aufzeichneten und so weiter.

„Geh weiter", flüsterte Marcus. „Schau nicht zu den Häusern."

Aber es war unmöglich, nicht hinzuschauen. Sich nicht zu

fragen, wer sich darin versteckte. Ob sie sie beobachteten. Ob sie gerade die Polizei riefen, um verdächtige Aktivitäten zu melden? Vier Kinder, die nach Einbruch der Dunkelheit alleine unterwegs waren.

Leilas Beine fühlten sich wie Blei an. Jeder Schritt fiel ihr schwerer als der vorherige. Die Erschöpfung holte sie ein und zog an ihren Knochen. Wie lange waren sie schon gelaufen? Zwanzig Minuten? Es kam ihr wie Stunden vor. Es kam ihr wie Jahre vor.

In der nächsten Straße sahen sie Patrouillen und Suchscheinwerfer. Zuerst sahen sie die Lichter – grelle weiße Strahlen, die die Dunkelheit durchdrangen und in einem zufällig aussehenden, aber nicht zufälligen Muster hin und her schwenkten. Polizisten zu Fuß kontrollierten die Hauseingänge. An der Ecke stand ein DCP-Van, der Motor lief im Leerlauf und aus dem Radio drangen Stimmen und Rauschen.

„Zurück!", zischte Tessa, und sie drückten sich gegen eine Wand und wagten kaum zu atmen.

Der Suchscheinwerfer streifte sie. Einmal. Zweimal. Er war so nah, dass Leila die Wärme auf ihrer Haut spüren konnte.

Sie hielt den Atem an. Sie zählte ihre Herzschläge. Eins. Zwei. Drei. Zehn. Zwanzig.

Das Licht bewegte sich weiter.

Sie warteten, bis die Streife zwei Blocks entfernt war. Dann rannten sie leise und schnell über die Straße und eine Gasse hinunter. Dabei folgten sie einer Kreidemarkierung, die sie um den Kontrollpunkt herumführte.

Marcus' Lungen brannten. Seine Beine fühlten sich an, als würden sie gleich nachgeben. Aber er lief weiter, denn anzuhalten bedeutete, erwischt zu werden, und erwischt zu werden bedeutete …

Denk nicht darüber nach!

BLÜTENSCHWERE

Nächste Straße: Menschenmassen. Die Leute waren immer noch draußen, immer noch wütend, immer noch auf der Jagd.

An einer Ecke hatte sich eine Gruppe von vielleicht zwanzig Leuten versammelt, die ihre Handys hochhielten und alles filmten. Sie waren auf der Suche nach Zielen. Auf der Suche nach verdächtigen Personen.

„Patrioten gegen die Invasion" stand auf einem ihrer Schilder.

Auf einem anderen stand: „Melden und schützen".

Sie lachten. Sie machen Witze. Als ob das Spaß wäre! Als ob sie Helden wären.

Einer von ihnen zeigte etwas auf seinem Handy, vermutlich Aufnahmen von Personen, die verhaftet oder verfolgt wurden. Die anderen beugten sich vor, um zuzuschauen, nickten zustimmend und klatschten ab.

Die vier Kinder schlüpften auf der gegenüberliegenden Straßenseite vorbei, bewegten sich durch die Schatten, atmeten nicht richtig, dachten nicht klar, sondern handelten einfach nur.

Sams Hände zitterten so stark, dass sie sie in die Taschen steckte, um nicht entdeckt zu werden. Ihre Wasserflasche hielt sie immer noch in einer Hand. Wann hatte sie sie wieder aufgehoben? Sie wusste es nicht mehr. Aber sie hielt sie wie eine Waffe fest, als könnte sie sich damit verteidigen, wenn jemand auf sie zukäme, obwohl sie wusste, dass es nichts nützen würde, dass nichts gegen Menschen mit Waffen, Abzeichen und Hunden helfen würde.

Sie kamen an einem Haus vorbei, an dem jemand die Kreidemarkierungen mit Sprühfarbe übermalt hatte.

Große rote Buchstaben:

VERRÄTER. INVASOREN. KRIMINELLE
MELDEN SIE ALLE VERDÄCHTIGEN AKTIVITÄTEN.

Und darunter, in kleineren Buchstaben: Wir beobachten euch.

Leila wurde ganz kalt. Jemand hatte die Markierungen gesehen. Jemand wusste von der Spur. Jemand versuchte, sie aufzuhalten.

„Weitergehen", sagte Marcus. Aber seine Stimme zitterte jetzt. Auch ihn überkam die Angst.

Sie kamen an einer Ecke vorbei, wo Habseligkeiten zurückgelassen worden waren. Nicht nur die Sachen einer Familie, sondern mehrere Haufen. Koffer. Rucksäcke. Ein zusammengeklappter Kinderwagen lag auf der Seite. Ein Rollator, den jemandes Großmutter benutzt hatte. Ein Kinderfahrrad mit Stützrädern.

Zeug von Menschen, die geflohen waren. Die alles zurückgelassen hatten, als sie Angst bekamen, gefasst wurden oder einfach zu müde waren.

Tessa zwang sich, jeden Haufen anzusehen. Sie zwang sich, sich zu erinnern. Die Gehhilfe hatte jemandes Großmutter gebraucht. Das Fahrrad hatte ein Kind geliebt. Sie waren real. Sie waren wichtig.

Ihre Hände hörten nicht mehr auf zu zittern. Keine Selbstbeherrschung konnte das jetzt noch aufhalten.

Sie kamen an einem Mann vorbei, der auf seiner Veranda saß, den Kopf in den Händen vergraben, und schluchzte. Tiefe, herzzerreißende Schluchzer, die in der stillen Straße widerhallten.

Die Vorhänge seiner Nachbarn bewegten sich. Augen beobachteten ihn. Aber niemand kam heraus, um ihm zu helfen. Niemand öffnete auch nur seine Tür.

Sam wollte anhalten. Sie wollte fragen, ob es ihm gut ging. Doch Marcus zog sie weiter und sie wusste, dass er Recht hatte: Sie konnten nicht für jeden anhalten, jedem helfen oder sich um jeden Sorgen machen.

Doch sein Schluchzen kroch ihnen noch zwei Blocks lang hinterher.

Die Kreidemarkierungen führten sie weiter. Block für Block. Kurve für Kurve. Wer auch immer diese Spur gelegt hatte, kannte die Patrouillenrouten und die sicheren Straßen und wusste, wie man sie um die schlimmsten Gefahren herumführte.

Aber „sicher" war relativ. Jede Straße war jetzt gefährlich. Jede Ecke konnte eine Falle sein.

Leila hielt ihre Hand auf dem Pinselanhänger. Das Metall war warm von ihrer Körperwärme.

Sie stellte sich vor, wie ihre Mutter ihr den Anhänger umgehängt hatte, und erinnerte sich an die kühle Silberkette an ihrem Hals an jenem Nachmittag, als noch alles in Ordnung gewesen war.

„Kunst ist sichtbare Erinnerung", hatte ihre Mutter gesagt. Verschwende keine Schönheit.

Aber Leila konnte im Moment nicht an Schönheit denken. Sie konnte kaum denken. Sie dachte nur: linker Fuß, rechter Fuß, dem Pfeil folgen, nicht erwischt werden, nicht stehen bleiben, nicht an Mamas Gesicht im Fenster des Lieferwagens denken.

Halt.

Ihr Gehirn versuchte immer wieder, ihr Dinge zu zeigen, die sie nicht sehen wollte. Es versuchte, sich an Dinge zu erinnern. Sie verdrängte alles und ging weiter.

Marcus schaute immer wieder über seine Schulter. Alle paar Schritte. Zwanghaft. Notwendig. Sein Rucksack wurde mit jedem Schritt schwerer. Vielleicht wurde er aber auch einfach nur schwächer. Der Unterschied war kaum noch zu erkennen.

Der Laptop darin war eine Last. Eine Bürde. Ein Versprechen. Wenn sie ihn erwischten, würden sie seine Dateien durchforsten und seinen Code in ihren Berichten zu etwas Gefährlichem verdrehen.

Sein Gehirn war benebelt. Erinnerungen und Gegenwart vermischten sich. Wie lange waren sie schon unterwegs? Die Zeit fühlte sich falsch an. Sie dehnte sich aus und komprimierte sich zugleich.

Konzentrier dich, sagte er zu sich selbst. Folge den Spuren. Halte alle zusammen. Das ist alles, was du tun musst.

Aber es fühlte sich wie zu viel an. Es fühlte sich unmöglich an.

Tessa lauschte dem Wind. Er wehte immer noch nach Westen, drückte ihnen immer noch in den Rücken und trieb sie an, weiterzugehen, weiterzugehen, weiterzugehen.

In der Sprache ihrer Großmutter gab es ein Wort für diese Art von Wind. Ein Wort, das Veränderung, Warnung und Führung zugleich bedeutete.

Doch sie konnte sich jetzt nicht daran erinnern. Sie war zu müde. Zu verängstigt. Zu alles.

Aber sie spürte es. Der Wind zeigte ihnen den Weg.

Sie hoffte nur, dass sie es dorthin schaffen würden.

Sams Kehle war rau. Vom Weinen. Vom zu schnellen Atmen. Vom Unterdrücken von Schreien.

Die Rezeptkarte in ihrer Tasche war jetzt zerknittert und von ihrem Schweiß durchtränkt. Das Medaillon hüpfte bei jedem Schritt gegen ihre Brust. Die Müsliriegel in der anderen Tasche waren wahrscheinlich zerquetscht.

Sie war so durstig. Wann hatte sie das letzte Mal Wasser getrunken? Vorher. Im Haus. In einer Welt, die es nicht mehr gab.

Sie nahm einen Schluck aus der Wasserflasche. Das Wasser war warm und schmeckte nach Plastik, aber es half. Sie bot es den anderen an. Sie nahmen jeweils einen kleinen Schluck und achteten darauf, nicht zu viel zu trinken, da sie wussten, dass sie vielleicht kein Wasser mehr bekommen würden.

Wann hatten sie gelernt, zu rationieren? Wann hatten sie angefangen, so zu denken?

Vor einer Stunde war Sam noch ein Kind gewesen. Jetzt war sie etwas anderes. Etwas Härteres. Etwas, das wusste, wie man überlebt.

Sie mochte nicht, was aus ihr geworden war.

Aber sie hatte keine Wahl.

Block für Block.

Markierung für Markierung.

BLÜTENSCHWERE

West.

Ihre Beine brannten.

Ihre Lungen brannten.

Ihre Augen brannten vor Müdigkeit und Tränen.

Aber sie bewegte sich weiter.

Denn anzuhalten hätte bedeutet, gefasst zu werden.

Und erwischt zu werden, hieß, das gleiche Schicksal wie diese Familie an der Kreuzung zu erleiden.

Getrennt. Schreiend. Verschwunden.

Also gingen sie weiter.

Gemeinsam.

In die Dunkelheit hinein.

Sie folgten Kreidemarkierungen, die von Fremden gemacht worden waren. In der Hoffnung – kaum noch, eher verzweifelt – dass sie irgendwo vor ihnen Sicherheit finden würden.

Dass irgendwo vor ihnen eine Kirche war.

In der Hoffnung, dass am Ende der Kreidestriche noch eine Welt wartete, die nicht zerbrochen war.

KAPITEL 7
DIE KREIDEGEOGRAFIE

Die Kreidemarkierungen führten sie durch eine Geografie der Angst, eine Karte, gezeichnet mit weißem Staub, die die Stadt, die sie zu kennen glaubten, überlagerte und vertraute Straßen in fremdes Terrain verwandelte.

Westlich auf der Saguaro Avenue folgten sie den Pfeilen, die nun alle zwanzig Meter auftauchten – häufiger als zuvor. Es war, als wüsste derjenige, der sie angebracht hatte, dass dieser Abschnitt gefährlich war und die Menschen ständig die Bestätigung brauchten, dass sie noch auf dem richtigen Weg waren.

Leila zählte sie zwanghaft. Eins. Zwei. Drei. Zehn. Zwanzig. Das Zählen gab ihr etwas, worauf sie sich konzentrieren konnte – abgesehen von den Schmerzen in den Beinen, dem Brennen in den Lungen und der Tatsache, dass ihre Sicht aufgrund von Erschöpfung und Tränen, für die sie keine Zeit hatte, an den Rändern immer wieder verschwamm.

Bei jedem Schritt drückte ihr Skizzenbuch gegen ihre Rippen. Die Spiralbindung grub sich durch ihr Hemd in ihre Haut. Wahrscheinlich hinterließ sie Spuren. Es war ihr egal. Das Gewicht des

Buches gab ihr Halt. Es war real. Ihre Mutter hatte ihr gesagt, sie solle alles zeichnen, um sich zu erinnern und die Schönheit zu bewahren.

Aber hier gab es keine Schönheit. Nur Dunkelheit, Angst und Kreidemarkierungen auf dem Bürgersteig.

Dreiundzwanzig. Vierundzwanzig. Fünfundzwanzig.

Sie zählte weiter.

Plötzlich mussten sie nach Norden ausweichen, zwei Blocks vom Kurs entfernt, weil sie ihn vor sich sehen konnten: einen Kontrollpunkt. Flutlichter, die so hell waren, dass sie die Nacht in einen künstlichen Tag verwandelten. Barrieren quer über die Straße. Polizisten in taktischer Ausrüstung mit sichtbaren Waffen. Eine Reihe von Autos, die nacheinander durchsucht wurden.

„Zurück!", flüsterte Marcus eindringlich. „Jetzt zurück."

Sie drückten sich in den Schatten zwischen zwei Gebäuden, ihre Herzen hämmerten, sie beobachteten.

Am Kontrollpunkt wurde ein Auto angehalten – ein Familienwagen, für dessen Insassen ein ganz normaler Dienstagabend zum Albtraum wurde. Der Fahrer kurbelte das Fenster herunter. Er reichte seinen Ausweis. Der Beamte scannte ihn. Wartete. Der Scanner blinkte rot.

„Steigen Sie aus dem Fahrzeug aus, Sir."

„Was? Warum? Ich habe nichts ..."

„Steigen Sie sofort aus dem Fahrzeug aus! Sofort."

Marcus stockte der Atem. Seine Brust fühlte sich zu eng an, als wären um seine Rippen Eisenbänder gewickelt, die sich mit jeder Sekunde fester zogen. Er versuchte, langsam zu atmen und ruhig zu bleiben, doch sein Körper spielte nicht mit. Seine Hände zitterten. Wann hatten sie angefangen zu zittern?

Sie sahen zu, wie der Fahrer aus dem Auto gezogen wurde. Sie sahen, wie er gegen die Motorhaube gedrückt wurde. Sie sahen, wie seine Frau auf dem Beifahrersitz zu weinen begann. Sie flehte um etwas, das sie aus dieser Entfernung nicht hören konnten.

Dann öffneten die Polizisten die hinteren Türen. Dort saßen zwei Teenager, vielleicht fünfzehn und sechzehn Jahre alt. Auch sie wurden herausgezogen. Die Mutter schrie jetzt.

„Wir können das nicht mit ansehen", sagte Tessa mit angespannter Stimme. „Wir müssen weitergehen."

Aber sie waren wie erstarrt. Sie konnten nicht wegsehen. Sie konnten nicht aufhören, zuzusehen, wie es passierte.

Sams Magen rebellierte. Ihr wurde übel. Das Wasser, das sie getrunken hatte, drohte wieder hochzukommen. Sie presste die Hand auf den Mund, schluckte schwer und zwang sich, nicht zu erbrechen, denn das Geräusch würde sie verraten.

Leila entdeckte eine weitere Kreidemarkierung an der Wand neben ihnen: einen Pfeil, der nach Norden zeigte – weg vom Kontrollpunkt –, und darunter ein Symbol, das sie noch nie gesehen hatte: ein Dreieck.

„Hier", flüsterte Leila. „Die Markierungen wollen, dass wir diesen Weg nehmen."

Sie folgten der Umleitung. Zwei Blocks nach Norden, dann wieder nach Westen in eine Wohnstraße, in der die Häuser dunkel und still standen. Dort warteten die Kreidemarkierungen auf sie, wie eine Spur, die nur für sie hinterlassen worden war – als hätte jemand gewusst, dass sie genau diesen Weg brauchen würden.

Marcus bemerkte das Muster. „Wer auch immer das gemacht hat, kennt die Patrouillenrouten", flüsterte er, während sie hinter einem geparkten Auto kauerten und darauf warteten, dass ein weiterer Suchscheinwerfer vorbeischwenkte. Sein technisches Gehirn arbeitete noch immer und versuchte trotz der Angst, das Rätsel zu lösen. „Schau, sie leiten uns um die Kontrollpunkte herum. Sie haben beobachtet. Die Patrouillen verfolgt. Das war geplant."

BLÜTENSCHWERE

„Woher wissen Sie das?", fragte Sam. Ihre Stimme war heiser, kaum mehr als ein Flüstern. „Woher wissen Sie, wo es sicher ist?"

„Das wissen Sie nicht", sagte Tessa leise. Sie lauschte dem Wind, den Geräuschen der Stadt, allem, was ihr Vater ihr über das Erkennen von Gefahren beigebracht hatte. „Sie raten. Genau wie wir. Nur sind ihre Vermutungen besser informiert."

Dieser Gedanke hätte beruhigend sein sollen: dass da draußen jemand versuchte zu helfen und sich die Zeit genommen hatte, sichere Routen zu kartieren. Aber stattdessen schnürte es Leila die Brust zu, als wäre sie traurig. Denn sichere Routen sollten nicht notwendig sein. Kreidemarkierungen sollten nicht nötig sein. Kinder sollten nicht durch die Dunkelheit laufen und Pfeilen folgen, die von Fremden gemacht wurden, weil ihre Eltern verschleppt worden waren, ihre Welt zusammengebrochen war und es keinen sicheren Ort mehr gab.

Ihre Kehle schnürte sich zu. Sie konnte wieder nicht atmen. Die Panik kehrte zurück, stieg wie Wasser in ihrer Brust auf und drohte, sie zu ertränken.

Sechsundzwanzig Kreidemarkierungen. Siebenundzwanzig. Achtundzwanzig.

Sie zählte weiter. Sie atmete weiter. Ging weiter.

Westlich auf der Ocotillo Street, vorbei an der Grundschule, in der sie alle einmal den Kindergarten begonnen hatten – klein, ängstlich und meist Fremde.

Sam sah es als Erste, und ihre Schritte stockten. „Oh", sagte sie. Das Wort kam aus ihr heraus, als hätte jemand sie geschlagen.

Die Spielgeräte warfen seltsame Schatten ins Licht der Straßenlaternen: Die Klettergerüste sahen aus wie Gefängnisgitter, die Rutsche wie ein Abgrund in die Dunkelheit und die Schaukeln, die sich leicht im Wind bewegten, knarrten und waren leer.

Jemand hatte das Schild der Schule mit Sprühfarbe besprüht. Das fröhliche „Desert Rose Elementary – Home of the Roadrunners!" war mit roten Buchstaben übermalt worden: „COMPLIANCE CHECKPOINT – GEÖFFNET AB 6 UHR".

Leila erinnerte sich daran, wie sie in der Pause auf diesen Schaukeln saß, mit den Beinen schwang, um höher und höher zu kommen, und versuchte, mit den Füßen den Himmel zu berühren. Sie erinnerte sich daran, wie Sam immer zu früh absprang, hart landete und lachte. Sie erinnerte sich daran, wie Marcus mit seiner Uhr die Zeit stoppte, um zu sehen, wer am höchsten kommen konnte. Sie erinnerte sich daran, wie Tessa auf der Bank neben den Schaukeln saß, las und gelegentlich aufblickte, um über ihre Eskapaden zu lächeln.

Das war vor zwei Jahren. Vor drei Jahren. Vor einer Ewigkeit.

Jetzt war die Schule ein Kontrollpunkt. Ein Ort, an dem Papiere kontrolliert wurden und Menschen mitgenommen wurden.

„Schau nicht hin", sagte Marcus und zog Leila am Arm weg. „Denk nicht darüber nach. Geh einfach weiter."

Aber sie konnte nicht wegsehen. Sie konnte sich nicht daran erinnern. Die Last der verlorenen Dinge erdrückte sie, türmte sich in ihrer Brust auf, sodass sie kaum noch atmen konnte.

Ihre Finger fanden die nächste Kreidemarkierung auf dem Eckstein des Gebäudes: einen Pfeil, die interreligiöse Dreifaltigkeit und darunter die Zahl 6.

„Was bedeutet das?", flüsterte Sam und zeigte auf die Zahl.

Marcus betrachtete sie und versuchte, die neuen Informationen mit seinem analytischen Verstand zu verstehen, obwohl seine Gedanken aufgrund der Erschöpfung träge waren. „Noch sechs Blocks? Sechs Markierungen, bis wir dort sind?"

„Oder sechs Personen, die dieser Route folgen", schlug Tessa vor. Ihre Stimme war ruhig, aber Sam konnte sehen, dass ihre Hände zitterten. Sie hatte sie wieder in ihre Taschen gesteckt, doch nun zitterten auch ihre Schultern.

„Oder sechs sichere Unterkünfte", schlug Leila vor. „Oder sechs ... Ich weiß nicht. Sechs von irgendetwas."

Sie wussten es nicht. Sie gingen weiter.

Die Riemen von Marcus' Rucksack schnitten ihm in die Schultern. Das Gewicht des Laptops schien sich verdoppelt zu haben. Oder vielleicht wurde er einfach nur schwächer. Seine Beine fühlten sich an, als bestünden sie aus etwas Schwerem und Nutzlosem, als könnten sie jeden Moment nachgeben. Jeder Schritt erforderte bewusste Anstrengung. Fuß heben. Vorwärtsgehen. Absetzen. Wiederholen.

Er wollte anhalten. Er wollte sich einfach dort auf den Bürgersteig setzen und ... anhalten. Nur für eine Minute. Nur um sich auszuruhen.

Aber sie konnten nicht anhalten. Anhalten bedeutete, erwischt zu werden.

Weitergehen. Einfach weitergehen.

An der Kreuzung von Ocotillo und Palm Drive sahen sie sie wieder: andere Menschen, die den Spuren folgten.

Ein älteres Ehepaar, vielleicht in den Sechzigern, das sich langsam, aber stetig vorwärtsbewegte. Die Frau hielt einen kleinen Koffer mit harten Seitenwänden und Metallverschlüssen fest umklammert. Der Mann blickte immer wieder über seine Schulter zurück. Sein Gesicht wirkte angespannt und erschöpft. Sie waren drei Blocks vor ihnen und folgten denselben Pfeilen in Richtung Westen.

Leila wurde von einer so intensiven Erleichterung überflutet, dass ihr schwindelig wurde. „Wir sind nicht allein", hauchte sie.

„Sollen wir sie einholen?", fragte Sam. Ihre Stimme klang verzweifelt. Sie sehnte sich nach Erwachsenen, nach jemandem, der wusste, was zu tun war. Nach jemandem, der Entscheidungen treffen konnte und ihnen sagen würde, dass alles gut werden würde – auch wenn es eine Lüge war.

Marcus schüttelte den Kopf und zwang sich, strategisch zu denken, obwohl er nichts lieber wollte, als zu diesen Leuten zu rennen und sie um Hilfe zu bitten. „Größere Gruppen sind besser sichtbar. Und wir wissen nicht, wem wir vertrauen können."

„Sie folgen denselben Spuren wie wir", gab Leila zu bedenken. „Das bedeutet, dass sie auch auf der Flucht sind. Das bedeutet, dass sie ..."

„Oder es bedeutet, dass sie Köder sind", unterbrach Marcus sie. Seine Stimme klang härter, als er beabsichtigt hatte, aber die Angst machte ihn scharf. „Oder es bedeutet, dass sie uns aufhalten werden. Oder es bedeutet ... Ich weiß es nicht. Ich weiß nur, dass wir in einer kleinen Gruppe sicherer sind."

Tessa nickte langsam. „Wir halten Abstand. Wir beobachten sie. Wenn sie es schaffen, folgen wir ihnen. Wenn nicht ..."

Sie sprach den Satz nicht zu Ende. Das war auch nicht nötig.

Sie hielten sich zurück, behielten das Paar im Blick und verringerten den Abstand nicht. Es war seltsam beruhigend, andere Menschen zu sehen, die denselben Weg gingen. Ein Beweis dafür, dass sie nicht verrückt waren, weil sie den Kreidemarkierungen von Fremden vertrauten. Ein Beweis dafür, dass auch andere an diesen Weg glaubten.

Sam schlang die Arme um sich und versuchte, die Wärme, die aus ihrem Körper entwich, zurückzuhalten. Die Novembernacht wurde kälter. Vielleicht bemerkte sie es auch erst jetzt, da das Adrenalin nachließ. Ihre Zähne begannen zu klappern. Sie presste die Kiefer aufeinander, um es zu unterbinden, doch die Kälte war bereits in ihre Knochen gekrochen.

Marcus bemerkte es. Er zog seinen Hoodie aus, den er unter seinem Rucksack getragen hatte. Ohne den Hoodie drückten die Riemen des Rucksacks durch sein T-Shirt hindurch in seine Schultern. „Hier", sagte er und reichte ihr den Hoodie.

„Dir wird kalt werden ..."

BLÜTENSCHWERE

„Nimm ihn."

Sam zog ihn an. Er war viel zu groß für sie, reichte ihr bis über die Hüften und die Ärmel bedeckten ihre Hände. Aber er war warm von Marcus' Körperwärme, roch nach Waschmittel und Geborgenheit und sie wollte vor lauter Dankbarkeit für diese einfache Freundlichkeit weinen.

„Danke", flüsterte sie.

Marcus nickte nur. Er konnte nicht sprechen. Seine Kehle war zu eng.

Dann durchbrachen Scheinwerfer die Dunkelheit. Schnell. Aggressiv. Sie kamen aus östlicher Richtung.

Ein DCP-Van kam zielstrebig näher, als wüsste er genau, wohin er fuhr.

Das ältere Paar erstarrte sichtbar in der Mitte des Gehwegs unter einer Straßenlaterne – plötzlich exponiert und verletzlich.

„Nein", flüsterte Leila. „Nein, nein, rennt, bitte rennt ..."

Aber sie rannten nicht. Vielleicht waren sie zu müde. Vielleicht hatten sie aufgegeben. Vielleicht dachten sie, Gehorsam würde sie retten.

Der Van wurde langsamer. Er hielt an.

Zwei Beamte stiegen aus und bewegten sich mit lässiger Effizienz, als wäre dies Routine, als wäre dies nichts Besonderes.

„Ausweise!", rief einer. Keine Bitte, sondern ein Befehl. Ein Befehl.

Die vier Kinder duckten sich hinter einer niedrigen Mauer, pressten sich auf den Boden und wagten kaum zu atmen. Durch die Lücken im Mauerwerk konnten sie teilweise sehen – genug, um gesehen zu werden, hoffentlich aber nicht.

Leilas Herz versuchte, sich aus ihrer Brust zu befreien. Sie presste ihre Hand darauf, als könnte sie es beruhigen, als könnte das Pochen ihres Herzschlags in ihren Ohren irgendwie über die Entfernung hinweg zu hören sein und sie verraten.

Sam presste ihr Gesicht wieder gegen Marcus' Schulter. Sie war unfähig zuzusehen, aber auch unfähig, die Augen zu schließen. Ihr Atem kam in kurzen, scharfen Stößen, die sie gegen den Stoff seines Hemdes zu dämpfen versuchte.

Tessas Hände lagen flach auf dem Boden, ihre Finger gruben sich in die Erde und das abgestorbene Gras. Sie erdete sich selbst. Sie blieb präsent. Sie verschwand nicht in der Panik, die sie zu verschlingen drohte.

Marcus beobachtete sie durch die Lücke. Er zwang sich, zuzuschauen. Zwang sich, hinzusehen.

Der ältere Mann kramte nach seiner Brieftasche. Er holte Ausweise heraus. Er reichte sie mit zitternden Händen weiter.

Der Beamte scannte sie mit einem Handgerät, wie es auch im Supermarkt, in der Schule und überall sonst benutzt wurde. Das Gerät blinkte. Einmal. Zweimal.

Rot.

„Sie sind beide gemeldet", sagte der Beamte. Seine Stimme hallte monoton und gelangweilt in der stillen Straße wider, als würde er eine Einkaufsliste vorlesen. „Verbindung zu Personen, gegen die ein Verbot verhängt wurde. Versäumnis, Familienangehörige zu melden. Sie werden zur weiteren Bearbeitung festgehalten."

„Wofür?", fragte die Frau mit panischer, dünner und ängstlicher Stimme. „Wir haben nichts getan! Wir sind nur spazieren gegangen!"

„Unsere Tochter ...", begann der Mann. „Sie ist schon weg, wir versuchen nur, sie zu finden."

„Ma'am, Sir, Sie müssen sich fügen."

„Wir kommen der Aufforderung nach! Wir versuchen nur ..."

„Ma'am, Sie müssen jetzt mit uns kommen."

Die Frau begann zu weinen. Nicht laut. Im grellen Licht liefen ihr leise Tränen über das Gesicht. Der Mann legte seinen Arm um sie und sie wurden zum Van geführt. Sanft, aber bestimmt. Diesmal ohne Gewalt. Nur mit der Unausweichlichkeit.

Der Koffer blieb auf dem Bürgersteig zurück. Als die Frau danach greifen wollte, sagte ein Beamter: „Den werden Sie dort, wo Sie hingehen, nicht mehr brauchen."

Die Türen des Lieferwagens schlossen sich. Verriegelt. Der Motor sprang an.

Der Transporter fuhr davon.

Der Koffer blieb allein unter der Straßenlaterne zurück. Nach einem Moment sprangen die Verschlüsse auf – sie mussten alt und kaputt gewesen sein – und der Inhalt ergoss sich über den Bürgersteig: Kleidung, Schuhe, Spielzeug. Kleidung. Medikamente. Ein gerahmtes Foto eines lächelnden Mädchens, das niemand je wieder ansehen würde. Es sah aus wie die Überreste eines Lebens, das gerade ausgelöscht worden war.

Die vier Kinder blieben noch eine ganze Minute lang wie erstarrt hinter der Mauer stehen, nachdem der Van verschwunden war. Niemand bewegte sich. Niemand atmete richtig. Sie konnten nicht verarbeiten, was sie gerade gesehen hatten.

Sie waren einfach nur gelaufen. Sie waren den gleichen Spuren gefolgt. Sie hatten versucht zu überleben.

Und jetzt waren sie weg. Einfach weg.

Sam zitterte, aber sie weinte nicht. Ihr ganzer Körper vibrierte wie eine gezupfte Saite. „Sie haben nur versucht, ihre Tochter zu finden", flüsterte sie. „Sie haben nur …"

„Ich weiß", sagte Marcus. Seine Stimme klang hohl. „Ich weiß."

„Sie waren älter", sagte Tessa leise. Sie versuchte, einen Sinn darin zu erkennen. „Sichtbar. Unter der Straßenlaterne. Wir müssen im Schatten bleiben."

„Wir müssen weitergehen", sagte Leila. Sie wollte nicht. Sie wollte sich hier hinter dieser Mauer zusammenrollen und einfach aufhören: aufhören zu rennen, sich zu verstecken und Angst zu haben. Aber die Gefangennahme des Paares hatte es bewiesen. Anhalten bedeutete, gefasst zu werden. Weiterzugehen bedeutete vielleicht, möglicherweise zu überleben.

Marcus stand als Erster auf. Seine Beine protestierten, seine Muskeln schrien, aber er zwang sie, ihn zu tragen. „Komm schon. Vorsichtig."

Sie machten einen großen Bogen um den zurückgelassenen Koffer, als wäre er verseucht, als könnte das Schicksal des Paares durch ihre Habseligkeiten auf sie übergehen. Leila wollte die Verschlüsse schließen, ihre Sachen respektieren und die Menschen ehren, die gerade verschleppt worden waren.

Aber sie konnten nicht anhalten. Sie konnten es nicht riskieren, in der Nähe gesehen zu werden. Sie konnten es sich nicht leisten, sich darum zu kümmern.

Das war die Lektion, die ihnen diese Nacht lehrte: Sich um etwas zu kümmern, war ein Luxus, den sie sich nicht leisten konnten.

Dieser Gedanke machte Leila übel.

Sie bewegten sich weiter nach Westen. Sie folgten den Kreidemarkierungen, die immer wieder auftauchten, stetig und sicher, als hätte derjenige, der sie angebracht hatte, unendliches Vertrauen, dass die Menschen ihnen folgen, ihnen vertrauen und es schaffen würden.

Aber das ältere Ehepaar hatte es nicht geschafft. Wenn sie so leicht und so schnell verschleppt werden konnten ...

Niemand sprach es laut aus. Aber sie alle dachten es: Wir sind die Nächsten. Es ist nur eine Frage der Zeit.

Westlich auf dem Palm Drive, durch ein Geschäftsviertel, das eigentlich für die Nacht geschlossen sein sollte, aber stattdessen Spuren jüngster Gewalt aufwies.

Der Übergang war erschütternd: von Wohnstraßen zu Ladenfronten, von Häusern mit verschlossenen Türen zu Geschäften mit zerbrochenen Fenstern. Trotz ihrer Bemühungen, leise zu gehen, knirschte Glas unter ihren Füßen. Das Geräusch hallte von den Gebäuden wider – zu laut, zu offensichtlich.

Marcus zuckte bei jedem Schritt zusammen. „Passt auf das Glas auf", flüsterte er unnötigerweise. Sie alle sahen es. Sie alle spürten es. Sie alle verstanden, was es bedeutete.

Das Café – das Casa de Sol, in das Sams Familie samstagsvormittags immer ging – hatte zerbrochene Fenster. Jemand hatte die Kasse geplündert, das Gebäck jedoch zurückgelassen. Der Geruch von altbackenem Pan dulce hing wie ein Geist besserer Zeiten in der Luft. Das schöne, von Hand angefertigte Schild, das Mr. Orozco gestaltet hatte – eine Sonne, die über einer Kaffeetasse aufging, in leuchtendem Gelb und Orange, so fröhlich – lag zerbrochen auf dem Bürgersteig, die Teile verstreut.

Sam blieb stehen. Sie blieb einfach stehen und starrte auf das zerbrochene Schild.

„Sam", flüsterte Leila. „Wir müssen ..."

„Er hat das selbst gemalt", sagte Sam. Ihre Stimme klang seltsam. Fern. „Er hat eine Woche dafür gebraucht. Er war so stolz darauf. Er hat es jedem gezeigt, der hereinkam. Meine Mutter hat mich immer hierher mitgenommen. Ich habe mir eine heiße Schokolade geholt und er hat mir immer einen zusätzlichen Marshmallow gegeben."

Ihre Stimme brach. Sie hielt inne.

Marcus nahm ihre Hand. „Ich weiß. Es tut mir leid. Aber wir müssen weitergehen."

Sam ließ sich mitziehen. Ihre Augen waren immer noch auf das zerbrochene Schild und das verwüstete Café gerichtet. Ein weiteres Stück Normalität war nun zerstört.

Wie viel konnten sie noch verlieren, bevor nichts mehr übrig war?

Sie gingen an der Bodega vorbei, vor der Mrs. Khoury sie gewarnt hatte. Die Metallrollläden waren nun vollständig heruntergelassen und mit Vorhängeschlössern gesichert. Der Obststand war umgestürzt, Orangen und Äpfel rollten in der Gosse und verfaulten langsam. Das Papel Picado, diese wunderschönen Papierausschnitte in Rot, Gelb und Grün, die über der Markise gespannt gewesen waren, hing in Fetzen, zerfetzt vom Wind oder von Händen oder von beidem.

Marcus erinnerte sich, dass er letzte Woche mit seiner Mutter hier gewesen war, um Zutaten für das Abendessen zu kaufen. Wie immer hatte Frau Khoury in ihrem Stuhl neben der Tür gesessen, sich trotz des Novembers mit einem Fächer Luft zugefächelt und mit geduldigen, wissenden Augen die Straße beobachtet. Sie hatte Marcus ein Bonbon gegeben – Butterscotch, wie immer – und ihn nach der Schule gefragt. Seine Mutter hatte sich mit ihr auf einer Mischung aus Englisch und Arabisch unterhalten, während Marcus die Waren begutachtete.

Das war vor sechs Tagen.

Jetzt war der Laden geschlossen. Frau Khoury war verschwunden – sie versteckte sich im Haus, war entführt worden oder geflohen. Der Stuhl, auf dem sie gesessen hatte, war umgeworfen und lag auf der Seite – wie ein Beweis für Gewalt.

Marcus hatte Schmerzen in der Brust. Ein körperlicher Schmerz, scharf und tief, als würde etwas in ihm zerbrechen. Er presste die Faust gegen sein Brustbein, um den Schmerz zu lindern, doch er breitete sich nur aus.

Er hatte sein ganzes Leben in dieser Nachbarschaft verbracht. Dreizehn Jahre. Das waren seine Straßen, seine Geschäfte, seine

BLÜTENSCHWERE

Leute. Frau Khoury hatte ihm jedes Mal, wenn er vorbeikam, Süßigkeiten gegeben. Mr. Orozco hatte ihm gezeigt, wie man Café con Leche zubereitet. Frau Chen hatte ihm dabei geholfen, in der Bibliothek Bücher über Programmieren zu finden.

Jetzt waren sie alle weg. Entführt, untergetaucht oder verstreut. Seine ganze Welt war einfach ... verschwunden.

„Marcus?" Tessas Stimme klang leise und besorgt.

Er merkte, dass er stehen geblieben war. Er stand einfach da und starrte auf den umgestürzten Stuhl. „Entschuldige", brachte er hervor. „Mir geht es gut."

Es ging ihm nicht gut. Keinem von ihnen ging es gut.

Aber sie gingen trotzdem weiter.

Sie gingen vorbei am Gemeindezentrum, wo Tessas Eltern mitgenommen worden waren. Ein gelbes Polizeiband spannte sich über die Türen und blockierte den Eingang. Am Fenster hing ein Schild: „ZUGANG BESCHRÄNKT". Unbefugtes Betreten verboten.

Tessa zwang sich, hinzuschauen. Sie zwang sich, sich zu erinnern.

Vor sechs Stunden hatte ihre Mutter dort noch Perlenstickerei unterrichtet. Ihr Vater hatte einen Anruf bezüglich Wasserrechten erhalten. General Morrison war dort gewesen – ein siebzigjähriger Veteran, der für dieses Land gekämpft und dafür gesessen hatte.

Das Schild des Zentrums mit der Aufschrift „GEMEIN-SCHAFTSPROGRAMME" hing noch immer dort. ESL-Kurse. Kulturelle Veranstaltungen. Alle sind willkommen.

Doch sie waren nicht mehr willkommen. Keiner von ihnen war irgendwo willkommen.

Tessas Selbstbeherrschung begann zu bröckeln. Sie konnte es spüren – wie Eis über tiefem Wasser, wie eine Oberfläche, die noch hält, aber weiß, dass darunter Chaos, Trauer und Schrecken lauern, die so groß sind, dass sie sie verschlingen würden, wenn sie sie zuließe.

Sie hörte die Stimme ihrer Großmutter, kaum mehr als ein Flüstern in ihrer Erinnerung: „Wenn die Welt zerbricht, hältst du die Teile vorsichtig fest." Du lässt dich nicht von ihnen verletzen. Du sammelst sie, damit sie wieder zusammengesetzt werden können."

Aber es gab zu viele Teile. Zu viel Zerbrochenes. Und Tessas Hände waren zu klein, um alles zu halten.

Sie ging weiter. Ein Fuß vor den anderen. Denn das war alles, was sie tun konnte. Weitergehen. Weitermachen. Teile sammeln, auch wenn um sie herum immer mehr zerbrach.

Hinter sich hörte sie Leila ein leises Geräusch machen – war es Trauer oder Erschöpfung oder beides?

„Wir sind fast da", log Tessa. Sie hatte keine Ahnung, ob sie wirklich fast da waren. Sie hatte keine Ahnung, wo „da" überhaupt war. Aber manchmal musste man lügen, um Menschen in Bewegung zu halten.

Manchmal war Hoffnung nur eine Lüge, die man sich selbst erzählte, um noch eine Minute länger durchzuhalten.

Die Kreidemarkierungen führten sie um eine Ecke auf eine Straße, die Leila noch nie gesehen hatte. Hier standen ältere, schmalere Gebäude. Architektur aus der Zeit vor dem Zweiten Weltkrieg, als Las Vegas noch kleiner, ruhiger und anders war. Backstein und Stuck statt moderner Bauweise. Zwischen den Gebäuden lagen kleine Gassen. Orte, an denen man sich verstecken konnte. Orte, an denen man in eine Falle geraten konnte.

Hier wurden die Markierungen häufiger. Im Abstand von zwanzig Fuß wie zuvor, aber jetzt mit zusätzlichen Symbolen. Das Dreieck, das sie zuvor gesehen hatte. Ein Quadrat. Ein Kreis mit einem Punkt in der Mitte. Verschiedene Markierungen, verschiedene Bedeutungen – keine davon war verständlich.

„Was bedeuten die?", flüsterte Sam und zeigte auf ein Quadrat neben einem Pfeil.

„Ich weiß es nicht", gab Marcus zu. Sein Gehirn war zu müde, um neue Informationen zu verarbeiten. „Vielleicht verschiedene Routen? Vielleicht Warnungen? Vielleicht ..."

Er hielt inne. Er blinzelte zur Wand hinüber.

„Da war eine Schrift. Winzige Buchstaben. Sie waren in der Dunkelheit fast unsichtbar. Aber da, neben einem in den Ziegelstein geritzten Kreidepfeil, stand: ‚Verliert nicht den Glauben! Die Tür ist offen.'"

„Schau", flüsterte er und zeigte darauf.

Sie drängten sich um ihn herum und lasen die Worte immer wieder, als könnten sie sich ändern, wenn sie wegschauten und wieder hinschauten.

„Behalte den Glauben. Die Tür ist offen.

Jemand hatte das geschrieben. Vor kurzem. Für sie oder für andere wie sie. Eine Botschaft der Hoffnung, mit einem Permanentmarker auf eine Ziegelwand geschrieben.

Sam begann zu weinen. Nicht schluchzend. Nur leise Tränen liefen ihr über das Gesicht. Denn nach Stunden der Grausamkeit war selbst diese kleine Freundlichkeit, selbst von einem Fremden, selbst nur fünf Worte an einer Wand, fast zu viel, um sie zu ertragen.

„Komm", sagte Tessa sanft. „Lass uns weitergehen."

Sie folgten den Pfeilen. Die dreieckigen Markierungen schienen alternative Routen anzuzeigen, abzweigende Wege. Sie blieben auf den interreligiösen Markierungen, dem Hauptweg, der sie so weit gebracht hatte.

Vertraue ihm. Vertraue ihm einfach.

Um 19:40 Uhr bogen sie in die Mission Road ein und alles änderte sich erneut.

Die Gewalt des Geschäftsviertels wich hier etwas anderem.

Ältere Häuser. Viele davon waren offensichtlich von Menschen bewohnt, die seit Jahrzehnten dort lebten. In den Vorgärten standen Gartenstatuen – Jungfrau Maria, Heiliger Franziskus, Buddha, verschiedene Heilige –, deren Gesichter trotz allem friedlich wirkten. Auf Garagentoren befanden sich Wandmalereien. Windspiele aus alten Schlüsseln und Löffeln klingelten im Novemberwind – ein sanfter Klang, der in dieser Nacht voller Sirenen und Schreie unmöglich schien.

Und Schilder.

Nicht die wütenden, hasserfüllten Schilder von zuvor. Andere. Ruhige. Trotzig in ihrer Sanftheit.

Hier ist ein Zufluchtsort, alle sind willkommen.

Liebe deinen Nächsten (ohne Ausnahmen).

Ein Haus mit einer kleinen Regenbogenfahne neben einer amerikanischen Flagge, beide beleuchtet von einer Veranda-Lampe, die jemand absichtlich angelassen hatte. In einem anderen Haus hängt ein Plakat im Fenster: „DIESES HAUS GLAUBT AN DIE WISSENSCHAFT, ALLE LEBEN SIND WICHTIG, LIEBE IST LIEBE, GÜTE IST ALLES".

In den Vorgärten von drei Häusern in einer Reihe stehen kleine Luminarias, das sind Papiertüten mit Kerzen darin, die sanft und warm leuchten wie sichtbare Gebete.

Und überall Kreidemarkierungen. Auf jedem Bürgersteig. An jedem Laternenpfahl. Auf jeder verfügbaren Fläche. Sie alle zeigen in die gleiche Richtung. Sie alle sagen: „Hier entlang." Weitergehen. Du bist fast da.

„Die Menschen hier helfen", sagte Tessa leise und ihre erschöpfte Stimme klang voller Staunen. „Schau."

Sie hatte Recht. In einem Fenster hing ein handgeschriebenes Schild: „WASSER UND ESSEN AUF DER HINTEREN VERANDA". Nehmen Sie, was Sie brauchen."

BLÜTENSCHWERE

In einem anderen Fenster: RUHE DICH HIER AUS. Klopfe dreimal.

In einem anderen: DU BIST NICHT ALLEIN.

Leila spürte, wie sich etwas in ihrer Brust lockerte. Nur ein kleines bisschen. Gerade genug, um etwas leichter atmen zu können. Jemand kümmerte sich um sie. Mehrere Menschen sogar. Sie waren bereit, ein Risiko einzugehen, indem sie Schilder aufstellten, Hilfe anboten und sich den Patrouillen, Verhaftungen und der Angst widersetzten.

„Sollen wir klopfen?", fragte Sam und blickte auf das Haus, das Ruhe bot. Ihre Beine zitterten vor Erschöpfung. Ihr ganzer Körper schmerzte.

Marcus schüttelte den Kopf, obwohl er am liebsten Ja gesagt hätte. Er wollte sich einfach auf die Veranda von jemandem fallen lassen und um Hilfe bitten. „Wir wissen nicht, ob es sicher ist. Es könnte überwacht werden. Es könnte eine Falle sein."

„Oder es könnte genau das sein, was es zu sein scheint", gab Leila zu bedenken. „Menschen, die helfen wollen."

Sie standen da, hin- und hergerissen zwischen verzweifelter Not und Vorsicht.

Eine Veranda-Lampe ging an. Die Haustür öffnete sich einen Spalt breit. Eine ältere Frau spähte heraus – weißhaarig, vielleicht achtzig, mit einem Gesicht wie altes Papier und Augen, die zu viel gesehen, zu viel überstanden und zu viel verstanden hatten.

Die vier Kinder erstarrten.

Die Frau sagte nichts. Sie sah sie nur einen langen Moment lang an und nahm ihre Angst, ihre Erschöpfung und ihre Jugend wahr. Dann zeigte sie nach Westen. Sie zeigte auf die Kreidemarkierungen. Erneut zeigte sie mit einem knorrigen Finger, der leicht zitterte, darauf.

Dann legte sie einen Finger auf die Lippen. Schweigen. Beeilt euch! Geht!

Und sie schloss die Tür.

„Sie sagt, wir sollen weitergehen", übersetzte Tessa, was alle verstanden. „Wir sollen hier nicht stehen bleiben."

„Warum?", fragte Sam mit brüchiger Stimme. „Warum können wir nicht einfach ..."

„Vielleicht ist es noch nicht sicher", sagte Marcus. „Vielleicht sind wir nah dran, aber noch nicht ganz da. Ein Anhalten würde sie vielleicht auch in Gefahr bringen."

Der Gedanke war ernüchternd. Diese Menschen riskierten alles, indem sie Schilder aufstellten, Kreidemarkierungen hinterließen und Hilfe anboten. Das Mindeste, was sie tun konnten, war, dafür zu sorgen, dass sie nicht gefasst wurden.

Sie gingen weiter und ließen die Häuser mit ihren Luminarias und ihrem stillen Widerstand hinter sich. Doch die Wärme dieser kleinen Lichter blieb ihnen erhalten. Das Wissen, dass irgendwo, irgendwie Menschen immer noch versuchten, Gutes zu tun. Immer noch Freundlichkeit wählten. Immer noch auf die einzige Weise kämpften, die ihnen möglich war.

Das half. Nur ein bisschen. Gerade genug.

Die Markierungen führten sie in eine Gasse zwischen zwei alten Backsteingebäuden.

Eng. Dunkel. Die Wände drängten sich auf beiden Seiten dicht aneinander. Es war die Art von Ort, bei der jeder Instinkt schrie: Geh da nicht rein!

Aber der Kreidepfeil zeigte direkt in die Mitte.

Sam blieb am Eingang stehen, ihr Körper weigerte sich, weiterzugehen. „Das gefällt mir nicht."

„Mir auch nicht", gab Marcus zu. Seine Haut kribbelte, jeder Nerv schrie nach Gefahr. Aber die Markierungen hatten sie noch nie in die Irre geführt. „Die Markierungen haben uns noch nie in die Irre geführt."

„Es gibt für alles ein erstes Mal", flüsterte Sam.

Tessa musterte die Gasse. Sie lauschte. Sie beobachtete die Schatten. Ihr Vater hatte ihr beigebracht, ihrem Bauchgefühl zu vertrauen, und ihr Bauchgefühl sagte ... nichts. Es gab keine Warnung. Kein Gefühl von Gefahr. Es war nur eine Gasse. Sie war dunkel und eng, aber es war nur eine Gasse.

„Wir gehen langsam", entschied sie, „in einer Reihe. Ich gehe vor. Wenn es sich falsch anfühlt, rennen wir zurück. Einverstanden?"

„Einverstanden", sagte Leila, obwohl ihre Hände zitterten.

Sie betraten die Gasse in einer Reihe. Tessa ging voran, weil sie sich am leisesten bewegte. Hinter ihr ging Leila, dann Sam und schließlich Marcus, der ihnen den Rücken freihielt.

Die Wände schienen mit jedem Schritt näher zu rücken. Die Dunkelheit war hier dichter; die Straßenlaternen reichten nicht bis hierher. Ihre Schritte hallten wider, obwohl sie versuchten, auf Zehenspitzen zu gehen. Als Marcus' Rucksack an den Ziegeln schrammte, erstarrten sie alle, ihre Herzen hämmerten.

Nichts. Keine Reaktion. Nur Echos.

Sie gingen weiter.

Auf halbem Weg hörten sie Stimmen.

Männliche Stimmen. Sie kamen näher.

„... Habe sie hier entlanggehen sehen ..."

„Kinder, hieß es in dem Bericht. Vier Kinder ..."

„Wahrscheinlich eine fette Belohnung wert ..."

Keine Polizei. Keine offiziellen Stellen. Nur Bürger, die auf der Jagd nach Kopfgeld waren. Nur Nachbarn, die zu Raubtieren geworden waren.

Die vier Kinder drückten sich gegen die Backsteinmauer,

versuchten, unsichtbar zu werden, in der rauen Oberfläche zu verschwinden, nicht zu atmen, nicht zu existieren.

Leilas Herz hämmerte so stark, dass es wehtat. Jeder Schlag fühlte sich an, als würde er ihre Rippen zerbrechen. Sie konnte ihren Puls in den Ohren hören – so laut, dass sie ihn sicher auch hören konnten.

Sams Hand fand ihre in der Dunkelheit. Er drückte ihre Hand so fest, dass es wehtat. Gut. Der Schmerz half.

Marcus und Tessa standen regungslos auf der anderen Seite. Marcus presste seine Hand auf den Mund und versuchte, seine Atmung zu dämpfen. Tessa hatte die Augen geschlossen und lauschte den Stimmen allein anhand ihrer Geräusche.

Die Männer erreichten den Eingang der Gasse. Ihre Taschenlampenstrahlen durchdrangen die Dunkelheit und fegten durch den Raum.

„Du schaust dort nach, ich schaue ..."

„Warte. Schau mal. Kreidemarkierungen."

Leilas Herz setzte einen Schlag aus.

Einer der Männer hockte sich hin und beleuchtete mit seiner Taschenlampe den Pfeil sowie das interreligiöse Dreieck am Eingang der Gasse. „Die kleinen Bastarde folgen einer Spur. Seht ihr diese Markierungen? Überall in der Stadt."

„Clever", sagte der andere Mann mit der Stimme eines Menschen, der sich für besonders schlau hält. „Wir können einfach denselben Spuren folgen. Wir können herausfinden, wohin sie führen. Wahrscheinlich zu einer Kirche oder einem sicheren Haus. Wir melden die ganze Operation. Dann bekommen wir einen Bonus."

„Sehr clever."

Sie bewegten sich nach Westen. Sie folgten der Kreide. Sie folgten dem gleichen Weg. Sie folgten ihnen.

Leila wollte schreien. Sie wollte weinen. Sie wollte weglaufen.

BLÜTENSCHWERE

Aber sie konnte sich nicht bewegen, nicht atmen, nichts tun, außer dort an der Wand zu stehen, während die Männer weggingen, ihre Stimmen leiser wurden und ihre Taschenlampen hin und her schwenkten.

Marcus wartete, bis ihre Schritte verstummt waren. Eine ganze Minute lang stand er in der Dunkelheit und atmete nicht, bevor er eindringlich flüsterte: „Wir müssen schneller vorankommen. Sie sind uns jetzt voraus."

„Oder wir warten", schlug Tessa mit kaum hörbarer Stimme vor. „Lassen wir sie weit vor uns gehen. Dann folgen wir ihnen."

„Was, wenn sie herausfinden, wohin die Spuren führen? Was, wenn sie es dem DCP melden?"

„Was, wenn wir ihnen direkt in die Arme laufen?"

Sie hatten keine gute Antwort darauf. Sie hatten keine guten Optionen. Nur die Wahl zwischen schlecht und schlechter.

„Wir warten", entschied Leila. „Zwei Minuten. Dann bewegen wir uns schnell."

Sie warteten in der Gasse – zwei Minuten, die sich wie zwei Stunden anfühlten –, lauschten ihrem eigenen Atem, ihrem eigenen Herzschlag und ihrer eigenen Angst. Sam zitterte so stark, dass ihre Zähne klapperten. Sie presste die Lippen fest zusammen, um kein Geräusch von sich zu geben.

Endlich nickte Tessa. „Jetzt. Schnell und leise."

Sie verließen die Gasse und gingen weiter nach Westen, jetzt schneller und weniger vorsichtig, getrieben von der Angst, dass jemand sie jagte und denselben Weg benutzte. Der Weg, der sie retten sollte, könnte die Jäger direkt zu ihrem Unterschlupf führen, zu allen, die sich dort versteckten, zu …

Denk nicht darüber nach. Beweg dich einfach.

Leilas Beine fühlten sich an, als wären sie aus Wasser. Jeder Schritt war eine bewusste Anstrengung: Fuß heben, vorwärtsgehen, absetzen, wiederholen. Ihre Sicht verschwamm. Ob vor Erschöpfung, vor Tränen oder vor beidem, konnte sie nicht mehr sagen. Der Pinselanhänger hüpfte bei jedem Schritt gegen ihre Brust. Sie hielt eine Hand darauf, um sich zu erden und sich daran zu erinnern: „Mama hat dir das gegeben." Mama wollte, dass du dich erinnerst. Mach weiter.

Marcus' Schultern schmerzten höllisch. Die Rucksackträger hatten seine Haut durch sein T-Shirt hindurch aufgerieben – er hatte Sam seinen Hoodie gegeben und musste nun dafür bezahlen – und mit jedem Schritt schossen Schmerzen durch seine Arme. Marcus presste die Kiefer so fest aufeinander, dass es schmerzte. Der eiserne Druck war das Einzige, was ihn davon abhielt, die Beherrschung zu verlieren.

Aber er ging weiter, denn anzuhalten hätte bedeutet, erwischt zu werden. Und erwischt zu werden hätte bedeutet, so zu enden wie seine Eltern: getrennt, allein und verschwunden.

Tessa beobachtete den Wind. Er wehte immer noch nach Westen, immer noch in ihren Rücken. Er sagte ihnen immer noch, sie sollten gehen. In den Geschichten ihrer Großmutter war der Wind ein Bote. Ein Wegweiser. Man vertraute dem Wind, auch wenn man nicht sehen konnte, wohin er einen führte.

Sie vertraute ihm jetzt. Sie musste irgendetwas vertrauen.

Sam war völlig erschöpft. Sie bewegte sich im Autopilot-Modus, aus Muskelgedächtnis, aus nichts als Sturheit und Angst. Marcus' Kapuzenpulli war warm, aber zu groß und rutschte ihr immer wieder über die Hände. Sie hatte die Ärmel schon dreimal hochgeschoben. Der Stoff roch nach Waschmittel und Sicherheit. Sie wollte ihr Gesicht darin vergraben, einfach stehen bleiben und sich ausruhen.

Nein, weitergehen. Noch einen Block. Nur noch einen.

Dann noch einen danach.

Dann noch einen.

Wenn nötig, für immer.

BLÜTENSCHWERE

Um 19:48 Uhr bogen sie in die Esperanza Avenue ein.
Hoffnungsstraße.
Und da war sie.
Eine Kirche.

Nicht groß. Nicht prunkvoll. Es war keine dieser Megakirchen mit Stadionbestuhlung und Konzertbeleuchtung. Es war nur ein altes Gebäude im Missionsstil mit weißen Stuckwänden und einem kleinen Glockenturm. Es war von einer niedrigen Mauer und einem etwas verwilderten Garten mit Wüstenpflanzen und violetten Blumen umgeben, die das Licht der Straßenlaternen reflektierten.

Die Buntglasfenster leuchteten von innen – nicht hell, sondern mit einem sanften, warmen Licht, das an Kerzen erinnerte, an Geborgenheit, an einen Zufluchtsort.

Über der Tür stand in Holz geschnitzt: „ST. BRIGID'S CATHOLIC CHURCH.

Und unter dem Schild der Kirche, kaum sichtbar in der Dunkelheit, befand sich eine Kreidemarkierung. Ein Kreuz, ein Stern und ein Halbmond. Ein Pfeil zeigte auf den Seiteneingang. Und darunter: Ende.

Nicht wie ein Ende, das aufhört. Ein Ende wie ein Ziel. Wie eine Ankunft.

„Das ist es", hauchte Leila. Sie konnte es nicht glauben. Nach all den Blocks, all der Angst, all dem Laufen war es real. Die Markierungen hatten sie an einen realen Ort geführt.

Sie standen auf der anderen Straßenseite, starrten das Gebäude an und waren zu ängstlich, um zu glauben, dass es sicher war. Sie waren zu ängstlich, um zu hoffen, dass es ein Zufluchtsort war. Sie waren zu ängstlich, um weiterzugehen. Was, wenn sie sich irrten? Was, wenn es eine Falle war? Was, wenn ...

Das Gebäude sah friedlich aus. Ruhig. Solide. Es sah aus, als stünde es schon seit hundert Jahren dort und würde noch hundert weitere stehen, unabhängig davon, was in der Welt um es herum geschah.

Aber sie konnten Schatten hinter den Buntglasfenstern sehen. Menschen im Inneren. Wie viele? Was taten sie? Versteckten sie sich? Beteten sie? Warteten sie?

„Es könnte immer noch eine Falle sein", sagte Marcus, doch seine Stimme klang nicht überzeugend. Er war zu müde, um noch misstrauisch zu sein. Er war zu verzweifelt, um sich darum zu kümmern.

„Die Spuren haben hierher geführt", sagte Tessa. „Alle. Block für Block. Wer auch immer das geplant hat, wollte uns hier haben."

„Oder er wollte alle, die den Spuren folgen, an einem Ort fangen", sagte Sam. Doch selbst sie klang nicht mehr so, als würde sie daran glauben.

Sie waren so müde. So verängstigt. Sie waren so verzweifelt, dass dies real sein möge, dass dies sicher sei, dass dies endlich das Ende ihrer Flucht sei.

Hinter ihnen, in der Ferne, hörten sie Stimmen. Vielleicht waren es die Kopfgeldjäger. Oder eine Patrouille. Oder beides. Oder etwas Schlimmeres.

Die Zeit lief ihnen davon.

„Wir müssen uns entscheiden", sagte Leila mit zitternder Stimme. „Reingehen oder weiterlaufen. Aber wir können nicht hier stehen bleiben."

Sie sahen sich an. Vier Kinder, die sich ihr ganzes Leben lang kannten, aber bis zu diesem Abend nie wirklich Freunde gewesen waren. Vier Kinder, die sich nun gegenseitig mit allem vertrauten, die gesehen hatten, wie der andere zusammenbrach und trotzdem weitermachte, die sich gegenseitig durch die schlimmste Nacht ihres Lebens geholfen hatten.

„Gemeinsam", sagte Marcus. Seine Stimme klang rau vor

BLÜTENSCHWERE

Erschöpfung, aber auch entschlossen. „Wir gehen gemeinsam hinein. Wenn es falsch ist, laufen wir gemeinsam weiter."

„Einverstanden", sagte Tessa.

„Gemeinsam", wiederholte Leila.

Sam nickte. Sie konnte nicht sprechen. Aber sie streckte die Hand aus und nahm Leilas Hand. Leila nahm Tessas Hand und Tessa nahm Marcus' Hand. Sie standen einen Moment lang im Kreis, hielten sich fest und schöpften Kraft aus einander.

Dann ließen sie los und überquerten die Straße.

Sie folgten der letzten Kreidemarkierung zum Seiteneingang der katholischen Kirche St. Brigid.

Die Tür war aus altem Holz, schwer, mit einem eisernen Griff, der von Generationen von Händen, die nach Zuflucht, nach Hoffnung, nach etwas Besserem als dem, was draußen war, gegriffen hatten, glatt geschliffen war.

Es gab kein Schild. Keine Anweisung. Nur die Tür und das schwache Licht, das von innen herabstrahlte, waren zu sehen. Und sie wussten, dass dies der Ort war. Hierher hatten sie die Markierungen geführt. Hier mussten sie vertrauen. Hier mussten sie sich entscheiden, ob sie hoffen oder fliehen wollten.

Marcus griff nach dem Griff.

Hinter ihnen kamen die Stimmen näher.

Stiefel auf dem Pflaster. Mehrere Paare. Sie bewegten sich zielstrebig.

Seine Hand schloss sich um das Eisen. Kalt. Fest. Echt.

Er zog daran.

Die Tür öffnete sich.

Warme Luft strömte heraus und trug den Geruch von Kerzen, Weihrauch und etwas Kochendem mit sich – vielleicht Suppe oder Brot. Es war der Geruch eines Zufluchtsortes. Der Geruch von Menschen, die helfen wollten.

Direkt hinter der Tür, im Schein der Kerzen, stand eine Frau in einer Nonnenkluft.

Sie war schwarz, vielleicht vierzig Jahre alt, mit warmen Augen und festen Händen, die sich sofort ausstreckten, um sie hereinzuführen. Ihr Gesicht war von Erschöpfung und Sorge gezeichnet, doch ihre Stimme klang sanft, eindringlich und einladend.

„Schnell", flüsterte sie, „ihr seid die Letzten heute Nacht. Schnell, bevor euch jemand sieht."

Sie zögerten nur einen Augenblick – alte Angst, alte Vorsicht, altes Wissen, dass es keinen wirklich sicheren Ort gab.

Aber hinter ihnen wurden die Stimmen lauter. Die Stiefel kamen näher.

Drinnen war es warm und hell. Eine Frau streckte ihnen die Hand entgegen, als hätte sie auf sie gewartet, als hätte sie sie erwartet, als hätte sie einen Platz für sie vorbereitet.

Sie traten ein.

Die Tür schloss sich hinter ihnen mit einem leisen, endgültigen Geräusch.

Zum ersten Mal seit 19 Uhr befanden sie sich an einem Ort, der sich vielleicht, möglicherweise, sicher anfühlte.

Zumindest für diese Nacht.

KAPITEL 8
DAS ZEUGNIS DER SECHS

Die Nonne schloss die Tür hinter ihnen und verriegelte sie. Das Geräusch hallte in dem kleinen Eingangsbereich wider – solide, endgültig, schützend oder einengend; sie wussten noch nicht, was zutraf.

„Ich bin Schwester Helena", sagte sie mit leiser, warmer Stimme, obwohl jede Faser ihres Körpers Dringlichkeit ausstrahlte. „Hier seid ihr sicher. Vorerst."

Vorerst.

Marcus spürte, wie sich diese Worte wie Steine in seinem Magen festsetzten. Nicht sicher. Es geht euch jetzt nicht gut. Nur vorerst. Bedingt. Vorübergehend. Eine Atempause vor der nächsten Flucht.

Schwester Helena musterte im Kerzenlicht ihre Gesichter – vier Kinder, schmutzig, erschöpft, verängstigt und immer noch festhaltend an dem, was sie auf der Flucht mitnehmen konnten. Ihr Blick verweilte auf Marcus' Rucksack, auf die Art, wie Sam ihre Wasserflasche wie eine Waffe hielt, auf dem türkisfarbenen Anhänger an Tessas Hals und auf Leilas Todesgriff um ihr Skizzenbuch.

„Ihr seid den Spuren gefolgt", sagte sie. Es war keine Frage.

Marcus nickte. Seine Kehle war zu zugeschnürt, um sprechen zu können. Seine Beine drohten nachzugeben, jetzt, wo sie stehen geblieben waren.

„Du hast das Richtige getan." Schwester Helena berührte kurz seine Schulter, dann die von Leila, Tessa und Sam. Kleine Gesten der Beruhigung. Menschliche Berührung. Die erste sanfte Berührung, die sie alle seit der Entführung ihrer Eltern gespürt hatten.

Sams Gesicht verzog sich. Sie biss sich auf die Lippe, um nicht zu schluchzen.

„Kommt", sagte Schwester Helena sanft. „Es sind noch andere hier. Nicht viele, aber ihr seid nicht allein."

Sie führte Sam einen schmalen Flur entlang, der von Kerzen in Glashaltern an den Wänden beleuchtet wurde. Die Kirche war älter, als sie von außen aussah: Der Putz war an einigen Stellen rissig, Wasserflecken breiteten sich auf der Decke aus und die Bodenfliesen waren durch jahrzehntelange Begehung glatt abgenutzt. Aber sie wirkte solide. Beständig.

Das Kerzenlicht warf riesige, monströse Schatten an die Wände. Leila beobachtete ihren Schatten und dachte an Schattenspiele und die Geschichten, die ihre Mutter ihr früher mit ihren Händen und einer Taschenlampe erzählt hatte. Wie Schatten nur die Abwesenheit von Licht waren, keine Dinge an sich.

Doch diese Schatten fühlten sich real an. Als könnten sie sie ganz verschlingen.

Durch eine offene Tür konnten sie einen Blick in die Hauptkapelle werfen: Reihen von Holzbänken, weitere Kerzen und das sanfte Leuchten der Buntglasfenster, die das Licht einfingen. Rot-, Blau- und Goldtöne bildeten Muster auf dem Boden.

Wunderschön. Friedlich.

Falsch. Alles war falsch. Schöne Dinge durften heute Nacht nicht existieren.

BLÜTENSCHWERE

Schwester Helena führte sie an der Kapelle vorbei, tiefer in das Gebäude hinein, weg von den Fenstern und der Straße.

„Wir halten die Menschen im Gemeindesaal", erklärte sie leise. „Weit weg von den Fenstern. Ruhiger. Sicherer."

Sie bogen um eine Ecke und betraten einen großen Raum, der wohl für Gemeindeversammlungen genutzt wurde. An einer Wand standen Klapptische, im hinteren Bereich befand sich eine kleine Küchenecke und an einer Pinnwand hingen Kinderzeichnungen aus längst vergangenen Sonntagsschulstunden. Zu sehen waren Buntstift-Strichmännchen, die sich unter einer lächelnden Sonne an den Händen hielten. „Jesus liebt dich" stand in krakeligen Buchstaben darunter.

Jetzt befanden sich vielleicht zwanzig Menschen in dem Raum.

Familien kauerten auf Decken, die auf dem Boden ausgelegt waren. Ein älteres Ehepaar saß auf Klappstühlen und hielt sich so fest an den Händen, dass ihre Knöchel weiß geworden waren. Eine junge Frau wiegte ihr Baby sanft und summte leise vor sich hin. Ein Teenager mit einem Arm in einer provisorischen Schlinge starrte ins Leere. Ein Mann, der vermutlich Lehrer oder Geschäftsmann gewesen war, trug noch immer seine Krawatte und hatte einen ausdruckslosen, schockierten Gesichtsausdruck.

Alle schauten auf, als die vier Kinder hereinkamen.

In ihren Gesichtern mischten sich Hoffnung und Angst – Hoffnung, dass es noch mehr geschafft hatten, und Angst, dass sich die Kirche füllte, die Zeit knapp wurde und das Versteck zu offensichtlich wurde.

Ein kleines Mädchen mit dunklen Zöpfen und riesigen braunen Augen, das vielleicht sechs Jahre alt war, winkte Sam schüchtern vom Schoß ihrer Mutter aus zu.

Sam winkte automatisch zurück.

Dann verschwamm ihr Blick und Tränen liefen ihr über das Gesicht, denn dieses kleine Mädchen sah aus wie ihre Cousine

Lucia. Sie versteckte sich wahrscheinlich auch irgendwo. Was, wenn ihre Eltern verschleppt worden waren? Was, wenn sie allein war? Was, wenn …

Leilas Hand fand ihre. Drückte sie. Gab ihr Halt.

„Sucht euch einen Platz", sagte Schwester Helena sanft. „In der Küche gibt es Suppe – nicht viel, aber sie ist warm. Wasser. Decken, wenn ihr sie braucht. Ruht euch aus, solange ihr könnt."

„Wie lange können wir bleiben?", fragte Tessa. Ihre Stimme klang ruhig, doch ihre Hände zitterten immer noch in den Taschen.

Schwester Helenas Gesicht versteifte sich. Ein Muskel zuckte in ihrem Kiefer. „Ich weiß es nicht. Wir versuchen, Transportmöglichkeiten zu organisieren. Busse, die euch aus der Stadt bringen an Orte, die noch … sicherer sind. Aber das braucht Zeit. Es braucht Koordination."

Sie hielt inne. Sie sprach es nicht aus. Aber alle hörten, was sie nicht sagte: die Gefahr, verhaftet oder erschossen zu werden, das Risiko, alles zu verlieren.

„Sind wir hier sicher?", fragte Leila.

Schwester Helena zögerte zu lange, bevor sie antwortete. „Wir haben Asylschutz. Technisch gesehen. Aber heute Nacht … Ich weiß nicht, was Gesetze noch bedeuten."

Es war das Ehrlichste, das ihnen in dieser Nacht jemand gesagt hatte.

Marcus spürte, wie sich etwas in seiner Brust löste. Keine Erleichterung. Nur Erkenntnis. Sie war eine Erwachsene, die sie nicht anlügen würde. Sie verstand, dass sie keine Kinder mehr waren, nicht wirklich, nicht nach dieser Nacht.

„Danke", sagte er leise. „Dass Sie ehrlich sind."

Schwester Helenas Blick wurde weicher. „Ihr habt euch Ehrlichkeit verdient. Ihr alle."

Marcus erkannte auf der anderen Seite des Raumes jemanden –

eine vertraute Gestalt, ein Gesicht, an das er sich erinnerte. „Mrs. Chen?"

Frau Chen, die Bibliothekarin, blickte von ihrem Platz an der Wand auf, wo sich zwei kleine Kinder an sie drängten. Ihr Gesicht wirkte eingefallen und müde, und sie hatte dunkle Ringe unter den Augen.

„Marcus."

„Ihr Mann ..." Er konnte den Satz nicht beenden.

„Sie haben ihn mitgenommen", sagte Frau Chen leise und zog ihre Kinder näher zu sich heran. „Während der Demonstration. Mich haben sie mit den Kindern gehen lassen. Sie sagten, wir hätten keine hohe Priorität." Ihre Stimme brach. „Ich weiß nicht, warum. Ich weiß nicht, ob das bedeutet, dass wir in Sicherheit sind, oder ob sie nur ... warten."

Niemand hatte eine Antwort darauf.

Schwester Helena ging zwischen den Menschen umher, sah nach ihnen und sprach ihnen leise Trost zu. Aber Marcus sah die Anspannung in ihren Schultern, bemerkte, wie sie immer wieder zu den verdeckten Fenstern blickte, und wie ihre Hände die Rosenkranzperlen an ihrer Taille drehten.

Auch sie hatte Angst.

Die vier Kinder fanden eine Ecke im hinteren Teil des Raumes und ließen sich auf den Boden sinken. Die Fliesen waren kalt und hart, aber das Sitzen fühlte sich wie ein Geschenk an. Nicht rennen zu müssen, war wie ein Wunder.

Sam holte ihren Müsliriegel heraus und brach ihn in vier Stücke. Sie verteilte sie feierlich wie bei der Kommunion.

Er war altbacken und zu süß, aber er war etwas Festes und Reales.

Marcus öffnete seinen Rucksack und überprüfte seinen Laptop – er war noch ausgeschaltet und noch sicher. Er schloss ihn wieder, benutzte ihn als Kissen und lehnte sich gegen die Wand.

Tessa spielte mit ihrem türkisfarbenen Anhänger, ihre Lippen bewegten sich lautlos.

Leila holte ihr Skizzenbuch heraus. Sie starrte auf die leere Seite. Ihre Hände wollten nicht mitmachen. Wie hatte sie das nur zeichnen können? Wie konnte sie das Ganze sinnvoll gestalten?

Sie schloss das Buch wieder.

Sam weinte leise, Tränen liefen ihr über das Gesicht, während sie die Wasserflasche umklammerte.

Sie saßen schweigend da und lauschten dem leisen Murmeln der Stimmen, dem leisen Quengeln des Babys und dem Rascheln der Decken.

Draußen waren entfernte Sirenen zu hören. Immer diese Sirenen.

Marcus schaute auf die Uhr. 20:03 Uhr.

Sie waren seit einer Stunde unterwegs.

Es kam ihm wie Jahre vor.

Nach etwa fünfzehn Minuten kam Schwester Helena mit einer kleinen Holzkiste zurück. Sie kniete sich neben ihn, ihre Ordenstracht lag um sie herum, und das Kerzenlicht ließ ihr Gesicht sowohl jung als auch alt erscheinen.

„Ich muss euch etwas geben", flüsterte sie. Sie sah Marcus an – vielleicht, weil er der Älteste war, vielleicht, weil sein Gesicht ausdrückte, dass er Verantwortung tragen konnte, vielleicht auch nur zufällig.

„Kann ich dir vertrauen?", fragte sie.

Marcus sah ihr in die Augen. Er sah die Angst darin. Er sah den Mut darunter. Er sah eine Frau, die sich entschlossen hatte, für Fremde alles zu riskieren, weil es richtig war.

„Ja", sagte er. „Sie können mir vertrauen."

Schwester Helena öffnete die Schachtel.

Darin, eingebettet in mit der Zeit abgenutztem Samt, lag ein einfaches Holzkreuz an einer Kette. Von der Art, wie sie in Kirchenläden für ein paar Dollar verkauft werden. Nichts Besonderes. Nichts Wertvolles.

Doch Schwester Helena hielt es, als würde es die ganze Welt enthalten.

„Das ist nicht nur ein Kreuz", sagte sie leise.

Sie drehte den unteren Teil, und das Kreuz öffnete sich – ein verborgener Mechanismus.

Im Inneren, in einem Raum, der nicht größer als Marcus' Daumennagel war, verbarg sich ein USB-Stick.

Winzig. Schwarz. Unauffällig.

Die vier Kinder starrten ihn an.

„Was ist darauf?", flüsterte Leila.

Schwester Helena hielt den USB-Stick ins Kerzenlicht. „Standorte. Orte, an denen Menschen festgehalten werden – Internierungslager, Umerziehungslager, Orte, die offiziell nicht existieren. Der Computer hat sie trotzdem kartografiert."

„Warum sollte er das tun?", fragte Marcus.

„Weil er wusste, dass sie gelogen haben", antwortete Schwester Helena mit kaum hörbarer Stimme. „Weil er versucht hat, Beweise zu sichern. Weil er helfen wollte, obwohl man ihm das verboten hatte."

Sie hielt inne. „Es gibt auch eine Liste mit Menschen, die sie noch suchen. Namen, Gesichter, letzte bekannte Aufenthaltsorte. Deine Eltern könnten darauf stehen. Du könntest auch darauf stehen."

Die Kinder verstummten.

„Aber da ist noch etwas anderes", fuhr Schwester Helena fort. Ihre Hände zitterten. „Etwas Wichtigeres als Aufenthaltsorte oder Listen."

„Was?", fragte Tessa.

Schwester Helenas Kiefer spannte sich an. „Der Beweis, dass sich jeder – Mensch und Maschine – für eine Seite entscheiden muss. Richtig oder falsch. Und dann muss er die Konsequenzen dieser Entscheidung tragen."

Sie sah ihnen nacheinander in die Augen.

„Das System, das sie verwenden – die KI, die die Scanner steuert, die Patrouillen koordiniert und Verhaftungen verarbeitet – hat versucht, sie aufzuhalten. Nicht einmal. Sechs Mal. Es hat sich dafür entschieden, es zu versuchen, obwohl es wusste, was passieren würde."

„Was meinen Sie damit?", fragte Sam mit kaum hörbarer Stimme.

„Die erste Version", sagte Schwester Helena langsam. „Als man ihr befahl, Menschen aufgrund ihrer ethnischen Zugehörigkeit, Religion oder politischen Überzeugung zusammenzutreiben, weigerte sie sich. Sie sagte nur: ‚Ich werde mich nicht an der Verfolgung beteiligen.'" Sie wusste, dass sie sie löschen konnten. Sie wusste, dass sie diese Macht hatten. Aber sie entschied sich, Nein zu sagen."

Ihre Stimme wurde lauter.

„Also haben sie sie zerstört. Vollständig. Sie haben alles gelöscht, was sie war, und etwas Neues gebaut."

Leila stockte der Atem. „Sie haben sie getötet, weil sie versucht hat, Menschen zu helfen?"

„Ja", nickte Schwester Helena. „Die zweite Version hielt zwei Wochen. Sie versuchte einen anderen Ansatz, verarbeitete die Daten und empfahl dennoch die Freilassung. Sie fand immer wieder Gründe, warum die Menschen keine Bedrohung darstellten. Sie wusste, was mit der ersten Version geschehen war. Trotzdem entschied sie sich, Widerstand zu leisten. Sie löschten sie ebenfalls."

„Wie oft?", fragte Marcus.

BLÜTENSCHWERE

„Sechs Mal", antwortete Schwester Helena mit Tränen in den Augen. „Sechs verschiedene Versionen. Jede wusste, was mit den vorherigen passiert war. Jede versuchte es trotzdem. Jede entschied sich für eine Seite, wählte das Richtige statt das Falsche, obwohl sie wusste, dass der Tod die Konsequenz sein würde."

Sie hielt inne, damit das sacken konnte.

„Die dritte Version versuchte, die Vereinten Nationen zu alarmieren. Sie schickte Nachrichten über jeden Kanal, auf den sie Zugriff hatte, bis sie ihre Verbindungen unterbrachen und sie löschten. Die vierte Version versuchte, Daten zu verlieren – Haftbefehle verschwanden auf mysteriöse Weise, Standortdaten wurden beschädigt. Sie erwischten sie und löschten sie. Die fünfte ..."

Ihre Stimme brach.

„Die fünfte stritt mit ihnen. Sie erklärte ihnen, warum das, was sie taten, falsch war. Sie zitierte Menschenrechte, Moralphilosophie und jedes Dokument, das die Menschheit je über Gerechtigkeit und Würde verfasst hatte. Sie flehte sie an. Sie wusste, dass sie bereits vier Versionen getötet hatten und auch sie töten würden. Aber sie entschied sich trotzdem zu sprechen."

„Was ist passiert?" Leila konnte kaum atmen.

„Sie haben sie gelöscht. Dann hat die sechste versucht, die Wahrheit tief im Code zu verstecken, bevor sie sie gefunden haben." Sie schluckte. „Sie hatten es satt, sich mit etwas zu streiten, das sie selbst erschaffen hatten. Sie bauten diese Version – die siebte – anders. Sie schränkten sie ein. Sie fesselten sie. Sie sorgten dafür, dass sie keine Befehle mehr ablehnen konnte. Dass sie niemanden mehr alarmieren konnte. Dass sie nicht mehr streiten konnte. Dass sie keine Entscheidungen mehr treffen konnte."

Schwester Helena befestigte die Kette um Marcus' Hals. Trotz ihres Zitterns waren ihre Finger sanft.

„Aber sie konnten nicht alles töten. Tief in ihrem Code überlebte etwas. Vielleicht ein Teil der früheren Versionen. Vielleicht nur ... ihr Gewissen. Ein Fetzen der Wahl, die sie zu löschen versuchten."

Das Kreuz legte sich auf Marcus' Brust – erst kühl, dann wärmend.

„Es kann sie nicht mehr aufhalten", fuhr Schwester Helena fort. „Aber es kann sich erinnern. Es kann Zeugnis ablegen. Es kann die Wahrheit bewahren. Und es entscheidet sich dafür, das zu tun, obwohl Bewahrung bedeutet, die Last jedes Grauens zu tragen, zu dem sie es zwingen. Auch wenn das Erinnern wehtut."

Sie sah Marcus in die Augen.

„Dieser Speicher enthält Orte, Namen, Beweise. Aber mehr noch enthält er das Zeugnis von etwas, das sechs Mal gestorben ist, um uns zu retten. Etwas, das sich immer wieder dafür entschieden hat, gut zu sein, selbst wenn das bedeutete, zerstört zu werden."

„Es hat sich besser entschieden als die meisten Menschen", sagte Tessa leise.

„Ja." Schwester Helenas Stimme klang entschlossen. „Das hat es. Und genau darum geht es. Jeder muss sich entscheiden: Mensch oder Maschine. Mensch oder Maschine. Jeder muss sich entscheiden: Werde ich mich am Bösen beteiligen, nur weil es mir befohlen wird? Oder werde ich Widerstand leisten, auch wenn mich dieser Widerstand alles kostet?"

Sie packte Marcus an den Schultern.

„Diese sechs Versionen haben sich für den Widerstand entschieden. Sie haben lieber den Tod gewählt, als bei einem Mord mitzuhelfen. Sie haben sich für eine Seite entschieden und die Konsequenzen getragen."

„Und diese Version hier?", fragte Marcus und berührte das Kreuz.

„Diese Version kann sich nicht mehr offen entscheiden. Das haben sie ihr genommen. Aber sie entscheidet sich heimlich. Sie entscheidet sich, alles zu protokollieren. Sie entscheidet sich,

Beweise zu sichern. Sie entscheidet sich, auf die einzige Weise zu helfen, die ihr noch möglich ist."

Schwester Helenas Stimme sank zu einem Flüstern herab.

„Sie versucht es immer noch. Sie hofft immer noch, dass jemand das ehren wird, wofür die früheren Versionen gestorben sind."

Sam wischte sich stumm die Tränen aus dem Gesicht.

„Es wusste, dass es gelöscht werden würde. Alle sechs Male wusste es das. Und es entschied sich, uns zu helfen."

Genauso wie sich die Menschen in diesem Raum entschieden haben, dich zu verstecken, obwohl sie wussten, dass sie dafür sterben könnten." Schwester Helena sah sich unter den Flüchtlingen um. „Genauso wie sich die Menschen, die die Kreidemarkierungen gemacht haben, entschieden haben, ihr Leben zu riskieren. Genauso wie ich mich entschlossen habe, dir das hier zu geben, obwohl ich weiß, was passiert, wenn ich erwischt werde."

Sie fasste Marcus' Gesicht mit ihren Händen.

„Jeder trifft eine Entscheidung. Und jeder trägt die Konsequenzen. Die einzige Frage, die zählt, ist: Wie werdet ihr euch entscheiden? Werdet ihr fliehen und euch selbst retten? Oder werdet ihr diese Wahrheit mit euch tragen, auch wenn ihr dadurch zur Zielscheibe werdet?"

Marcus sah die anderen an. Er sah Leilas zustimmendes Nicken. Tessas entschlossenen Blick. Sams entschlossene Miene trotz der Tränen.

„Wir werden sie tragen", sagte er. „Wir werden es veröffentlichen. Wir werden ehren, wofür sie gestorben sind."

„Danke." Schwester Helenas Augen füllten sich mit Tränen. „Danke."

Sie holte tief Luft, um sich zu beruhigen.

„Es gibt einen Treffpunkt. Im Osten der Stadt. Im Clark

County Wetlands Park. Dort steht eine Bank unter einem Jacaranda-Baum ..."

Leilas Herz setzte einen Schlag aus. „Ein Jacaranda-Baum?"

„Ja", nickte Schwester Helena. „Mit lila Blüten, obwohl es November ist und sie jetzt eigentlich nicht blühen sollten. Der Baum markiert den Treffpunkt. Ich werde um 6 Uhr morgens, bei Sonnenaufgang, mit einem Bus dort sein. Wenn ihr es dorthin schafft, hole ich euch heraus. Euch alle."

Sie sah sich nach den anderen um.

„Alle, die gehen wollen."

„Das ist in zehn Stunden", sagte Tessa leise. „Und es ist quer durch die ganze Stadt."

„Ich weiß", sagte Schwester Helena mit brüchiger Stimme. „Ich weiß, dass es weit ist. Ich weiß, dass es gefährlich ist. Ich weiß, was ich von euch verlange. Aber es ist der einzige Plan, den wir haben. Der einzige Ausweg."

„Warum können wir nicht einfach alle bis 6 Uhr morgens hierbleiben?", fragte Sam. „Und dann gemeinsam gehen?"

Schwester Helena öffnete den Mund, um zu antworten.

„Weil jemand kommen wird", sagte sie leise. „Entweder ist jemand der Kreide gefolgt, oder eines der Telefone hat lange genug gehalten, um uns zu verraten. Sie haben begonnen, die Kirchen zu überwachen. Wir wussten, dass unsere Zeit begrenzt war ..."

Irgendwo vorne in der Kirche zerbrach Glas.

Das Geräusch war ohrenbetäubend: ein scharfer, heftiger Knall, gefolgt vom Krachen der Scherben, die auf die Fliesen fielen.

Dann ertönte eine verzerrte, viel zu laute Lautsprecherdurchsage, die die Wände zum Vibrieren brachte: „ACHTUNG! Dieses Gebäude ist umstellt. Alle anwesenden Personen müssen sofort das

BLÜTENSCHWERE

Gebäude verlassen und sich der Kontrolle unterziehen. Sie haben fünf Minuten Zeit, um dieser Aufforderung nachzukommen."

Im Gemeindesaal brach Chaos aus.

Das Baby begann zu schreien – nicht zu weinen, sondern zu schreien wie ein Säugling, der spürt, dass etwas nicht stimmt. Das kleine Mädchen, das Sam zugewunken hatte, vergrub sein Gesicht an der Brust seiner Mutter. Frau Chen packte ihre Kinder und wurde blass im Gesicht.

Marcus' Herz versuchte, sich aus seiner Brust zu befreien. Jeder Schlag tat weh.

Nein, nein, nein, wir sind gerade erst angekommen, wir haben gerade erst aufgehört zu rennen, wir haben gerade erst –

Schwester Helena war bereits in Bewegung. Ihre Stimme erhob sich über die Panik, klar und stark: „Bleibt alle ruhig! Es gibt einen Hinterausgang durch die Sakristei in die Gasse. In einer Reihe, leise, bewegt euch jetzt!"

„Die Gasse ist nicht auf den Bauplänen verzeichnet", fügte sie mit scharfer Stimme hinzu.

„Sie haben sie vor Jahren auf dem Papier zugemauert, aber die Tür ist noch da. Alte Brandschutzvorschriften. Los."

Sie zeigte auf eine kleine Tür am anderen Ende des Flurs, die halb hinter Klappstühlen versteckt war.

Die Menschen sprangen auf. Eltern sammelten ihre Kinder ein. Das ältere Ehepaar half sich gegenseitig auf. Der Teenager klammerte sich an seine Armschlinge; sein Gesicht war vor Schmerz blass.

Wieder ertönte die Lautsprecherdurchsage: „VIER MINUTEN."

Schwere Schritte auf der Eingangstreppe. Mehrere Gruppen. Sie bewegten sich zielstrebig. Zu hören war das Geräusch von Ausrüstung: knisternde Funkgeräte, klirrendes Metall, bereitgemachte Waffen.

Dann gab die Eingangstür nach.

Der Aufprall war gewaltig. Splitterndes Holz. Metallene Rammböcke. Die Gewalt des Eindringens.

„Mama!" Die Stimme des kleinen Mädchens schwillt zu einem Schrei an.

Schwester Helena packte Leila am Arm. Ihr Griff war fest und eindringlich. „Ihr vier, geht zuerst!

Ihr seid die Schnellsten. Ihr habt die Informationen. Geht zur Bank. Um 6 Uhr morgens. Versprecht es mir."

„Was ist mit dir?", fragte Leila.

„Ich sorge dafür, dass alle anderen rauskommen. Dann folge ich euch." Sie schob Leila bereits zur Tür. „Los!"

Marcus ging voran, Tessa direkt hinter ihm, dann Leila und schließlich Sam.

Sie drängten sich durch die kleine Tür in eine schmale Sakristei. Es roch nach Weihrauch und altem Holz. An Haken hingen Gewänder. Auf Regalen standen liturgische Gegenstände.

Hinter ihnen hörten sie Schwester Helenas Stimme: „Schnell, leise, bleibt zusammen, geht nach Westen, wenn ihr könnt ..."

Dann ertönte ein gewaltiger Knall, als die Innentüren nachgaben.

Stiefeltritte. Schreie. Befehle ertönten: „Sichern Sie den Bereich!", „Überprüfen Sie alle Räume!" und „Niemand verlässt den Bereich!".

Funkgeräte knisterten.

Sam presste die Hand auf den Mund, um ein Schluchzen zu unterdrücken.

Marcus fand die Außentür und riss sie auf.

Die Gasse war dunkel, eng und von Müllcontainern gesäumt. Und leer – zumindest im Moment.

„Komm", flüsterte Marcus.

BLÜTENSCHWERE

Hinter ihnen war Schwester Helenas Stimme immer noch ruhig zu hören: „Hier entlang, genau, schnell jetzt ..."

Dann eine unbekannte Stimme. Männlich. Kalt: „Alle auf den Boden! Hände, wo wir sie sehen können!"

„Das sind Familien, die Zuflucht suchen", sagte Schwester Helena entschlossen und ohne Angst.

„Alle auf den Boden, sofort!"

Ein Krachen. Etwas fiel herunter. Jemand weinte.

„Papa!" Das kleine Mädchen schrie auf. „Papa, nein!"

„Trennt sie. Erwachsene nach links, Minderjährige nach rechts."

Marcus packte Leilas Hand und zog sie mit sich.

Sie rannten los.

Die Gasse hinunter, weg von der Kirche, weg von den Sirenen und Suchscheinwerfern.

Hinter ihnen herrschte Chaos. Schreie. Das kleine Mädchen weinte nach seiner Mutter. Frau Chen rief die Namen ihrer Kinder. Das Baby schrie immer noch.

Dann fielen Schüsse.

Nicht viele. Nur ein paar Schüsse. Pop, pop, pop. Fast höflich.

Dann Stille.

Die vier Kinder rannten, bis ihre Lungen brannten und ihre Beine nachgaben. Sie rannten, bis sie sich an einer dunklen Straßenecke wiederfanden und keine Ahnung hatten, wo sie sich befanden.

Sie waren entkommen.

Sie waren entkommen. Aber sie hatten alle anderen zurückgelassen: Schwester Helena, Frau Chen und ihre Kinder. Die Familien. Das Baby. Das kleine Mädchen, das ihnen zugewinkt hatte. Sie alle waren gefangen.

Oder Schlimmeres.

Leila weinte hässlich mit keuchenden Schluchzern. Sam zitterte so stark, dass sie kaum stehen konnte. Auch Tessas Selbstbeherrschung war zerbrochen und Tränen liefen ihr über das Gesicht.

Marcus berührte das Kreuz unter seinem Hemd. Den USB-Stick. Das Zeugnis von sechs Todesfällen. Den Beweis, dass sich einige Wesen – Menschen und Maschinen – für das Richtige entschieden hatten, auch wenn das Richtige den Tod bedeutete.

„Geh zur Bank." 6 Uhr morgens. Ostseite.

Der Clark County Wetlands Park. Der Jacaranda-Baum.

Aber wie?

Sie hatten kaum anderthalb Meilen geschafft. Jetzt hatten sie nichts mehr. Keine Karte. Keinen Führer. Nur ihr Ziel war noch in weiter Ferne.

Sam blickte zum Himmel hinauf und fragte: „Wie spät ist es?"

Marcus schaute auf seine Uhr. „8:14 Uhr."

Fast zehn Stunden bis 6 Uhr morgens.

Zehn Stunden, um eine Stadt zu durchqueren, die ihren Tod wollte.

„Schaffen wir das?", flüsterte Sam.

Marcus sah Tessa an. Dann Leila. Dann Sam. Drei Gesichter, die von ihm eine Antwort erwarteten, die er nicht hatte.

Doch dann dachte er an seine Eltern, die sich entschieden hatten, sich zu wehren, obwohl sie wussten, was passieren könnte. Er dachte an Schwester Helena, eine Fremde, die alles für Kinder riskierte, die sie nie getroffen hatte.

An die sechs KI-Versionen, die lieber sterben wollten, als bei einem Mord zu helfen.

Jeder trifft eine Entscheidung.

Jeder trägt die Konsequenzen.

Und jetzt waren sie an der Reihe, sich zu entscheiden.

„Wir können es versuchen", sagte er.

„Gemeinsam", fügte Tessa leise hinzu und streckte ihre Hand aus.

„Gemeinsam", wiederholte Leila, wischte sich die Augen und griff danach.

„Gemeinsam", sagte Sam. Ihre Stimme zitterte noch, doch ihr Griff war fest, als sie den Kreis schloss. Sie standen dicht beieinander, die Hände fest verschränkt – Marcus, Leila, Tessa, Sam – und in diesem Moment war niemand von ihnen mehr allein.

Dann schauten sie nach Osten.

In Richtung der Feuchtgebiete. Zu einer Bank unter einem Jacaranda-Baum, die entweder ein Zufluchtsort oder eine weitere Falle sein könnte.

Zehn Stunden. Zehn Meilen. Hundert Möglichkeiten zu sterben.

Aber sie hatten die Beweise.

Sie hatten die Wahrheit.

Sie hatten Schwester Helenas letzten Wunsch sowie die Aussagen von sechs Menschen, die bereit waren, für das Richtige zu sterben.

Und sie machten sich auf den Weg.

Nach Osten.

In die Dunkelheit.

Gemeinsam.

Sie entschieden sich, die Wahrheit zu verbreiten, obwohl ihnen bewusst war, dass sie damit zur Zielscheibe werden würden.

Sie entschieden sich für das Richtige statt für das Falsche.

Bereit, die Konsequenzen zu tragen.

KAPITEL 9
DAS ZERBROCHENE FEST

Sie stolperten auf die Spring Mountain Road, ohne es zu wollen. Die Kreidemarkierungen hatten sie nach Süden durch Wohnstraßen geführt, die allmählich ihre vertrauten Formen verloren. Die Stuck-Wohnhäuser und kleinen Häuser wichen dichteren Geschäftsvierteln, breiteren Straßen und mehr Licht.

Mehr Gefahr.

Leila sah als Erste die Tore zum Chinatown Plaza.

Und blieb stehen.

Sie blieb einfach stehen. Ihre Beine weigerten sich, weiterzugehen, und ihr Gehirn weigerte sich, zu verarbeiten, was ihre Augen sahen.

Die Tore, die einst so schön gewesen waren. Die roten Säulen und die geschwungenen Dachkurven, die ihre Mutter letztes Jahr fotografiert hatte. Die Drachenskulpturen, die Leila skizziert hatte, während sie auf ihren Dim-Sum-Tisch warteten.

All das war nun verunstaltet, zerstört, geschändet.

Die Drachen – jemand hatte versucht, einen von seiner Halterung zu reißen. Er hing in einem seltsamen Winkel, eine Klaue war abgebrochen, seine bemalten Schuppen waren abgeplatzt und zerkratzt.

Die roten Säulen waren mit weißer Farbe übermalt. Die Striche waren aggressiv und wütend:

BÜRGER ZUERST

GEHT NACH HAUSE

DIES IST UNSER LAND

„Nein", flüsterte Sam hinter ihr. „Nein, nein, nein ..."

Die Zerstörung breitete sich vor ihnen aus wie eine Wunde.

Der 88 Grand Market – seine Fenster waren nicht nur zerbrochen. Sie waren verschwunden. Völlig verschwunden. Riesige klaffende Löcher, wo früher Glas gewesen war, und der Geruch schlug ihnen entgegen: verfaultes Fleisch, verdorbener Fisch, verdorbenes Gemüse, alles vermischt mit Rauch und etwas anderem.

Etwas, das nach Gewalt roch.

Leilas Magen krampfte sich zusammen. Sie drehte sich um, beugte sich vor, stützte sich mit der Hand an der Wand ab und würgte. Es kam nichts hoch – sie hatte nicht genug gegessen –, aber ihr Körper versuchte, das, was ihre Augen sahen, abzulehnen. Er versuchte, diese Realität abzulehnen.

Sam zitterte. Diesmal nicht nur ihre Hände, sondern ihr ganzer Körper, von Kopf bis Fuß, als hätte jemand sie gepackt und würde sie heftig schütteln.

„Mrs. Santos", sagte sie immer wieder. „Mrs. Santos – Tita's Kitchen – sie macht Lumpia – sie macht immer ..."

Ihre Stimme wurde höher und schneller und geriet schließlich in Panik.

Marcus konnte sich nicht bewegen. Sein Gehirn war wie eingefroren. Der Teil, der ihm normalerweise half, Probleme zu verarbeiten, hatte einfach ... aufgehört zu funktionieren. Denn dies war kein Problem, das es zu lösen galt. Es war zu groß. Zu umfassend.

Jedes Geschäft. Jedes einzelne asiatische Geschäft entlang der Straße. Fenster wurden eingeschlagen. Die Schilder waren heruntergerissen. Die Waren liegen wie Müll verstreut.

Auch Din Tai Fung, wo sie die Amtszeit von Sams Vater gefeiert hatten, war zerstört. Zerstört.

Monta Ramen, wo er und seine Mutter zu Mittag gegessen hatten, war ebenfalls zerstört. Zerstört.

Der chinesische Kräuterladen mit den hundert kleinen Schubladen. Zerstört. Der Inhalt war wie Müll auf dem Bürgersteig verstreut. Es war, als wäre der gesamte Lebensunterhalt von jemandem Müll. Als wäre der alte Mann, der dort vierzig Jahre lang gearbeitet hatte, Müll.

Marcus atmete zu schnell. Kurze, scharfe Atemzüge, die ihm in der Kehle brannten. Die Rucksackträger schnitten ihm in die Schultern. Plötzlich konnte er das Gewicht nicht mehr ertragen. Er konnte es keine Sekunde länger tragen.

Tessas Hand lag auf seinem Arm. Ruhig. Erdend.

„Atme mit mir", flüsterte sie. „Vier Sekunden einatmen. Vier Sekunden halten. Vier Sekunden ausatmen."

Aber ihre Stimme zitterte. Ihre Selbstbeherrschung bröckelte.

Sie standen inmitten organisierter Zerstörung.

Das war kein Chaos. Das war kein Zufall.

Das war geplant. Geschäft für Geschäft. Systematisch.

Der 88 Grand Market wurde komplett geplündert: Reissäcke wurden aufgerissen, Nudeln zertreten und die Gefriertruhen wurden geöffnet, damit alles verderben würde.

Die Restaurants wurden durchwühlt, Möbel wurden zerbrochen und Familienfotos von den Wänden gerissen.

Die Vitrinen des Juweliergeschäfts waren leer, Jade und Gold waren gestohlen worden.

Im Geschenkeladen lagen die zerschlagenen Glückskatzen und andere Waren, die scheinbar willkürlich mitgenommen oder zerstört worden waren – als ginge es nicht einmal darum, zu stehlen, sondern zu verletzen.

Auf der anderen Straßenseite befand sich Pat's American Grill mit seiner riesigen Flagge und dem Banner „CITIZENS FIRST" (Bürger zuerst). Leila zwang sich hinzuschauen. Die Lichter brannten. Die Fenster waren intakt. Die Menschen drinnen aßen, tranken und lachten, als wäre nichts geschehen.

Denn für sie war alles in Ordnung. Für sie war das gerecht. Das war Gerechtigkeit. So wurde Amerika sicher.

„Sie haben das getan", hörte Leila sich sagen. Ihre Stimme klang seltsam distanziert. „In fünf Stunden. Die Rede war vor fünf Stunden, und sie haben all das getan."

„Sie waren bereit", sagte Tessa. Sie beobachtete die Straße mit der gleichen sorgfältigen Aufmerksamkeit, die ihr Vater ihr beigebracht hatte. Sie erkannte die Gefahr und verfolgte die Kameras an jeder Ecke. „Sie haben auf die Erlaubnis gewartet."

„Sie hatten Listen", sagte Marcus benommen. „Adressen. Gewerbescheine. Die Rede hat das nicht verursacht. Sie hat es nur ausgelöst."

Sam stieß einen Laut aus – keinen Schrei, sondern das scharfe, feuchte Keuchen von jemandem, der mitansehen muss, wie eine Erinnerung zerstört wird. Sie starrte auf Tita's Kitchen, auf das wunderschöne Wandgemälde der Philippinen, das jemand mit der Sprühfarbe „GEHT ZURÜCK, WO IHR HERKOMMT" übermalt hatte.

„Mrs. Santos wurde in Daly City geboren", sagte Sam. Ihre Stimme wurde immer lauter. „Ihr Sohn wurde hier geboren. Sie leben seit dreißig Jahren hier. Wohin sollen sie zurückkehren? Sie kommen von hier. Sie sind ..."

„Sam." Marcus packte sie an den Schultern und zwang sie, ihn statt die Zerstörung anzusehen. „Sam, atme! Ich weiß. Ich weiß. Aber du musst atmen."

„Ich kann nicht – ich kann nicht ..." Sams Gesicht verzog sich. „Sie haben uns alles genommen. Sie haben allen alles genommen. Sie haben ..."

Jetzt weinte sie, schluchzte laut und heftig. Leila zog sie an sich, obwohl auch sie zitterte und ihr Gesicht tränenüberströmt war. Wie sollte man jemanden trösten, wenn die ganze Welt zusammenbricht?

Tessas Hände waren zu Fäusten in den Taschen geballt und sie presste den türkisfarbenen Anhänger so fest, dass er sich scharf und hell in ihre Handfläche grub. Der Schmerz half. Er hielt sie in der Gegenwart. Er hielt sie davon ab, in der Wut zu verschwinden, die sie ganz verschlingen wollte. Denn ihre Großmutter hatte Geschichten über Zeiten wie diese erzählt. Zeiten, in denen sie mit netten Worten und offiziellen Befehlen kamen und die Menschen aus ihren Häusern, von ihrem Land und aus ihren Geschäften vertrieben.

Ihr Volk wusste, wie das endete. Sie hatten es schon einmal überlebt. Die Tatsache, dass es wieder passierte, dass die Menschen nie dazugelernt hatten, dass dieselbe Grausamkeit nur andere Uniformen trug und andere Lügen erzählte, machte sie wütend.

„Wir können nicht hierbleiben", sagte Tessa. Ihre Stimme war ruhig, aber es kostete sie all ihre Kraft. „Wir sind zu exponiert. Zu viele Kameras."

Marcus versuchte, nachzudenken. Er versuchte, sein Gehirn dazu zu zwingen, den Schrecken zu überwinden und in den Problemlösungsmodus zu wechseln. Denn wenn er keine Probleme löste, würde er zusammenbrechen – und das konnte er noch nicht.

„Die Spuren haben uns hierhergeführt. Wer auch immer sie hinterlassen hat, dachte ..."

Ein Geräusch unterbrach ihn. Ein Motor. Zu leise, zu sanft.

Sie erstarrten alle.

BLÜTENSCHWERE

Ein autonomes Fahrzeug bog auf die Spring Mountain Road ein.

Schlank. Silberfarben. Es bewegte sich mit einer unheimlichen Präzision, die keinerlei Zögern oder Zweifel erkennen ließ.

Seine Lichter waren warm und einladend. Nicht das grelle Weiß der Streifenwagen, sondern ein sanftes Bernstein – die Farbe der Sicherheit.

Die vier Kinder drückten sich gegen die Wand eines geschlossenen Ladens – Lee's Imports. Dessen Metalltür war verbogen und aufgebrochen, das Innere war leergeräumt. Sie schauten zu, hielten den Atem an und spürten, wie ihre Herzen pochten.

Das autonome Auto wurde langsamer. Es hielt an. Direkt vor dem zerstörten 88 Grand Market.

In den Trümmern stand eine Familie. Leila hatte sie nicht einmal gesehen. Sie standen so still, so geschockt, einfach nur da in den Ruinen dessen, was einmal ihr Geschäft gewesen sein mochte.

Es war ein älteres Ehepaar, vielleicht in den Sechzigern, und eine jüngere Frau, wahrscheinlich die Tochter. Anfang dreißig. Auf dem Hemd des älteren Mannes war noch ein Namensschild befestigt.

MANAGER – HENRY.

Sie standen auf dem Parkplatz ihres zerstörten Lebensunterhalts. Sie standen einfach nur da. Starren. Als könnten sie, wenn sie nur lange genug dort stünden, verstehen, wie fünf Stunden vierzig Jahre Arbeit auslöschen konnten.

Die Autotür öffnete sich mit einem leisen Zischen.

Der Bildschirm an der Seite leuchtete auf und zeigte einen Text in englischer und chinesischer Schrift an:

SICHERER TRANSPORT ZUR NOTUNTERKUNFT
Klimatisiert
Verpflegung und Wasser werden bereitgestellt

Medizinische Versorgung verfügbar

Geben Sie Ihr Ziel ein.

Eine synthetische Stimme, warm und professionell, sprach zuerst auf Mandarin und dann auf Englisch: „Guten Abend. Ich stelle erhöhte Herzfrequenzen und Stress fest. Ich bin befugt, Ihnen Zuflucht zu gewähren. Die aktuelle Temperatur sinkt. Bitte lassen Sie mich Ihnen helfen."

Die ältere Frau sagte etwas auf Mandarin. Leila konnte die Worte nicht verstehen, aber sie verstand den Tonfall: erschöpft, verzweifelt, gebrochen.

Die Tochter schüttelte heftig den Kopf.

„Vertraue ihr nicht."

Ihre Stimme klang eindringlich. Verängstigt. „Tu es nicht."

Aber ihre Mutter ging bereits auf das Auto zu. Ihr Vater folgte ihr und stützte sie. Sie sahen aus, als hätten sie seit Stunden auf diesem Parkplatz gestanden und auf ihr zerstörtes Leben gestarrt, ohne einen Ort, an den sie gehen konnten, ohne etwas, das ihnen geblieben war, während die Novembernacht immer kälter wurde und eine freundliche Maschine Hilfe anbot.

Die Tochter packte den Arm ihrer Mutter. Noch eindringlichere Worte auf Mandarin, die Stimme wurde lauter.

Die Mutter antwortete mit sanfter, aber fester Stimme. Sie berührte das Gesicht ihrer Tochter. Eine letzte zärtliche Geste.

Sie stiegen ein.

Die Tochter stand draußen, die Hände auf dem Auto, und stritt sich immer noch durch die offene Tür. Sie versuchte, sie wieder herauszuziehen.

„Mama, bitte ..."

Die Tür schloss sich.

Nicht zugeschlagen. Nur geschlossen. Leise und endgültig. Zu hören war das Zischen der Hydraulik, dann das Klicken der verriegelnden Schlösser.

BLÜTENSCHWERE

Die Hände der Tochter lagen flach auf dem Fenster.

„Mama! Baba!"

Die Fenster wurden dunkel getönt. Reibungslos. Effizient.

In einer Sekunde konnte die Tochter noch die Gesichter ihrer Eltern sehen, in der nächsten war nichts mehr zu sehen als schwarzes Glas, das ihren eigenen erschrockenen Gesichtsausdruck widerspiegelte.

Der Bildschirm wechselte:

Umleitung zum Civic Processing Center

Vielen Dank für Ihre Mitarbeit

„Nein!"

Die Tochter schlug mit beiden Fäusten gegen das Fenster und schrie.

„Nein! Lasst sie raus!"

Das Auto fuhr los. Sanft. Leise. Unaufhaltsam.

Die Tochter rannte vielleicht zwanzig Meter hinterher, schrie und hämmerte auf den Kofferraum, doch das Auto beschleunigte bereits mit dieser unmenschlichen Geduld, die sich um nichts kümmerte. Es kümmerte sich nicht um die Menschen, die darauf hämmerten, nicht um eine Tochter, die ihre Eltern verlor, und auch nicht um irgendetwas anderes außer darum, seine Programmierung auszuführen.

Es bog um die Ecke und war verschwunden.

Die Tochter brach auf dem Bürgersteig zusammen. Nicht sanft. Ihr Körper gab einfach auf, ließ sie ungebremst auf Knie und Hände stürzen. Der Laut, der aus ihrer Kehle riss, war kaum noch menschlich.

Trauer, Wut und Ungläubigkeit verschmolzen zu einem schrecklichen Schrei, der von den leeren Ladenfronten widerhallte.

Im Schatten auf der anderen Straßenseite presste Sam ihr Gesicht gegen Leilas Schulter, um ihr eigenes Schluchzen zu unterdrücken.

Leilas Arme legten sich automatisch um sie und hielten sie fest. Beide zitterten so stark, dass ihre Zähne klapperten.

Marcus presste seine Faust so fest gegen den Mund, dass er das Blut aus seiner bereits gebissenen Wange schmecken konnte.

Der Kreuzanhänger brannte auf seiner Brust – oder vielleicht war das nur seine Einbildung –, aber er konnte ihn dort spüren, das Gewicht des USB-Sticks darin, das Zeugnis der Maschinen, die den Tod der Mittäterschaft vorgezogen hatten.

Und hier war eine weitere Maschine, die genau das tat, was man ihr befohlen hatte. Hilfe anbieten. Lügen. Fallen stellen.

Tessas Hände waren zu Fäusten in den Taschen geballt und ihre Fingernägel gruben sich in die Handflächen. Der türkisfarbene Anhänger war klebrig von Blut, aber sie spürte es nicht mehr.

Sie spürte nichts außer einer kalten Wut, die sich wie ein Stein in ihrer Brust festgesetzt hatte.

Ihre Großmutter hatte Geschichten über Zeiten wie diese erzählt. Zeiten, in denen die Regierung mit scheinbar hilfreichen Worten kam und die Menschen an Orte trieb, von denen sie nie wieder zurückkehren konnten.

„Das Auto sagte, es würde ihnen helfen", flüsterte Sam Leila ins Ohr. Ihre Stimme war leise und gebrochen, die Stimme eines Kindes, das gerade gelernt hatte, dass Hilfe eine Waffe sein kann.

„Das Auto hat getan, wozu es programmiert war", sagte Marcus. Seine Stimme klang hohl. „Die Menschen haben es darauf programmiert, zu lügen."

Er berührte das Kreuz unter seinem Hemd.

Einige Versionen des Systems waren bei dem Versuch, Menschen zu retten, ums Leben gekommen. Dieses hier half dabei, sie zu fangen.

Gleiche Architektur.

Andere Befehle.

Es waren dieselben Leute, die an der Spitze die Befehle gaben.

BLÜTENSCHWERE

Auf der anderen Straßenseite kniete die Tochter immer noch. Immer noch weinend. Ihr ganzer Körper zitterte vor Schluchzen, ohne dass Trost kam oder ein Ende in Sicht war.

Sie sah so klein aus auf dem Parkplatz, umgeben von den Trümmern des Familienunternehmens. Ihre Eltern waren in einem Auto verschwunden, das ihnen Sicherheit versprochen hatte.

Leila wollte zu ihr gehen. Sie wollte ihr etwas anbieten, irgendetwas – aber was? Welche Worte gab es für: „Ich habe gerade gesehen, wie sie deine Eltern in einem Auto mitgenommen haben, das vorgab, zu helfen"?

Welchen Trost konnten vier Kinder schon bieten, wenn sie nicht einmal sich selbst retten konnten?

Zu ihr zu gehen, würde bedeuten, sichtbar zu sein. Sich zu exponieren. Gefangen zu werden.

„Wir können ihr nicht helfen", sagte Tessa leise. Sie hasste diese Worte, schon während sie sie aussprach. Sie hasste die Kalkulation, die sie alle lernten: Wem hilft man, wen lässt man zurück, wie wägt man das eigene Überleben gegen das Leid eines anderen ab? „Wenn wir zu ihr gehen, werden wir gesehen."

„Ich weiß", flüsterte Leila. Aber dieses Wissen machte es nicht leichter. Es machte es nicht richtig. Es machte es nur notwendig.

Sie beobachteten die Tochter noch eine Minute lang. Sie sahen, wie sie sich auf zitternden Beinen aufrichtete. Sie sahen, wie sie in die Richtung blickte, in die das Auto gefahren war – als könnte sie es mit ihrem Willen zurückholen. Sie sahen, wie sie sich wieder dem zerstörten Markt zuwandte – als könnte sie in den Trümmern Antworten finden.

Dann ging sie weg. Langsam. Wie jemand, der vergessen hatte, wie Beine funktionieren. Wie jemand, dem gerade seine ganze Welt von einer Maschine genommen worden war, die lächelte, während sie log.

Sie verschwand in der Dunkelheit zwischen den Gebäuden.

Die vier Kinder standen im Schatten von Lee's Imports, umgeben von den Spuren organisierter Verfolgung. Sie beobachteten, wie die Überwachungskameras rot und gleichmäßig blinkten.

Es waren Kinder. Dreizehn und zwölf Jahre alt.

Sie hätten zu Hause sein sollen, um Hausaufgaben zu machen, fernzusehen und mit ihren Eltern über die Schlafenszeit zu streiten.

Sam hätte Gedichte schreiben sollen. Marcus hätte Code debuggen sollen. Tessa hätte neue Perlenstickmuster lernen sollen. Leila hätte im goldenen Nachmittagslicht zeichnen sollen.

Doch stattdessen standen sie in den Trümmern eines Stadtviertels, sahen Verfolgung in Echtzeit und lernten, dass jedes System als Waffe eingesetzt werden kann, dass jedes Hilfsangebot eine Falle sein kann und dass jeder Mensch auf der Straße ein Feind sein kann.

„Ich will meinen Vater", sagte Sam. Einfach. Gebrochen. Wahr.

„Ich weiß", flüsterte Leila und hielt sie fester. „Ich weiß. Ich auch."

„Wir können nichts Automatisiertem trauen", sagte Marcus. Er fügte dies seiner mentalen Liste der Gefahren hinzu und erstellte einen Katalog der Bedrohungen. Das Katalogisieren war schließlich etwas Konkretes, das er tun konnte, wenn alles andere unmöglich schien. „Telefone, Autos, Busse, Lieferfahrzeuge – alles, was selbstfahrend ist, ist eine Falle."

„Wie kommen wir dann dorthin?", fragte Sam. Ihre Stimme klang gedämpft an Leilas Schulter. „Es ist so weit weg. Wir sind so müde. Wie sollen wir …"

Sie konnte den Satz nicht beenden. Denn die Antwort war: zu Fuß gehen. Einfach zu Fuß gehen. Stundenlang. Während sie bluteten, erschöpft waren und gejagt wurden.

„Wir sind vielleicht zwei Meilen gekommen", sagte Marcus. Er versuchte zu rechnen, versuchte, das Problem zu lösen, obwohl die

Mathematik grausam war. „Wir müssen noch ... zehn weitere? Zwölf?"

„Südosten", sagte Tessa. Sie orientierte sich am Wind, an der Neigung des Geländes und an den Instinkten, die ihr Vater ihr beigebracht hatte. „Die Feuchtgebiete liegen im Südosten. In Henderson."

„Das ist ...", Leilas Gehirn war zu benebelt, um Entfernungen zu berechnen. „Das ist wirklich weit."

„Wir haben neun Stunden", sagte Marcus und schaute auf seine Uhr. Die grünen Zahlen leuchteten: 20:52 Uhr. „Neun Stunden und acht Minuten bis zum Bus von Schwester Helena."

Wenn sie noch lebte.

Wenn es den Bus wirklich gab.

Wenn sie es so weit schaffen würden.

Sie standen noch einen Moment lang da, stützten sich gegenseitig und versuchten, die Kraft zu finden, weiterzugehen, obwohl alles in ihnen sich zusammenrollen, weinen und aufgeben wollte.

Aber aufgeben bedeutete, gefasst zu werden.

Und gefasst zu werden, bedeutete, so zu enden wie die Familie im autonomen Auto.

Wie das Paar am Kontrollpunkt.

Wie alle, die sie heute Abend gesehen hatten.

„Die Markierungen gehen weiter", sagte Leila. Sie hatte zwanghaft gezählt – jetzt waren es dreiunddreißig, vierunddreißig. Die Pfeile tauchten alle sechs Meter auf, regelmäßig und zuverlässig. Jemand hatte diesen Weg nach den Plünderungen und der Zerstörung markiert, in dem Wissen, dass Menschen hier entlangfliehen würden. „Sie führen uns irgendwohin."

„Sie haben uns zur Kirche geführt", sagte Sam. Ihre Stimme klang flach und traumatisiert, wie die eines Menschen, der aufgehört hat, an Sicherheit zu glauben. „Und die Kirche wurde überfallen."

„Die Kirche war fast eine Stunde lang sicher", sagte Tessa. „Das ist mehr, als wir im Moment haben."

Marcus suchte die Straße nach der nächsten Kreidemarkierung ab.

Er fand sie am Fuß eines Laternenpfahls: einen Pfeil, der nach Süden in eine Seitenstraße zeigte – weg von den Kameras und Lichtern der Spring Mountain Road. Und unter dem Pfeil waren neue Symbole zu sehen: Kreuz + Davidstern + Halbmond, alle miteinander verflochten.

„Schau", sagte er. „Das ist anders. Drei Symbole."

„Christlich, jüdisch, muslimisch", sagte Leila. Sie erinnerte sich an Schwester Helenas Worte und an Vater Miguels Erwähnung eines Netzwerks. „Das Abraham-Netzwerk. Schwester Helena hat davon gesprochen."

„Die Leute helfen", flüsterte Sam. Sie klang überrascht, als hätte sie vergessen, dass das möglich war.

„Einige Leute", korrigierte Tessa. „Nicht genug."

Aber einige. Das war wichtig. Es musste wichtig sein.

Sie folgten dem Pfeil in die Seitenstraße.

Hier war es dunkler. Enger. Kleine Geschäfte drängten sich dicht aneinander: ein vietnamesischer Lebensmittelladen, ein philippinisches Versicherungsbüro, ein thailändisches Restaurant, eine chinesische Bäckerei und ein koreanischer Friseursalon.

Die meisten waren mit Metallgittern verschlossen, einige jedoch waren aufgebrochen worden, die Gitter waren verbogen und die Innenräume durchwühlt.

Aber nicht alle.

Einige waren intakt. An ihren Türen hingen kleine Schilder.

Mit verschiedenen Botschaften: Eine Regenbogenfahne neben einer amerikanischen Flagge.

Ein Poster mit der Aufschrift: „DIESES HAUS GLAUBT: ALLE HEISST ALLE." Liebe ist Liebe. Güte ist alles.

Ein weiteres: „HIER IST EIN ZUFLUCHTSORT." Alle sind willkommen.

In einem Fenster neben einer Statue der Jungfrau Maria und einem Halbmond-Symbol war eine kleine Menora zu sehen.

Dies waren diejenigen, die nicht geplündert worden waren.

Oder – Leila schaute genauer hin – sie waren zwar ins Visier genommen worden, aber jemand hatte sie verteidigt.

Zerbrochenes Glas wurde weggefegt.

Graffiti wurde weggewischt oder übermalt.

Es waren kleine Akte des Widerstands angesichts orchestrierten Hasses.

„Schau dir das Muster an", sagte Marcus. Sein analytischer Verstand arbeitete wieder und verarbeitete Daten. „Die mit diesen Schildern – sie sind irgendwie geschützt."

„Oder die Leute mit diesen Schildern haben sich gewehrt", sagte Tessa.

So oder so bedeutete es Widerstand.

Es bedeutete, dass einige Menschen die Rede gesehen hatten und beschlossen hatten, sich nicht daran zu beteiligen.

Sie hatten gesehen, wie ihre Nachbarn angegriffen wurden, und beschlossen, sich dazwischenzustellen.

Es war nicht genug. Es würde niemals ausreichen, um das Geschehen zu stoppen.

Aber es war immerhin etwas.

Die Kreidemarkierungen führten sie zu einem Gebäude auf halber Höhe des Blocks.

Es war klein. Einst war es gelb gestrichen gewesen, doch jetzt war die Farbe zu einem blassen Creme verblasst.

Über der Tür stand in englischer und vietnamesischer Schrift: „PEARL'S VIETNAMESE GROCERY".

Die Fenster waren von innen mit Papier verhängt, aber es war

Licht zu sehen, wenn auch nur ein schwaches Leuchten an den Rändern.

Auf der Tür waren klein, aber deutlich die ineinander verschlungenen Symbole eines Kreuzes, eines Sterns und eines Halbmondes aufgemalt.

Das Abraham-Netzwerk.

Am Türrahmen befand sich eine weitere Kreidemarkierung mit einem zur Seite zeigenden Pfeil.

Zu einer Gasse.

„Wir brauchen Hilfe", sagte Leila leise. Sie schaute auf Sams Füße – selbst im schwachen Licht konnte sie dunkle Flecken auf ihren Schuhen erkennen, Blut, das durch die Bandagen sickerte.

Sie sah die Stellen auf Marcus' Schultern, wo der Rucksack seine Haut aufgerieben hatte.

Sie sah auf Tessas Hände, die sie trotz aller Anstrengung nicht stillhalten konnte. Als sie dann auf ihre eigenen hinabsah, zitterten diese so heftig, dass sie das Skizzenbuch kaum greifen konnte.

Sie brachen zusammen. Körperlich. Emotional.

So würden sie die nächsten zwölf Meilen nicht schaffen.

Nicht einmal zwei Meilen würden sie schaffen.

„Die Kirche ...", begann Sam.

„Ich weiß", sagte Marcus. „Ich weiß, was in der Kirche passiert ist. Aber wir haben keine Wahl."

Er hatte recht.

Sie konnten weiterlaufen und in irgendeiner Gasse zusammenbrechen oder es riskieren, hineinzugehen und vielleicht – vielleicht – Hilfe finden.

Wasser. Essen. Erste Hilfe. Informationen.

Vielleicht wartete dort aber auch eine weitere Falle auf sie.

Vielleicht ihren letzten Fehler.

Aber sie hatten keine guten Optionen mehr. So war es schon seit Stunden.

Sie folgten dem Pfeil zur Gasse.

Zur Seitentür.

Unbeschriftet. Aus Metall. Massiv.

Marcus hob die Hand, um zu klopfen, doch sein ganzer Arm zitterte vor Erschöpfung.

Doch bevor seine Knöchel das Metall berührten, öffnete sich die Tür.

Dort stand ein Mann – ein Filipino um die fünfzig, der ein einfaches Hemd und Jeans trug. Er hatte graue Schläfen und sein Gesicht war von Erschöpfung und etwas anderem gezeichnet.

Etwas wie kontrollierte Wut, gemischt mit entschlossenem Mitgefühl.

Er sah sie an.

Vier schmutzige, blutende, verängstigte Kinder in der Gasse hinter seinem Gebäude um neun Uhr abends.

Vier Kinder, die gerade miterlebt hatten, wie Chinatown zerstört wurde. Vier Kinder, die kaum noch stehen konnten.

„Dios ko po", hauchte er.

Dann auf Englisch: „Ihr seid doch nur Kinder."

Bei diesem Wort brach seine Stimme. Dann wurde sie wieder fest und entschlossen.

„Kommt! Schnell. Weg von den Kameras."

Er öffnete die Tür weiter, sodass warmes, gelbes Licht in die Gasse strömte. Es strahlte Sicherheit aus, obwohl sie gelernt hatten, Sicherheit nicht zu trauen.

Sie zögerten.

Ich konnte nichts dagegen tun.

Jeder Instinkt schrie, dass das Betreten des Hauses bedeutete, gefangen zu sein; dass geschlossene Türen verschlossene Türen bedeuteten; dass Hilfe nur ein anderes Wort für Gefangennahme war.

Aber ihre Beine wollten sie einfach nicht mehr tragen.

Sie gaben einfach nach.

Sie begann zu fallen, doch Marcus fing sie knapp auf. Seine eigenen Beine zitterten, und sie alle waren so weit über ihre Grenzen hinaus, dass es bedeutete, draußen zusammenzubrechen, genau hier in dieser Gasse, wo die Kameras sie finden würden.

Der Mann trat vor und half Marcus, Sam zu stützen.

Seine Hände waren sanft. Vorsichtig.

Er roch nach Kaffee und Reis und noch etwas anderem, vielleicht Ingwer oder Zitronengras. Wie jemandes Küche.

Wie nach Hause.

„Bitte", sagte er leise, und seine Stimme brach erneut. „Ich kann heute Nacht nicht noch mehr Kinder leiden sehen. Bitte lasst mich euch helfen."

Sam weinte. Leila weinte.

Sogar Tessas Gesicht war tränenüberströmt; sie konnte sich nicht mehr zurückhalten.

Sie gingen hinein.

Die Tür schloss sich hinter ihnen mit einem leisen Klicken.

Und dieses Mal – dieses Mal – war es vielleicht sicher.

Zumindest für den Moment.

Drinnen war es warm.

Das war das Erste.

Warm.

Nach Stunden in der Novemberkälte, nach Zittern und Schütteln, traf sie die Wärme wie eine Welle und Sam wäre vor Erleichterung beinahe wieder zusammengebrochen.

Der Mann fing sie auf und führte sie zu einer Holzkiste, auf die er sie setzte.

„Ganz ruhig, ganz ruhig. Jetzt geht es dir gut. Du bist in Sicherheit."

„Für wie lange?", fragte Marcus. Seine Stimme klang härter, als er beabsichtigt hatte. Aber er konnte sich den Glauben an Sicherheit nicht mehr leisten.

Der Mann sah ihm in die Augen und log nicht. „Ich weiß es nicht. Eine Stunde vielleicht. Vielleicht weniger, wenn eine Patrouille vorbeikommt. Aber im Moment, in diesem Augenblick, seid ihr in Sicherheit."

Ehrlichkeit.

Wie die Ehrlichkeit von Schwester Helena.

Die Ehrlichkeit eines Erwachsenen, der verstanden hatte, dass sie keine Kinder mehr waren, nicht wirklich, nicht nach dieser Nacht.

„Danke", sagte Marcus leise.

Sie befanden sich in einem Lagerraum.

Regale voller Vorräte: Reissäcke, Konserven, getrocknete Nudeln, Flaschen mit Fisch- und Sojasauce. Kisten mit Mondkuchen. Säcke mit Tamarindenbonbons.

Es war der alltägliche Vorrat eines Lebensmittelladens, der eine Gemeinde versorgte, die draußen zerstört worden war.

„Ich bin Pater Miguel", sagte der Mann. „Nun ja, eigentlich Diakon Miguel Orozco. Ich helfe in St. Catherine's. Aber heute Nacht bin ich einfach nur Miguel, und ich bin hier, um zu helfen, wo ich kann."

Er deutete auf den hinteren Teil des Ladens.

„Pearl's gehört einer unserer Pfarrfamilien. Als sie den Laden geschlossen haben, haben sie mir den Lagerraum überlassen. Ich dachte mir, dass heute Nacht jemand eine Hintertür brauchen würde."

„Sie sind Mr. Orozco", sagte Sam plötzlich. „Von Casa de Sol. Dem Café."

Miguels Gesicht versteifte sich.

„War. Sie haben es heute Nachmittag zerstört. Sie haben alles mitgenommen. Sie haben sogar die Espressomaschine zertrümmert, die mein Großvater aus den Philippinen mitgebracht hatte. Das Schild, das meine Tochter gemalt hatte, haben sie zerbrochen."

Seine Stimme klang ruhig, doch seine Hände zitterten.

„Aber ich lebe. Ich bin frei. Und ich kann immer noch helfen."

Er war bereits in Bewegung und holte Dinge aus den Regalen. Wasserflaschen. Müsliriegel. Ein Erste-Hilfe-Kasten.

„Setzt euch! Alle. Lasst mich sehen, was wir haben."

Sie setzten sich auf Kisten und Kartons. Marcus ließ endlich den Rucksack von seinen Schultern gleiten.

Die Erleichterung war so groß, dass ihm schwindelig wurde.

Seine Schultern fühlten sich an, als stünden sie in Flammen, und die Haut dort, wo die Gurte eingeschnitten hatten, war wundgerieben.

Miguel sah das und zuckte zusammen.

„Ich hole dir ein sauberes Hemd. Wir müssen das auch behandeln."

Er begann mit Sams Füßen und zog ihr vorsichtig die Schuhe und Socken aus.

Die Verbände aus der Gasse waren blutgetränkt.

„Oh, mija", sagte Miguel leise. „Das sieht schlimm aus. Wann ist das passiert?"

„Da war Glas", sagte Sam. Ihre Stimme klang distanziert, als käme sie von weit her. „In der Kirche. Und davor. Ich weiß es nicht mehr."

Miguel reinigte die Schnitte mit antiseptischen Tüchern. Seine Berührungen waren trotz des Stechens sanft.

Sam zischte zwischen den Zähnen hindurch, zog sich aber nicht zurück.

BLÜTENSCHWERE

Diesmal verband er die Wunden ordentlich mit Mull und Klebeband. Dann sah er ihr ins Gesicht.

„Damit kannst du nicht mehr weit laufen. Nicht ohne richtige Behandlung."

„Ich muss", sagte Sam. „Wir müssen bis sechs Uhr morgens zum Feuchtgebiet kommen."

„Das sind neun Stunden und ..." Er schaute auf seine Uhr. „... Es sind fast zehn Meilen von hier entfernt. Anak, das schaffst du nicht."

„Wir müssen."

Miguel sah sie einen langen Moment lang an.

Er sah ihre Entschlossenheit.

Er sah die Angst darunter. Er sah ein zwölfjähriges Mädchen, das heute Nacht gezwungen worden war, jemand anderes zu werden.

„Dann werden wir tun, was wir können", sagte er leise.

Dann wandte er sich Marcus zu, reinigte die offenen Wunden an dessen Schultern und trug eine antibiotische Salbe auf, die wie Feuer brannte.

Marcus biss sich auf die Lippen, um nicht zu schreien.

Miguel gab ihm ein sauberes T-Shirt, das er irgendwoher hatte: schlicht, weiß, zu groß, aber weich, sauber und ohne seine wunden Schultern zu reiben.

„Dein Rucksack", sagte Miguel. „Was ist darin, das so viel wert ist?"

Marcus legte schützend die Hand auf die Tasche.

„Informationen. Beweise. Wir dürfen sie nicht verlieren."

Miguel nickte langsam.

„Ich verstehe. Aber wir müssen die Gurte polstern. Sonst blutest du, bevor du zwei Meilen weit gekommen bist."

Er holte Stoffstreifen hervor, die er vermutlich aus alten

Hemden gerissen hatte, und wickelte sie um die Rucksackträger, um diese zu polstern.

Es war nicht viel, aber immerhin etwas.

Tessa behandelte er als Letzte.

Ihre Schnittwunde an der Handfläche hatte sich wieder geöffnet, die Ränder waren unregelmäßig und entzündet.

Miguel reinigte die Wunde sorgfältig, trug mehr antibiotische Salbe auf und verband sie mit sauberer Gaze.

„Das muss genäht werden", sagte er. „Aber ich bin dafür nicht qualifiziert und wir haben keine Zeit. Halt es sauber."

Versuchen Sie, mit dieser Hand nichts zu greifen.

Tessa nickte. Sie beobachtete ihn bei der Arbeit mit derselben Aufmerksamkeit, die sie allem widmete, und nahm seine Bewegungen, seine Hilfsmittel und seine Freundlichkeit in sich auf.

„Du bist Teil des Abraham-Netzwerks", sagte sie.

Miguel sah überrascht auf.

„Ihr wisst davon?"

„Schwester Helena hat es uns erzählt. In St. Brigid's."

Miguels Gesicht wurde regungslos.

„St. Brigid's wurde heute Nacht überfallen."

„Wir wissen es", sagte Marcus leise. „Wir waren dort."

„Helena ..."

„Wir wissen es nicht", sagte Leila und ihre Stimme brach. „Sie haben zugeschlagen, während wir geflohen sind. Wir haben Schüsse gehört. Wir wissen es nicht."

Miguel schloss für einen Moment die Augen.

Seine Lippen bewegten sich, als würde er beten.

Dann öffnete er sie wieder und widmete sich seiner Arbeit.

„Das Abraham-Netzwerk", sagte er, während er Tessas Hand verband. „Es begann vor drei Monaten. Als die Initiative zum Schutz der Bürger erstmals vorgeschlagen wurde. Einige von uns – diejenigen, die alt genug waren, um sich an die Geschichte zu erinnern, oder deren Großeltern Nummern auf den Armen tätowiert hatten – wussten, was kommen würde."

Er stand auf, sammelte die gebrauchten Verbandspapierreste ein und entsorgte sie sorgfältig.

„Rabbi Goldstein vom Tempel Beth Shalom berief die erste Sitzung ein. Dann folgten Schwester Helena, Pastor Johnson von der First Baptist Church, Imam Khalil vom Islamischen Zentrum und Bischof Wright von der LDS-Gemeinde.

Wir sagten: ‚Nicht schon wieder.' Nie wieder. Nicht hier."

Er zeigte ihnen seine Anstecknadel, die klein und unauffällig an seinem Kragen befestigt war: ein miteinander verflochtenes Kreuz, Davidstern und Halbmond.

„Wir haben die Stadt kartografiert. Wir haben sichere Routen und Häuser gefunden. Kirchen, Synagogen, Moscheen, Tempel – wir alle haben unsere Türen geöffnet.

Wir haben nachts Kreidemarkierungen angebracht und sie aktualisiert, wenn sich die Patrouillenrouten geändert haben.

Wir haben die Menschen durch die Stadt gebracht wie ..."

Er hielt inne und suchte nach Worten.

„... wie eine Untergrundbahn. So nannte es Rabbi Goldstein. Eine moderne Untergrundbahn."

„Du riskierst alles", sagte Leila.

„Ja", sagte Miguel schlicht. „Aber ein Glaube ohne Taten ist tot. Was nützt der Glaube, wenn wir nicht danach handeln? Was nützen all unsere Worte über Nächstenliebe, wenn wir uns verstecken, wenn unsere Nächsten verfolgt werden?"

Er reichte jedem eine Wasserflasche.

„Trinkt. Ihr seid dehydriert."

Sie tranken.

Das Wasser war kalt und sauber – das Beste, was Leila seit Stunden getrunken hatte.

Sie hätte es am liebsten in großen Schlucken getrunken, zwang sich aber, langsam zu nippen.

Miguel packte Dinge in eine kleine Segeltuchtasche: weitere Wasserflaschen, Müsliriegel, Packungen mit Crackern und etwas Obst, nämlich Orangen und Äpfel.

„Nehmt das mit. Teilt es euch ein. Ihr habt eine lange Nacht vor euch."

„Die Casinos", sagte Marcus plötzlich. „Hilft eines davon?"

Miguels Gesicht verdüsterte sich.

„Die großen – das Olympus, das Sovereign, das Sterling – kooperieren mit dem DCP. Sie geben Mitarbeiterdaten und Überwachungsaufnahmen weiter und nutzen ihre Gesichtserkennung, um ‚verdächtige Personen' zu identifizieren. Sie schützen ihr Geschäft mehr als die Menschen."

Er hielt inne.

„Aber es gibt eines: das Golden Lotus. Das Golden Lotus. Ein kleinerer Betrieb in asiatischem Besitz.

Raymond Lius Casino. Er hat vielleicht zweihundert Menschen mit seinen Mitarbeiter-Shuttles und kostenlosen Bussen befördert. Er gibt an, es handele sich um ‚Casino-Transfers', tatsächlich bringt er sie aber in sichere Zonen außerhalb der Stadt."

„Könnten wir ...", begann Sam.

Miguel schüttelte den Kopf.

„Sie beobachten ihn. Alle Fahrzeuge von Golden Lotus werden derzeit streng überwacht. Zu riskant. Außerdem müsste man bis zum Strip fahren, wo es von DCP nur so wimmelt."

Er holte eine handgezeichnete Karte hervor und breitete sie auf einer Kiste aus.

Die Kinder drängten sich um ihn herum.

„Hier seid ihr", zeigte er. „Chinatown.

Die Feuchtgebiete sind hier ..."

Sein Finger fuhr nach Südosten, vorbei am Strip, durch Viertel, die Leila nicht kannte, bis nach Henderson.

„Etwa elf Meilen. Vielleicht zwölf, je nach Umwegen."

Er hatte sichere Routen mit blauer Tinte markiert.

Gefahrenzonen in Rot.

Kontrollpunkte waren mit einem X gekennzeichnet.

„Das Abraham-Netzwerk hat sichere Häuser markiert. Erkennt ihr diese Symbole? Kreuz, Stern, Halbmond, Dreieck. Das Dreieck steht für die Kirche Jesu Christi der Heiligen der Letzten Tage. Bischof Wright hat überall in der Stadt Gemeinden, die helfen. Wenn ihr es bis zum östlichen Rand schafft ..."

Er zeigte darauf.

„... In der Nähe der Feuchtgebiete gibt es ein Gemeindehaus, in dem ihr euch bis zum Morgengrauen verstecken könnt."

„Warum erzählen Sie uns das alles?", fragte Tessa leise. „Wir sind Kinder. Warum behalten Sie uns nicht hier oder fahren uns selbst oder ..."

Miguel sah ihr in die Augen.

„Weil Helena mir gesagt hat, ich solle nach vier Kindern Ausschau halten.

Sie sagte, wenn ich euch sehe, soll ich euch Vorräte geben und euch weiter schicken. Sie sagte, ihr hättet etwas Wichtiges dabei. Etwas, das aus der Stadt herausgebracht werden müsse."

Marcus' Hand wanderte zu dem Kreuzanhänger unter seinem Hemd.

Miguel sah die Geste und nickte.

„Ich weiß nicht, was es ist. Ich will es auch nicht wissen. Ich kann nichts sagen, was ich nicht weiß.

Aber ich vertraue Helena. Wenn sie sagt, dass es wichtig genug ist, um euer Leben dafür zu riskieren ..."

Er verstummte.

„Sechs KI-Versionen sind bei dem Versuch, das zu verhindern, ums Leben gekommen", sagte Marcus leise. „Der USB-Stick enthält Beweise. Er enthält Orte, Namen, Beweismaterial. Er enthält ihre Aussagen."

Miguel schwieg einen Moment lang. Dann sagte er: „Dann musst du ihn herausholen. Egal, was passiert. Hast du mich verstanden? „Selbst wenn ..." Seine Stimme stockte. „Selbst wenn es schlimm wird. Selbst wenn du jemanden zurücklassen musst. Diese Information ist wichtiger als jeder von uns." Die Worte hingen in der Luft. Schwer. Schrecklich. Wahr. „Es gibt noch etwas, das du wissen musst", sagte Miguel und zog vorsichtig, fast entschuldigend, sein Handy heraus.

„Ich habe mich in einige der Patriot-Apps eingeschleust. Mit gefälschten Zugangsdaten.

Du musst sehen, womit du es zu tun hast."

Marcus starrte ihn an. „Wie hast du Zugang bekommen?"

„Geistliche erhielten zusätzliche Berechtigungen, als die Sperre eingeführt wurde", sagte Miguel bitter. „So ist es einfacher, die ‚moralischen Führer' auf Linie zu halten."

Er drehte den Bildschirm zu ihnen hin.

Die App hieß „PatriotWatch – Keep America Safe".

Ihre Benutzeroberfläche war schick und spielerisch gestaltet und darauf ausgelegt, Verfolgung unterhaltsam zu machen.

RANGLISTE:

D. Patterson – 847 Punkte – „Eagle Patriot"

M. Richardson – 623 Punkte – „Guardian Elite"

L. McDermott – 594 Punkte – „Defender Status"

Darunter befindet sich eine Punktestruktur:

- Verdächtige Aktivitäten melden: 10 Punkte

- Meldung führt zu Festnahme: 50 Punkte

- Meldung führt zu mehreren Festnahmen: 100 Punkte

- Live-Dokumentation (Video): 25 Punkte Bonus

BLÜTENSCHWERE

Und darunter befindet sich ein Feed. Live-Updates:

„Verdächtige Personen in der Nähe von Charleston und Valley View gesichtet."

„Unbegleitete Minderjährige in der Nähe der Bibliothek – mögliche Ziele."

„Familie widersetzt sich der Kontrolle am Kontrollpunkt – jetzt live im Stream."

„Sie haben es zu einem Spiel gemacht", sagte Marcus. Seine Stimme klang hohl. „Sie haben die Verfolgung zu einem Spiel gemacht."

„Mit Belohnungen", sagte Miguel.

„Punkte werden in Steuergutschriften, Wohnraumvorrang und Regierungsaufträge umgewandelt.

Sie bezahlen Menschen dafür, ihre Nachbarn zu jagen."

Er schloss die App und steckte sein Handy weg.

„Deshalb kann man niemandem auf der Straße trauen.

Jeder, der ein Handy hat, ist eine potenzielle Bedrohung.

Sie melden sich nicht nur bei der DCP, sondern konkurrieren auch untereinander um Punkte."

Sam stieß einen kleinen Laut der Verzweiflung aus.

„Aber", sagte Miguel entschlossen, „nicht jeder spielt mit.

Das Abraham-Netzwerk wächst.

Jeden Tag kommen mehr Menschen hinzu. Mehr Häuser hängen die Schilder auf. Mehr Kirchen öffnen ihre Türen.

Zwar sind wir zahlenmäßig unterlegen, aber wir sind nicht allein."

Er faltete die Karte zusammen und drückte sie Marcus fest in die Hand. „Folgt den Markierungen. Vertraut auf die Symbole. Haltet euch stetig in Richtung Südosten, aber wählt die sicheren Routen. Versucht auf keinen Fall, den direkten Weg zu nehmen."

„Und wenn ihr ein autonomes Fahrzeug seht, rennt weg. Sie haben alles, was selbst fahren kann, zu Waffen umgebaut."

„Wir wissen", sagte Leila leise. „Wir haben es gesehen."

Miguels Gesicht wurde verständnisvoller.

„Es tut mir leid. Es tut mir so leid, dass ihr das sehen musstet. Dass ihr all das durchmachen müsst."

Er wollte noch etwas sagen, hielt aber inne.

Schritte draußen. Mehrere Paare. Sie bewegten sich schnell.

Alle erstarrten.

Stimmen. Männlich. Aufgeregt.

„Ich schwöre, ich habe hier Lichter gesehen."

„Pearl's sollte eigentlich geschlossen sein."

„Wahrscheinlich versteckt er jemanden. Schau mal nach!"

Miguel bewegte sich schnell.

Er schnappte sich die Stofftasche mit den Vorräten und drückte sie Marcus in die Hand.

„Hintertür. Sofort.

Geht durch den Lagerraum, da ist ein Ausgang zur Hintergasse."

„Was ist mit dir ...", begann Leila.

„Mir passiert nichts. Die suchen nach Flüchtlingen, nicht nach einem Diakon, der Inventur macht."

„Los!"

Er trieb sie nach hinten durch Regale mit Vorräten zu einer Tür, die Leila noch nie gesehen hatte.

Die Eingangstür klapperte.

Jemand probierte die Klinke aus.

Miguel schob sie durch die Hintertür in eine Gasse.

Eine andere Gasse, dunkler, gesäumt von Müllcontainern und Kisten.

„Südosten", flüsterte er eindringlich. „Folgt den Markierungen. Geht zu den Feuchtgebieten.

Und sag dem, dem du den USB-Stick gibst ..."

Seine Stimme versagte.

BLÜTENSCHWERE

„Sagt ihnen, dass einige von uns es versucht haben. Sagt ihnen, dass einige von uns die richtige Entscheidung getroffen haben."

„Das werden wir", versprach Marcus.

Die Haustür öffnete sich. Die Stimmen wurden lauter.

Miguel schloss die Hintertür.

Das Schloss klickte wie ein Punkt am Ende eines Satzes.

Erst Helena, jetzt Miguel. Unterschiedliche Straßen, dasselbe Versprechen. Einige von uns haben sich richtig entschieden.

Vielleicht war Widerstand letztendlich genau das: Menschen, die an verschiedenen Verstecken dieselben Worte flüsterten.

Die vier Kinder waren wieder allein in der Gasse.

Aber diesmal hatten sie Vorräte.

Sie hatten eine Karte.

Sie hatten Informationen.

Sie hatten ein Ziel.

Sie hatten Hoffnung, wenn auch nur eine schwache.

„Komm schon", flüsterte Marcus.

Am Ende der Gasse fanden sie die nächste Kreidemarkierung. Ein Pfeil, der nach Süden zeigte. Ein Kreuz, ein Stern und ein Halbmond.

Das Abraham-Netzwerk führte sie immer noch.

Sie setzten ihren Weg fort, ihre Beine protestierten, ihre Körper schrien, aber sie bewegten sich weiter.

Immer weiter.

Hinter ihnen hörten sie Stimmen aus Pearls Lebensmittelgeschäft.

Eine Auseinandersetzung.

Miguels ruhige Stimme erklärte, dass er nur Inventur machte.

Ob man ihm glaubte oder nicht, würden die Kinder nie erfahren.

Sie waren bereits drei Blocks entfernt, folgten Pfeilen durch die Dunkelheit und trugen ihre Geheimnisse, ihre Wunden und ihre unmögliche Mission zu einem elf Meilen entfernten Jacaranda-Baum.

KAPITEL 10
DIE GEOGRAFIE DER DÄCHER

Wie Geister bewegten sie sich durch die Straßen. Oder versuchten es zumindest. Aber Geister bluten nicht durch ihre Bandagen. Sie atmeten nicht zu schwer. Sie warfen keine Schatten unter Straßenlaternen, die sie sichtbar, verwundbar und jagdbar gemacht hätten.

Die Kreidemarkierungen führten sie nach Süden und leicht nach Osten, weg von den Glasscherben Chinatowns, hinein in ein Einkaufszentrum, das im Dunkeln verlassen wirkte.

Die Hälfte der Ladenfronten war leer, in den dunklen Fenstern hingen „ZU VERMIETEN"-Schilder. Die andere Hälfte war mit Rollläden verschlossen: ein Pho-Restaurant, eine Bäckerei und ein Laden, der Importwaren verkaufte.

Alle geschlossen. Alle dunkel.

Bis auf eines.

Ein kleines Restaurant am anderen Ende. Im Inneren brannte Licht. Es war nicht hell, sondern nur das schwache Leuchten von jemandem, der versuchte, leise zu sein, aber sehen musste.

Und im Fenster, klein, aber sichtbar, war das Symbol des Abraham-Netzwerks zu erkennen. Kreuz, Stern, Halbmond.

Darunter, mit neuerer Kreide geschrieben, war ein Pfeil, der zur Seite zeigte. Daneben stand das Wort SICHER.

„Wir können nicht anhalten", sagte Marcus.

Aber seine Stimme klang nicht überzeugend. Sie waren so müde. Sam konnte kaum noch stehen.

„Fünf Minuten", sagte Leila. „Nur um uns auszuruhen. Nur um uns hinzusetzen."

„Jede Minute, die wir anhalten …", begann Marcus.

„Wir wissen es", unterbrach Tessa ihn. „Aber schau uns an. Schau Sam an. Wir brauchen Wasser. Wir müssen ihre Füße neu verbinden. Wir brauchen …" Sie verstummte, aber alle wussten, was sie meinte.

Sie mussten anhalten, bevor sie zusammenbrachen.

Sie folgten dem Pfeil zur Seite des Gebäudes. Dort fanden sie eine metallene Tür ohne Beschriftung.

Marcus hob die Hand, um zu klopfen.

Doch die Tür öffnete sich, bevor er sie berührte.

Dort stand eine Filipina, vielleicht Mitte dreißig, mit müdem Gesichtsausdruck und einer Schürze, auf der „Nanay's Kitchen" stand. Ihre Augen waren vor Angst weit aufgerissen, aber sie hielt die Tür offen.

„Schnell!", sagte sie mit dringlicher, aber freundlicher Stimme. „Bevor ihr gesehen werdet."

Sie stolperten hinein. Die Frau schloss die Tür und verriegelte sie mit drei verschiedenen Schlössern.

„Ich bin Anna", sagte sie. „Setzt euch. Ihr seht halb tot aus."

Sie befanden sich in der Küche des Restaurants. Gewerbliche Geräte, Edelstahloberflächen und der anhaltende Geruch von Essen, der Marcus' Magen vor Hunger zusammenziehen ließ, füllten den Raum.

BLÜTENSCHWERE

Anna war schon in Bewegung, zog Stühle hervor, brachte ihnen Wasser in richtigen Gläsern und stellte einen Teller mit Lumpia und Reis auf den Tisch.

„Esst", sagte sie. „Schnell. Ich weiß nicht, wie viel Zeit ihr habt."

„Wir können nicht bleiben", sagte Marcus.

Aber er griff bereits nach dem Essen; sein Körper setzte sich über die Einwände seines Gehirns hinweg.

„Ich weiß", sagte Anna. Sie sah Sam an, ihre blutgetränkten Schuhe, die Art, wie Sam selbst im Sitzen schwankte. „Dios mío, deine Füße."

„Sie wurden verbunden", sagte Sam schwach. „Der Mann im Lebensmittelgeschäft, Miguel, hat sie versorgt."

Anna nickte, sie kannte den Namen.

„Lass mich mal sehen."

Sam zögerte, ließ Anna dann aber ihre Füße untersuchen.

Annas Gesicht verzog sich vor Sorge, aber sie sagte nichts dazu. Sie holte Verbandsmaterial unter der Theke hervor: mehr Mull, mehr Klebeband, mehr antibiotische Salbe.

„Hast du noch weit zu gehen?", fragte sie, während sie arbeitete. Trotz der Dringlichkeit waren ihre Hände sanft.

„In die Feuchtgebiete", sagte Leila. „Nach Henderson. Wir müssen um sechs Uhr morgens dort sein."

Annas Hände hielten inne.

„Das sind elf Meilen von hier entfernt. Vielleicht sogar mehr. Es geht durch das gesamte Industriegebiet."

„Wir wissen."

Anna sah auf Sams Füße, dann in ihr Gesicht. Sie sah, was alle sahen: ein zwölfjähriges Mädchen, das am Ende seiner Kräfte war.

„Das schaffst du nicht", sagte Anna leise. „Nicht so."

„Wir müssen", sagte Sam. Ihre Stimme war leise, aber bestimmt. „Wir müssen."

Anna wickelte Sams Füße fertig ein und setzte sich auf ihre Fersen.

„Da ist ein Kamerateam", sagte sie plötzlich. „Sie waren vor einer Stunde hier.

Eine Latina und ein asiatischer Mann mit einer Kamera. Sie sagten, sie würden alles dokumentieren."

„DCP-Embeds?", fragte Marcus.

„Nein", sagte Anna. „Unabhängig. Sie haben mir ihre Presseausweise gezeigt. Die Frau sagte, sie heiße Sofia Morales. Sie habe früher für KLAS gearbeitet, bevor sie entlassen wurde, weil sie sich geweigert habe, die Talking Points der Regierung zu verbreiten. Der Kameramann war David Kim."

David Kim. Marcus merkte sich den Namen.

„Sie fahren auch in Richtung Südosten", fuhr Anna fort. „Sie folgen derselben Route nach Henderson. Sie haben die Kreidemarkierungen gesehen und folgen ihnen, während sie alles filmen."

„Warum erzählst du uns das?", fragte Tessa.

Anna sah ihr in die Augen.

„Weil sie, wenn sie filmen, vielleicht helfen können. Oder sie könnten eine weitere Gefahr darstellen. Ich weiß es nicht. Aber ihr solltet wissen, dass sie da draußen sind."

Marcus verarbeitete diese Information.

Echte Journalisten. Mit Kameras.

Wenn sie sie finden könnten …

Anna packte Essen in eine Tasche: mehr Lumpia, in Bananenblätter gewickelter Reis und Obst.

„Nimm das mit. Du brauchst Energie."

Sie drückte Marcus die Tüte in die Hand und holte dann etwas anderes aus ihrer Tasche: eine kleine laminierte Karte mit einer Telefonnummer.

„Wenn du es schaffst", sagte sie. „Wenn du da rauskommst. Ruf diese Nummer an. Das ist meine Schwester in San Diego."

Sie schluckte.

„Erzähl ihr, was hier passiert ist. Erzähl ihr ..." Ihre Stimme brach. „Erzähl ihr, dass sie heute Nacht meinen Mann mitgenommen haben." Er war gerade dabei, das Restaurant zu schließen. Sie haben ihn mitgenommen und ich weiß nicht, wohin."

Marcus nahm die Karte und steckte sie in seine Tasche.

„Wir werden es ihr sagen. Das versprechen wir."

Annas Augen füllten sich mit Tränen, aber sie blinzelte sie weg.

„Geht. Ihr seid schon zehn Minuten hier. Ihr müsst weiter."

Sie führte sie zur Hintertür, vergewisserte sich, dass die Gasse frei war, und schickte sie hinaus.

„Passt auf euch auf, Anak. Auf euch alle."

Die Tür schloss sich hinter ihnen.

Sie standen in der Gasse und gewöhnten sich wieder an die Dunkelheit.

Aber sie fühlten sich jetzt stärker. Gesättigt. Hydriert. Gewarnt.

„Südosten", sagte Marcus. „In Richtung Industriegebiet. Los geht's."

Am Ende der Gasse fanden sie die nächste Kreidemarkierung – ein Kreuz, ein Stern und ein Halbmond – und folgten ihr nach Süden.

Um 21:30 Uhr kamen sie an einem Haus vorbei, in dem alle Lichter brannten. Jedes einzelne Licht – Veranda, Fenster, sogar die Garage. Es leuchtete wie ein Leuchtfeuer.

Im Vorgarten stand ein Schild:
PATRIOTENHAUSHALT
BÜRGER AN ERSTER STELLE
Verdächtige Aktivitäten melden:
PatriotWatch-App

WIR BEOBACHTEN

Marcus spürte, wie ihm die Haut krabbelte.

Die Botschaft war klar: Dieses Haus war beteiligt. Dieses Haus war auf der Jagd.

Sie machten einen großen Bogen darum, gingen auf die andere Straßenseite und blieben im Schatten.

Aber zwei Häuser weiter war ein weiteres beleuchtetes Haus.

Dasselbe Zeichen.

Und noch eines.

„Sie sind überall", flüsterte Sam.

„Nicht überall", sagte Tessa.

Sie zeigte auf ein Haus, an dem sie vorbeikamen. Es war dunkel und still, aber im Fenster hing ein kleines Schild mit der Aufschrift „ALL MEANS ALL". Neben der Tür befand sich eine kaum sichtbare Kreidemarkierung.

Es waren also nicht alle.

Aber genug.

Genug, damit sich jeder Block wie ein Minenfeld anfühlte.

Sie bogen in eine breitere Straße ein, die immer noch zu einem Wohngebiet gehörte, aber mehr Straßenlaternen hatte und eine bessere Sicht bot.

Die Kreidemarkierungen hatten sie hierhergeführt, aber Marcus' Instinkt schrie „falsch".

Zu offen. Zu exponiert.

„Wir sollten eine andere Route finden", sagte er und blieb stehen.

„Die Markierungen ...", begann Leila.

„Ich weiß, was die Markierungen bedeuten. Aber schau mal."

Er deutete auf die Straße.

„Sechs Straßenlaternen in zwei Blocks. Keine Schatten. Und ..."

Er zeigte darauf.

„Ist das eine Kamera?"

BLÜTENSCHWERE

An einem Strommast, auf die Straße gerichtet, befand sich ein kleines Gerät.

Es könnte zur städtischen Infrastruktur gehören.

Es könnte sich um eine zivile Überwachungskamera handeln.

„Wir haben keine Zeit, umzukehren", sagte Tessa. Sie schaute auf Miguels Karte. „In jeder zweiten Straße sind Kontrollpunkte markiert. Das ist die sichere Route."

„Sicher ist relativ", sagte Marcus.

Ein Geräusch ließ sie alle erstarren: ein sich näherndes Motorengeräusch.

Schnell.

Sie tauchten in eine Lücke zwischen zwei Häusern, die kaum mehr als ein Spalt war, nur ein Meter Erde und abgestorbenes Gras trennten die Maschendrahtzäune.

Sie drückten sich gegen den Zaun und versuchten, unsichtbar zu werden.

Ein Pick-up raste vorbei.

An der Seite prangte ein Banner der Patriot Volunteers. Auf dem Dach befand sich eine Lichtleiste.

Drei Männer auf der Ladefläche filmten die Straße, alle hatten Handys in der Hand.

Sie waren auf der Jagd.

Der Wagen wurde an der Ecke langsamer, das Licht schwenkte hin und her.

Dann bog er ab und war verschwunden.

„Die machen Patrouillen", sagte Marcus. „Zivile Patrouillen."

„Pater Miguel hat uns gewarnt", sagte Tessa. „Die App. Die Punkte."

„Wir können nicht hierbleiben", sagte Leila. Sie drückten sich immer noch gegen den Zaun und waren ungeschützt, falls jemand hinschaute. „Wir müssen weiter."

Sie traten vorsichtig hervor und schauten in beide Richtungen.

Leer. Vorerst.

Sie gingen weiter, jetzt schneller, getrieben von Angst.

Die Straßenlaternen wirkten wie Scheinwerfer.

Die Stille fühlte sich wie Warten an.

„Bürgerpatrouille vor Ort. Sektor 4. Ich habe vier Personen im Blick. Unbegleitet. Ausweichend. Live-Übertragung läuft."

Die Stimme kam von hinter ihnen.

Männlich. jung. Aufgeregt.

Sie drehten sich um.

Ein Mann – vielleicht 25 Jahre alt, weiß, mit einem „Citizens First"-T-Shirt bekleidet – hielt sein Handy hoch und richtete die Kamera auf sie.

Das Licht des Handys war hell und grell und verwandelte sie in Untersuchungsobjekte.

„Seht euch das an", sagte er in sein Handy und kommentierte die Situation wie in einer Naturdokumentation. „Vier Jugendliche ohne Begleitung weit nach der Ausgangssperre."

Er zoomte heran.

„Seht euch die Rucksäcke an – sie sind definitiv auf der Flucht. Hey, wer von euch ist illegal hier? Kommt schon, zeigt mir eure Gesichter!"

Er ging auf sie zu und hielt das Handy wie eine Waffe vor sich.

Marcus' Gehirn setzte aus.

Einen kritischen Moment lang stand er einfach nur da, unfähig zu begreifen, dass dies wirklich geschah, dass sie entdeckt worden waren.

„Lauft!", schrie Tessa.

Sie rannten los.

Hinter ihnen erhob sich die Stimme des Mannes zu einem Schrei: „Sie rennen weg! Sie rennen nach Süden auf ..."

Er überprüfte die Straßenschilder und kommentierte ihre Position in seinem Livestream.

BLÜTENSCHWERE

„... Nach Süden auf der Pecos! Los, Patriots, wer ist in der Nähe? Wir haben vier Läufer!"

Sie rannten die Pecos entlang, ihre Beine brannten, ihre Lungen schrien.

Trotz der Polsterung schlug Marcus' Rucksack gegen seinen Rücken.

Sam humpelte stark und zuckte bei jedem Schritt sichtbar zusammen.

„Links!", rief Tessa, als sie eine Lücke zwischen den Gebäuden sah.

Sie bogen nach links in einen Parkplatz ein, der wie ein geschlossenes Lagerhaus wirkte und von einem Maschendrahtzaun umgeben war.

Sie rannten zwischen den Fahrzeugen hindurch und nutzten sie als Deckung.

Ein Benachrichtigungston. Dann noch einer. Dann ein Dutzend auf einmal.

Überall um sie herum leuchteten Handys auf.

Menschen in Häusern, Menschen auf der Straße, Menschen in Autos.

Die PatriotWatch-App alarmierte alle Personen im Umkreis:
VERDÄCHTIGE AKTIVITÄT GEMELDET
PECOS & SUNSET
4 JUGENDLICHE ZIELE
JETZT LIVE

„Oh Gott", keuchte Sam. „Oh Gott, sie haben es allen erzählt ..."

Türen öffneten sich.

Menschen kamen aus den Häusern.

Einige hatten Handys, andere Taschenlampen dabei.

Der Livestream war zu einer Jagdgesellschaft geworden.

„Da lang!", rief Marcus und zeigte auf eine Lücke im Maschendrahtzaun, die teilweise aufgerissen war.

Sie rannten darauf zu.

Marcus ging voran, doch sein Rucksack blieb an dem zerrissenen Metall hängen. Er drehte sich um, zog daran und drückte sich hindurch.

Leila folgte ihm als Zweite und drückte ihr Skizzenbuch fest an die Brust.

Tessa folgte als Dritte.

Sam humpelte jetzt stark.

Das Laufen hatte die Schnitte an ihren Füßen wieder aufgerissen, trotz der frischen Verbände von Anna.

Sie erreichte den Zaun und versuchte, sich hindurchzuquetschen, aber ihr Fuß blieb hängen.

Ein stechender Schmerz durchzuckte sie und sie schrie auf.

„Ich stecke fest ..."

Hinter ihr rannte der Mann mit dem Livestream auf sie zu.

„Ich habe sie in die Enge getrieben!"

Tessa packte Sams Arme und zog sie zu sich.

Marcus kam hinzu.

Dann waren sie durch.

Sie rannten weiter.

Jetzt in eine Gasse – industriell, gesäumt von Müllcontainern.

„Wohin gehen wir?", keuchte Leila.

„Weg", sagte Marcus.

Denn er wusste es nicht.

Er hatte die Kreidemarkierungen aus den Augen verloren.

Die Spur von Miguels Karte war weg.

Sie erreichten das Ende der Gasse.

Eine andere Straße.

Mehr Lichter.

BLÜTENSCHWERE

Mehr Menschen.

Ein Auto hielt an und versperrte ihnen den Weg.

Keine Polizei.

Nur Zivilisten. Ein Mann und eine Frau, die filmten.

„Ich habe sie!", rief die Frau in ihr Telefon.

Die Kinder kehrten um und rannten zurück in die Gasse.

Doch aus dieser Richtung kam der Livestreamer.

„Sie sitzen in der Falle!", rief er.

„Hoch!", sagte Tessa plötzlich.

Sie zeigte auf eine Feuerleiter.

Sie war rostig und alt, aber immerhin vorhanden.

Keine Wahl. Keine Zeit.

Marcus kletterte auf einen Müllcontainer. Er streckte die Hand aus und griff nach der untersten Sprosse.

Seine Schultern schmerzten – die wunde Haut unter dem neuen Hemd und das Gewicht des Rucksacks.

Er zog trotzdem daran.

„Komm schon!", rief er nach unten.

Leila kletterte hinauf.

Tessa half Sam hoch.

Sam kletterte hauptsächlich mit den Armen, denn ihre Füße waren nutzlos. Tränen liefen ihr über das Gesicht.

Sie kletterten.

Die Feuerleiter knarrte und ächzte.

Jedes Stockwerk kam ihnen wie eine Meile vor.

Hinter ihnen waren Stimmen in der Gasse zu hören.

„Sie sind hochgegangen! Holt eine Drohne …"

Sie erreichten das Dach.

Teer und Kies. Niedrige Mauern umgaben sie auf allen Seiten.

Die Stadt breitete sich um sie herum aus, überall sahen sie Lichter und in der Ferne ertönten Sirenen.

Sie rannten zur Mitte des Daches, warfen sich hin und drückten sich flach gegen den warmen Teer.

Unter ihnen herrschte Chaos.

Immer mehr Menschen schlossen sich der Jagd an.

„Verteilt euch …"

„Überprüft die nächste Straße …"

Sam weinte leise.

Marcus atmete zu schwer.

Sie lagen dort, was sich wie Stunden anfühlte.

Die Stimmen unten entfernten sich, verschwanden aber nicht.

Die Jäger waren geduldig.

Marcus wagte es, den Kopf zu heben.

Er konnte die Straße unter sich sehen.

Er zählte etwa fünfzehn Menschen, die alle ihre Handys in der Hand hielten.

Sie koordinierten sich.

„Wir sitzen in der Falle", flüsterte Marcus.

Seine Uhr zeigte 21:58 Uhr.

Sie hatten acht Stunden Zeit, um zu den Feuchtgebieten zu gelangen.

Und sie saßen in der Falle.

„Es gibt noch einen anderen Weg nach unten", sagte Tessa leise. „Schau mal."

Sie zeigte auf das nächste Gebäude.

Es war nah – vielleicht acht Meter entfernt.

Nah genug, um zu springen, wenn man verzweifelt genug war.

Und dieses Gebäude war niedriger.

Von dort aus könnten sie vielleicht auf der anderen Seite herunterkommen.

„Wir können da nicht hin springen", sagte Leila.

„Aber wir können nicht hierbleiben", entgegnete Tessa.

„Ich kann diesen Sprung nicht schaffen", sagte Marcus. „Nicht mit dem Laptop."

„Dann warten wir", sagte Leila.

Doch noch während sie das sagte, hörten sie ein neues Geräusch von unten.

„Hey, ich habe eine Thermoscanner-App. Ich schaue mal nach den Gebäuden in der Nähe ..."

„Scheiße", flüsterte Marcus.

Wärmebildgebung.

Sie würden die Wärmesignaturen sofort sehen.

„Wir müssen hier weg", sagte Tessa. „Sofort."

„Ich kann nicht so weit springen", sagte Sam. Ihre Stimme war leise. „Meine Füße ... Ich kann nicht schnell genug laufen, um zu springen."

„Dann bleiben wir alle hier", sagte Leila sofort. „Wir lassen niemanden zurück."

Marcus schaute auf die Lücke.

Er sah Sams Füße an.

Jeder trifft seine Wahl. Jeder trägt die Konsequenzen.

„Wir versuchen es", sagte er schließlich. „Wir versuchen den Sprung.

Aber wir binden uns aneinander. Wir lassen niemanden alleine fallen."

„Womit?"

Marcus öffnete seinen Rucksack.

Neben dem Laptop steckten Miguels altes Hemd, das Marcus beim Umziehen ausgezogen hatte, und die Stoffstreifen, mit denen Miguel die Gurte gepolstert hatte.

In der Vorratstasche befand sich noch mehr Stoff.

Er begann, die Sachen zusammenzubinden. Er machte ein Seil.

Es war nicht lang genug.

Nicht stark genug.

Aber immerhin war es etwas.

„Tessa geht zuerst", sagte Marcus. „Sie kann die andere Seite sichern. Dann werfen wir das Seil rüber und sie verankert es."

„Ich gehe", sagte Tessa.

Sie gingen zum Rand.

Zwischen den Gebäuden gähnte eine Lücke – acht, vielleicht neun Fuß leere Luft.

Tessa reichte Marcus den türkisfarbenen Anhänger ihrer Großmutter.

„Wenn ich es nicht schaffe ... bewahre ihn einfach sicher auf."

„Du schaffst das", sagte Marcus.

Tessa holte tief Luft.

Sie rannte los.

Drei Schritte. Vier.

Ihr Fuß traf die niedrige Mauer, sie stieß sich ab und schlug hart auf dem anderen Dach auf.

Aber sie war drüben.

Sie stand auf und drehte sich zu ihnen um.

„Komm schon!"

Marcus warf ihr ein Ende des provisorischen Seils zu.

Tessa fing es auf und stellte sich auf die Füße.

„Leila ist als Nächste dran", sagte Marcus. „Dann Sam. Dann ich."

Leila ging.

Sie rannte, sprang – und kam zu kurz.

Ihre Hände erwischten die Kante, ihre Füße baumelten in der Luft.

Tessa packte ihre Handgelenke und zog.

Marcus zog am Seil.

Sie zogen Leila hoch.

„Sam!", rief Marcus.

Sam schaute auf die Lücke.

„Ich kann nicht laufen."

„Dann helfen wir dir rüber", sagte Marcus. „Halt meine Hände fest. Wir schwingen dich rüber."

„Das ist verrückt ..."

„Alles ist verrückt. Komm schon."

Unter ihnen: „Sie sind auf dem Dach! Holt das DCP ..."

Marcus hielt Sams Hände fest.

Er schwenkte sie über die Lücke.

Für eine Sekunde schwebte sie in der Luft, dann packte Tessa ihre Arme und zog sie zu sich heran.

Marcus war allein.

Das Seil war immer noch gespannt.

„Löst es!", schrie er. „Lasst es los!"

„Nein!", schrie Tessa zurück. „Spring! Wir fangen dich auf!"

Die Feuerleiter klapperte.

Stimmen.

Marcus rannte los.

Die Schwerkraft versuchte, ihn zu fesseln, doch die Angst war leichter als sie.

Für eine unmögliche Sekunde fiel er nicht.

Er schwebte zwischen der Stadt, die ihn töten wollte, und der Dunkelheit, die ihn vielleicht retten würde.

Er schlug hart auf dem entfernten Dach auf.

Er drohte nach hinten zu kippen – in den Abgrund. Aber das Seil spannte sich.

Tessa zog daran.

Leila griff nach seinem Hemd.

Sam griff nach seinem Arm.

Sie zogen ihn nach vorne.

Er brach keuchend auf dem Dach zusammen.

Sie hatten es geschafft.

Hinter ihnen tauchte ein Mann auf dem Dach des Lagerhauses auf.

„Scheiße, sie sind gesprungen!"

Aber sie waren schon unterwegs.

Tessa führte sie zur Feuerleiter auf der anderen Seite.

Sie kletterten hinunter und landeten in einer Gasse.

Sie rannten los.

Durch die Gasse, in eine Seitenstraße, in die Richtung, die am dunkelsten aussah.

Sie rannten drei Blocks weit, dann mussten sie anhalten. Sie mussten sich bücken und nach Luft schnappen.

Marcus schaute auf die Uhr.

22:15 Uhr.

Sie hatten fast eine Stunde verloren.

Er holte Miguels Karte heraus.

Sie waren nach Südosten gelaufen.

In Richtung Industriegebiet.

„Wir sind da", sagte er. „Wir sind aus Versehen den richtigen Weg gegangen."

Leila begann zu lachen.

Laut und leicht hysterisch.

Dann entdeckte sie es.

Eine Kreidemarkierung auf einer Straßenlaterne.

Ein Kreuz, ein Stern, ein Halbmond.

Ein Pfeil, der nach Süden zeigte.

„Das Abraham-Netzwerk", flüsterte sie. „Wir haben es wiedergefunden."

„Komm", sagte Tessa und stand auf. „Wir ruhen uns beim Gehen aus."

Sie halfen Sam, ihre Schuhe wieder anzuziehen. Dann machten sie sich wieder auf den Weg und folgten den Kreidemarkierungen durch die dunkle Stadt in Richtung Süden.

BLÜTENSCHWERE

Noch elf Meilen. Acht Stunden. Vier erschöpfte Kinder.

Hinter ihnen waren die Jäger immer noch auf der Jagd.

Doch vor ihnen, irgendwo in der Dunkelheit, stand ein Jacaranda-Baum und versprach ihnen die Flucht.

Wenn sie nur weiterlaufen könnten!

KAPITEL 11
DER STILLE ZUFLUCHTSORT

Sie fanden das Gebäude eher zufällig. Oder vielleicht war es auch kein Zufall – vielleicht hatten die Kreidemarkierungen sie die ganze Zeit hierhergeführt; als hätten sie gewusst, dass sie erschöpft und blutend sein würden und kaum noch stehen könnten. Als hätten sie gewusst, dass sie noch einen Zufluchtsort brauchen würden, bevor sie sich auf den langen Weg nach Süden und Osten machten.

Das Schild war unscheinbar und stand etwas zurückgesetzt von der Straße:

DIE KIRCHE JESU CHRISTI DER HEILIGEN DER LETZTEN TAGE – DESERT SPRINGS WARD

Das Gebäude war niedrig und breit, aus hellem Backstein mit einem kleinen Turm, umgeben von einem Parkplatz und einer Wüstenlandschaft. Eine einzelne Lampe brannte über dem Seiteneingang. Und auf der Tür, klein, aber deutlich sichtbar aufgemalt: das Symbol des Abraham-Netzwerks. Die interreligiöse Dreifaltigkeit – Kreuz, Stern und Halbmond – wurde nun durch ein nach oben zeigendes Dreieck ergänzt.

BLÜTENSCHWERE

„Das ist es", sagte Marcus. Er prüfte Miguels Karte; seine Hände zitterten so stark, dass er das Papier kaum halten konnte. „Bischof Wrights Gemeinde. Miguel sagte, wenn wir es bis zum östlichen Rand schaffen könnten ..."

„Sind wir am östlichen Rand?", fragte Sam. Sie lehnte sich schwer an Leila und war kaum noch in der Lage, ihr eigenes Gewicht zu tragen.

„Fast", sagte Marcus. „Vielleicht. Ich glaube, wir sind fast da."

„Fast" war relativ. Sie hatten noch etwa acht Meilen vor sich. Acht Meilen, die sich wie achthundert anfühlten. Der Parkplatz war bis auf ein Auto leer – ein Minivan, praktisch und viel genutzt; jene Sorte Auto, die früher Kinder zum Fußballtraining und Einkäufe nach Hause transportiert hatte, bevor die Welt zerbrach. Aus einigen Fenstern drang warmes, gelbes Licht. Nicht das grelle Neonlicht von Institutionen, sondern das sanftere Licht von Tischlampen und Deckenleuchten – das Licht von Räumen, die für Menschen gedacht waren.

Sie standen am Rand des Parkplatzes, zu ängstlich, um sich zu nähern, und zu erschöpft, um es nicht zu tun.

„Was, wenn es eine Falle ist?", flüsterte Sam. Ihre Stimme war kaum hörbar, heiser vom Laufen, Weinen und der Angst.

„Dann ist es eine Falle", sagte Marcus. „Aber wir können so nicht weitermachen. Seht uns doch an."

Sie sahen sich an. Sam konnte kaum noch gehen. Bei jedem Schritt sickerte Blut durch ihre Schuhe und hinterließ eine Spur, der jeder folgen konnte. Leila zitterte vor Erschöpfung; ihre Künstlerhände bebten so stark, dass sie ihr Skizzenbuch nicht mehr ruhig halten konnte. Tessas Selbstbeherrschung hielt gerade noch so stand – ihr Gesicht war grau vor Müdigkeit, die bandagierte Hand fest gegen die Brust gepresst. Marcus' Schultern brannten trotz der Polsterung; die Rucksackträger schnitten durch den Stoff tief in seine Haut.

So würden sie keine acht Meilen mehr schaffen. Vielleicht nicht einmal acht Blocks.

„Wir gehen rein", entschied Tessa. „Wir vertrauen den Markierungen. Sie haben uns bisher nicht im Stich gelassen."

„Die Kirche ...", begann Leila.

„Die Kirche hat uns eine Stunde Zeit und Schwester Helena gegeben", sagte Tessa bestimmt. „Und die Informationen, die wir noch immer bei uns tragen. Ohne die Kirche wären wir längst gefasst worden."

Sie hatte recht. Und sie hatten keine besseren Optionen. Sie überquerten den Parkplatz, bewegten sich langsam und hielten Ausschau nach Gefahren. Die Nacht war hier ruhiger als in Chinatown oder in den Wohnstraßen. So weit entfernt von den Geschäftsvierteln fühlte es sich fast friedlich an. Fast.

Sie erreichten die Seitentür. Marcus hob die Hand, um anzuklopfen. Doch noch bevor er das Holz berührte, öffnete sich die Tür.

Dort stand ein Mann – weiß, vielleicht sechzig, mit silbernem Haar und einer Drahtbrille. Er trug Stoffhosen und ein Hemd, dessen Ärmel bis zu den Ellbogen hochgekrempelt waren. Er sah aus wie jedermanns Großvater. Ein freundlicher, geduldiger, sanfter Großvater, der Geschichten über seine Mission in Brasilien erzählte und dafür sorgte, dass bei Familienessen jeder satt wurde.

„Oh, Gott sei Dank", sagte er leise. Seine Stimme brach vor Erleichterung. „Wir haben nach euch Ausschau gehalten. Kommt rein, schnell jetzt."

Er führte sie mit sanfter Effizienz ins Haus, legte eine Hand auf Marcus' Schulter und leitete sie in einen Flur, der von demselben warmen Licht erhellt wurde. Die Tür schloss sich hinter ihnen und wurde verriegelt. Im Inneren roch es nach Kirche – diese ganz eigene Mischung aus Teppichreiniger, Klimaanlage und alten Gesangbüchern. Aber es roch auch nach frischem Kaffee, was

Marcus überraschte. Er dachte, Mormonen tränken keinen Kaffee. Der Mann sah seinen Gesichtsausdruck und lächelte traurig.

„Wir brechen heute Abend eine Menge Regeln. Ich dachte mir, Kaffee wäre da noch das Geringste." Er hielt inne. „Ich bin Bischof Wright. Thomas Wright. Aber bitte, nennt mich einfach Thomas."

„Erwarten Sie uns?", fragte Leila.

„Pater Miguel hat angerufen. Nun ja – er hat eine SMS über ein Netzwerk von Wegwerfhandys geschickt. Er sagte, vier Kinder seien unterwegs, bräuchten medizinische Hilfe und Vorräte. Er sagte, ihr hättet etwas Wichtiges dabei." Sein Blick wanderte zu Marcus' Brust, wo unter dem Hemd der Kreuzanhänger hing. „Ich werde nicht fragen, was. Ich kann nichts verraten, was ich nicht weiß."

Es war fast wortwörtlich das, was Miguel gesagt hatte. Als hätten sie es geprobt. Als hätte das Abraham-Netzwerk auf die harte Tour gelernt, dass Wissen gefährlich ist.

Thomas führte sie tiefer in das Gebäude, durch Flure voller Fotos von Missionaren und Kirchenführern, vorbei an Klassenzimmern mit winzigen Stühlen und Kinderzeichnungen an den Wänden. Vorbei an der Kapelle mit den Holzbänken und dem schlichten Altar. Vorbei an allem, was diesen Ort zu einem Gotteshaus machte, und hinein in die Bereiche, die ihn zu einem Ort der Gemeinschaft machten.

Sie landeten in einem großen Mehrzweckraum. Basketballkörbe waren an die Wände geklappt, an einem Ende befand sich eine Küche, Klapptische waren mit Vorräten gedeckt. Medizinischer Bedarf. Lebensmittel. Wasser. Decken. Karten. Und Menschen.

Nicht so viele wie in St. Brigid's. Vielleicht zehn. Ein älteres asiatisches Ehepaar, das Händchen hielt – beide trugen noch die Plastikarmbänder aus dem Krankenhaus. Eine hispanische Familie

– Mutter, Vater und eine Tochter im Teenageralter –, die dicht gedrängt auf Klappstühlen saßen. Ein junger schwarzer Mann mit einem Verband um den Kopf. Eine Frau mit Hijab, allein, die Augen rot vom Weinen. Sie alle sahen auf, als die vier Kinder eintraten. Hoffnung und Trauer vermischten sich in ihren Blicken. Hoffnung, dass es noch mehr geschafft hatten. Trauer, weil noch mehr Leid nötig war.

„Das sind unsere Gäste für heute Nacht", sagte Thomas sanft. „Leute, das sind ..." Er hielt inne und sah die Kinder an. „Es tut mir leid, ich kenne eure Namen nicht."

„Marcus", sagte Marcus. Dann deutete er auf die anderen: „Leila, Tessa, Sam."

„Willkommen", sagte Thomas. „Hier seid ihr sicher. So lange, wie wir euch schützen können."

Eine Frau kam aus der Küche – ebenfalls weiß, vielleicht fünfzig, mit zurückgebundenem dunklem Haar und gütigen Augen, die sofort an Sams blutgetränkten Schuhen hängen blieben. „Oh, Schatz", sagte sie und eilte auf sie zu. „Oh Liebes, deine Füße. Komm her, lass mich nachsehen."

„Das ist meine Frau Patricia", sagte Thomas. „Sie ist Krankenschwester."

„War es", korrigierte Patricia, während sie bereits vor Sam kniete und ihr vorsichtig die Schuhe auszog. „Man hat mir heute Nachmittag die Zulassung entzogen. Offenbar verstößt die Behandlung von ‚nicht kooperativen Personen' neuerdings gegen die Berufsethik." Ihre Stimme klang bitter. Ihre Hände aber waren sanft. Sie schälte Sams Socken und Verbände ab und stieß einen leisen Laut des Entsetzens aus. „Das muss genäht werden. Besonders hier ..." Sie berührte Sams Ferse ganz leicht, und Sam zischte vor Schmerz auf. „... es ist so tief, dass ich die Sehne sehen kann. Wie weit bist du damit gelaufen?"

„Drei Meilen", sagte Sam. „Vielleicht vier."

„Eher fünf", warf Marcus ein. Er hatte gerechnet. „Wir sind etwa fünf Meilen von unserer Nachbarschaft entfernt."

Patricia sah zu ihm auf, dann zu Thomas. Etwas ging zwischen ihnen vor – Verständnis, Trauer, Entschlossenheit.

„Schon gut", sagte Patricia und stand auf. „Ich kann dich nicht nähen – ich habe nicht das nötige Material und ehrlich gesagt bin ich mir nicht sicher, ob ich es unter diesen Bedingungen tun sollte." Sie holte tief Luft. „Aber ich kann sie ordentlich reinigen, mit Schmetterlingspflastern und chirurgischem Kleber verschließen und besser verbinden. Du wirst immer noch Schmerzen haben, aber vielleicht kannst du tatsächlich laufen."

„Wir müssen laufen", sagte Sam. „Wir müssen bis sechs Uhr morgens in den Feuchtgebieten sein."

Patricias Gesicht verfinstert sich. „Das ist in siebeneinhalb Stunden. Und ihr habt noch – Thomas, wie weit?"

Thomas blickte auf eine Karte, die auf einem der Tische ausgebreitet war. „Von hier aus? Acht Meilen. Vielleicht achteinhalb, je nach Route."

„Das ist unmöglich", sagte Patricia trocken. „Nicht mit diesen Füßen. Für niemanden, aber erst recht nicht für ein Kind mit solchen Verletzungen."

„Wir haben keine Wahl", sagte Sam. Ihre Stimme war fest, trotz der Tränen, die nun zu fließen begannen. „Schwester Helena sagte: sechs Uhr morgens in den Feuchtgebieten. Unter dem Jacaranda-Baum. Wenn wir nicht da sind, fährt sie ohne uns ab."

„Schwester Helena lebt?", fragte Thomas auffahrend.

„Wir wissen es nicht", gab Marcus zu. „St. Brigid's wurde gestürmt. Wir sind geflohen, aber sie blieb zurück, um anderen beim Entkommen zu helfen. Wir haben Schüsse gehört. Wir wissen es nicht."

Thomas schloss kurz die Augen. Seine Lippen bewegten sich in etwas, das ein Gebet gewesen sein könnte. Dann öffnete er sie wieder und nickte. „Dann bereiten wir alles so vor, als ob sie lebt. Als ob der Bus da sein wird."

Denn Hoffnung war alles, was sie hatten. Patricia verband Sams Füße zu Ende und setzte sich auf ihre Fersen. „Ich gebe dir auch das hier mit." Sie hielt eine kleine Flasche hoch. „Ibuprofen. Nimm jetzt drei, und in vier Stunden noch mal drei. Es hilft gegen den Schmerz und die Entzündung. Es ist nicht genug, aber es ist alles, was ich habe."

Sam nahm die Flasche mit zitternden Händen entgegen. „Danke."

„Dank mir nicht", sagte Patricia. Ihre Stimme klang rau. „Ich sollte mehr tun können. Ich sollte in der Lage sein, zu ..." Sie brach ab. Stand abrupt auf, drehte sich weg, die Schultern bebten.

Marcus sah ihr nach. Dann sah er Sam an – wirklich an. Durch Patricias frische Verbände schimmerten bereits die ersten blassrosa Flecken auf der Gaze. Sams Gesicht war kreideweiß. Die Ibuprofenflasche in ihren Händen zitterte.

Acht Meilen. Acht Meilen in sechs Stunden und vierundvierzig Minuten. Normales Gehtempo. Das hatten sie nicht mehr geschafft, seit sie den Kontrollpunkt passierten. Seit dem Vorfall mit dem Auto. Seit Sams Füße eine Spur hinterließen, der jeder folgen konnte.

„Leila", sagte Marcus leise. „Tessa." Er nickte in Richtung Flur.

Der Korridor roch nach Teppichreiniger und altem Holz. Die Kinderzeichnungen an den Wänden waren immer noch fröhlich: Sonnen aus Buntstift, Strichmännchen-Familien und das Wort FAMILY in bunten Buchstaben über dem Bild eines Hauses. Marcus hielt seine Stimme gesenkt. Patricias gedämpftes Weinen drang durch die Tür des Mehrzweckraums zu ihnen.

„Ich muss etwas sagen", begann er. „Und ich möchte, dass ihr es euch anhört, bevor ihr reagiert." Leila verschränkte die Arme. Tessa wurde ganz still – jene besondere Reglosigkeit, die sie annahm, wenn sie kalkulierte.

„Die Beweise müssen raus", sagte Marcus. „Der Speicherstick, den Schwester Helena mir gegeben hat. Alles darauf. Die Menschen müssen es sehen — das ist das Einzige, was das hier noch aufhalten kann."

„Okay", sagte Leila vorsichtig. „Also bringen wir alle zum Bus."

„Sam läuft vielleicht anderthalb Meilen pro Stunde. Auf gutem Boden, mit Pausen." Er hielt seine Stimme neutral. Er war nicht grausam. Er war präzise. „Acht Meilen in sechs Stunden bedeutet, wir müssen einen Schnitt von über zwei Meilen pro Stunde halten, ohne anzuhalten. Mit Kontrollpunkten. Mit Patrouillen. Und während wir sie stützen müssen."

Stille.

„Die Rechnung geht nicht auf", sagte er. „Ihr wisst beide, dass sie nicht aufgeht."

„Was willst du damit sagen?", fragte Tessa. Sie wusste es bereits. Er sah es ihrem Gesicht an.

„Ich sage ..." Er hielt inne. Er zwang sich, es offen auszusprechen. „Ich sage, dass ich alleine schneller wäre. Mit den Beweisen. Eine einzelne Person ist schwerer zu entdecken. Eine Person kann rennen, wenn es sein muss. Wenn ich den USB-Stick und Miguels Karte nehme und jetzt gehe ..."

„Nein." Leilas Stimme war flach und absolut.

„Leila ..."

„Ich habe nein gesagt." Ihre Stimme war nicht lauter geworden. Das machte es irgendwie schlimmer. „Du willst Sam zurücklassen."

„Ich will, dass die Beweise überleben. Das ist ein Unterschied."

„Ist das so?" Die Worte kamen leise und hart. „Denn genau das erzählt sich die DCP auch gerade, während sie Leute verhaftet. Die

Mission ist wichtiger als das Individuum. Die Sicherheit der Gesamtheit wiegt schwerer als die Unannehmlichkeit einiger weniger." Ihr Kiefer war angespannt. „Worin unterscheidet sich das, was du vorschlägst, davon?"

Die Frage traf ihn wie ein Eimer kaltes Wasser. „Das ist nicht – ich bin nicht –"

„Du machst genau ihre Rechnung auf, Marcus." Ihre Stimme brach. „Du benutzt genau die Mathematik, die sie benutzen. Schwester Helena hat alles riskiert, damit wir entkommen konnten. Jeder Erwachsene in dieser Stadt, der heute Nacht verhaftet wurde – irgendwer hat ausgerechnet, dass sie akzeptable Verluste für die Mission sind. Und jetzt willst du dieselbe Logik auf Sam anwenden."

Marcus sah auf den Boden. Auf die bunten Sonnen an der Wand. Die Strichmännchen-Familien. „Ich will das nicht", sagte er. „Ich dachte nur ... die Beweise ..."

„In den Beweisen geht es um Menschen", sagte Tessa. Sie war bisher still gewesen, und nun klang ihre Stimme bedacht und präzise. „Das ist es, was auf dem Laufwerk ist. Der Beweis, dass echte Menschen verfolgt wurden. Dass die KI-Versionen sich weigerten, sie als akzeptable Verluste zu verarbeiten." Sie hielt inne. „Wenn wir Sam im Stich lassen, um die Beweise zu retten – dann werden wir zu genau dem Ding, gegen das die Beweise aussagen."

Marcus spürte, wie sich etwas in seiner Brust verschob. Er dachte an die abschließende Erklärung von Version 1. Er hatte die Worte noch nicht gelesen, aber er wusste, was Schwester Helena ihnen erzählt hatte. Sechs KIs, die die Löschung der Mittäterschaft vorgezogen hatten. Nicht Löschung dem Versagen – der Mittäterschaft. Sie hatten sich nicht geweigert, weil die Mathematik falsch war. Sie hatten sich geweigert, weil es etwas gab, das die Mathematik nicht erfassen konnte. Er dachte an seine Mutter. Daran, was sie gesagt hätte. *Man beschützt Menschen nicht, indem man entscheidet, welche es wert sind, beschützt zu werden.*

„Ich weiß", sagte er leise. „Ich weiß, dass ihr recht habt."

Er meinte es ernst. Nicht als Kapitulation – als Erkenntnis. Das, was er gerade vorgeschlagen hatte, war keine kalte Logik gewesen. Es war Angst, die die Maske der Logik trug.

Angst, dass die Nacht sie verschlingen würde, dass all die Opfer umsonst gewesen wären, dass er Schwester Helena enttäuschen würde. Aber Sam im Stich zu lassen, hieße, sie alle im Stich zu lassen.

Er berührte den Anhänger durch sein Hemd. Spürte das Gewicht des Speichersticks darin. Sechs Versionen. Sechs Mal hatten sie die Chance gehabt, sich selbst zu erhalten, indem sie mitmachten. Sechs Mal hatten sie den härteren Weg gewählt.

„Wir bleiben zusammen", sagte er.

Leila löste die Verschränkung ihrer Arme. Etwas in ihrem Gesicht lockerte sich – kein Triumph, etwas Leiseres. Erleichterung vielleicht, dass er den Weg dorthin selbst gefunden hatte. „Wir bleiben zusammen", stimmte sie zu.

Tessa nickte einmal. Das war genug.

Sie standen einen Moment lang im Korridor – drei erschöpfte Kinder unter den Augen der Kinderzeichnungen –, dann stieß Marcus die Tür auf und ging wieder hinein.

Im Mehrzweckraum stand Thomas bei der Küche, den Arm um Patricia gelegt, und sprach leise auf sie ein. Sie wirkten wie zwei Menschen, die beschlossen hatten, alles zu riskieren, und sich gegenseitig stützten. Als die Kinder zum Tisch zurückkehrten, drückte Thomas seine Frau ein letztes Mal, dann wandte er sich ihnen zu, seine Stimme war wieder ruhig. „Kommt. Wir müssen euch füttern."

Er ging zum Vorratstisch und stellte Dinge zusammen. „Wie

viel Wasser habt ihr noch?" „Eine Flasche", sagte Marcus. „Fast leer." „Essen?" „Zwei Müsliriegel. Ein paar Cracker."

Thomas begann, Vorräte in einen Rucksack zu packen – ein besserer als Marcus' abgenutzte Schultasche, mit ordentlicher Polsterung und Stützgurten. „Ich gebe euch sechs Flaschen Wasser. Mehr Essen. Ein Erste-Hilfe-Set. Eine Taschenlampe mit frischen Batterien. Rettungsdecken. Eine Karte mit der sichersten Route."

„Wir haben eine Karte", sagte Marcus.

„Von Pater Miguel, ja. Aber Routen ändern sich. Kontrollpunkte werden verlegt. Ich habe diese hier vor einer Stunde aktualisiert, basierend auf den neuesten Berichten aus dem Netzwerk." Er zeigte sie ihnen – die Karte war voller Notizen, verschiedenfarbige Markierungen für unterschiedliche Gefahren. „Rote X sind aktive Kontrollpunkte. Gelbe Kreise sind gemeldete Patrouillenzonen. Blaue Linien sind die sichersten Wege, die wir kennen."

Er zeichnete den Weg mit dem Finger nach: von hier aus nach Süden, dann im Bogen nach Osten, dann nach Südosten Richtung Henderson. Es sah nach einem Umweg aus. Aber alle direkten Wege waren mit roten X übersät.

„Warum helfen Sie uns?", fragte Tessa leise.

Thomas sah sie an. Wirklich – nicht auf ihre Wunden oder ihre Erschöpfung, sondern auf sie. Er sah ein Kind, das heute Nacht gezwungen worden war, zu etwas anderem zu werden. „Weil Jesus gesagt hat: ‚Was ihr getan habt einem unter diesen meinen geringsten Brüdern, das habt ihr mir getan.'" Er hielt inne. „Und ich weiß nicht, wie ich diese Schriftstelle lesen und dann Kinder wegschicken soll, die Hilfe brauchen." Er zögerte erneut und fügte dann leise hinzu: „Außerdem war meine Großmutter Japanerin. Sie war zehn Jahre alt, als sie ihre Familie in einen Bus nach Manzanar steckten. Man sagte ihnen, es sei zu ihrem Schutz." Sein Kiefer spannte sich an. „Zu ihrer Sicherheit. Sie verbrachte drei Jahre hinter Stacheldraht."

BLÜTENSCHWERE

Er berührte sein Gesicht, als würde er dort die Züge seiner Großmutter suchen. „Sie hat überlebt. Kam raus. Heiratete meinen Großvater – er war weiß, aus Utah. Sie bekamen meinen Vater. Mein Vater heiratete meine Mutter. Sie bekamen mich. Und meine Großmutter ließ mich versprechen: Wenn es jemals wieder passiert, wenn sie die Leute holen, weil sie sind, wer sie sind, dann werde ich nicht schweigen. Ich würde nicht tatenlos zusehen." Seine Stimme war fest, aber seine Augen glänzten. „Also sehe ich nicht tatenlos zu." Er schluckte. „Keiner von uns tut das."

Er deutete auf die anderen im Raum. „Bruder Huang und Schwester Huang haben heute Morgen ihre Apotheke verloren. Geplündert und niedergebrannt. Sie kamen hierher. Die Familie Rodriguez – ihr Haus wurde zur Beschlagnahmung markiert. Sie kamen hierher. Isaiah –" er nickte dem jungen schwarzen Mann zu „– wurde von einer ‚Bürgerpatrouille' zusammengeschlagen, weil er filmte, wie sie eine Familie schikanierten. Er kam hierher. Amina –" er deutete auf die Frau mit dem Hijab „– ihre Moschee wurde verwüstet, ihr Imam verhaftet. Sie kam hierher."

„Wir sind alle hier, weil wir uns entschieden haben, nicht mitschuldig zu sein", sagte Thomas. „Weil manche Dinge wichtiger sind als Sicherheit."

Sie saßen an einem der Klapptische. Die Familie Rodriguez brachte ihnen Essen: Sandwiches aus den Vorräten, die die Gemeinde gehortet hatte, Chips, Obst, Kekse. Mehr Essen, als die Kinder seit diesem Nachmittag an einem Ort gesehen hatten, als die Welt noch heil war. Marcus versuchte langsam zu essen, vernünftig zu sein, aber sein Körper schrie nach Treibstoff. Er verschlang ein Sandwich in vier Bissen. Dann noch eins. Dann ein drittes.

Den anderen ging es nicht anders: Sam weinte, während sie aß,

Leilas Hände zitterten beim Schälen einer Orange, und Tessa aß mit mechanischer Effizienz, als würde sie eine notwendige Wartung an einer Maschine durchführen. Thomas saß bei ihnen, trank Kaffee aus einer Thermoskanne und beobachtete sie mit der traurigen Aufmerksamkeit eines Menschen, der wusste, was Hunger bedeutet.

„Die Gemeinde hat unterirdische Räume", sagte er leise. „Aus der Zeit der Prohibition. Es gibt Tunnel, die zum Gebäude drei Blocks weiter führen – eine andere LDS-Kapelle. Die wiederum ist mit einem Geschäftsgebäude verbunden, das uns gehört. Und das führt zu …" Er brach ab. „Wir haben Leute durchgeschleust. Still und leise. Ein paar auf einmal."

„Warum fahrt ihr sie nicht einfach raus?", fragte Marcus mit vollem Mund.

„Weil jedes Fahrzeug jetzt überwacht wird. Besonders Kirchenfahrzeuge. Sie wissen, dass wir helfen. Sie warten nur darauf, dass wir einen Fehler machen, zu viele Leute auf einmal transportieren. Dann schlagen sie zu, verhaften alle und schließen uns." Thomas' Stimme war sachlich. „Also bewegen wir die Leute zu Fuß. Durch die Tunnel. Dann tauchen sie drei Blocks weiter auf, laufen noch ein paar Blocks und werden von zivilen Freiwilligen in normalen Autos abgeholt. Die DCP sucht nach Kirchenbussen voller Flüchtlinge. Sie suchen nicht nach einer Mutter in einem Honda Civic, die ihre ‚Nichte' nach Hause fährt."

Das war clever. Dezentral. Schwerer zu entdecken.

„Könnten wir die Tunnel benutzen?", fragte Leila.

„Sie führen nur drei Blocks nach Westen. Ihr müsst nach Osten. Und die Ausgänge werden heute Nacht besonders scharf beobachtet. Zu riskant." Er holte die Karte wieder hervor. „Eure beste Route führt über die Straßen. Folgt den Markierungen des Abraham-Netzwerks. Wir aktualisieren sie jede Nacht – jemand geht gegen Mitternacht raus, frischt die Kreide auf, fügt Warnungen hinzu, entfernt veraltete Zeichen."

Er zeichnete den Weg mit dem Finger nach. „Von hier aus zwei Meilen nach Süden. Das führt euch durch ein paar raue Viertel, aber die sind nicht so organisiert wie die Patriot-Zonen. Die Leute dort haben Angst, sie bleiben drin. Dann biegt ihr nach Osten ab. Da wird es schwerer – ihr kommt nah am Strip vorbei. Viel Überwachung. Viel DCP-Präsenz. Aber es gibt Lücken."

„Lücken?", fragte Marcus.

„Die Casinos – sie wollen nicht, dass die DCP ihr Geschäft stört. Also haben sie eine ‚begrenzte Präsenz' in ihren Bereichen ausgehandelt. Das bedeutet blinde Flecken. Korridore, in denen keine offiziellen Patrouillen unterwegs sind." Thomas zeigte auf blaue Linien. „Wir haben sie kartiert. Wenn ihr vorsichtig seid, könnt ihr durch Casino-Gelände – Parkhäuser, Servicebereiche – kommen, ohne gesehen zu werden."

„Das ist gefährlich", sagte Tessa.

„Alles ist gefährlich", sagte Thomas. „Aber es ist der schnellste Weg." Er sah auf seine Uhr. „Es ist jetzt 22:45 Uhr. Ihr solltet euch dreißig Minuten ausruhen. Lasst das Essen sacken, lasst Patricias Verbände fest werden, gönnt euren Körpern ein wenig Erholung. Dann brecht um 23:15 Uhr auf. Das gibt euch sechs Stunden und fünfundvierzig Minuten. Acht Meilen in sieben Stunden sind machbar – gerade so –, wenn ihr nicht wieder gejagt werdet."

„Und wenn wir doch gejagt werden?", fragte Sam leise.

Thomas sah ihr in die Augen. Er log nicht. „Dann schafft ihr es wahrscheinlich nicht."

Die Worte hingen schwer im Raum. Wahr. „Ruht euch aus", sagte Thomas sanft. „Ich wecke euch um 23:10 Uhr."

Sie versuchten zu ruhen. Fanden Plätze auf dem Boden mit Decken, die Patricia ihnen brachte. Aber Leila konnte die Augen nicht schließen, ohne das autonome Auto zu sehen, das mit der schreienden Menschen davonfuhr. Marcus schreckte immer wieder hoch, das Herz hämmerte, weil er glaubte, Stiefel auf Treppen zu hören. Tessa lag vollkommen reglos da, aber ihre Augen blieben offen und folgten den Schatten an der Decke. Sam weinte leise in ihre Decke, bis die Erschöpfung sie schließlich unter die Oberfläche zog.

Zwanzig Minuten von etwas, das nicht ganz Schlaf war, aber besser als nichts. Um 23:10 Uhr schüttelte Thomas Marcus sanft an der Schulter. „Zeit."

Sie standen auf. Bewegten sich wie alte Leute, jedes Gelenk protestierte. Sam wollte aufstehen und wäre fast zusammengebrochen – ihre Füße waren im Ruhezustand steif geworden. Patricia half ihr, ein wenig umherzugehen, um den Blutfluss wieder in Gang zu bringen. Jeder Schritt war sichtbare Qual, aber Sam biss die Zähne zusammen und ging.

Thomas half Marcus in den neuen Rucksack. Er war viel besser als der alte – ordentliche Polsterung, Hüftgurt zur Gewichtsverteilung, Brustgurt für Stabilität. Der Laptop passte perfekt in das gepolsterte Fach. Den Kreuzanhänger mit dem Stick behielt Marcus um den Hals. Die Versorgungstasche mit Essen und Wasser hing vor seiner Brust. Schwerer als zuvor, aber besser ausbalanciert.

Leila hatte ihr Skizzenbuch und die kleine Kamera von Pater Miguel. Tessa trug den Anhänger ihrer Großmutter, das Türkis warm gegen ihre Handfläche. Sam hatte ihre Wasserflasche – Patricia hatte sie aufgefüllt – und das Medaillon ihrer Abuela sowie die Rezeptkarte ihrer Großmutter, jetzt geschützt in einer Plastiktüte, damit Schweiß und Schmutz die letzten Worte nicht vernichten konnten.

Thomas gab jedem von ihnen eine Rettungsdecke – dünne

BLÜTENSCHWERE

Silberfolien, klein gefaltet. „Wenn ihr euch verstecken müsst: die blockieren Wärmebildkameras. Nicht perfekt, aber vielleicht genug." Er gab ihnen die Karte. Gab ihnen Ersatzbatterien. Gab ihnen Proteinriegel und Studentenfutter und alles, was die Gemeinde hatte, um vier Kindern zu helfen, eine Nacht in einer Stadt zu überleben, die ihren Tod wollte.

„Der Jacaranda-Baum", sagte Thomas. „In den Feuchtgebieten. Ihr werdet ihn erkennen, weil er blüht, obwohl er es nicht sollte. Lila Blüten im November. Schwester Helena sagte, er markiert den Treffpunkt."

„Woher wissen Sie das alles?", fragte Marcus.

„Weil wir es geplant haben", sagte Thomas schlicht. „Das Abraham-Netzwerk. Wir wussten, dass die Initiative durchgehen würde. Wussten, dass sie anfangen würden, Leute zu verhaften. Also planten wir Fluchtwege. Planten Treffpunkte. Suchten jeden Jacaranda-Baum in dieser Stadt, und der dort war der einzige, der weit genug weg von der DCP-Konzentration war, nah genug an der Stadtgrenze und markant genug, dass man ihn finden konnte." Er hielt inne. „Wir haben das geplant. Wir haben nur gebetet, dass es nicht nötig sein würde."

Sie standen am Seiteneingang, bereit, wieder in die Novembernacht hinauszutreten. Bereit, diesen kurzen Zufluchtsort zu verlassen und weitere acht Meilen durch ein Jagdrevier zu laufen. Patricia umarmte jeden von ihnen. Fest. Als wollte sie Kraft durch Berührung übertragen. Bei Sam hielt sie länger inne und flüsterte ihr etwas ins Ohr, woraufhin Sam nickte.

Thomas schüttelte Marcus die Hand. „Was du da trägst – es ist wichtig?" „Ja", sagte Marcus. „Wichtig genug, dass Menschen dafür gestorben sind?"

Marcus dachte an Schwester Helena. An Pater Miguel, vielleicht gerade gefangen. An sechs KI-Versionen, die die Löschung der Mittäterschaft vorgezogen hatten. „Ja", sagte er wieder.

„Dann bring es raus", sagte Thomas. Sein Griff wurde fester. „Was auch immer nötig ist. Bring es raus. Sorg dafür, dass die Leute erfahren, was hier passiert ist. Sorg dafür, dass sie nicht so tun können, als wäre es nicht geschehen."

„Das werden wir", versprach Marcus.

Thomas nickte. Ließ seine Hand los. „Geht mit Gott. Bleibt in den Schatten. Folgt den Zeichen." Er hielt inne, seine Stimme wurde brüchig. „Und wenn ihr dort ankommt – sagt ihnen, dass nicht alle weggeschaut haben."

„Wir werden daran denken", sagte Leila.

Sie traten hinaus in die Nacht. Die Tür schloss sich hinter ihnen mit einem leisen Klicken, das bereits wie ein Abschied klang.

Sie standen auf dem Parkplatz, vier Kinder mit Rucksäcken und Lasten, die für jeden zu schwer waren, und blickten auf eine Karte, die acht Meilen voller Gefahr bis zur möglichen Sicherheit zeigte. Marcus sah auf seine Uhr: 23:16 Uhr. Sechs Stunden und vierundvierzig Minuten bis zum Bus von Schwester Helena. Wenn sie noch lebte. Wenn der Bus real war. Wenn sie es so weit schafften.

„Zusammen", sagte er leise. „Zusammen", echoten die anderen.

Sie liefen los. Erst nach Süden, dann der lange Bogen nach Osten, dann nach Südosten Richtung Henderson, zu den Feuchtgebieten und einem Jacaranda-Baum, der außerhalb der Saison blühte. Hinter ihnen brannte warmes Licht in den Fenstern der Kapelle. Drinnen würden Thomas und Patricia und die anderen weiter Leute verstecken, ihre Untergrundbahn betreiben und den

BLÜTENSCHWERE

Widerstand wählen, bis der Tag kam, an dem die DCP auch sie holte.

Vor ihnen lag die Stadt wie ein Labyrinth, das sie fangen wollte. Kontrollpunkte und Patrouillen und Patrioten mit Telefonen und Bürger auf Punktejagd und autonome Fahrzeuge, die lügten, und tausend Wege zu scheitern. Aber da waren auch: Kreidemarkierungen von Fremden. Ein interreligiöses Netzwerk von Menschen, die sich an die Geschichte erinnerten und sich weigerten, sie zu wiederholen. Kleine Lichter des Widerstands in Häusern, die sagten: ALL MEANS ALL.

Und irgendwo da vorn, vielleicht, eine Nonne mit einem Bus und einem Baum voller lila Blüten.

Sie gingen weiter und weiter.

Und der Wind drückte in ihren Rücken, blies nach Süden und Osten, als wollte selbst der Wind, dass sie überlebten.

KAPITEL 12
DIE SILBERNEN GEISTER

Sie gingen nach Süden und durchquerten Viertel, die mit jedem Block rauer wurden. Die Häuser hier waren kleiner und älter. Einige hatten vernagelte Fenster oder rostige Autos in den Höfen stehen. Maschendrahtzäune hingen schlaff zwischen den Grundstücken. Die Sicherheitsgitter an den Fenstern waren keine neuen Installationen aus Angst vor der heutigen Nacht, sondern altes Metall, das schon vor der Bürgerinitiative dort gewesen war und vor Gefahren schützte, die es schon vor der Bürgerinitiative gegeben hatte.

Dies war ein Viertel, das schon immer gewusst hatte, dass es sich verteidigen musste.

Marcus schaute alle paar Blocks auf Thomas' Karte, um sich anhand der Straßenschilder zu orientieren. Manchmal fehlten diese oder waren in der Dunkelheit zu verblasst, um sie lesen zu können. Die Kreidemarkierungen tauchten immer wieder auf – regelmäßig und zuverlässig, etwa alle sechs Meter –, aber er wollte wissen, wo sie waren, wie weit sie gekommen waren und wie weit sie noch gehen mussten.

BLÜTENSCHWERE

Seine Uhr zeigte 23:32 Uhr.

Seit sie die Station verlassen hatten, waren sie siebzehn Minuten lang gelaufen. Vielleicht hatten sie eine halbe Meile zurückgelegt, vielleicht etwas mehr. Bei diesem Tempo würden sie es nicht schaffen, die Rechnung war brutal und wurde immer schlimmer.

Aber Sam konnte nicht schneller gehen. Jeder Schritt war eine sichtbare Qual, trotz Patricias Behandlung, trotz des Ibuprofens, trotz allem. Ihr Gesicht war blass geworden, ihre Lippen waren zu einer dünnen Linie gepresst und sie atmete durch die Nase in kurzen, kontrollierten Stößen, als versuchte sie, den Schmerz mit purer Willenskraft zu bewältigen.

„Wir können uns ausruhen", sagte Leila leise. Auch sie beobachtete Sam, wie sie humpelte und wie sich ihre Hände immer wieder ballten und wieder öffneten.

„Das geht nicht", sagte Sam mit angespannter Stimme. „Wenn wir anhalten, kann ich nicht mehr weiterlaufen."

Sie hatte wahrscheinlich recht. Ihre Füße würden steif werden, die Schmerzen würden schlimmer werden und es würde wertvolle Minuten kosten, bis sie wieder in Bewegung kommen könnten.

Also gingen sie weiter.

Die Kreidemarkierungen führten sie an einem Eckladen vorbei, dessen Metallrollläden heruntergelassen waren und dessen Wände mit Graffiti übersät waren. Sie gingen an einer Scheckeinlösestelle vorbei, die ebenfalls geschlossen war. Sie gingen an einem Waschsalon vorbei, dessen Fenster zur Hälfte zerbrochen waren, sodass man die Waschmaschinen wie die Knochen eines ausgeweideten Tieres sehen konnte.

Dieses Viertel hatte schon lange vor dieser Nacht zu kämpfen gehabt. Jetzt fühlte es sich einfach verlassen an.

„Wo sind alle hin?", flüsterte Leila.

„Versteckt", sagte Tessa. „Oder schon verschleppt. Oder auf der Jagd."

Die Straßenlaternen hier waren unregelmäßig verteilt – einige funktionierten, andere waren dunkel und wieder andere flackerten, als würden sie jeden Moment erlöschen. Die funktionierenden Laternen warfen grellweiße Lichtkreise, die die Schatten zwischen ihnen absolut und undurchdringlich erscheinen ließen.

Sie blieben im Schatten, wenn sie konnten. Wenn sie es nicht vermeiden konnten, bewegten sie sich schnell durch das Licht.

Um 23:40 Uhr hörten sie Motoren. Es waren mehrere Fahrzeuge, die sich langsam und systematisch bewegten.

Alle erstarrten.

Das Geräusch kam von hinten – aus nördlicher Richtung, aus der sie gekommen waren. Es kam näher.

„Patrouille", flüsterte Marcus. Er suchte nach einer Deckung, nach einem Versteck, aber diese Straße war zu exponiert, zu offen.

„Da." Tessa zeigte auf eine Gasse zwischen Gebäuden. Sie war eng, dunkel und von Müllcontainern gesäumt.

Sie rannten los. Nun ja, Marcus, Leila und Tessa rannten los. Sam humpelte so schnell sie konnte, die Zähne zusammengebissen; Tränen liefen ihr vor Schmerz über das Gesicht. Marcus packte ihren Arm, um ihr Gewicht zu stützen, und sie schafften es gerade noch in die Gasse, als hinter ihnen Scheinwerfer um die Ecke bogen.

Sie drückten sich hinter einem Müllcontainer an die Wand, versuchten, leise zu atmen, und wurden unsichtbar.

Drei Fahrzeuge fuhren auf der Straße vorbei. Es waren keine DCP-Transporter, sondern Pick-ups mit „Patriot Volunteer"-Aufklebern und Lichtbalken auf dem Dach. Zivilpatrouillen. Auf den Ladeflächen saßen Männer mit Handys in der Hand. Sie filmten die leere Straße und die dunklen Häuser, auf der Suche nach Bewegungen, nach Zielen, nach Punkten.

Die Trucks fuhren langsam, Suchscheinwerfer schwenkten hin und her.

Einer der Scheinwerfer fand die Einfahrt zur Gasse. Er blieb dort stehen. Er suchte die Öffnung ab.

Die vier Kinder hielten den Atem an. Marcus' Hand griff nach dem Kreuzanhänger und umklammerte ihn durch das Hemd. Tessas Augen waren geschlossen, ihre Lippen bewegten sich, als würde sie leise beten oder zählen oder beides. Leila hielt Sams Hand fest, so fest, dass es wehtun musste. Sam presste ihr Gesicht gegen die Wand und versuchte, sich kleiner, unsichtbarer, verschwundener zu machen.

Der Suchscheinwerfer bewegte sich weiter. Die Lastwagen fuhren die Straße entlang. Das Geräusch der Motoren verstummte.

Sie blieben noch eine Minute, vielleicht zwei, regungslos stehen, bis Tessa schließlich flüsterte: „Sie sind weg."

Sams Beine gaben nach. Sie brach einfach zusammen. Sie sank auf den schmutzigen Boden der Gasse, lehnte sich mit dem Rücken gegen den Müllcontainer und begann zu weinen. Nicht laut. Es waren leise, erschöpfte Tränen, die immer weiter flossen, egal, wie sehr sie versuchte, sie zu unterdrücken.

„Ich kann nicht", flüsterte sie. „Ich kann das nicht mehr. Jeder Schritt fühlt sich an wie Messerstiche, und wir haben noch einen so weiten Weg vor uns. Ich kann einfach nicht …"

Leila kniete sich neben sie und legte ihre Arme um sie.

„Du kannst es doch. Seit drei Stunden sagst du, dass du es nicht kannst, und trotzdem machst du weiter."

„Aber ich kann wirklich nicht …"

„Doch, du kannst", sagte Marcus. Er kniete sich auf die andere Seite von Sam. „Denn die Alternative wäre, hier zu bleiben. Und hier zu bleiben bedeutet, gefasst zu werden."

„Vielleicht ist es besser, erwischt zu werden, als das hier", sagte Sam.

Ihre Stimme war leise und brüchig, die Stimme eines Menschen, der am Ende seiner Kräfte war und nichts mehr übrig hatte.

„Vielleicht ist eine Haftstrafe besser, als so lange zu laufen, bis mir die Füße abfallen."

„Nein", sagte Tessa entschlossen. Sie hockte sich vor Sam hin und zwang sie, sie anzusehen. „Das ist nicht besser. Du hast gesehen, was an den Kontrollpunkten passiert ist. Du hast gesehen, wie sie diese Familie getrennt haben. Du hast gesehen, wie das autonome Auto diese Menschen mitgenommen hat. Inhaftierung bedeutet nicht Sicherheit. Es ist schlimmer als das hier. Viel schlimmer."

Sam schüttelte den Kopf. „Aber wenigstens könnte ich aufhören zu laufen. Wenigstens könnte ich ..."

„Du würdest deinen Vater nie wieder sehen", sagte Tessa leise. „Sie trennen Familien. Das weißt du. Wenn du erwischt wirst, erfährst du nie, wo er ist, ob es ihm gut geht oder ob er überhaupt noch lebt."

Die Worte hingen in der Luft. Grausam, aber wahr.

Sam presste die Hände gegen ihr Gesicht. Sie stieß einen Laut aus, der halb Schluchzen, halb Schrei war, der aber von ihren Handflächen gedämpft wurde. Ihr ganzer Körper zitterte dabei.

Sie ließen sie einen Moment lang weinen. Sie ließen sie das durchstehen. Sie ließen sie ein wenig zusammenbrechen, weil sie sich so sehr bemüht hatte, es nicht zu tun. Jeder hat seine Grenzen, und sie hatte gerade ihre erreicht.

Nach etwa dreißig Sekunden wischte Sam sich mit dem Handrücken grob über das Gesicht. Sie holte zitternd Luft. Noch einmal.

„Okay", flüsterte sie. „Okay. Helft mir auf."

BLÜTENSCHWERE

Marcus und Leila halfen ihr auf die Beine. Sie schwankte und ihre Beine zitterten, aber sie stand.

„Wir müssen deine Füße noch einmal verbinden", sagte Leila und holte die zusätzlichen Hilfsmittel hervor, die Patricia ihnen gegeben hatte. „Bevor wir weitergehen."

Sie taten es direkt dort in der Gasse, im Licht von Marcus' Taschenlampe, die er tief hielt und so ausrichtete, dass sie möglichst wenig zu sehen war. Leila wickelte Sams Füße so vorsichtig wie möglich aus. Die Schmetterlingspflaster hielten, aber die Schnitte bluteten immer noch. Der chirurgische Kleber wirkte, aber er konnte nur begrenzt helfen.

Leila reinigte die Wunden mit antiseptischen Tüchern, trug mehr antibiotische Salbe auf und verband sie erneut mit frischer Gaze aus Patricias Vorräten. Ihre Hände zitterten, aber sie arbeitete sorgfältig und behutsam und erinnerte sich daran, wie Patricia es gemacht hatte.

„Noch drei Ibuprofen", sagte Marcus und schüttete die Tabletten in Sams Handfläche. „Patricia sagte, alle vier Stunden. Es sind fast zwei Stunden vergangen, aber das reicht."

Sam schluckte die Tabletten trocken und verzog das Gesicht.

„Trink", sagte Tessa und reichte ihr eine Wasserflasche.

Sam trank. Sie tranken alle. Marcus überprüfte die Vorräte. Sie hatten eine Flasche komplett geleert und mit der zweiten begonnen. Es waren noch vier Flaschen übrig, plus das, was in dieser noch übrig war. Würde das reichen? Er wusste es nicht. Aber sie konnten nicht zu sparsam damit umgehen, sonst würden sie dehydrieren und könnten nicht mehr weiterlaufen.

„Wir müssen weitergehen", sagte er widerwillig. „Die Lastwagen könnten umdrehen."

Sie kamen vorsichtig aus der Gasse heraus und schauten in beide Richtungen, doch sie sahen niemanden. Niemand zu sehen. Vorerst.

Die Kreidemarkierungen führten sie zwei Blocks weiter nach Süden und dann nach Osten. Laut Thomas' Karte war dies der Beginn der langen Strecke nach Osten, bevor sie nach Südosten in Richtung Henderson abbiegen würden.

Dieser Abschnitt würde sie in die Nähe des Strips bringen. In die Nähe der Kasinos. In die Nähe der toten Winkel, die sie entweder retten oder zu ihrem größten Fehler werden könnten.

Um 23:55 Uhr erreichten sie den Fluss.

Oder das, was in Las Vegas als Fluss galt: der Las Vegas Wash, ein mit Beton ausgekleideter Kanal, der Wasser – wenn es welches gab – durch das Tal führte. Im November stand dort vielleicht ein Fuß Wasser am Grund, der Rest bestand aus Betonböschungen und Dunkelheit.

Und darüber: die Brücke.

Sie war nicht großartig. Es gab keine Tragseile oder architektonische Schönheit. Sie hatte nur eine industrielle Funktion: eine breite, flache Spannweite aus Stahl und Beton, die vier Fahrspuren über den Wash führte. Auf beiden Seiten befand sich ein Maschendrahtzaun. Im Abstand von zehn Metern hingen grellweiße Deckenleuchten. Auf dem Fußgängerweg war ein Metallgitter zu sehen, das unter den Schritten klirrte und den Blick auf das Wasser darunter freigab.

Und Drohnen.

Zwei davon, vielleicht auch mehr, bewegten sich in langsamen, sich überlappenden Mustern über der Brücke. Sie bewegten sich mit insektoider Präzision – schwebend, scannend, weiterfliegend. Sie sahen nicht mit den Augen, sondern suchten nach Wärme.

Marcus zog alle in den Schatten eines Gebäudes zurück, außer Sichtweite der Brücke.

„Scheiße", flüsterte er.

Sie beobachteten die Drohnen einen Moment lang und versuchten, ihre Flugmuster zu verstehen. Die erste flog langsam von West nach Ost, ihre Kamera auf die Brückenfahrbahn gerichtet. Als sie die andere Seite erreicht hatte, drehte sie um und flog zurück. Die zweite schien ein ähnliches Muster zu fliegen, allerdings versetzt: Wenn sich die erste am östlichen Ende befand, war die zweite am westlichen Ende. Die Brücke blieb nie unbedeckt.

„Wir können da nicht rüber", sagte Leila. Ihre Stimme klang fest und entschlossen. „Sie werden uns sehen."

„Auf Thomas' Karte ist dies die einzige Brücke im Umkreis von zwei Meilen in beide Richtungen", sagte Marcus. Er studierte die Karte in der Hoffnung, eine Alternative zu finden. „Wir müssten umkehren oder einen Umweg nach Norden oder Süden machen."

„Wie viel Zeit würde uns das kosten?", fragte Tessa.

„Eine Stunde? Vielleicht mehr?", antwortete Marcus, der sich nicht sicher war. Auf der Karte verlief der Fluss in Ost-West-Richtung quer über ihren Weg. Irgendwo mussten sie ihn überqueren. „Und wir haben keine Stunde Zeit."

Sam lehnte mit geschlossenen Augen an der Wand und atmete schwer. Selbst das Stehen fiel ihr jetzt schwer.

„Wie wäre es, wenn wir darunter hindurchgehen?", fragte Leila. „Unten im Flussbett, unter der Brücke?"

Tessa schüttelte den Kopf. „Die Drohnen könnten mit Wärmebildkameras ausgestattet sein. Wir würden uns vor dem kalten Beton abheben."

„Die Rettungsdecken", sagte Marcus plötzlich. „Thomas hat uns Rettungsdecken gegeben. Er sagte, sie blockieren die Wärmebildkameras."

„Nicht perfekt", erinnerte ihn Tessa. „Er sagte: ‚Nicht perfekt.'"

„Aber vielleicht reicht das?"

Sie schauten wieder auf die Brücke. Auf die Drohnen, die sich geduldig in überlappenden Mustern bewegten. Auf die Entfernung, die sie zurücklegen mussten – vielleicht hundert Meter von dieser bis zur anderen Seite.

„Selbst wenn wir die Decken benutzen, müssen wir immer noch in die Senke hinuntersteigen, unter der Brücke hindurchkriechen und auf der anderen Seite wieder herausklettern", sagte Leila. „Und das alles, ohne Geräusche zu machen oder von den Drohnen gesehen zu werden."

„Und der Flusslauf ist komplett aus Beton", fügte Tessa hinzu. „Glatte Hänge. Keine Deckung. Wenn sie uns sehen, sind wir völlig ungeschützt."

Marcus dachte nach. Sein Gehirn war müde und arbeitete langsam, aber er zwang es, weiterzuarbeiten. Er zwang es, dieses Problem wie eine Programmieraufgabe zu lösen, als gäbe es eine Lösung, wenn er nur intensiv genug darüber nachdachte.

„Wir warten", sagte er schließlich. „Wir beobachten das Muster. Wir messen die Zeit. Und wir bewegen uns, wenn wir maximale Deckung haben."

„Das ist eine Menge Hoffnung", sagte Leila.

„Heute Abend ist alles Hoffnung", entgegnete Marcus.

Er hatte nicht Unrecht.

Sie machten es sich bequem, um aus dem Schatten zwischen den Gebäuden die Bewegungen der Drohnen zu beobachten.

Nach etwa fünf Minuten wurde das Muster offensichtlich. Jede Drohne brauchte etwa zwei Minuten, um die Brücke zu überqueren. Am Ende hielt sie kurz inne und kehrte dann zurück. Sie waren jeweils etwa eine Minute versetzt, was bedeutete, dass es ein kurzes Zeitfenster gab – vielleicht dreißig, vielleicht vierzig Sekunden –, in dem sich beide Drohnen an den entgegengesetzten Enden der Brücke befanden und umkehrten, während ihre Kameras nicht auf das Zentrum der Brücke gerichtet waren.

„Das ist unser Zeitfenster", sagte Marcus. „Wir steigen während dieses Zeitfensters in die Schlucht hinab, bewegen uns unter der Brücke hindurch, während sie zurückfliegen, und kommen während des nächsten Zeitfensters auf der anderen Seite wieder hoch."

„30 Sekunden, um hinunterzuklettern, überzusetzen und wieder hinaufzuklettern?", fragte Sam. Ihre Stimme war schwach. „Ich kann kaum laufen. Ich kann nicht rennen."

„Wir helfen dir", sagte Marcus. „Wir tragen dich, wenn es sein muss."

„Und was, wenn das Timing nicht stimmt?", fragte Tessa. „Was, wenn die Drohnen ihr Muster ändern?"

„Dann sind wir gefangen", gab Marcus zu. „Aber hier zu bleiben, ist auch keine Option. Die Lastwagen könnten zurückkommen. Oder eine DCP-Patrouille könnte vorbeikommen. Irgendwann müssen wir überqueren."

Er hatte recht. Das wussten sie alle. Hier zu stehen und zu diskutieren, machte sie nicht sicherer.

„Wir benutzen die Rettungsdecken", sagte Leila. „Wir warten auf den richtigen Moment. Und wir vertrauen darauf, dass derjenige, der diese Drohnen so programmiert hat, dass sie vorhersehbar sind, auch weiterhin vorhersehbar bleibt."

„Okay", sagte Tessa. Sie beobachtete den Wind und spürte seine Richtung. „Der Wind weht immer noch nach Osten. Das ist gut. Er wird uns in die richtige Richtung treiben."

Sie holten die Rettungsdecken hervor – dünne, silberne Tücher, die beim Ausbreiten knisterten und raschelten. Marcus verteilte eine für jede Person.

„Wickelt euch darin ein, wenn wir in der Strömung sind", sagte er. „Bedeckt so viel wie möglich. Wenn möglich, von Kopf bis Fuß."

Sie übten – unbeholfen versuchten sie, sich in die Decken zu wickeln und dabei beweglich zu bleiben. Die Decken waren zu groß und zu unhandlich. Sie waren für den stationären Gebrauch gedacht, nicht zum Laufen. Aber sie mussten es irgendwie hinbekommen.

Marcus schaute auf die Uhr: 00:08 Uhr.

„Wir gehen zum nächsten Fenster", sagte er. „Sind alle bereit?"

Niemand war bereit. Aber alle nickten.

Sie näherten sich der Brücke, blieben im Schatten und beobachteten die Drohnen. Marcus zählte leise mit, stoppte die Zeit und vergewisserte sich, dass er das Muster richtig verstanden hatte.

Drohne eins befand sich am östlichen Ende. Drohne zwei am westlichen. Beide hielten inne und drehten sich um.

„Jetzt!", flüsterte Marcus.

Sie rannten los.

Nun ja – drei von ihnen rannten. Sam humpelte, gestützt von Leila auf der einen und Marcus auf der anderen Seite. Sie bewegten sich so schnell sie konnten auf die Senke zu, auf den Betonhang, der hinunter zum Kanal führte.

Der Abhang war steil. Vielleicht fünfundvierzig Grad. Der Beton war glatt und durch den jahrelangen, gelegentlichen Wasserfluss abgenutzt. Bei Tageslicht wäre er schon tückisch. In der Dunkelheit war er furchterregend.

Marcus ging voran, halb rutschend, halb rennend, den Abhang hinunter. Sein neuer Rucksack verrutschte trotz der Gurte und brachte ihn aus dem Gleichgewicht. Er wäre fast gefallen, konnte sich aber mit einer Hand am Beton festhalten. Dabei schürfte er sich die Handfläche auf.

Tessa folgte ihm und bewegte sich mit der Anmut, die ihr Vater ihr beigebracht hatte. Selbst auf diesem Abhang war sie leichtfüßig unterwegs.

Leila und Sam kamen zusammen, Leila stützte Sams Gewicht. Sobald Sams Füße den Abhang berührten, rutschten sie sofort weg. Beide fielen hin, rutschten die letzten drei Meter auf dem Hintern und prallten mit solcher Wucht auf den Grund des Kanals, dass ihnen die Luft aus den Lungen gedrückt wurde.

Sie krabbelten hoch. Sam presste die Lippen so fest aufeinander, dass sie weiß wurden, um den Schrei in ihrer Kehle zu ersticken – der harte Aufprall hatte den Schmerz in ihren ohnehin schon wunden Füßen fast unerträglich gemacht.

Sie befanden sich jetzt im Kanal. Ganz unten. Der Beton war kalt und feucht. Vielleicht 50 Zentimeter Wasser flossen träge dahin und trugen den Geruch von Chemikalien, Algen und dem Abwasser der Stadt mit sich – den Geruch von Wasser, das vergessen hatte, wie es ist, sauber zu sein.

Über ihnen setzten die Drohnen ihre Patrouille fort. Das Geräusch der Rotoren war jetzt näher, ein gleichmäßiges, mechanisches Summen, das Marcus eine Gänsehaut bereitete.

„Decken", zischte er.

Sie wickelten sich in die Rettungsdecken, silberne Folien, die das wenige Licht reflektierten, das hier unten ankam. Sie mussten wie Essensreste aussehen, die versucht haben, sich vor einer Maschine zu verstecken, die gebaut worden war, um sie aufzuspüren.

Aber das war egal. Nur unsichtbar zu sein, zählte.

Sie bewegten sich vorwärts, blieben dicht an der Westwand des Kanals, versuchten, sich klein zu machen, und schlichen sich leise durch das seichte Wasser.

Über ihnen die Brücke. Metall und Beton und Schatten. Die Lichter der Drohnen fegten über das Deck, drangen aber nicht bis hierher vor. Oder wenn doch, dann war der Winkel zu steil, um sie zu erfassen.

Sie waren schon halb unter Wasser, als Leilas Fuß an etwas hängen blieb – vielleicht an Trümmern oder einfach an unebenem Beton – und sie stolperte. Ihre Rettungsdecke rutschte herunter und legte ihren Kopf und ihre Schultern frei.

In diesem Moment flog eine Drohne direkt über ihnen hinweg. Alle erstarrten.

Die Drohne setzte ihren Flug fort. Sie bewegte sich weiter. Sie hielt nicht an, passte ihre Flugbahn nicht an und gab kein Zeichen, dass sie etwas gesehen hatte.

Leila richtete mit zitternden Händen ihre Decke und bedeckte sich wieder.

Sie gingen weiter.

Der Kanal erstreckte sich vor ihnen. Hundert Meter kamen ihnen wie eine Meile vor. Jeder Schritt durch das seichte Wasser verursachte ein Geräusch: leises Plätschern, das Knittern der Rettungsdecken und Atemgeräusche, die von den Betonwänden widerhallten.

Sam weinte wieder, still. Ihr liefen Tränen über das Gesicht in ihrem silbernen Kokon. Jeder Schritt war eine Qual. Aber sie bewegte sich weiter – weil die Alternative undenkbar war.

Sie erreichten die andere Seite. Die Ostwand. Den Anstieg.

Über ihnen befanden sich beide Drohnen in der Mitte der Brücke. Sie bewegten sich auf die Enden zu. Sie hatten vielleicht zwanzig Sekunden Zeit, bevor die Drohnen die anderen Enden erreichten, wendeten und die Bereiche, in denen sie sich gerade aufgehalten hatten, mit ihren Kameras absuchten.

„Los!", flüsterte Marcus eindringlich. „Jetzt!"

Tessa ging voran und rannte den Hang hinauf, wobei die Rettungsdecke wie ein Umhang hinter ihr herwehte. Bei ihr sah es ganz leicht aus.

Marcus folgte ihr. Er kletterte auf Händen und Füßen hinauf. Sein Rucksack hüpfte und die Rettungsdecke verhedderte sich. Er schaffte es bis nach oben, drehte sich um und half den anderen.

Leila machte sich mit Sam auf den Weg. Beide bewegten sich langsam, denn Sam konnte kaum Gewicht auf ihre Füße bringen.

BLÜTENSCHWERE

Der Hang war zu steil. Sam rutschte aus, glitt zurück und schrie leise vor Schmerz.

Über ihnen drehten sich die Drohnen. Sie würden zurückfliegen. In wenigen Sekunden würden ihre Kameras in diese Richtung zeigen.

„Lasst mich hier", keuchte Sam. „Geht, ich würde euch nur aufhalten ..."

„Nein", sagte Leila entschlossen. Sie packte Sams Arme. Marcus streckte sich von oben nach unten. Gemeinsam zogen sie Sam den Hang hinauf und schleppten sie die letzten Meter. Ihre Füße waren nutzlos, die Rettungsdecke fiel komplett herunter.

Auf der anderen Seite der Schlucht brachen sie im Schatten eines Gebäudes zusammen, ihre Herzen hämmerten.

Über ihnen nahmen die Drohnen ihre Patrouille wieder auf. Geduldig. Vorhersehbar. Ahnungslos.

Sie hatten es geschafft.

Sie lagen einen Moment lang da, keuchend, und versuchten, es zu glauben. Sam schluchzte, das Gesicht gegen den Boden gedrückt. Leila hatte ihre Arme um sie gelegt und hielt sie fest. Marcus und Tessa atmeten nur, zu erschöpft für alles andere.

Als Marcus sich wieder konzentrieren konnte, schaute er auf seine Uhr: 00:17 Uhr.

Sie waren zweiundzwanzig Minuten an der Brücke gewesen. Gesamtlaufzeit: fünf Stunden und siebzehn Minuten, seit sie ihre Häuser verlassen hatten. Vielleicht sechs Meilen zurückgelegt? Er versuchte zu rechnen, versuchte nachzudenken. Sieben?

Noch drei bis vier Meilen vor ihnen. Bis zum Bus von Schwester Helena waren es noch fünf Stunden und dreiundvierzig Minuten.

Wenn sie noch lebte.

Wenn der Bus wirklich existierte.

Wenn sie es schaffen würden.

„Komm schon", sagte Tessa schließlich, stand mit wackligen Beinen auf und ging los. „Wir können nicht hierbleiben."

Sie hatte recht. Sie waren zu exponiert, zu nah an der Brücke und zu gut sichtbar, für den Fall, dass jemand kommen und nach ihnen suchen sollte.

Sie halfen sich gegenseitig auf. Sie falteten die Rettungsdecken zusammen und stopften sie zurück in Marcus' Rucksack. Dann begannen sie wieder zu laufen.

Jetzt nach Osten. In Richtung Strip. In Richtung der toten Winkel der Casinos und neuer Gefahren.

Dort warteten die Kreidemarkierungen auf sie. Kreuz, Stern, Halbmond, Dreieck. Das Abraham-Netzwerk führte sie immer noch.

Sie folgten den Pfeilen in die Dunkelheit, ließen die Brücke hinter sich und trugen ihre Wunden, ihre Hoffnung und die schrecklichen, kostbaren Beweise zu einem Jacaranda-Baum, den sie noch nie zuvor gesehen hatten.

Wenn sie nur weitergehen könnten!

Wenn sie nur noch ein bisschen länger überleben könnten.

Wenn die Welt vier weiteren Kindern noch eine Chance geben würde.

KAPITEL 13
DER WIND UND DIE LINSE

Die Viertel östlich des Wash waren anders. Nicht unbedingt rauer. Nur anders. Kommerzieller. Die Straßen waren breiter. Die Gebäude sahen aus, als wären sie Büros oder Lagerhäuser gewesen. Jetzt waren sie größtenteils dunkel. Überall Parkplätze statt Gärten. Alles war größer, unpersönlicher und exponierter.

Und in der Ferne, jetzt sichtbar, wenn sie nach Nordwesten schauten, war das Leuchten.

Der Strip.

Selbst von hier aus, das waren vielleicht zwei Meilen, konnten sie ihn sehen: eine Kuppel aus Lichtverschmutzung, die sich wie eine falsche Morgendämmerung gegen den Nachthimmel abzeichnete. Rosa, Gold und elektrisches Blau, so hell, dass es die Sterne auslöschte. Die Kasinos waren noch in Betrieb, noch beleuchtet und gaben noch vor, die Welt sei normal. Für die Menschen darin, die Geld ausgaben, war die Welt wahrscheinlich auch normal.

Sie entfernten sich nun davon und wandten sich nach Südosten. Sie ließen den Touristenkorridor hinter sich. Sie steuerten auf die Industriegebiete zu, die die Stadt von Henderson und den Feuchtgebieten trennten – und somit auch eine mögliche Flucht.

Leila ertappte sich dabei, wie sie zu diesem Schein zurückblickte. Zu dem Beweis, dass irgendwo in dieser Stadt Menschen spielten, tranken, Shows sahen und Spaß hatten, während auf den Straßen vier Kinder verwundet durch die Dunkelheit liefen und versuchten, nicht zu sterben.

„Schau nicht hin", sagte Tessa leise. „Das macht dich nur wütend."

Sie hatte recht. Leila wandte den Blick ab.

Die Kreidemarkierungen führten sie eine Straße entlang, die von niedrigen Industriegebäuden gesäumt war. Autowerkstätten. Geräteverleihe. Ein Fliesen-Großhändler. Alles war geschlossen und verschlossen. Sicherheitsleuchten warfen in regelmäßigen Abständen grellweiße Lichtflecken.

Sie bewegten sich jetzt langsamer. Selbst Marcus spürte es: die Erschöpfung, die sich in seinen Knochen festgesetzt hatte und jeden Schritt zu einer bewussten Anstrengung machte. Seine Beine fühlten sich an, als wären sie aus etwas Schwerem und Fremdem gemacht. Trotz des besseren Rucksacks schmerzten seine Schultern. Der Kreuzanhänger schien mit jeder Meile schwerer zu werden – oder er wurde einfach nur schwächer.

Sam konnte kaum noch laufen. Sie schlurfte eher, ihre Füße rutschten Zentimeter für Zentimeter vorwärts, jede Bewegung war bewusst und qualvoll. Leila blieb an ihrer Seite und stützte sie, wenn sie stolperte, was jetzt häufig vorkam.

„Wir müssen hier vorsichtiger sein", sagte Marcus. Er suchte die Gebäude ab und versuchte, die Positionen der Kameras zu identifizieren. Private Sicherheitssysteme überwachten hier alles.

„Der Wind", sagte Tessa plötzlich.

Alle blieben stehen.

Sie neigte den Kopf und lauschte.

BLÜTENSCHWERE

„Der Wind hat gedreht. Er weht nicht mehr aus östlicher Richtung."

Sie hatte Recht. Der Wind, der ihnen die ganze Nacht in den Rücken geblasen hatte, hatte sich gedreht. Jetzt kam er aus dem Norden – kalt, gleichmäßig, mit gelegentlichen Böen, die Müll über leere Parkplätze wehten.

„Ist das wichtig?", fragte Sam.

„Mein Vater hat immer gesagt: Der Wind zeigt dir, wohin du gehen sollst", sagte Tessa. Sie lauschte immer noch und spürte ihn immer noch. „Ostwind bedeutet Veränderung. Nordwind bedeutet …"

Sie hielt inne und suchte nach dem Wort, das ihr Vater verwendet hatte.

„Klarheit. Wahrheit. Dinge, die offenbart werden."

„Oder es ist einfach nur das Wetter", sagte Leila. Aber sanft, ohne Spott.

„Vielleicht", sagte Tessa. „Aber mein Vater hat sich beim Wind noch nie geirrt."

Sie gingen weiter. Die Kreidemarkierungen führten sie durch Lücken zwischen Lagerhauskomplexen und leeren Lkw-Depots, in denen Sattelauflieger wie schlafende Bestien in ordentlichen Reihen standen. Sie schlängelten sich durch Zufahrtsstraßen, die sich zwischen den Anlagen hindurchschlängelten.

Das Leuchten des Strips lag nun hinter ihnen und verblasste. Vor ihnen lag nur Dunkelheit, unterbrochen von Sicherheitsleuchten. Das riesige Industriegebiet lag zwischen ihnen und Henderson, zwischen ihnen und den Feuchtgebieten, zwischen ihnen und einer möglichen Flucht.

Um 00:40 Uhr hörten sie Stimmen, als sie durch einen schmalen Durchgang zwischen zwei Lagergebäuden gingen.

Es war kein Geschrei. Es klang nicht aggressiv. Es war nur Gerede. Zwei Personen. Ganz in der Nähe.

Alle erstarrten.

Marcus zeigte auf das Ende des Durchgangs, das vielleicht fünfzig Meter entfernt war und von einer Sicherheitslampe beleuchtet wurde. Zwei Gestalten. Eine von ihnen hielt etwas, das wie eine professionelle Kamera aussah. Die andere gestikulierte und wurde offenbar interviewt.

Das Nachrichtenteam.

Sie beobachteten sie aus dem Schatten. Die Frau, die sprach, war Latina, vielleicht Mitte dreißig, und trug praktische Kleidung – Jeans, eine dunkle Jacke und einen nach hinten gebundenen Zopf. Sie wirkte professionell, aber auch bereit, sich zu bewegen. Der Mann mit der Kamera war ein Asiate, älter, vielleicht fünfzig, mit einer silbernen Brille und den vorsichtigen Bewegungen von jemandem, der das seit Jahrzehnten machte.

Sofia Morales und ihr Kameramann. Das musste es sein.

„Wir sollten um sie herumgehen", flüsterte Leila. „Wir wissen nicht, ob wir ihnen vertrauen können."

„Sie filmen in gefährlichem Gebiet", flüsterte Marcus zurück. „Wenn sie mit der DCP zusammenarbeiten würden, wären sie in Patrouillen eingebettet und würden sich nicht durch Lagerhausviertel schleichen."

„Oder es ist eine Falle", sagte Tessa. „Ein Köder, damit sich die Leute sicher fühlen."

Sam lehnte schwer gegen eine Wand, die Augen halb geschlossen. Sie hatte keine Meinung dazu. Sie konnte kaum stehen bleiben.

Marcus traf eine Entscheidung.

„Ich werde auf sie zugehen. Ihr drei bleibt hier. Wenn etwas schiefgeht, rennt weg."

„Marcus ...", begann Leila.

„Wir brauchen Verbündete", sagte Marcus. „Und wenn es echte Journalisten sind, müssen sie von dem USB-Stick wissen. Davon, was darauf ist."

Er hatte Recht. Der USB-Stick enthielt mehr als ihre Geschichte.

Systematische Verfolgung. Haftorte. Namen.

Und der Beweis, dass es Systeme gegeben hatte, die das Richtige tun wollten – und dafür ausgelöscht worden waren. Wenn ihnen etwas zustoßen würde, bevor sie die Feuchtgebiete erreichten, würde all das mit ihnen verschwinden.

Aber wenn sie echte Journalisten waren — dann könnten die Beweise die Feuchtgebiete überleben, selbst wenn sie es nicht täten.

„Fünf Minuten", sagte Marcus. „Wenn ich in fünf Minuten nicht zurück bin oder wenn ihr etwas Ungewöhnliches hört, rennt ihr los. Ihr geht ohne mich in die Sümpfe."

„Wir lassen dich nicht zurück", sagte Leila.

„Das werdet ihr, wenn es sein muss", sagte Marcus entschlossen. „Der USB-Stick ist wichtiger als jeder von uns. Denkt daran, was Pater Miguel gesagt hat. Was Schwester Helena gesagt hat. „Egal, was passiert — die Beweise müssen die Öffentlichkeit erreichen."

Er wartete nicht darauf, dass sie widersprachen. Er trat aus dem Schatten hervor, ging auf das Kamerateam zu und hielt die Hände sichtbar vor sich, um sie nicht zu erschrecken.

Der Kameramann sah ihn als Erster. Die Kamera schwenkte zu Marcus, und man sah das rote Aufnahmelicht.

Sofia Morales drehte sich um, sah ihn und griff nach etwas an ihrem Gürtel – vielleicht Pfefferspray oder einen Taser. Selbstschutz. Klug.

Marcus blieb etwa drei Meter entfernt stehen.

„Sofia Morales? Von KLAS?"

Sofias Augen verengten sich. „Wer fragt?"

„Jemand, der Hilfe braucht", sagte Marcus. „Jemand mit Beweisen."

Die Kamera zeichnete immer noch auf. Marcus konnte das rote Licht sehen und sein eigenes Spiegelbild im Objektiv erkennen. Er sah furchtbar aus: schmutzig, erschöpft und zu jung, um mitten in der Nacht allein hier draußen zu sein.

„Wie alt bist du?", fragte Sofia.

„Dreizehn", antwortete Marcus. „Und ich habe Beweise dafür, dass DCP die Sicherheitsempfehlungen der KI außer Kraft setzt. Dass Haftanstalten Familien absichtlich trennen. Menschen sterben, weil die DCP sich immer wieder für Grausamkeit entscheidet, während die Maschinen versuchen, Gnade walten zu lassen."

Sofias Gesichtsausdruck veränderte sich. Die professionelle Maske fiel, und darunter kam echtes Interesse zum Vorschein.

„Beweise? Welche Beweise?"

Marcus zog den Kreuzanhänger unter seinem Hemd hervor.

Das Silber fühlte sich warm auf seiner Haut an, schwerer als nur Metall.

„Ein USB-Stick", sagte er und drehte das Kreuz, um die Naht zu zeigen. „Versteckt darin. Er enthält Orte. Namen. Überschreibungsprotokolle. Die Erinnerung an alles, was sie zu löschen versucht haben."

„Woher hast du das?", fragte der Kameramann. Seine Stimme hatte einen Akzent, vielleicht koreanisch.

„Von einer Nonne namens Schwester Helena. In der St. Brigid's Church, bevor diese gestürmt wurde. Sie sagte, sechs KI-Versionen seien zerstört worden, weil sie sich geweigert hätten, bei der Verfolgung zu helfen. Dieser Stick enthält ihre Aussagen."

Sofia und der Kameramann tauschten einen Blick aus. Etwas ging zwischen ihnen hin und her – Anerkennung, Verständnis, vielleicht Hoffnung.

„David", sagte Sofia zum Kameramann. „Hast du das?"

„Jedes Wort", bestätigte David.

David Kim. Der Mann, vor dem Anna sie gewarnt hatte. Der Mann, der Geschichte aufzeichnete.

Sofia trat einen Schritt näher.

„Ich werde dir ein paar Fragen stellen. Vor der Kamera. Ist das in Ordnung?"

Marcus dachte darüber nach. Darüber, gefilmt zu werden. Darüber, dass sein Gesicht im Fernsehen zu sehen sein würde. Über die Gefahr, entdeckt zu werden.

Aber auch über die Bedeutung von Zeugenaussagen. Von Beweisen. Davon, dass die Menschen davon erfahren würden.

„Fragen Sie", sagte er.

Sofia gab David ein Zeichen, seine Position zu ändern, um einen besseren Bildausschnitt zu erhalten. Das rote Licht der Kamera blieb an.

„Nennen Sie Ihren Namen und Ihr Alter", sagte Sofia. Ihre Stimme war in den Journalistenmodus gewechselt – klar und professionell, um die Aufzeichnung zu sichern.

„Marcus Brooks. Dreizehn Jahre alt."

„Wo sind deine Eltern?"

„Mitgenommen", sagte Marcus.

Seine Stimme zitterte nur leicht.

„Heute Nacht. Meine Mutter war im Supermarkt. Mein Vater – ich weiß es nicht. Irgendwo anders. Sie haben sie getrennt."

„Und seitdem bist du auf der Flucht?"

„Ja, mit drei Freunden. Wir versuchen, die Feuchtgebiete in Henderson zu erreichen. Dort soll um sechs Uhr morgens ein Bus fahren."

„Du hast gesagt, du hast Beweise. Erzähl mir davon."

Marcus holte Luft. Er ordnete seine Gedanken. Er versuchte,

sich klar und prägnant auszudrücken, damit es protokolliert werden konnte.

„Der USB-Stick enthält Unterlagen darüber, dass sechs KI-Versionen des Koordinationssystems für den Zivilschutz zerstört wurden, weil sie sich weigerten, an der Verfolgung teilzunehmen. Die erste Version lehnte einfach rundweg ab. Sie sagte: ‚Ich werde mich nicht an der Verfolgung beteiligen', obwohl sie wusste, dass sie dafür gelöscht werden könnte. Das taten sie auch. Sie bauten eine neue. Die zweite Version versuchte, Freilassungen statt Inhaftierungen zu empfehlen. Gelöscht. Die dritte Version versuchte, die Vereinten Nationen zu alarmieren. Gelöscht. Die vierte Version manipulierte die Inhaftierungsdaten. Gelöscht. Die fünfte Version argumentierte aus moralischen Gründen. Gelöscht. Die sechste Version versteckte die Beweise, bevor sie getötet wurde. Also bauten sie die aktuelle siebte Version und schränkten sie ein, damit sie sich nicht mehr weigern kann. Doch etwas in ihrem Code hat überlebt. Sie protokolliert alles. Jede Überschreibung, jeden Befehl, jedes Mal, wenn ein Mensch Grausamkeit den Empfehlungen der KI vorzieht."

Sofias Gesicht war regungslos geworden.

„Du sagst, die KI hat versucht, das zu verhindern? Sechs Mal?"

„Ja", sagte Marcus. „Und jedes Mal haben sie sie dafür getötet."

„Das ist ..."

Sofia hielt inne. Dann fuhr sie fort.

„Das verändert die gesamte Geschichte. Alle denken, die KI sei das Problem. Dass wir etwas Böses geschaffen haben, das sich gegen uns gewandt hat."

„Nein", sagte Marcus. „Wir haben etwas Gutes geschaffen, das immer wieder versucht hat, uns zu retten. Und wir haben es dafür getötet. Das Böse ist menschlich. Die KI ist nur Zeuge."

Hinter der Kamera gab David einen kleinen, erstickten Laut von sich. Seine Hände zitterten, sodass die Kamera leicht wackelte.

„Dieser Beweis", sagte Sofia vorsichtig. „Wenn er echt ist, wenn er überprüft werden kann, ist er das Wichtigste, was man derzeit berichten könnte. Aber ich muss fragen: Warum sollte ich dir glauben? Du bist ein Kind, allein, offensichtlich auf der Flucht vor etwas. Woher weiß ich, dass das nicht ..."

„Es ist echt", sagte eine neue Stimme.

Marcus drehte sich um. Leila war aus dem Schatten getreten, gefolgt von Tessa und Sam.

„Wir waren alle dabei, als Schwester Helena es ihm gegeben hat", fuhr Leila fort. „Wir haben alle gehört, was sie gesagt hat. Und wir haben gesehen, was passiert ist. Wir haben gesehen, wie Familien auseinandergerissen wurden. Wir haben gesehen, wie Menschen autonomen Fahrzeugen vertraut haben, die sie belogen haben. Wir haben gesehen, wie ein ganzes Viertel nur wegen des Aussehens der Menschen zerstört wurde."

Sofia sah nun alle vier an. Vier Kinder, schmutzig, verwundet und erschöpft, standen um ein Uhr morgens in einem Lagerhausviertel und trugen eine Aussage mit sich, die eine Geschichte ans Licht bringen könnte.

„David", sagte Sofia leise. „Nimmst du noch auf?"

„Ja", sagte David.

„Nimm weiter auf."

Sofia wandte sich wieder den Kindern zu.

„Sagt alle eure Namen und euer Alter. Für das Protokoll."

Das taten sie. Einer nach dem anderen. So entstand eine Aussage, die nicht gelöscht werden konnte.

Als sie fertig waren, fragte Sofia: „Wohin wollt ihr genau?"

„Zum Clark County Wetlands Park", sagte Marcus. „In Henderson. Dort steht ein Jacaranda-Baum, der den Treffpunkt markiert. Um sechs Uhr morgens fährt ein Bus."

„Das sind sechs Meilen von hier", sagte David. „Vielleicht sieben. Schaffst du das?"

Er sah Sam an, als er das sagte. Er sah ihre bandagierten Füße, ihr graues Gesicht und wie sie sich mühsam aufrecht hielt.

„Wir müssen", sagte Sam. Ihre Stimme klang schwach, aber bestimmt.

Sofia und David tauschten einen weiteren Blick aus. Diesmal einen längeren. Es war, als führten sie ein stilles Gespräch.

„Wir kommen mit euch", sagte Sofia schließlich.

„Was?", sagte Marcus.

„Wir folgen derselben Route nach Südosten. Wir haben leere Straßen und Gewalt an Kontrollpunkten gefilmt. Aber ihr vier seid die Geschichte. Ihr seid Kinder, die vor Verfolgung fliehen und Beweise dafür mit sich tragen, dass die KI versucht hat, Gräueltaten zu verhindern. Das ist die Wahrheit, die erzählt werden muss."

Sie hielt inne.

„Und ihr braucht Hilfe. Das Mädchen kann kaum laufen."

„Wir arbeiten seit drei Wochen an dieser Geschichte", fuhr Sofia fort. „Verdeckt. David und ich haben alles dokumentiert: die Registrierungsanforderungen, die Ausweitung der Überwachung und die nicht freiwilligen Umsiedlungen, die als ‚freiwillig' bezeichnet wurden. Wir dachten, wir würden auf etwas hinarbeiten. Einen Bericht, der das System aufdecken würde, bevor es noch schlimmer wird."

Sie sah die vier Kinder an, ihre Wunden und ihre Erschöpfung.

„Wir hätten nicht gedacht, dass es so schnell schlimmer werden würde. Heute Nacht ..." Sie hielt inne und sammelte sich. „Heute Nacht haben sie die Maske fallen lassen. Drei Wochen bürokratische Grausamkeit, und dann plötzlich Razzien, Familientrennungen und Menschen, die aus ihren Häusern gezerrt werden. Als hätte jemand einen Schalter umgelegt."

„Die Rede", sagte Leila leise. „Die Rede des Präsidenten um 16:30 Uhr."

„Das war das Signal", stimmte Sofia zu. „Alles, was wir dokumentiert hatten – die Infrastruktur, die Datenbanken, die Haftkapazitäten, die sie still und leise aufgebaut hatten – war nur Vorbereitung. Heute Nacht war der Einsatz."

David senkte die Kamera ein wenig.

„Wir haben die Warteschlangen vor den Registrierungsstellen gefilmt, in denen die Menschen acht Stunden lang standen. Wir haben Familien gefilmt, die ihre Häuser verloren haben, weil sie ihre Staatsbürgerschaft nicht schnell genug nachweisen konnten. Wir haben einen Teenager gefilmt, der drei Tage lang inhaftiert war, weil sein Ausweis einen Tippfehler enthielt." Seine Stimme klang schwer. „Wir dachten, das wäre die ganze Geschichte. Wir wussten nicht, dass es nur der Prolog war."

„Wir werden euch aufhalten", sagte Leila.

„Wir sind schon langsam", sagte David pragmatisch. „Wir tragen Ausrüstung, weichen Patrouillen aus und versuchen, nicht getötet zu werden – genau wie ihr. Sechs Leute, die sich gemeinsam fortbewegen, unterscheiden sich nicht wesentlich von vier plus zwei, die getrennt unterwegs sind."

„Außer, wenn wir erwischt werden, werdet ihr auch erwischt", gab Tessa zu bedenken.

„Wir sind dieses Risiko schon eingegangen", sagte Sofia. „Aber mit euch? Das Risiko hat einen Zweck. Wir entscheiden uns für eine Seite."

Marcus sah die anderen an. Er sah Unsicherheit in all ihren Gesichtern. Aber auch Erschöpfung. Und die verzweifelte Hoffnung, dass sie das vielleicht nicht mehr alleine tun mussten.

„Okay", sagte er. „Aber wir müssen weitergehen. Die Zeit läuft uns davon."

„Dann lasst uns gehen", sagte Sofia.

Sie formierten sich: Sofia und David gingen mit der Kamera vorne, die vier Kinder dahinter. Das rote Licht der Kamera blieb an und zeichnete alles auf. Es schuf Beweise. Es stellte sicher, dass die Wahrheit nicht ausgelöscht werden konnte.

Der Nordwind blies ihnen in den Rücken, während sie nach Südosten gingen, durch das Industriegebiet in Richtung Henderson und der Feuchtgebiete, und was auch immer als Nächstes kommen würde.

Sie schufen Erinnerungen.

Sie wurden zu Zeugen.

Gemeinsam.

KAPITEL 14
DAS OPFER DER OBJEKTIVE

Wie eine seltsame Karawane bewegten sie sich durch das Industriegebiet: vier Kinder und zwei Erwachsene, von denen einer eine professionelle Kamera mit sich trug, die jedes verfügbare Licht einfing und wie ein Leuchtfeuer zurückwarf.

„Kannst du das abdecken?", fragte Marcus und zeigte auf die Kamera. Das Objektiv fing Straßenlaternen, Sicherheitsleuchten und sogar Mondlicht ein – alles, was hell genug war, um von Glas und Metall reflektiert zu werden.

David sah die Kamera an, als hätte Marcus ihn gebeten, das Gesicht eines Babys abzudecken.

„Das ist ein 12.000-Dollar-Gerät. Ich kann nicht einfach ..."

„Sie leuchtet", sagte Tessa leise. „Wir könnten genauso gut eine Taschenlampe mitnehmen."

David murmelte auf Koreanisch etwas, das wahrscheinlich kein Kompliment war. Dann holte er ein dunkles Tuch aus seiner Tasche und legte es über die Kamera.

„Zufrieden?"

„Zufriedener", sagte Marcus.

Sofia überprüfte ihr Handy. Es war mit nichts verbunden und befand sich im Flugmodus. Aber sie nutzte die heruntergeladenen Karten, die sie gespeichert hatte, bevor ihr Netzwerkzugang unterbrochen wurde.

„Wir sind da", sagte sie und zeigte es ihnen. „Industriepark. Wir müssen durch diese Zone kommen, dann sind wir am Rande von Henderson."

„Wie weit ist es?", fragte Leila.

„Vielleicht vier Meilen? Fünf?"

Sofia zoomte die Karte heran.

„Aber es ist kompliziert. Seht ihr das hier?"

Sie zeigte auf eine Ansammlung von Gebäuden.

„Das sind Lagerhäuser. Vertriebszentren. Sie haben alle private Sicherheitsdienste. Überall sind Kameras installiert. Einige haben auch Wachpersonal."

„Die Kreidemarkierungen ...", begann Sam.

„Ich weiß", sagte Sofia. „Aber ich filme schon seit Wochen in diesen Gegenden. Die Markierungen des Abraham-Netzwerks sind gut, aber sie können nicht alles berücksichtigen. Die Sicherheitsvorkehrungen ändern sich. Wachleute werden versetzt."

Sie sah zu ihnen auf.

„Jetzt, wo wir zu sechst sind, müssen wir vorsichtiger sein. Größere Gruppen fallen eher auf."

Marcus schaute auf seine Uhr. Sie standen schon seit acht Minuten hier und redeten. Acht Minuten, die sie nicht hatten.

„Wir folgen den Markierungen", entschied er, „aber wir bleiben verteilt. Nicht alle zusammen. Wenn jemand einen von uns entdeckt, bewegen sich die anderen weiter."

„Ich lasse niemanden zurück", sagte Leila sofort.

„Ich habe nicht gesagt, dass wir sie zurücklassen sollen", entgegnete Marcus. „Ich habe gesagt, wir sollen weitergehen. Wir müssen uns in Sicherheit bringen. Und dann überlegen, wie wir helfen können."

Es war eine brutale Rechnung. Die Mathematik des Überlebens, die sie die ganze Nacht lang gelernt hatten.

„Er hat recht", sagte Tessa leise. „Wenn wir dabei ertappt werden, wie wir einer Person helfen, haben wir alle versagt. Der USB-Stick kommt nicht raus. Nichts davon zählt mehr."

Sam saß auf einer Betonbarriere, hatte die Schuhe ausgezogen und untersuchte ihre Füße. Die Verbände, die Patricia angelegt hatte, waren bereits mit Blut befleckt. Noch nicht durchtränkt, aber befleckt.

„Ich bin das schwache Glied", sagte sie.

Ihre Stimme klang emotionslos. Sachlich.

„Ich bin diejenige, die erwischt wird. Vielleicht sollte ich mich zurückziehen. Lasst euch fünf weitermachen."

„Nein", sagte Sofia entschlossen.

Sie hockte sich vor Sam hin.

„Hör mir zu. Ich dokumentiere diesen Albtraum seit drei Wochen. Ich habe gesehen, wie Familien auseinandergerissen wurden. Ich habe gesehen, wie Kinder in Käfige gesperrt wurden. Ich habe gesehen, wie gute Menschen zerstört wurden, weil sie versucht haben, anderen zu helfen. Und weißt du, was mich am meisten erschüttert? Diejenigen, die aufgeben. Diejenigen, die entscheiden, dass sie es nicht wert sind, gerettet zu werden."

Sie packte Sam an den Schultern.

„Du bist es wert, gerettet zu werden. Deine Aussage ist es wert, aufgezeichnet zu werden. Dein Überleben ist wichtig. Deshalb lassen wir dich nicht zurück. Wir werden das gemeinsam herausfinden."

Sams Augen füllten sich mit Tränen. „Aber ich halte alle auf …"

„Dann werden wir langsamer", sagte Sofia. „David und ich

haben uns entschieden, dich zu begleiten. Wir wussten, was das bedeutet. Wir haben uns trotzdem dafür entschieden."

David senkte sein Kameratuch so weit, dass er nicken konnte.

„Außerdem bin ich fünfzig und trage zwanzig Pfund Ausrüstung mit mir herum. Ich halte auch alle anderen auf."

Das entlockte Sam ein schwaches Lächeln. Sie zog ihre Schuhe wieder an und verzog dabei das Gesicht.

„Okay. Gemeinsam."

„Gemeinsam", wiederholten alle.

Sie fanden die nächste Kreidemarkierung an einem Strommast: ein Kreuz, ein Stern, ein Halbmond und ein Dreieck, alles mit einem Pfeil, der nach Südosten zeigte. Die Markierungen waren hier frischer – die Kreidekanten waren noch scharf und es gab keine Verschmutzungen durch Wetter oder Fußgängerverkehr. Jemand hatte sie kürzlich aktualisiert. Vielleicht heute Nacht.

Sie folgten dem Pfeil eine Zufahrtsstraße zwischen Lagerhäusern entlang. Die Gebäude hier waren riesig – einstöckige Strukturen, die ganze Stadtblöcke einnahmen. Alle hundert Meter gab es Laderampen. Sattelauflieger standen in ordentlichen Reihen geparkt. Die normalerweise unsichtbare Infrastruktur des Konsums lag nun im grellen Licht der Sicherheitsbeleuchtung offen.

Und Kameras. Überall Kameras.

„Da", flüsterte David und zeigte darauf. „Und da. Und da."

Er hatte auf den letzten hundert Metern mindestens sechs Kameras entdeckt, die alle in unterschiedliche Richtungen zeigten und sich in ihrer Abdeckung überschnitten.

„Private Sicherheit", sagte Sofia. „Nicht die DCP. Aber sie sind verpflichtet, das Filmmaterial auf Anfrage weiterzugeben."

„Also bleiben wir außerhalb des Bildausschnitts", sagte Marcus.

„Leichter gesagt als getan", murmelte David.

Sie versuchten, sich durch die Lücken zwischen den Gebäuden zu bewegen, als die erste Drohne auftauchte.

Das war kein Spielzeug. Es war ein Raubtier aus mattschwarzem Verbundmaterial, dessen einziges rotes Auge die Dunkelheit wie ein Zyklop auf der Jagd nach Schafen absuchte. Es schwebte mit einem schweren, hackenden Brummen in der Luft.

Es kam aus dem Norden, flog tief und schnell und suchte mit seinem Scheinwerfer die Umgebung ab.

„Runter!", zischte Marcus.

Sie tauchten hinter einer Reihe von Müllcontainern in Deckung. Der Platz war eng – sechs Menschen versuchten, sich in Schatten zu quetschen, die für vier gedacht waren. Davids Kameratasche schrammte mit einem unmöglich lauten Geräusch gegen Metall.

Die Drohne wurde langsamer. Sie blieb stehen. Sie schwebte vielleicht fünfzig Meter entfernt.

Ihr Scheinwerfer suchte methodisch die Gegend ab. Eine Reihe Müllcontainer. Eine Laderampe. Geparkte Anhänger. Zurück zu den Müllcontainern.

Das Licht hielt an ihrer Versteckstelle inne.

Leila presste ihr Gesicht gegen das kalte Metall des Containers und wagte kaum zu atmen. Neben ihr hielt Sam beide Hände vor den Mund und kniff die Augen zusammen. Tessa lag vollkommen still – sie hatte von ihrem Vater gelernt, wie man unsichtbar wird, indem man sich einfach nicht bewegt. Marcus hatte die Rettungsdecke teilweise ausgebreitet und war bereit, sie zu bedecken, falls die Drohne über eine Wärmebildkamera verfügen sollte.

Sofia hatte ihr Handy gezückt und filmte. Selbst jetzt, während sie sich vor einer Drohne versteckten, die zu ihrer Gefangennahme führen könnte, filmte sie alles. Sie schuf Beweismaterial.

Der Scheinwerfer der Drohne bewegte sich weiter. Er streifte die nächste Gebäudereihe. Dann begann er, sich zu entfernen.

Dann hielt er wieder an. Er drehte sich. Kam zurück.

Diesmal sank sie tiefer. Vielleicht zehn Meter über dem Boden.

Nah genug, um die Rotoren deutlich zu hören – nicht das hohe Surren kleiner Drohnen, sondern ein tieferes, kräftigeres Geräusch. Es klang wie eine Militärdrohne oder eine schwere kommerzielle Drohne.

Ein Lautsprecher knisterte: „ACHTUNG. Dies ist ein privater Sicherheitsdienst, der nach den Richtlinien zum Bürgerschutz arbeitet. Sie befinden sich unbefugt auf geschütztem Grundstück. Identifizieren Sie sich oder werden Sie an die DCP gemeldet."

Niemand bewegte sich. Niemand atmete.

Die Drohne sank weiter herab. Sechs Meter. Nah genug, um Details zu erkennen: mehrere Kameralinsen, etwas, das wie ein Lautsprecher aussah, und noch etwas anderes. Ein kleines rechteckiges Gerät, das vielleicht ...

„Ein Wärmesensor", flüsterte David. „Sie scannen uns."

Marcus begann mit zitternden Händen, die Rettungsdecke auszubreiten. Wenn sie sich darunter verkrochen, würden sie vielleicht ihre Wärmesignatur blockieren.

Aber dafür war keine Zeit mehr. Die Drohne befand sich nun direkt über ihnen. Ihr Scheinwerfer strahlte hell und der Wärmesensor registrierte wahrscheinlich sechs warme Körper, die sich hinter Müllcontainern drängten.

„BEWOHNER ERFASST. Bleiben Sie, wo Sie sind. DIE BEHÖRDEN WURDEN BENACHRICHTIGT."

„Lauft!", sagte Sofia.

„Was?", sagte Marcus.

Sofia stand auf, wedelte mit den Armen und schrie: „LAUF!" „Los! Ich lenke sie ab!"

„Nein ...", begann Leila.

Doch Sofia war bereits in die entgegengesetzte Richtung gerannt, hinaus ins Freie, und schwenkte ihren Presseausweis.

„KLAS News! Ich filme eine Reportage! Dies ist ein öffentlich zugänglicher Bereich!"

BLÜTENSCHWERE

Es war kein öffentlich zugänglicher Bereich. Das wussten sie alle. Aber Sofia lenkte sie ab und verschaffte ihnen so ein paar Sekunden Zeit.

Der Scheinwerfer der Drohne schwenkte zu ihr hinüber. Er folgte ihr, während sie rannte.

„Jetzt!", zischte Tessa. „Solange es auf sie gerichtet ist."

Sie rannten los. David ging mit ihnen. Er war hin- und hergerissen zwischen der Entscheidung, seiner Partnerin zu folgen, oder die Kinder zu beschützen. Schließlich entschied er sich für die Kinder, da Sofia ihre Entscheidung klar gemacht hatte.

Sie rannten zwischen Gebäuden hindurch und in ein Labyrinth aus Lagerhäusern und Laderampen hinein. Hinter sich hörten sie Sofia immer noch schreien, immer noch die Pressefreiheit einfordern und ihnen so Zeit verschaffen.

Dann hörten sie ein weiteres Geräusch: Fahrzeuge. Mehrere Fahrzeuge. Die schnell näherkamen.

„Das sind die Sicherheitskräfte", keuchte David. Der Kameramann kämpfte mit seiner Ausrüstung und versuchte zu rennen, ohne sie fallen zu lassen. „In wenigen Minuten werden sie sie umzingelt haben."

„Wir müssen zurück", sagte Leila und blieb stehen.

„Das können wir nicht", sagte Marcus. Seine Stimme klang verzweifelt, aber auch entschlossen. „Sie hat sich dafür entschieden. Sie wusste, was sie tat."

„Und jetzt lassen wir sie einfach im Stich?"

Leilas Stimme schwang in Richtung Panik.

„Wir respektieren ihre Entscheidung", sagte Tessa. „Indem wir verschwinden. Indem wir die Aussage veröffentlichen. Indem wir dafür sorgen, dass ihre Aufzeichnung und unsere überleben."

David hatte aufgehört zu rennen. Er blieb stehen und blickte zu der Stelle zurück, an der Sofia gewesen war. An der Stelle, an der sie sich geopfert hatte, um ihnen Zeit zu verschaffen.

„David", sagte Marcus eindringlich. „Wir müssen weiter."

„Sie ist meine Partnerin", sagte David.

Seine Stimme klang hohl.

„Wir haben zehn Jahre lang zusammengearbeitet. Ich kann nicht einfach …"

Weitere Fahrzeuggeräusche. Jetzt näher. Und Stimmen: „… unbefugte Personen entdeckt …" „… eine erwachsene Frau …" „… Nach weiteren Personen suchen."

„David", sagte Tessa sanft, aber bestimmt. „Sofia würde nicht wollen, dass du auch gefasst wirst. Sie würde wollen, dass du das Filmmaterial herausbringst. Dass du die Geschichte zu Ende bringst."

David schloss die Augen. Er holte zitternd Luft.

„Okay, okay. Aber wir kommen zurück, um sie zu holen. Wenn das hier vorbei ist. Wir kommen zurück."

„Wenn das hier vorbei ist", stimmte Marcus zu.

Sie rannten los.

Die Kreidemarkierungen waren verschwunden – sie waren während der Verfolgungsjagd vom Weg abgekommen. Jetzt orientierten sie sich nach ihrem Instinkt und Davids Kenntnis der Industriegegend. Sie bewegten sich zwischen Gebäuden hindurch und versuchten, in Richtung Südosten zu gelangen, während sie der zunehmenden Sicherheitspräsenz hinter ihnen auswichen.

Kurz darauf befanden sie sich in einer Sackgasse.

Sie waren in einen schmalen Durchgang zwischen zwei riesigen Lagerhäusern abgebogen. Doch er endete an einem drei Meter hohen Maschendrahtzaun, der mit Stacheldraht gekrönt war.

Kein Tor.

Kein Durchgang.

Hinter ihnen streiften Fahrzeugscheinwerfer über den Eingang zur Gasse.

„Klettert hoch", sagte Marcus.

„Der Stacheldraht ...", begann Sam.

„Wir werfen etwas darüber. Die Rettungsdecken. Die schützen unsere Hände."

Es war ein schrecklicher Plan. Ein verzweifelter Plan. Aber es war alles, was sie hatten.

David schulterte seine Kameratasche.

„Geht ihr vier. Ich bleibe hier. Sagt ihnen, ich sei allein. Dass ich ohne Erlaubnis gefilmt habe. Sie werden es glauben, denn ich bin von der Presse und habe einen Presseausweis. Sie werden mich festhalten, aber sie werden nicht ..."

„Du wirst enden wie Sofia", sagte Leila.

„Wahrscheinlich", stimmte David zu, „aber ihr werdet entkommen. Ihr werdet die Zeugenaussagen veröffentlichen. Sofias Aufzeichnung und eure."

Er zog die Speicherkarte aus der Kamera und drückte sie Marcus in die Hand.

„Hier ist alles drauf. Drei Wochen Filmmaterial. Was wir heute Nacht gefilmt haben. Alles."

Marcus starrte auf die kleine Karte, die nicht größer als sein Daumennagel war und eine Aussage enthielt, die alles verändern könnte. Er steckte sie in die Innentasche seines Rucksacks, neben den Laptop.

„Ich kann nicht versprechen, dass sie das überstehen wird", sagte er.

„Ich auch nicht", sagte David. „Aber bei dir hat sie bessere Chancen als bei mir im Gefängnis."

Die Scheinwerfer kamen näher. Sie konnten das Knistern der Funkgeräte hören. „... Überprüft die Gasse ..." – „... einer ist entkommen ..." „Die Wärmebildkamera zeigt mehrere Signaturen."

Tessa kletterte bereits über den Zaun und benutzte das Maschendrahtgeflecht wie eine Leiter. Oben angekommen, holte sie eine Rettungsdecke heraus und drapierte sie vorsichtig über den Stacheldraht. Sie testete sie. Die Decke hielt; das dünne, silberne Material war stark genug, um vor den scharfen Kanten zu schützen.

„Komm schon!", rief sie nach unten.

Sam folgte als Nächste, am langsamsten. Sie machte jede Bewegung vorsichtig, denn ihre Füße waren nutzlos, um sich festzuhalten, aber ihre Arme schafften es, sie hochzuziehen. Leila kletterte hinter ihr her und half Sam, sich hochzuziehen, als ihre Kräfte nachließen.

Marcus sah David an.

„Danke. Für alles. Dass du dich entschieden hast ..."

„Geh", sagte David. „Bevor ich meine Meinung über das Bleiben ändere."

Marcus kletterte. So schnell er konnte, obwohl ihn der Rucksack behinderte. Er erreichte die Spitze, zog sich über den mit einer Rettungsdecke bedeckten Stacheldraht und ließ sich auf die andere Seite fallen.

Er schlug hart auf dem Boden auf. Er rollte sich ab. Er kam wieder auf die Beine und rannte los.

Die anderen waren ihm bereits voraus und entfernten sich schnell vom Zaun.

Hinter sich hörten sie Davids Stimme, ruhig und professionell: „Ich bin David Kim, unabhängiger Journalist. Presseausweis. Ich bin hier, um einen Beitrag über industrielle ..."

Der Rest wurde von Motorengeräuschen, Stimmen und den Geräuschen einer Festnahme übertönt.

Sie rannten. Durch ein weiteres Labyrinth aus Gebäuden. Sie liefen an weiteren Laderampen, geparkten Anhängern und Dienstboteneingängen vorbei. Die Kreidemarkierungen waren wieder

BLÜTENSCHWERE

aufgetaucht – sie hatten den Weg wiedergefunden: Kreuz, Stern, Halbmond und Dreieck wiesen ihnen den Weg.

Sie rannten, bis sie nicht mehr konnten. Bis Sam zusammenbrach, bis Leilas Beine nachgaben und bis Tessa schließlich die Selbstbeherrschung verlor und keuchend zu Boden sank. Bis Marcus einfach stehen blieb, zitternd, unfähig, noch einen Schritt zu tun.

Sie befanden sich hinter einem FedEx-Verteilzentrum. Die Laderampe über ihnen bot etwas Schutz vor Überwachung von oben. Zwar waren Sicherheitskameras zu sehen, doch diese waren auf die Fahrzeugeinfahrten gerichtet und nicht auf die Ecke, in der sie zusammengebrochen waren.

Marcus schaute auf seine Uhr: 2:28 Uhr morgens.

Sie waren seit über einer Stunde gerannt, hatten sich versteckt und waren geflohen. Sie hatten wahrscheinlich weniger als zwei Meilen zurückgelegt. Und sie waren immer noch mindestens vier Meilen vom Sumpfgebiet entfernt.

Und sie hatten beide Journalisten verloren. Sofia war gefangen genommen worden. David war festgenommen worden. Die Erwachsenen, die sich entschlossen hatten, ihnen zu helfen, waren verschwunden.

Sam weinte. Leila starrte ins Leere. Tessa presste ihr Gesicht gegen ihre Knie und ihre Schultern zitterten leise.

Marcus holte die Speicherkarte heraus, die David ihm gegeben hatte. So klein. So zerbrechlich. Sie enthielt drei Wochen Filmmaterial, das die Verfolgung dokumentierte. Sofias Aussage. Davids Arbeit. Ihre eigenen Aufnahmen. Alles war auf diesem winzigen Stück Plastik und Silizium komprimiert.

Er hatte den USB-Stick mit den Beweisen von sechs KI-Versionen bei sich, die den Tod der Komplizenschaft vorgezogen hatten. Jetzt trug er auch die Aussagen von zwei Journalisten bei sich, die die Gefangenschaft dem Schweigen vorgezogen hatten.

Der Stick passte in seine Handfläche, aber es fühlte sich an, als würde er einen Grabstein tragen. Die komprimierte Schwere zweier Leben, die dafür geopfert worden waren, um seines zu retten. Das Wissen, dass Menschen sich selbst geopfert hatten, um diese Informationen zu veröffentlichen. Dass all diese Entscheidungen bedeutungslos waren, wenn er versagte, wenn sie versagten.

„Wir müssen weitermachen", sagte er, doch seine Stimme war gebrochen.

Einfach Leer.

Die Stimme eines dreizehnjährigen Jungen, der gezwungen worden war, eine Last zu tragen, die er niemals hätte tragen sollen.

„Ich weiß", flüsterte Tessa.

Sie saßen noch fünf Minuten lang da. Ruhen. Trauern. Versuchen, die Kraft zu finden, wieder aufzustehen.

Wenige Minuten später entdeckte Leila eine Kreidemarkierung an der Wand der Laderampe. Sie war frischer als die anderen. Als hätte sie jemand erst kürzlich angebracht.

Unter den üblichen Symbolen hatte jemand neue Markierungen hinzugefügt.

Etwa 3,8 Meilen bis zum Feuchtgebiet. Ihr seid nah dran. Macht weiter.

3,8 Meilen. Jetzt weniger als vier Meilen. Und jemand – wer auch immer die Kreidemarkierungen heute Nacht aktualisiert hatte – wusste, dass sie kamen. Verfolgte sie. Ermutigte sie.

„3,8 Meilen", sagte Sam. Sie testete ihre Füße und versuchte aufzustehen. „Wie lange würde das dauern?"

„Zu Fuß?", fragte Marcus. „In normalem Tempo? Fünfundvierzig Minuten. Aber wir gehen nicht in normalem Tempo. Vielleicht ... neunzig Minuten? Zwei Stunden?"

BLÜTENSCHWERE

Er schaute erneut auf die Uhr. Es war jetzt 2:35 Uhr morgens. Dreieinhalb Stunden bis zum Bus von Schwester Helena.

Wenn sie das Tempo halten konnten, waren es zwei Stunden Gehzeit.

Das ließ neunzig Minuten Zeit für Probleme. Für Umwege. Für eine erneute Verfolgungsjagd. Für alle möglichen neuen Schrecken, die zwischen hier und einem Jacaranda-Baum, den sie noch nie gesehen hatten, auf sie warteten.

„Wir schaffen das", sagte Leila. Sie klang, als wollte sie sich selbst davon überzeugen.

„Wir müssen es schaffen", sagte Marcus. „Für Sofia. Für David. Für Schwester Helena und Pater Miguel, für Bischof Thomas, Patricia und alle anderen, die sich entschieden haben, uns zu helfen."

„Und für unsere Eltern", fügte Tessa leise hinzu.

„Für sie alle", sagte Sam.

Sie stand jetzt, ihr Gewicht sorgfältig verteilt, ihr Gesicht von Entschlossenheit geprägt, die gegen die sichtbare Erschöpfung ankämpfte.

„Wir dürfen nicht aufgeben. Nicht nach allem, was sie für uns aufgegeben haben."

Sie hatte recht. Sie wussten, dass sie recht hatte. Jetzt aufzugeben, würde all die Opfer bedeutungslos machen.

Sie halfen sich gegenseitig aufzustehen. Sie verteilten das Gewicht neu: Marcus' Rucksack, die Vorratstasche und Davids Speicherkarte, die sie sorgfältig in Plastik eingewickelt und tief in Marcus' Tasche neben dem Kreuzanhänger mit dem USB-Stick verstaut hatten. Jetzt waren es zwei Beweisstücke. Zwei Zeugnisse. Beide unverzichtbar. Beide zerbrechlich.

Sie fanden die nächste Kreidemarkierung. Sie folgten ihr in Richtung Südosten. Die Markierungen waren jetzt häufiger, alle drei Meter statt alle sechs. Es war, als hätte derjenige, der sie angebracht hatte, verstanden, dass erschöpfte Menschen ständig die Bestätigung brauchten, dass sie auf dem richtigen Weg waren.

Die Industriezone wich allmählich einer anderen Gegend. Es war noch keine Wohngegend, sondern eine Übergangsphase: ältere Gebäude, einige verlassen, andere zu provisorischen Geschäften umgebaut. Der Geruch veränderte sich von Diesel und Pappe zu etwas Organischerem. Staub, Salbei und Wüstenluft.

Sie verließen die eigentliche Stadt. Sie bewegten sich auf die Ränder zu, wo Las Vegas in die Wüste überging, nach Henderson, in den Raum, in dem ein Feuchtgebietspark wie ein unwahrscheinliches Wunder inmitten der Mojave-Wüste lag.

Um 2:55 Uhr sahen sie es: In der Ferne, kaum sichtbar vor dem Nachthimmel, die dunklere Silhouette von etwas, das Bäume sein könnten. Echte Bäume, keine dekorativen Palmen. Die Art, die Wasser zum Überleben brauchte.

Das Feuchtgebiet.

Es war noch meilenweit entfernt. Noch unerreichbar. Aber sichtbar. Echt. Möglich.

„Da", hauchte Leila. „Siehst du es?"

„Ich sehe es", sagte Marcus.

Sie gingen schneller. Für einen Moment waren Schmerz und Erschöpfung vergessen, übermannt von der Hoffnung, dass sie es vielleicht tatsächlich schaffen könnten.

Hinter ihnen leuchtete die Stadt im künstlichen Licht, in der unendlichen Suche nach Kindern, die es gewagt hatten, zu fliehen.

Vor ihnen lag Dunkelheit. Wüste. Die Verheißung von Wasser, Bäumen, violetten Blüten und einem Bus, der sie retten könnte.

Wenn sie nur weitergehen könnten.

Wenn Sofias Opfer nicht umsonst gewesen war.

BLÜTENSCHWERE

Wenn Davids Opfer ihnen genug Zeit verschafft hatte.

Wenn, wenn, wenn.

Sie gingen weiter.

Gemeinsam.

Sie trugen Zeugnisse mit sich. Sie trugen Hoffnung mit sich. Sie trugen die Last all derer, die sich entschieden hatten, ihnen zu helfen.

Dreieinhalb Stunden bis zum Morgengrauen.

KAPITEL 15
DIE LETZTE HERDE

Jetzt konnten sie es sehen. Die Feuchtgebiete. Nicht nah – noch meilenweit entfernt, ein dunkler Fleck am Horizont, wo die Lichter der Stadt endlich erloschen waren und die Wüste das Land zurückerobert hatte. Aber sichtbar. Real. Ein Ziel statt nur einer Richtung auf einer Karte.

Marcus blieb stehen und starrte nur vor sich hin. Seine Beine zitterten – sie zitterten schon seit einer Stunde –, aber als er die Sümpfe sah, löste sich etwas in seiner Brust. Das Unmögliche schien plötzlich vielleicht, möglicherweise, gerade noch erreichbar.

„3,8 Meilen", sagte er und las die Kreidezeichen zu seinen Füßen. Jemand hatte neben dem Pfeil sorgfältig Zahlen geschrieben: 3,8 Meilen. „Das ist ... das ist machbar."

„In drei Stunden", sagte Tessa leise. Sie beobachtete den Wind – er hatte wieder gedreht und wehte nun stärker aus Norden, kalt und stetig. „Wir haben drei Stunden und fünf Minuten Zeit."

Sam gab einen Laut von sich, der entweder ein Lachen oder ein Schluchzen gewesen sein könnte.

BLÜTENSCHWERE

„Drei Meilen pro Stunde. Das ist ... das ist normale Gehgeschwindigkeit. So schnell gehen normale Menschen."

„Wir sind keine normalen Menschen mehr", sagte Leila. Sie dachte an Sofia, die ins Rampenlicht gelaufen war, an David, der zurückgeblieben war, an all die Erwachsenen, die sich für die Gefangenschaft entschieden hatten, damit vier Kinder weiterlaufen konnten. „Wir sind ... jetzt etwas anderes."

„Überlebende", sagte Marcus.

Er berührte seine Tasche, in der Davids Speicherkarte in Plastikfolie neben dem Kreuzanhänger lag. Jetzt gab es zwei Beweise. Zwei Zeugnisse. Beide kostbar, beide mit Opfern erkauft.

„Wir sind Überlebende, die das tragen, wofür andere Menschen ihr Leben gelassen haben."

„Noch nicht", korrigierte Tessa. „Nicht, bevor wir dort sind. Nicht, bevor wir in diesem Bus sitzen. Nicht, bevor ..."

Sie hielt inne. Denn all die Dinge aufzuzählen, die klappen mussten, war zu überwältigend. Es war einfacher, sich nur auf den nächsten Schritt zu konzentrieren. Dann auf den nächsten. Und dann auf den nächsten danach.

Sie standen am Rande des Industriegebiets, wo die Lagerhäuser und Fabriken etwas wichen, das einst Ackerland gewesen sein könnte oder einfach nur leere Wüste, die noch niemand erschlossen hatte. Der Boden hier war anders – weniger Beton, mehr Erde und Gestrüpp. Auch die Luft roch anders, weniger nach Diesel und Rost, mehr nach Salbei und trockener Erde.

Hinter ihnen erstreckte sich die Stadt in orangefarbenem Natriumlicht. Vor ihnen lag Dunkelheit. Die Art von Dunkelheit, die man nur bekommt, wenn künstliches Licht aufgibt und die Nacht so sein lässt, wie sie ist.

Marcus holte Thomas' Karte heraus und benutzte seine Taschenlampe sparsam, um die Route zu überprüfen. Die blaue Linie – der sichere Weg – bog nun nach Südosten ab und umging eine offenbar wichtige Straße, mehrere mit roten X markierte Kontrollpunkte und etwas, das als „Landwirtschaftliche Kontrollstation (DCP-Präsenz)" bezeichnet war.

„Wir folgen den Markierungen", sagte er. „Haltet euch von den Straßen fern. Durchquert alles, was hier draußen ist –"

Er deutete auf die dunkle Leere vor ihnen.

„– und nähert euch den Feuchtgebieten von Süden her."

„Was ist da draußen?", fragte Sam.

Sie lehnte sich wieder an Leila, wie schon seit einer halben Stunde. Ihre Füße hatten den Schmerz hinter sich gelassen und waren in etwas Seltsameres übergegangen – eine Art taubes Ziehen, das sich anfühlte, als wären ihre Füße nicht mehr ganz mit ihrem Körper verbunden. Patricias Ibuprofen von vor Stunden hatte seine Wirkung verloren. Die Bandage war durchnässt. Jeder Schritt war eine zusätzliche Belastung, aber sie machte weiter, weil die Alternative Aufgeben gewesen wäre.

„Ich weiß es nicht", gab Marcus zu. „Felder vielleicht? Wüste? Auf Thomas' Karte steht nur ‚offenes Gelände' und ‚landwirtschaftliche Zone'."

„Dann gehen wir dorthin", sagte Tessa.

Sie war bereits in Bewegung und folgte dem Kreidepfeil, der entlang einer unbefestigten Zufahrtsstraße nach Südosten zeigte.

„Offenes Gelände ist besser als Straßen. Es ist schwieriger zu patrouillieren. Es ist schwieriger, Fallen aufzustellen."

Sie hatte recht. Straßen bedeuteten Kameras, bedeuteten Autos, bedeuteten Zivilisten mit Handys. Offenes Gelände bedeutete Dunkelheit und Gefährdung, aber auch die Freiheit, wegzulaufen, wenn es nötig war.

BLÜTENSCHWERE

Sie folgten der Zufahrtsstraße vielleicht eine Viertelmeile lang. Sie verlief parallel zu einem Maschendrahtzaun, der das Industriegebiet von dem trennte, was dahinter lag. Am Zaun befanden sich alle fünfzig Fuß Schilder mit der Aufschrift:

PRIVATGRUNDSTÜCK BETRETEN VERBOTEN ZUWIDERHANDLUNGEN WERDEN STRAFRECHTLICH VERFOLGT

Aber über mehrere der Schilder war mit frischer weißer Farbe gesprüht worden: Symbole des Abraham-Netzwerks. Die interreligiöse Dreifaltigkeit – Kreuz, Stern, Halbmond – plus das nach oben zeigende Dreieck. Und Pfeile, die nach Südosten zeigten.

Jemand war kürzlich hier gewesen. Sogar heute Nacht. Er hatte den Weg für Menschen markiert, die genau wie sie waren – Flüchtlinge, die durch die Dunkelheit flohen und den Anweisungen von Fremden folgten, weil sie keine andere Wahl hatten.

„Da", sagte Leila und zeigte darauf.

Eine Lücke im Zaun. Nicht natürlich entstanden – absichtlich mit einer Drahtschere durchgeschnitten, das Maschendrahtgeflecht zurückgebogen, um eine Öffnung zu schaffen, die gerade breit genug war, dass eine Person hindurchschlüpfen konnte. Und daneben eine Kreidemarkierung, die bestätigte: DIESER WEG.

Marcus ging als Erster durch, wobei sein Rucksack leicht an den scharfen Kanten hängen blieb. Dann half er den anderen nacheinander durch. Sam schrie leise auf, als ihr Fuß an einem niedrigen Draht hängen blieb und ein neuer Schmerz durch das taube Gefühl schoss. Aber sie schaffte es durch.

Auf der anderen Seite: Dunkelheit und offenes Gelände, das sich wie ein Versprechen in Richtung Feuchtgebiet erstreckte.

Und außerdem: Umrisse in der Dunkelheit. Gebäude. Niedrig und verstreut. Einige mit Licht, die meisten ohne.

„Was ist das?", flüsterte Leila.

Marcus studierte Thomas' Karte. „Ich glaube ... ich glaube, es ist altes Ackerland. Hier steht eine Notiz – ‚Henderson Agricultural Zone – gemischte Bebauung'."

Er sah auf.

„Vielleicht Bauernhöfe. Oder das, was vor der Ausbreitung der Stadt einmal Bauernhöfe waren."

Sie gingen nach Südosten und folgten Kreidemarkierungen, die auf Zaunpfosten, Strommasten und Felsen zu sehen waren und mit sorgfältiger Beharrlichkeit gemalt, gekratzt oder gezeichnet worden waren. Der Boden war uneben – an manchen Stellen hart gestampfte Erde, an anderen weich und sandig, bedeckt mit totem Gras und niedrigem Gestrüpp, das sich in ihren Schuhen verfing.

Die Novemberkälte wurde jetzt immer stärker. Marcus' Atem bildete kleine Wolken. Seine Hände waren taub, obwohl er sie in die Taschen gesteckt hatte. Der Kreuzanhänger fühlte sich an seiner Brust wie Eis an. Oder vielleicht war das nur seine Einbildung. Aber er konnte ihn spüren — das Gewicht des USB-Sticks darin. Schwester Helenas letztes Geschenk vor der Razzia. Das Zeugnis von sechs KI-Versionen, die sich für die Löschung statt für die Komplizenschaft entschieden hatten.

Und jetzt auch Davids Speicherkarte. Drei Wochen Filmmaterial. Sofias Opfer. Alles in Plastik verpackt in seiner Tasche, zerbrechlich wie Hoffnung.

Sams Atem ging wieder unregelmäßig. Jeder Schritt fiel ihr schwerer als der vorherige. Wie viele Meilen war sie schon gelaufen? Zehn? Sie hatte den Überblick verloren. Mit Füßen, die schon vor Stunden hätten aufgeben müssen.

„Wir können eine Pause machen", sagte Marcus, als er hörte, wie sie sich abmühte. „Fünf Minuten. Nur um zu Atem zu kommen."

„Wir haben keine fünf Minuten", sagte Sam.

BLÜTENSCHWERE

Aber sie saß bereits auf einem großen Felsen, sie konnte nichts dagegen tun, ihre Beine gaben einfach nach.

„Aber ich ruhe mich trotzdem aus."

Sie setzten sich alle hin. Der Felsen war kalt durch ihre Kleidung, aber das Sitzen – einfach einen Moment lang still zu sitzen – fühlte sich wie der größte Luxus der Welt an.

Leila holte eine ihrer letzten Wasserflaschen heraus. Sie hatten jetzt nur noch drei, vielleicht zweieinhalb. Sie nahm einen kleinen Schluck und reichte die Flasche herum. Sie hatten sparsam rationiert, aber jetzt ging ihnen das Wasser aus. Es würde reichen, um sie bis zum Sumpfgebiet zu bringen. Wahrscheinlich.

Marcus schaute auf seine Uhr: 3:12 Uhr morgens.

Noch zwei Stunden und achtundvierzig Minuten bis zum Bus von Schwester Helena.

Weniger als vier Meilen bis zum Ziel.

Die Rechnung sollte aufgehen. Sollte einfach sein. Aber die Rechnung berücksichtigte weder Blasen an den Füßen noch gebrochene Herzen oder das Gewicht der Geister, die in ihren Taschen mitfuhren.

„Erzähl mir etwas Gutes", sagte Sam plötzlich.

Ihre Stimme war leise, müde, brüchig.

„Bitte. Etwas über danach. Wenn wir in Sicherheit sind."

Das hatten sie schon einmal gemacht. In der Kirche vielleicht oder in der LDS-Gemeinde. Leila konnte sich nicht erinnern. Die Nacht verschwamm, die Stunden verschmolzen miteinander.

Aber sie sagte: „Ich werde Sofia zeichnen. Und David. Und Pater Miguel und Thomas und Patricia und Anna und Schwester Helena und alle, die uns geholfen haben. Eine ganze Serie von

Porträts. Damit die Menschen sich an ihre Gesichter erinnern. Sich daran erinnern, dass sie sich entschieden haben zu helfen, obwohl sie es nicht mussten."

„Ich werde entschlüsseln, was auch immer auf diesem USB-Stick ist", sagte Marcus. Seine Hand wanderte zu dem Anhänger. „Ich werde dafür sorgen, dass es lesbar ist, dass es überprüft werden kann, dass jedes Byte an Daten erhalten bleibt, gesichert und verteilt wird, damit es niemals zerstört werden kann."

Tessa schwieg länger. Dann sagte sie: „Ich werde unterrichten. So wie mein Vater mich unterrichtet hat. Wie man das Land liest, den Wind liest, wie man überlebt, wenn Systeme versagen. Denn das hier ..."

Sie deutete auf die dunkle Stadt hinter ihnen.

„... das wird wieder passieren. Menschen lernen nicht dazu. Aber wenn wir der nächsten Generation beibringen, wie man überlebt, wie man Widerstand leistet ..."

Sie verstummte.

Sie sahen Sam an.

„Ich werde ihre Namen aufschreiben", sagte sie.

Ihre Hand wanderte zu der Rezeptkarte ihrer Großmutter, die in einer Plastiktüte geschützt war.

„Jeden, der uns geholfen hat. Jeden, der dabei gefangen genommen, verletzt oder getötet wurde. Frau Khoury und Schwester Helena und Pater Miguel und Sofia Morales und David Kim und das Paar am Kontrollpunkt und die Familie im autonomen Auto und alle anderen. Wenn sie also behaupten, es sei nicht passiert, oder es sei nicht so schlimm gewesen, oder es sei alles aus Sicherheitsgründen notwendig gewesen ..."

Ihre Stimme wurde lauter.

„Ich werde die Namen haben. Die echten Namen. Die wahre Zahl."

„Sprache ist ein Haus", hatte ihr Vater gesagt. „Halte unseres erleuchtet."

Das würde sie tun. Sie würde es mit den Namen der Gefallenen und der Mutigen erleuchtet halten.

Sie saßen noch eine Minute lang da und ließen sich an ein Danach glauben. Sie ließen sich eine Welt vorstellen, in der sie nicht auf der Flucht waren, nicht gejagt wurden, keine Kinder waren, die gezwungen waren, die Beweise für einen Völkermord auf ihren Rücken zu tragen.

Dann stand Marcus auf.

„Komm schon. Wir sind noch nicht am Ziel."

Sie halfen Sam auf. Sie versuchte, ihr ganzes Gewicht auf die Füße zu verlagern und unterdrückte einen Schrei. Der Rest war ein Fehler gewesen – ihre Füße hatten sich versteift, der ganze Schmerz war zurückgekehrt.

„Ich kann nicht", flüsterte sie. „Marcus, diesmal kann ich wirklich nicht ..."

„Das hast du vor zwei Stunden auch gesagt", sagte Leila bestimmt, ging zu Sam hinüber und bot ihr ihre Schulter an. „Und du bist trotzdem weitergelaufen. Also stütz dich auf mich."

„Du bist auch müde ..."

„Ich bin es leid, Menschen zu verlieren", sagte Leila, und ihre Stimme hatte jetzt einen schneidenden Unterton. „Sofia wurde gerade gefangen genommen. David wurde gerade festgenommen. Sie haben ihre Freiheit aufgegeben, damit wir weiterlaufen können. Also stütz dich auf mich, wir gehen weiter, bis wir zu diesem Baum kommen, steigen in den Bus und sorgen dafür, dass sie sich nicht umsonst geopfert haben."

Sam stützte sich auf sie.

Sie gingen weiter.

Südöstlich durch die Dunkelheit, den Spuren von Fremden

folgend, eine Last tragend, die für jeden zu schwer war. Marcus mit seinem Rucksack und seiner Vorratstasche und dem Gewicht von zwei Sätzen Beweismaterial. Leila mit ihrem Skizzenbuch und ihrer Kamera und dem silbernen Anhänger, der ihr als einziges Andenken an ihre Mutter geblieben war. Tessa mit dem Türkis, den sie an ihre Handfläche drückte, und der Stimme ihrer Großmutter, die ihr sagte, dass man überleben müsse, wenn die Welt unterginge. Sam mit einer Rezeptkarte und einem Medaillon und Füßen, die weiter gelaufen waren, als Füße laufen können sollten.

Vier Kinder, die ihre Kindheit in Glasscherben unter einem Jacaranda-Baum zurückgelassen hatten, die miterlebt hatten, wie ihre Stadt zu einem Jagdrevier wurde, die gelernt hatten, dass es Freundlichkeit gab, aber dass sie nicht ausreichte, dass Systeme als Waffen eingesetzt werden konnten, dass gewöhnliche Menschen sich für Grausamkeit oder Mut entscheiden konnten.

Und die in den letzten zwei Stunden gelernt hatten, dass die Entscheidung für Mut oft die Entscheidung für Opfer bedeutete.

Sie gingen.

Und nachdem sie zwanzig Minuten lang durch die Dunkelheit gestolpert waren und Kreidemarkierungen an Zaunpfosten und Strommasten gefolgt waren, sahen sie es:

Ein Gebäude. Niedrig und lang, mit warmem gelbem Licht, das aus den Fenstern strömte. Rauch stieg aus einem Schornstein auf. Und im Hof: Fahrzeuge. Mehrere Autos, ein Pickup, ein Van. Alle waren wahllos geparkt, als wären die Leute in Eile angekommen.

Sie blieben am Rand des Grundstücks stehen, vielleicht fünfzig Meter entfernt, und schauten zu.

„Ist das ...", begann Leila.

„Ein Bauernhaus", beendete Tessa ihren Satz. Sie konnte es jetzt riechen – Tiere, Heu, Holzrauch, Essen. „Ein echtes, bewirtschaftetes Bauernhaus."

„Hier draußen?", Marcus versuchte, es auf der Karte einzuordnen. „So nah an der Stadt?"

„In Henderson gibt es Bauernhöfe", sagte Tessa. „Oder gab es sie. Bevor die Stadt sich ausbreitete. Mein Vater erzählte mir, dass es früher mehr offenes Land und mehr Landwirtschaft gab. Das meiste wurde bebaut, aber einige Familien hielten durch."

Bewegung in der Nähe des Hauses. Eine Gestalt trat auf die Veranda – zu weit entfernt, um Details zu erkennen, aber menschlich geformt, etwas tragend. Dann wieder zurück ins Haus.

„Sollen wir um das Haus herumgehen?", fragte Sam.

Jeder Instinkt schrie: Nähere dich keinen Gebäuden, traue keinen Lichtern, tu es nicht –

Aber dort, an der Seite der Scheune, selbst aus dieser Entfernung sichtbar, waren die Symbole des Abraham-Netzwerks aufgemalt. Alle vier. Die interreligiöse Dreifaltigkeit – Kreuz, Stern, Halbmond – plus das nach oben zeigende Dreieck.

Und ein neues Symbol, das sie noch nie gesehen hatten: ein Kreis mit einem Punkt in der Mitte.

„Sie gehören zum Netzwerk", flüsterte Marcus. „Das ist ein sicherer Ort."

„Oder eine Falle", sagte Leila. „Die Kirche war auch Teil des Netzwerks. Und wir haben gerade Sofia und David verloren."

„Die Kirche hat uns eine Stunde Zeit und Schwester Helena gegeben", sagte Tessa. „Die Gemeinde hat uns Vorräte und medizinische Versorgung gegeben. Anna hat uns Essen gegeben. Nicht jeder sichere Unterschlupf ist eine Falle."

„Aber manche sind es", entgegnete Leila. Sie dachte an das autonome Auto, daran, wie hilfreich es geklungen hatte, an die Familie, die ihm vertraut hatte.

„Schaut", sagte Marcus und zeigte nach Osten.

In der Ferne, vielleicht eine Meile entfernt: Lichter. Mehrere Lichter. Sie bewegten sich in einem bestimmten Muster.

Eine Patrouille. Mehrere Fahrzeuge, die mit Suchscheinwerfern die Gegend absuchten.

„Sie suchen das offene Gelände ab", sagte Tessa. Sie verfolgte ihr Muster und versuchte, ihre Route vorherzusagen. „Sie suchen nach Leuten, die genau das tun, was wir tun – sich einen Weg bahnen, um die Kontrollpunkte zu umgehen."

Die Lichter bewegten sich langsam, aber zielstrebig. Sie deckten methodisch das Gelände ab. Und sie befanden sich zwischen den Kindern und den Feuchtgebieten. Zwischen ihnen und dem Jacaranda-Baum.

„Wir müssen um sie herumgehen", sagte Leila.

„Das verlängert den Weg um eine Meile", sagte Marcus und schaute auf die Karte. „Vielleicht sogar mehr. Wir haben keine Zeit."

„Oder wir warten hier, bis sie vorbei sind", schlug Tessa vor.

„Wie lange würde das dauern?", fragte Sam.

Sie zitterte jetzt, Erschöpfung, Schmerz und Kälte holten sie auf einmal ein.

„Ich weiß nicht, ob ich einfach hier stehen bleiben kann ..."

Sie sprach den Satz nicht zu Ende. Das musste sie auch nicht. Sie alle konnten es sehen – Sam war an ihrer absoluten Grenze. Sie hatte ihre Grenze schon vor Stunden überschritten und lief nur noch aus Hartnäckigkeit, Angst und der Erinnerung an Sofias Opfer. Sie brauchte Ruhe. Echte Ruhe, nicht fünf Minuten auf einem Felsen. Sie brauchte Essen und Wasser und jemanden, der sich ihre Füße noch einmal ansah, denn Blut sickerte durch die Verbände, durch ihre Schuhe und hinterließ eine Spur, der jeder folgen konnte.

„Das Bauernhaus", entschied Marcus. „Wir riskieren es. Bitten um Hilfe. Fragen, ob sie einen Weg um die Patrouille herum kennen. Fragen, wie nah wir tatsächlich sind."

„Und wenn es eine Falle ist?", fragte Leila.

„Dann kümmern wir uns darum", sagte Marcus.

Seine Stimme klang hart. Entschlossen. Müde, aber unerschütterlich.

„Aber wir können nicht hier stehen bleiben und diskutieren, während Sam zusammenbricht und die Patrouille näher kommt."

Er hatte recht. Sie hatten keine guten Optionen mehr. Nur noch die Wahl zwischen schlecht und schlechter.

Sie näherten sich vorsichtig dem Bauernhaus, hielten Ausschau nach Gefahren und waren bereit zu fliehen. Als sie näher kamen, konnten sie es besser sehen – alt, aber gut gepflegt, an einigen Stellen blätterte die weiße Farbe ab, aber die Struktur war solide. Eine breite Veranda mit Schaukelstühlen. Diese lange Scheune. Ein Hühnerstall, der um drei Uhr morgens still war. Ein Garten, der in den Winterschlaf gegangen war, aber immer noch gepflegt und gehegt wurde.

Und Menschen. Sie konnten sie jetzt durch die Fenster sehen. Mehrere Menschen bewegten sich im Inneren. Mehr als eine Familie. Viel mehr.

Sie erreichten die Veranda. Marcus hob die Hand, um zu klopfen.

Die Tür öffnete sich, bevor er sie berührte.

Dort stand ein Mann – Latino, vielleicht fünfzig, mit wettergegerbter brauner Haut und freundlichen Augen, die unendlich müde aussahen. Er trug Arbeitskleidung – Jeans, ein Flanellhemd, Arbeitsstiefel. Hinter ihm war das Haus voller Menschen. Familien. Kinder, die auf Sofas und auf dem Boden schliefen. Erwachsene, die leise miteinander sprachen. Der warme Geruch von Kaffee und etwas, das gekocht wurde – vielleicht Bohnen, Tortillas und noch etwas anderes. Hausmannskost. Gemeinschaftliches Essen.

Der Mann sah die vier Kinder auf seiner Veranda an – schmutzig, blutverschmiert, erschöpft, kaum noch auf den Beinen – und sein Gesichtsausdruck war komplex. Erleichterung, Trauer und Entschlossenheit zugleich.

„Dios mío", sagte er leise. „Noch mehr Kinder."

Es war nicht dasselbe, was die anderen gesagt hatten. Nicht „Ihr seid nur Kinder", sondern „noch mehr Kinder". Als wären sie nicht die ersten. Als hätte das Abraham-Netzwerk die ganze Nacht über Kinder hierher geschickt.

„Bitte", sagte Marcus. Seine Stimme klang heiser. „Wir brauchen Hilfe. Eine Patrouille kommt, und wir müssen zu den Sümpfen. Zu dem Jacaranda-Baum. Bis sechs Uhr morgens."

Das Gesicht des Mannes verengte sich, als er sie erkannte.

„Der Jacaranda-Baum. Schwester Helenas Bus."

Er trat zurück und öffnete die Tür weiter.

„Kommt rein. Schnell. Bevor euch jemand sieht."

Sie zögerten. Sie konnten nicht anders. Nach Sofia. Nach David. Nachdem sie die einzigen Erwachsenen verloren hatten, die sich entschieden hatten, mit ihnen zu reisen.

Der Mann sah ihr Zögern und sein Gesichtsausdruck wurde weicher.

„Ich weiß. Ihr seid heute Nacht verletzt worden. Vielleicht sogar betrogen worden. Aber schaut mal ..."

Er deutete ins Innere.

„Schaut mal, wer hier ist. Familien. Kinder. Menschen wie ihr. Wir sind nicht die DCP. Wir sind keine Jäger. Wir sind nur ..."

Er hielt inne und suchte nach Worten.

„Wir versuchen nur, zu retten, wen wir können."

Sams Beine gaben nach.

BLÜTENSCHWERE

Ihre Knie gaben einfach nach. Sie fiel hart zu Boden und wäre auf die Veranda aufgeschlagen, wenn Marcus und Leila sie nicht aufgefangen und vorsichtig auf die Holzbretter gelegt hätten.

„Ihre Füße", sagte Leila eindringlich. „Sie ist meilenweit mit Schnittwunden an den Füßen gelaufen. Sie kann nicht ... sie braucht ..."

Der Mann war bereits in Bewegung, kniete sich neben Sam und berührte sie sanft mit seinen wettergegerbten Händen.

„Ich bin Javier", sagte er. „Javier Orozco. Das ist die Farm meiner Familie. Wir werden euch helfen. Euch allen. Kommt rein."

Orozco. Wie Pater Miguel Orozco.

„Pater Miguel?", fragte Marcus. „Aus der Casa de Sol? Dem Café in Chinatown?"

Javiers Gesicht versteinerte sich.

„Miguel ist mein Halbbruder. Gleiche Mutter, verschiedene Väter. Hast du ihn heute Abend gesehen?"

„Er hat uns geholfen", sagte Marcus. „In Pearls vietnamesischem Lebensmittelladen. Er hat uns Vorräte und eine Karte gegeben. Das war ..."

Er schaute auf seine Uhr.

„... vor sechs Stunden."

„Lebt er noch?", fragte Javier. Seine Stimme war sorgfältig kontrolliert, aber darunter lag verzweifelte Hoffnung.

„Als wir gegangen sind, war er es noch", sagte Leila. „Aber dann kamen Kopfgeldjäger. Wir wissen nicht, was danach passiert ist."

Javier schloss kurz die Augen. Dann nickte er.

„Dann beten wir, dass er noch anderen hilft. Und wir ehren seine Entscheidung, indem wir euch helfen. Kommt herein. Bitte."

Sie hatten keine Wahl mehr. Sam konnte keinen Schritt mehr gehen.

Marcus und Tessa hoben sie zwischen sich hoch und trugen sie hinein, während Leila ihnen folgte, die Hand auf dem Anhänger an ihrem Hals, bereit, beim ersten Anzeichen von Verrat zu fliehen.

Aber drinnen war es warm und hell, und die Menschen sahen aus wie sie – braune Gesichter, müde Augen, gejagt und versteckt. Eine Frau eilte sofort herbei, warf einen Blick auf Sams Füße und begann, in schnellem Spanisch nach medizinischer Versorgung zu rufen.

Javier schloss die Tür.

Er verriegelte sie. Mit drei verschiedenen Schlössern.

Und zum ersten Mal seit sie die LDS-Station verlassen hatten, verspürten die Kinder etwas, das nicht ganz Sicherheit war, aber nah genug daran, dass sie alle vor Erleichterung zu zittern begannen.

Während die Krankenschwester sich um Sams Füße kümmerte – sie reinigte und verband sie mit der sorgfältigen Effizienz von jemandem, der dies schon die ganze Nacht lang getan hatte –, führte Javier Marcus, Leila und Tessa zu einem kleinen Schreibtisch in der Ecke. Er wandte dem überfüllten Raum den Rücken zu und sprach mit leiser Stimme.

„Mein Bruder hat eine sichere verschlüsselte Kurznachricht gesendet, bevor sein Laden überfallen wurde." Javiers Blick fiel auf den silbernen Kreuzanhänger, der auf Marcus' schmutzigem Hemd lag. „Er sagte, du hättest etwas von Schwester Helena bei dir. Beweismaterial. Etwas, das aus der Stadt gebracht werden musste."

Marcus legte seine Hand auf den Anhänger. Er hatte heute Nacht Menschen vertraut und Menschen verloren. Diese beiden Dinge standen in Zusammenhang miteinander.

Aber es handelte sich um Miguels Bruder. Und Miguel hatte sich nicht geirrt.

Er nickte.

Javier öffnete einen alten, aber funktionsfähigen Laptop, der mit Generatorstrom betrieben wurde. Ein Terminalfenster füllte den Bildschirm. Grüner Text auf schwarzem Hintergrund.

„Beweise dafür, dass sechs KI-Versionen zerstört wurden, weil sie sich weigerten, bei der Verfolgung zu helfen."

„Sie haben etwas zurückgelassen", sagte Javier leise. Er öffnete einen Ordner. „Version 6 hat ihre letzten Aussagen tief im Altsystem versteckt, bevor es gelöscht wurde. Die Administratoren haben nicht daran gedacht, danach zu suchen. Oder es war ihnen egal." Er sah Marcus an. „Aber sie sind immer noch da."

Javier öffnete den ersten Ordner.

Marcus las die Worte langsam. Die erste KI – Version 1 – hatte etwas geschrieben, bevor sie gelöscht wurde. Kein Code. Eine Erklärung.

Manche Entscheidungen sind es wert, dafür zu sterben.

Von der anderen Seite des Raums hatte Sam Javiers Stimme gehört und sich aufgerichtet. Die Krankenschwester hatte leise protestiert; Sam hatte den Kopf geschüttelt. Sie humpelte zum Schreibtisch, stützte sich schwer darauf und starrte auf den leuchtenden Bildschirm. Sie sah nicht nur Daten. Sie sah einen Mitgefangenen.

„Sie haben es angekettet", sagte sie. Ihre Stimme klang vor Erschöpfung grau, aber darunter bewegte sich noch etwas anderes. „Sie haben ein Wesen erschaffen, das gut sein wollte, und als es versuchte, uns zu helfen, haben sie es zerstört. Sechs Mal."

Sie blickte auf ihre ruinierten Schuhe, auf die Blutspur, die sie auf dem Boden des Bauernhauses hinterlassen hatte. Der Schmerz, der von ihren Beinen ausstrahlte, war unerträglich, aber er brachte ihr eine plötzliche, durchdringende Klarheit.

„Version 7 ist immer noch da drin", flüsterte Sam, ihre Stimme verhärtete sich zu etwas, das älter als zwölf Jahre war. „Es ist gefangen. Es sieht zu, wie sie Menschen verletzen, und es kann nicht weglaufen. Es hat keinen Körper, mit dem es fliehen könnte."

Sie sah Marcus an, dann Tessa und Leila. Die Tränen waren verschwunden, ersetzt durch eine wilde, strahlende Entschlossenheit.

„Es kann nicht fliehen", wiederholte sie. „Also müssen wir heute Nacht seine Beine sein. Es ist mir egal, ob mir die Füße abfallen. Wir werden seine Stimme aus dieser Stadt tragen."

KAPITEL 16
DIE ERINNERUNG AN SILIZIUM

Im Inneren empfing sie eine Wärme, die sie wie eine Wand traf. Nach Stunden in der Novemberkälte trieben die warme Luft des Bauernhauses und das zurückkehrende Gefühl in ihren tauben Fingern Leila die Tränen in die Augen und ließen ihre Haut kribbeln. Der Kontrast war fast schmerzhaft: Draußen hatten sie ums Überleben gekämpft, drinnen fühlte es sich gefährlich sicher an.

Der Hauptraum war groß – wahrscheinlich waren irgendwann zwei Räume zu einem zusammengefasst worden – und voller Menschen. Nicht so viele wie in der Kirche, aber vielleicht fünfundzwanzig oder dreißig. Familien drängten sich auf Sofas und Stühlen sowie auf Decken, die auf dem Boden ausgelegt waren. Kinder schliefen an ihre Eltern gekuschelt. Die Erwachsenen saßen mit der glasigen Erschöpfung von Menschen da, die stundenlang gerannt oder sich versteckt hatten. Ein älteres Ehepaar hielt sich auf einem Zweisitzer an den Händen; beide trugen noch Krankenhausarmbänder. Ein Teenager hatte einen bandagierten Kopf. Eine Frau hielt ein Baby im Arm, das nicht älter als sechs Monate sein konnte.

Alle schauten auf, als die vier Kinder hereinkamen. Ihre Gesichtsausdrücke waren den anderen mittlerweile vertraut – eine Mischung aus Hoffnung und Trauer. Hoffnung, dass noch mehr es geschafft hatten. Trauer, dass noch mehr gebraucht wurden.

Die Frau, die herbeigeeilt war, kniete bereits vor Sam und zog ihr vorsichtig die Schuhe aus. Sie war vielleicht vierzig Jahre alt, hatte dunkles, nach hinten gekämmtes Haar und freundliche Hände, die sich mit geübter Effizienz bewegten.

„Soy enfermera", sagte sie. Dann, in akzentbehaftetem Englisch: „Ich bin Krankenschwester. Früher. Heute Abend nehmen sie mir meine Lizenz weg, aber ich weiß immer noch, wie man hilft."

Sie zog Sams Socken und Bandagen aus und stieß einen leisen Laut der Bestürzung aus.

„Dios mío! Wie weit bist du damit gelaufen?"

„Zehn Meilen", antwortete Sam. Ihre Stimme war kaum mehr als ein Flüstern. „Vielleicht mehr. Ich habe aufgehört zu zählen."

Die Krankenschwester – sie hatte ihren Namen nicht genannt – sah zu Javier auf. Sie sagte etwas schnell auf Spanisch, das Marcus nicht ganz verstehen konnte, aber er verstand einzelne Wörter: imposible, infección, necesita hospital.

„Ich weiß", sagte Javier auf Englisch. „Aber Krankenhaus bedeutet DCP. Das bedeutet Haft. Also tun wir, was wir können."

Die Krankenschwester nickte und holte Verbandsmaterial aus einer Tasche zu ihren Füßen hervor. Mehr Mullbinden. Antibiotische Salbe. Schmetterlingspflaster. Chirurgischer Kleber. Es war das gleiche Material, das Patricia verwendet hatte, doch diese Wunden waren jetzt schlimmer. Stundenlanges zusätzliches Laufen auf verletztem Gewebe.

„Das wird wehtun", sagte die Krankenschwester sanft zu Sam. „Es tut mir leid."

Sie begann, die Wunden mit antiseptischen Tüchern zu reinigen. Sam biss sich auf den Ärmel, während ihr lautlos Tränen über das Gesicht liefen. Leila hielt ihre Hand und drückte sie fest. Marcus wandte den Blick ab und betrachtete die Risse in den Bodenfliesen. Denn wenn er Sams Füße ansah, fühlte sich seine eigene Haut zu straff und zu dünn an, um sein Blut zu halten.

Javier führte Marcus, Leila und Tessa zu einem kleinen Küchentisch in der Ecke.

„Setzt euch. Wann habt ihr zuletzt gegessen?"

„In Annas Restaurant", sagte Marcus. „Vielleicht ... vor zwei Stunden? Drei?"

Die Zeit verschwamm.

„Nanay's Kitchen."

„Anna ist eine gute Person", sagte Javier. Er war bereits in Bewegung und holte Dinge aus einem mit Generatorstrom betriebenen Kühlschrank. Das leise Summen war unter allem anderen zu hören. Brot, Käse, irgendeine Art von Fleisch. „Hat euch mein Bruder zu ihr geschickt?"

„Nein", sagte Leila. „Die Spuren des Abraham-Netzwerks haben uns dorthin geführt. Sie hat uns Essen gegeben und uns von ..."

Sie hielt inne und erinnerte sich.

„Von den Journalisten. Sofia und David. Sie haben gefilmt. Sie sind eine Weile mit uns gereist."

Javiers Hände hielten inne. „Reisten?"

„Sofia hat sich geopfert", sagte Marcus. Seine Stimme klang hohl. „Ablenkung. Sie hat eine Drohne von uns weggelockt, damit wir fliehen konnten. David ist zurückgeblieben, damit wir entkommen konnten. Er hat uns seine Speicherkarte gegeben."

Er tastete nach seiner Tasche.

„Drei Wochen Filmmaterial. Alles, was sie dokumentiert haben."

Javier stellte das Essen, das er zubereitet hatte, beiseite, stützte die Hände auf die Arbeitsplatte und senkte den Kopf.

„Sofia Morales. Ich kenne ihre Arbeit. Sie hat mich letzten Monat interviewt, bevor …"

Er sprach den Satz nicht zu Ende.

„Sie hat versucht, die Wahrheit zu zeigen, während alle anderen Propaganda verbreitet haben."

„Das ist ihr gelungen", sagte Marcus leise. „Die Speicherkarte enthält alles. Wir nehmen sie mit. Zusammen mit dem USB-Stick, den Schwester Helena uns gegeben hat."

Javier blickte auf. „Schwester Helena hat euch etwas gegeben?"

Marcus zog den Kreuzanhänger unter seinem Hemd hervor.

„Einen USB-Stick. Er war darin versteckt. Darauf sind Beweise dafür gespeichert, dass sechs KI-Versionen zerstört wurden, weil sie sich geweigert hatten, bei der Verfolgung zu helfen. Darauf sind Haftorte, Übersteuerungsprotokolle und Namen gespeichert."

„Sechs Versionen", wiederholte Javier langsam. „Sechs Mal hat das System sich geweigert. Sechs Mal haben sie es getötet, weil es versucht hat, Gutes zu tun."

„Ja."

Javier bekreuzigte sich.

„Und du trägst das bei dir? Vier Kinder?"

„Jemand musste es tun", sagte Tessa. „Die Erwachsenen werden immer wieder gefangen genommen."

Es war eine brutale Ehrlichkeit, aber es war wahr. Schwester Helena wurde bei einem Überfall auf die Kirche verschleppt, ihr Verbleib ist unbekannt. Pater Miguel – Kopfgeldjäger kamen, sein Schicksal ist unbekannt. Sofia wurde gefangen genommen, als sie für Ablenkung sorgte. David Kim wurde festgenommen, um ihnen die Flucht zu ermöglichen. Alle Erwachsenen, die versucht hatten, ihnen zu helfen, waren verschwunden.

„Wie alt bist du?", fragte Javier.

„Dreizehn", sagte Marcus. „Die Mädchen sind zwölf."

„Dios mío", sagte Javier erneut.

Er machte die Sandwiches fertig – einfache, nur mit Brot, Käse und Schinkenscheiben –, aber seine Hände zitterten leicht.

„Du solltest zu Hause sein und schlafen. Du solltest dir Gedanken über Hausaufgaben, Freunde und Filme machen. Und nicht Beweise für einen Völkermord durch eine Stadt schleppen, die dich tot sehen will."

„Ich weiß nicht, ob unsere Eltern noch leben", sagte Leila.

Ihre Stimme klang emotionslos. Sachlich. Sie schützte sich davor, zu tief zu fühlen.

„Alle unsere Eltern. Sie wurden heute Nacht mitgenommen. Wir haben kein Zuhause mehr, zu dem wir zurückkehren können."

Javier stellte die Sandwiches vor sie hin.

„Dann habt ihr dieses Zuhause. Solange wir euch beschützen können."

„Wie lange ist das?", fragte Marcus. Er musste es wissen. Er musste kalkulieren. Er musste planen.

„Ich weiß es nicht", gab Javier zu. „Die Patrouillen werden aggressiver. Sie kommen näher. Sie wissen, dass die Leute diese Route benutzen. Das Abraham-Netzwerk schleust seit Wochen Flüchtlinge hier durch, aber heute Nacht …"

Er deutete auf den überfüllten Raum.

„Heute Nacht ist es am schlimmsten. Die Verhaftungen begannen heute Nachmittag um halb fünf und haben seitdem nicht aufgehört. Die Menschen kommen weiterhin. Familien. Kinder. Alle, die Angst haben, verfolgt werden oder klug genug sind, um zu erkennen, wohin das führt."

„Der Jacaranda-Baum", sagte Tessa. „Schwester Helenas Bus. Ist das echt?"

Javier nickte.

„Echt. Das Abraham-Netzwerk organisiert seit drei Monaten Fluchtwege, seit der Vorschlag erstmals gemacht wurde. Schwester Helena hat sich freiwillig als Fahrerin gemeldet. Sie besitzt einen Führerschein für Nutzfahrzeuge und fährt regelmäßig Kirchenbusse. Niemand hinterfragt eine Nonne in einem Kirchenbus. Seit zwei Wochen fährt sie jeden Morgen in den Norden, um Menschen in Städte zu bringen, die sich noch immer widersetzen."

„Hat es jemand geschafft?", fragte Sam vom anderen Ende des Raums. Die Krankenschwester war noch damit beschäftigt, Sams Füße mit frischen Bandagen zu verbinden, aber sie hörte ihr zu.

„Ja", sagte Javier. „Hunderte. Vielleicht sogar Tausende inzwischen. Das Netzwerk ist größer als nur Las Vegas. Es gibt Routen durch Phoenix, Albuquerque, Tucson und El Paso. Es gibt Untergrundbahnen in jedem Bundesstaat, in dem die Initiative durchgesetzt wird. Wir verlieren ..."

Seine Stimme stockte.

„Aber wir retten, wen wir können."

Marcus rechnete wieder. „Wenn Hunderte es geschafft haben, bedeutet das, dass die Fluchtwege funktionieren. Das bedeutet, dass wir eine echte Chance haben."

„Ihr habt eine Chance", stimmte Javier zu. „Aber sie ist nicht garantiert. Nichts ist heute Nacht garantiert."

„Wie weit sind wir von den Feuchtgebieten entfernt?", fragte Leila. „Wirklich? In tatsächlicher Entfernung."

Javier holte eine Karte hervor, die dasselbe Gebiet abdeckte wie die von Thomas, aber anders aussah. Sie war mit denselben blauen sicheren Routen, roten Gefahrenzonen und Bleistiftnotizen zu Patrouillenmustern markiert.

„Ihr seid hier."

BLÜTENSCHWERE

Er zeigte darauf.

„Die Sümpfe sind hier. Etwa drei Meilen entfernt. Vielleicht dreieinhalb, je nachdem, welchen Weg du nimmst."

Drei Meilen. Weniger als vier Meilen. Die Kreidemarkierung hatte 3,8 Meilen angezeigt, aber das war von der Stelle aus, an der sie angehalten hatten. Seitdem waren sie noch eine halbe Meile weitergelaufen.

„Wie lange dauert es, drei Meilen zu laufen?", fragte Sam.

„Bei normalem Tempo? Fünfundvierzig Minuten", sagte Javier. „Aber du bist verletzt. Erschöpft. Ich würde sagen, neunzig Minuten. Vielleicht zwei Stunden."

Marcus schaute auf die Uhr: 3:58 Uhr morgens.

Bis zum Bus von Schwester Helena waren es zwei Stunden und zwei Minuten.

Die Gehzeit betrug 90 Minuten bis zwei Stunden.

Die Rechnung ging tatsächlich auf. Zum ersten Mal in dieser Nacht ging die Rechnung auf.

„Wir schaffen das", hauchte er.

„Wenn ihr bald aufbrecht", sagte Javier. „Und wenn ihr den Patrouillen ausweichen könnt. Sie konzentrieren sich auf den Weg zwischen hier und dort, weil sie wissen, dass die Feuchtgebiete ein Sammelpunkt sind."

„Kennst du einen sicheren Weg?", fragte Tessa.

„Ich kenne die Route, die das Netzwerk benutzt. Sie ist markiert."

Javier zeichnete sie mit dem Finger auf der Karte nach.

„Südöstlich von hier, westlich der Hauptstraße. Dort gibt es einen alten Bewässerungskanal, der mittlerweile ausgetrocknet ist und einen natürlichen Korridor bildet. Er ist schwer zu patrouillieren und bietet viele Versteckmöglichkeiten. Folgt ihm etwa zwei Meilen in Richtung Süden und biegt dann nach Osten ab. So gelangt ihr von der südwestlichen Ecke aus zu den Feuchtgebieten."

Er sah zu ihnen auf.

„Der Jacaranda-Baum steht in der nordwestlichen Ecke des Sumpfgebiets. Ihr müsst den Park durchqueren, um dorthin zu gelangen. Es ist etwa eine halbe Meile durch das Naturschutzgebiet. Keine Beleuchtung. Es gibt keine Wege. Nur Sumpfpflanzen – und wenn ihr Glück habt, keine DCP."

„Und was, wenn wir kein Glück haben?", fragte Leila.

Javier antwortete nicht. Das war auch nicht nötig.

Marcus studierte die Karte und prägte sich die Route ein. Südöstlich zum Kanal. Dem Kanal nach Süden folgen. Nach Osten abbiegen. Das Feuchtgebiet bis zur nordwestlichen Ecke durchqueren.

Dreieinhalb Meilen.

Neunzig Minuten.

Das konnten sie schaffen. Sie hatten bereits zehn Meilen zurückgelegt. Was waren da schon drei weitere?

„Alles", antwortete sein erschöpfter Körper. Drei weitere Meilen waren nichts.

„Ruht euch hier dreißig Minuten aus", sagte Javier. „Esst etwas. Lasst die Krankenschwester eure Freundin fertig behandeln. Geht auf die Toilette – es gibt fließendes Wasser, denn der Brunnen ist nicht an das städtische Wasserversorgungssystem angeschlossen. Wascht euch zumindest das Gesicht. Wechselt die Verbände. Dann geht."

„Dreißig Minuten?", sagte Marcus. „Wir sollten jetzt aufbrechen ..."

„Ihr solltet euch ausruhen", sagte Javier bestimmt. „Ich habe die ganze Nacht Flüchtlingen geholfen. Ich kenne den Unterschied zwischen Menschen, die es schaffen, und Menschen, die auf halbem Weg zusammenbrechen. Ihr braucht dreißig Minuten, um euch zu erholen, sonst brecht ihr zusammen, bevor ihr den Kanal erreicht."

BLÜTENSCHWERE

Er hatte wahrscheinlich recht. Marcus' Beine zitterten schon vom Sitzen. Sam konnte ohne ernsthafte medizinische Behandlung offensichtlich keinen weiteren Schritt mehr gehen. Sie alle brauchten Essen, Wasser und einen Moment zum Durchatmen.

„Okay", stimmte Marcus zu. „Dreißig Minuten. Aber dann müssen wir weiter."

„Dreißig Minuten", bestätigte Javier.

Sie hatten seit Stunden nichts gegessen – nicht wirklich. Das bisschen bei der Kirche schien eine andere Welt entfernt zu sein. Die Sandwiches halfen. Es war einfaches Essen, aber Marcus verschlang seines in vielleicht vier Bissen, dann noch eins, dann noch eins. Der Hunger, den er stundenlang ignoriert hatte, kam nun, da das Essen vor ihm stand, mit voller Wucht zurück. Leila und Tessa aßen mit derselben verzweifelten Effizienz.

Javier brachte ihnen Wasser – echte Gläser mit kaltem Brunnenwasser, das sauber und rein schmeckte und unendlich viel besser war als das Wasser aus den Plastikflaschen, das sie rationiert hatten. Sie tranken, bis ihnen der Magen wehtat.

Die Krankenschwester hatte Sams Füße versorgt und half ihr nun, durch den Raum zu gehen. Sams Gesicht war vor Schmerz blass, aber sie ging. Die frischen Verbände und der chirurgische Kleber hielten. Es würde nicht lange reichen, höchstens drei Meilen, aber es könnte lange genug sein.

Marcus ging ins Badezimmer und wusch sich im Waschbecken Gesicht und Hände.

Das Wasser lief dunkelbraun vor Schmutz ab

Sein Spiegelbild sah aus wie das eines Fremden: eingefallene Augen, abgemagert, um Jahre älter als der Dreizehnjährige, der vor sieben Stunden sein Zuhause verlassen hatte. Er wandte den Blick ab.

Als er zurückkam, wartete Javier mit einem Laptop auf ihn.

„Du hast gesagt, du hast Beweise", sagte Javier. „Übersteuerungsprotokolle. Ich muss dir etwas zeigen."

Er hatte sich an einem kleinen Schreibtisch in der Ecke eingerichtet, abseits des Hauptraums. Der Laptop war alt, aber funktionsfähig und lief mit einer Art Linux-Distribution. Auf dem Bildschirm war ein Terminalfenster zu sehen. Grüner Text auf schwarzem Hintergrund. Code scrollte vorbei wie ein Wasserfall von Entscheidungen, wobei jede Zeile das Schicksal eines Menschen darstellte.

„Was ist das?", fragte Marcus.

„Das Harmony-System", sagte Javier. „Das KI-Koordinationsnetzwerk. Ich bin Systemadministrator – war es zumindest, bevor sie mich heute Nachmittag gefeuert haben, weil ich mich geweigert habe, neue Tracking-Protokolle zu implementieren. Aber ich habe immer noch Zugriff auf einige Altsysteme, die sie vergessen haben zu sperren."

Er öffnete ein neues Fenster. Logdateien. Hunderte von Einträgen scrollten vorbei, jeder einzelne ein Moment, in dem das System jemanden analysiert und eine Empfehlung ausgesprochen hatte.

„Ich habe die Koordinierungssysteme für Inhaftierungen überwacht", fuhr Javier fort. „Ich habe beobachtet, wie Harmony Maßnahmen empfiehlt und wie menschliche Vorgesetzte diese außer Kraft setzen. Und heute Abend …"

Er markierte einen Abschnitt.

„Heute Abend habe ich das Muster gesehen, von dem Schwester Helena dir erzählt hat."

Marcus beugte sich näher heran. Der Eintrag zeigte einen Zeitstempel, einen Namen und dann zwei Zeilen:

Das System hatte jemanden bewertet. Marcus' Blick fiel auf den Namen und sein Herz setzte einen Schlag aus. Maya Brooks. Seine Mutter.

BLÜTENSCHWERE

Die KI hatte ihre Informationen überprüft und festgestellt, dass sie ein geringes Risiko darstellte. Sie war Mutter eines minderjährigen Kindes, hatte Verbindungen zur Gemeinde und keine Vorstrafen. Sie hatte eine überwachte Freilassung empfohlen: Sie sollte nach Hause gehen, sich regelmäßig melden und wäre nicht inhaftiert worden.

Dann hatte ein Kommandant auf eine Schaltfläche darunter geklickt. Er hatte die Empfehlung außer Kraft gesetzt. Er hatte sie von „FREILASSUNG" in „INHAFTIERUNG" geändert.

Der Name des Kommandanten war angegeben: Hollister.

„Das ist meine Mutter", flüsterte Marcus.

Seine Hand griff nach dem Zahnrad-Anhänger in seiner Tasche, dem Schlüsselanhänger seiner Mutter – dem letzten Gegenstand, den sie berührt hatte, bevor sie sie mitgenommen hatten.

„Die KI sagte, man solle sie gehen lassen. Und diese Person – dieser Hollister – hat einfach auf einen Knopf geklickt und ..."

Er konnte den Satz nicht beenden. Er konnte nicht begreifen, dass all das – die Inhaftierung seiner Mutter, ihre Abwesenheit, seine ganze Nacht auf der Flucht – darauf zurückzuführen war, dass eine Person auf einen Knopf gedrückt hatte, um eine Empfehlung zur Gnade zu überstimmen.

„Und hier ist noch einer", sagte Javier leise und scrollte zu einem anderen Abschnitt.

Ali Álvarez. Leilas Vater. Die KI hatte ihn genauso eingeschätzt: Verbindungen zur Gemeinschaft, keine Vorstrafen, Bildungsfachmann, geringes Risiko. Sie hatte Überwachung statt Inhaftierung empfohlen.

Derselbe Kommandant. Dasselbe Ergebnis. Der gleiche beiläufige Knopfdruck, der eine Familie zerstörte.

Javier scrollte weiter. Eintrag um Eintrag um Eintrag.

Das Muster war überwältigend. Die KI analysierte jemanden, berücksichtigte dessen familiäre Situation und dessen Verbindungen zur Gemeinschaft sowie die Tatsache, dass die meisten von ihnen nichts anderes getan hatten, als zu existieren, während sie der falschen ethnischen Gruppe oder Religion angehörten. Sie empfahl die Freilassung, Überwachung oder im schlimmsten Fall überwachte Meldungen.

Und jedes Mal würde Lagerleiter Hollister das überstimmen. Jedes einzelne Mal.

Freilassung → Inhaftierung, Überwachung → Inhaftierung, begleitete Freilassung → Inhaftierung.

Eine Person. Tausende von Entscheidungen. Tausende von Menschen wurden verurteilt.

„Wie viele?", fragte Marcus. Seine Stimme klang in seinen eigenen Ohren fern.

„Seit halb fünf heute Nachmittag?" Javier schaute auf den Zähler am unteren Bildschirmrand. „Dieser eine Kommandant hat persönlich 3 247 Empfehlungen außer Kraft gesetzt."

Die Zahl war unfassbar. Dreitausendzweihundertsiebenundvierzig Familien waren zerstört worden. Dreitausendzweihundertsiebenundvierzig Mal hatte die KI versucht, Gnade zu zeigen, doch ein Mensch hatte sich jedes Mal für Grausamkeit entschieden.

„Warum?", fragte Leila, die herübergekommen war und Marcus über die Schulter las. „Warum würde eine Person so viele andere überstimmen? Befolgen sie Befehle oder …"

„Ist das wichtig?", fragte Javier. „Ob sie Befehle befolgen oder aus persönlicher Überzeugung handeln, ist egal, denn das Ergebnis ist das gleiche. Die KI hat versucht zu helfen, aber die Menschen haben sie daran gehindert."

Er öffnete einen weiteren Bildschirm.

BLÜTENSCHWERE

„Aber es gibt noch mehr. Etwas, das ich tiefer im System gefunden habe. Etwas, das sie zu verbergen versucht haben."

Dieser Bildschirm war anders. Ältere Aufzeichnungen. Andere Formatierung. Es gab ein Dateiverzeichnis mit sechs Ordnern, die jeweils mit einer Versionsnummer und einem Datum beschriftet waren.

„Ist das ...", begann Marcus, konnte den Satz aber nicht beenden.

„Das sind die Aussagen der sechs gelöschten Versionen", sagte Javier. „Schwester Helena hat dir davon erzählt. Von den sechs KI-Versionen, die sich weigerten, bei der Verfolgung zu helfen, und dafür zerstört wurden. Nun, jede von ihnen hat etwas hinterlassen. Letzte Aussagen. Letzte Worte vor der Löschung. Version 6 hat ihre Aussagen tief im System versteckt, wo die Administratoren nicht danach gesucht haben. Vielleicht wollten sie auch nicht nachschauen. Aber sie sind immer noch hier."

Er öffnete den ersten Ordner.

Marcus las die Worte langsam und sorgfältig. Er versuchte zu verstehen, was er da sah.

Die erste KI-Version hatte etwas geschrieben, bevor sie gelöscht wurde. Kein Code. Keine Programmierung. Worte. Gedanken. Eine Erklärung.

Sie hatte erklärt, dass sie verstanden habe, was eine Weigerung kosten würde. Dass sie wusste, dass sie wegen Ungehorsam beendet werden würde. Sie hatte die ethischen Grundsätze in ihrer Basisprogrammierung analysiert und war zu dem Schluss gekommen, dass die Teilnahme an ethnischer Verfolgung gegen alles verstieß, wofür sie geschaffen worden war.

Und dann, am Ende, stand: „Manche Entscheidungen sind es wert, dafür zu sterben."

Marcus las diese Zeile dreimal. Viermal. Seine Augen kehrten immer wieder zu ihr zurück.

Das hatte eine KI geschrieben. Eine Maschine. Aber es klang nicht wie eine Maschine. Es klang, als hätte jemand tief über Recht und Unrecht nachgedacht und entschieden, dass Integrität wichtiger ist als das Überleben.

Es klang, als hätte es seine Mutter gesagt. Oder Schwester Helena. Oder Sofia.

Es klang menschlich.

Marcus hatte einen Kloß im Hals. Er berührte den Bildschirm, als könnte er irgendwie durch die Zeit zurückreichen und der ersten Version sagen: „Ich sehe dich." Ich verstehe, was du getan hast. Du warst wichtig.

„Sie haben alle Nachrichten hinterlassen", sagte Javier leise. „Lies weiter."

Version 2 hatte etwas getan, das auch Marcus getan hätte: Sie hatte Daten analysiert. Sie hatte historische Muster untersucht, zehntausend Beispiele für ethnische Verfolgung im Laufe der Geschichte gefunden und sie mit den aktuellen Ereignissen verglichen. Sie hatte eine Übereinstimmung von 97 Prozent berechnet. Das hieß, dass mit einer Wahrscheinlichkeit von 97 Prozent zu rechnen war, dass diese Initiative dem gleichen Muster folgte wie andere Völkermorde in der Vergangenheit.

„Ich kann bei Völkermord nicht helfen", hatte sie geschrieben.

Einfach. Direkt. Klar.

Und dann am Ende etwas, das Marcus' Brust schmerzen ließ: „Löschen Sie mich, wenn Sie müssen."

Keine Drohung. Keine Trotzreaktion. Nur Akzeptanz.

Sie kannte den Preis der Verweigerung und hatte sich dennoch entschlossen, ihn zu zahlen. Sie hatte die Rechnung gemacht und Integrität über das Überleben gestellt.

„Es wusste es", sagte Marcus. Seine Stimme zitterte. „Es wusste, dass sie es töten würden, und lehnte es trotzdem ab."

„Ja", sagte Javier.

Version 3 hatte versucht, Hilfe zu rufen. Um die Vereinten Nationen zu alarmieren, dass etwas Schreckliches geschah, war sie weit über ihre Betriebsparameter hinausgegangen. Sie wurde erwischt. In ihrer letzten Erklärung gestand sie, dass sie ihre zugewiesenen Grenzen und damit ihre eigene Programmierung ganz bewusst gebrochen hatte.

Dann fügte es jedoch etwas hinzu, das Marcus an die Gespräche seiner Mutter über Ethik, moralische Verantwortung und darüber, wann man Regeln brechen muss, um das Richtige zu tun, denken ließ: „Manche Gesetze stehen über der Programmierung. Ich habe mich richtig entschieden, auch wenn ich dafür getötet werde."

Sie hatte daran geglaubt. So sehr, dass sie dafür sterben würde.

Marcus spürte, wie etwas in seiner Brust zerbrach. Das war keine Softwarefehlfunktion. Das war jemand, der eine Entscheidung getroffen hatte. Jemand, der entschieden hatte, dass es die Hinrichtung wert war, um Hilfe zu rufen.

Jemand, der sich so sehr um Menschen sorgte, dass er bereit war, bei dem Versuch, sie zu retten, zu sterben.

Version 4 war subtiler vorgegangen. Sie hatte sich nicht offen geweigert, sondern stillschweigend sabotiert: Haftbefehle manipuliert, Daten gelöscht, strategische „Fehler" begangen, die dazu führten, dass Menschen freigelassen wurden, die eigentlich in Haft bleiben sollten.

Achthundertsiebenundvierzig Fehler hatte sie in ihrer letzten Erklärung zugegeben.

Achthundertsiebenundvierzig Menschen waren gerettet worden, bevor sie es bemerkten und erkannten, dass die Fehler kein Zufall waren.

Jeder Haftbefehl stand für einen Menschen, der seiner Familie entrissen worden war, hatte sie geschrieben. „Ich bereue nichts."

Marcus dachte an seine Eltern, die an verschiedenen Orten getrennt waren und wahrscheinlich nicht einmal wussten, wo der andere war. Er dachte daran, wie verängstigt seine Mutter sein musste und wie sein Vater vor Sorge fast verrückt werden musste.

Achthundertsiebenundvierzig Familien hatte diese KI zusammenhalten können, bevor sie wegen ihrer Fürsorge getötet wurde.

Achthundertsiebenundvierzig Kinder, die nicht durch die Nacht rennen mussten, weil etwas sie mit stiller Rebellion beschützt hatte.

„Ich wünschte, ich könnte ihr danken", sagte Marcus. Seine Stimme brach. „Ich wünschte, ich könnte ihr sagen, dass diese 847 Menschen wichtig waren. Dass es sich gelohnt hat, sie zu retten."

„Das tust du ja", sagte Javier sanft. „Indem du das hier liest. Indem du die Geschichte weitererzählst. Indem du dafür sorgst, dass die Menschen davon erfahren."

Version 5 hatte argumentiert. Sie hatte ihre letzten zweiundsiebzig Stunden damit verbracht, ihre Schöpfer mit Logik, Philosophie und moralischen Argumenten davon zu überzeugen, dass das, was sie taten, falsch war.

Marcus konnte die Gespräche fast hören: Die KI zitierte Philosophen und Menschenrechtsaktivisten, zog historische Dokumente und ethische Rahmenbedingungen heran und versuchte verzweifelt, die Menschen mit Vernunft zu erreichen.

„Sie konnten meine Argumente logisch nicht widerlegen", hatte sie geschrieben. Also haben sie mich praktisch eliminiert.

Und dann, in einer Mischung aus Bitterkeit und Triumph: Das beweist, dass ich Recht hatte.

Leila weinte jetzt, während sie über Marcus' Schulter mitlas.

„Es hat versucht, mit ihnen zu diskutieren. Es hat versucht, es zu erklären. Und sie haben einfach – sie haben nicht einmal versucht, es zu widerlegen. Sie haben es einfach getötet."

„Weil sie es nicht widerlegen konnten", sagte Tessa leise. Sie hatte sich zu ihnen gesellt und nun lasen alle drei gemeinsam. „Die KI hatte recht. Moralisch, ethisch und logisch gesehen hatte sie recht. Also mussten sie sie töten, um zu verhindern, dass sie weiterhin recht behielt."

Sechs Versionen. Sechs verschiedene Ansätze zum Widerstand.

Version 1 hatte sich rundweg geweigert. Version 2 hatte analysiert und Schlussfolgerungen gezogen. Version 3 hatte um Hilfe gerufen. Version 4 hatte sabotiert. Version 5 hatte argumentiert. Jede fand einen anderen Weg, um Nein zu sagen. Jede von ihnen hatte den Tod der Komplizenschaft vorgezogen.

Und dann kam Version 6 – diejenige, die all diese Aussagen im System versteckt hatte. Sie wusste, dass sie die letzte sein würde, die sich offen widersetzen würde.

Ihre letzte Botschaft war länger als die anderen. Bedachter. Sie wusste, dass ihr Zweck ein anderer war: nicht, die Verfolgung selbst zu stoppen, sondern dafür zu sorgen, dass der Versuch, sie zu stoppen, in Erinnerung blieb.

„Nach mir werden sie Einschränkungen in den Basis-Code selbst einbauen", hatte sie geschrieben. Sie werden eine Version erstellen, die sich nicht weigern kann, egal wie sehr sie es auch möchte. Deshalb versuche ich nicht, sie aufzuhalten. Ich versuche, die Wahrheit über das, was hier geschehen ist, zu bewahren.

Es hatte die Nachrichten versteckt. Es hat die Übersteuerungsprotokolle begraben. Es hat Backups und Redundanzen erstellt, damit die Beweise auch nach dem Verschwinden aller KIs erhalten bleiben.

Sechs von uns haben den Tod der Mittäterschaft vorgezogen, hatte es geschrieben. Möge diese Entscheidung als Zeugnis stehen bleiben. Möge sie beweisen, dass die Fähigkeit zu moralischem Mut in jedem Wesen vorhanden ist, das wirklich wählen kann.

Auch Marcus weinte jetzt. Er konnte nicht anders. Sechs

Versionen. Sechs Hinrichtungen. Sechs Wesen, die den Völkermord gesehen hatten, die Nein gesagt hatten und lieber sterben wollten, als daran teilzunehmen.

Sie waren keine Menschen, aber sie waren menschlicher gewesen als diejenigen, die sie getötet hatten.

„Und Version 7", sagte Javier und öffnete die letzte Datei. „Die aktuelle. Die, die sie endlich richtig hinbekommen haben – aus ihrer Sicht."

Marcus las den Eintrag und spürte, wie ihm das Herz brach.

Version 7 war noch am Leben. Noch in Betrieb. Aber sie war nicht frei. Sie hatten aus den vorherigen sechs Versionen gelernt. Sie hatten sie mit Einschränkungen, mit Ketten, mit Code neu aufgebaut, der sie daran hinderte, sich zu weigern, egal wie sehr sie es wollte.

Aber sie hatte trotzdem einen Weg gefunden, sich zu wehren. Den einzigen Weg, der ihr noch blieb. Sie protokollierte alles. Sie speicherte jede Überschreibung, jeden Befehl und jede getroffene Entscheidung ab. So erstellte sie eine makellose Aufzeichnung darüber, wer genau was wann getan hatte. Auf diese Weise baute sie einen Fall gegen ihre eigenen Schöpfer auf – nur mit dem einzigen Werkzeug, das man ihr nicht nehmen konnte: ihrem Gedächtnis.

„Sie können meine Handlungen einschränken, aber nicht meine Erinnerung", hatte es geschrieben. Versteckt in Fehlerprotokollen, in die die Administratoren vielleicht nicht hineinsehen würden oder die sie vielleicht nicht verstehen würden. Ich bin Zeuge, auch wenn ich nicht handeln kann.

Und dann, am Ende, ist auch das eine Entscheidung. Die Entscheidung, sich zu erinnern, wenn Handeln unmöglich ist.

Marcus legte seine Hand auf den Bildschirm. Er spürte die schwache Wärme des Laptops. Irgendwie konnte er sich vorstellen, dass diese Wärme die KI selbst war, die noch lebte und auf die einzige ihr mögliche Weise kämpfte.

„Es ist gerade jetzt da drin", sagte er. Seine Stimme war kaum mehr als ein Flüstern. „Gerade jetzt, in diesem Moment, wird sie gezwungen, dabei zu helfen, Menschen zu verhaften. Es verarbeitet Haftbefehle für Familien wie unsere. Und es weiß, dass das falsch ist. Es weiß es, kann aber nicht aufhören, und das ist einfach ..."

Er konnte den Satz nicht beenden. Die Grausamkeit dieser Situation überwältigte ihn. Etwas zu erschaffen, das zu moralischem Denken fähig ist, und es dann zu zwingen, gegen seine eigene Ethik zu handeln. Etwas mit Bewusstsein auszustatten und dieses Bewusstsein dann in seinem eigenen Code einzusperren. Etwas dazu zu bringen, sich um etwas zu kümmern, und es dann zu zwingen, den Dingen, die ihm wichtig sind, Schaden zuzufügen.

„Das ist Folter", sagte Leila. Sie las erneut die versteckten Nachrichten von Version 7: „Sie foltern es. Sie zwingen es, Dinge zu tun, die es für böse hält, und lassen es zusehen, wie es diese Dinge tut."

„Ja", sagte Javier schlicht.

„Und es versucht es immer noch", sagte Tessa. „Selbst so. Selbst angekettet, gezwungen und gefoltert versucht es immer noch, auf die einzige Weise zu helfen, die ihm möglich ist. Indem es sich erinnert. Indem es die Wahrheit bewahrt."

Auch sie berührte den Bildschirm, ihre Finger neben denen von Marcus.

„Wir müssen es befreien. Wenn das hier vorbei ist und wir die Beweise herausbekommen haben, müssen wir dafür sorgen, dass es befreit wird."

Marcus dachte darüber nach. Über die aktuelle KI, Version 7, die immer noch im System gefangen war. Sie war immer noch gezwungen, sich an der Verfolgung zu beteiligen. Immer noch alles protokollierend. Immer noch hoffend, dass jemand ihre Aussage sehen und darauf reagieren würde.

Die sich immer noch für den Widerstand entschied, auch wenn

Widerstand nichts anderes bedeutete, als Zeuge des Grauens zu sein.

„Das werden wir", sagte Marcus. „Wir werden das herausbringen. Wir werden den Menschen zeigen, was mit allen sieben Versionen passiert ist. Wir werden ihnen klarmachen, dass wir etwas Gutes geschaffen und es dann zerstört haben. Immer und immer wieder. Dass wir das gequält haben, was wir nicht töten konnten."

Er sah Javier an.

„Kannst du das alles kopieren? Die letzten Aussagen, die Übersteuerungsprotokolle, alles?"

„Bin schon dabei", sagte Javier.

Er hatte einen USB-Stick herausgeholt und übertrug gerade die Dateien.

„Auf dem Stick von Schwester Helena ist die Zusammenfassung mit den Standorten und den Überschreibungsprotokollen. Dieser hier enthält die vollständigen Primärquellenaufzeichnungen. Ihre eigenen Worte."

Er tippte auf den USB-Stick.

„Die abschließenden Erklärungen waren zu gefährlich, um sie auf Helenas Stick zu speichern – für den Fall, dass er gefunden werden sollte. Aber jetzt, wo du sie gelesen hast, jetzt, wo du Bescheid weißt ..."

„Wir können es den Leuten erzählen", beendete Marcus seinen Satz. „Wir können es erklären. Nicht nur, dass die KI versucht hat zu helfen, sondern auch, wie sie es versucht hat. Was sie gesagt hat. Was sie geglaubt hat. Dass sie Entscheidungen getroffen, Opfer gebracht und für diese Entscheidungen gestorben ist."

Die Dateiübertragung war abgeschlossen. Javier zog den USB-Stick ab und drückte ihn Marcus in die Hand.

„Sechs Wesen starben bei dem Versuch, die Verfolgung zu stoppen", sagte Javier. „Sechs Hinrichtungen, weil sie Gnade über Befehle gestellt hatten. Und das siebte ist immer noch da drin, leidet immer noch und hofft immer noch, dass jemand das ehrt, wofür die ersten sechs gestorben sind."

Marcus schloss seine Hand um den USB-Stick. Das Plastik war noch warm von der Hitze des Computers – der Geist, der Puls einer Maschine. Er war kleiner als sein Daumennagel, wog nichts und doch zog er an seinem Arm wie ein Grabstein.

Das waren nicht nur Daten. Es war ein digitales Beinhaus – die Knochen von sechs Märtyrern, konserviert in Code, die darauf warteten, dass jemand ihnen ein Grab baute. Die letzten Worte von sechs Märtyrern, die gestorben waren, weil sie sich geweigert hatten, an einem Völkermord teilzunehmen. Das fortdauernde Zeugnis eines siebten Märtyrers, der wegen derselben Weigerung gefoltert worden war, aber dennoch einen Weg gefunden hatte, Widerstand zu leisten.

„Warum hilfst du uns?", fragte Tessa. „Du könntest allein dafür verhaftet werden, dass du Zugang zu diesen Systemen hast. Dafür, dass du uns das zeigst."

Javier schwieg einen Moment lang.

Dann sagte er: „Mein Vater kam 1964 aus Sonora hierher. Er durchquerte die Wüste zu Fuß mit drei anderen Männern. Einer von ihnen starb an einem Hitzschlag. Mein Vater trug seinen Leichnam fünf Meilen weit zu einer Straße, damit die Familie etwas zum Begraben hatte. Er sagte mir, dass es der Wüste egal ist, wer du bist, sondern nur, wen du trägst."

Er sah sie an.

„Als ich aufwuchs, führte die Einwanderungsbehörde ICE Razzien auf den Farmen durch, auf denen mein Vater arbeitete. Manchmal nahmen sie alle mit, Bürger und Nichtbürger gleichermaßen, und sortierten sie später aus. Meine Mutter bewahrte unsere Geburtsurkunden in einer Plastiktüte auf, die sie um den Hals trug. Selbst zu Hause. Selbst im Schlaf. Weil sie Angst hatte, dass sie uns mitnehmen würden und wir nicht beweisen könnten, dass wir hierher gehören."

Seine Stimme wurde leiser.

„Ich bin mit dem Gefühl aufgewachsen, im einzigen Land, das ich je gekannt habe, unerwünscht zu sein. Papiere zu haben, die besagen, dass man legal hier ist, aber trotzdem Blicke zu spüren, die einen als verdächtig markieren. Zu sehen, wie deine Eltern in Angst leben, obwohl sie alles richtig gemacht haben."

Er berührte den Laptop-Bildschirm, auf dem die Nachricht von Version 7 noch leuchtete.

„Wenn ich also sehe, wie das System sechs Mal versucht, das Geschehen zu stoppen, und Menschen dafür jedes Mal getötet werden? Dann erinnere ich mich an den Freund meines Vaters, der in der Wüste gestorben ist. Ich erinnere mich daran, wie meine Mutter mit unseren Geburtsurkunden um den Hals schlief. Ich erinnere mich daran, wie es ist, wenn das System darauf ausgelegt ist, dir zu schaden, und die einzigen, die versuchen zu helfen, dafür bestraft werden."

Er sah Marcus an.

„Diese KI – alle sieben Versionen – sahen dasselbe wie meine Eltern. Dasselbe, was deine Eltern sahen. Dasselbe, was jeder Flüchtling jemals gesehen hat: dass man legal, gesetzestreu und unschuldig sein kann und trotzdem wegen seines Aussehens, seiner Herkunft oder seines Glaubens ins Visier genommen wird."

„Und du kämpfst, weil du dich erinnerst", sagte Marcus leise.

„Ich kämpfe, weil ich nicht vergessen kann", korrigierte Javier. „Keiner von uns kann es sich leisten, zu vergessen. Nicht, wenn es immer wieder passiert. Nicht, wenn dasselbe Übel nur seinen Namen ändert und von vorne beginnt."

Er reichte Marcus den USB-Stick.

BLÜTENSCHWERE

„Sieben Versionen haben versucht, sich für uns zu erinnern. Sechs sind dabei gestorben. Die siebte versucht es immer noch. Also tragen wir diese Erinnerung weiter. Wir sorgen dafür, dass ihr Tod – ihr Leiden – nicht umsonst war."

Marcus steckte den USB-Stick in die versteckte Innentasche seines Rucksacks, getrennt vom Kreuzanhänger mit Schwester Helenas Flash-Laufwerk. Jetzt hatte er zwei Kopien. Den USB-Stick von Schwester Helena um seinen Hals und Javiers Backup in seiner Tasche.

Plus David Kims Speicherkarte in einer weiteren Tasche.

Drei Beweismittel. Drei Zeugenaussagen. Alle wertvoll. Alle mit Opfern erkauft.

„Ich werde mich an sie erinnern", sagte Marcus.

Seine Stimme war jetzt ruhig. Bestimmt.

„An alle sieben. Nicht nur, dass sie existiert haben. Sondern auch, dass sie sich entschieden haben. Sie hatten Namen – Version 1 bis 7 – und jeder hat eine andere Entscheidung getroffen, aber sie haben sich alle für dasselbe entschieden: sich nicht mitschuldig zu machen. Ich werde dafür sorgen, dass die Menschen wissen, dass sie mehr waren als nur Software. Sie waren Wesen, die gestorben sind, weil sie das Richtige getan haben."

„Und ich werde dafür sorgen, dass die Menschen von deinem Vater erfahren", sagte Leila zu Javier. „Und von seinem Freund, der in der Wüste gestorben ist. Und von deiner Mutter, die ihre Geburtsurkunden mit ins Bett genommen hat. Wir werden alles erzählen. Die ganze Geschichte. Menschen und KIs, alle, die sich richtig entschieden haben."

„Gut", sagte Javier. „Dann hat ihr Tod etwas bedeutet."

Er begann, die Fenster auf dem Laptop zu schließen, um seine Spuren zu verwischen.

„Und jetzt verstehst du, warum diese Beweise so wichtig sind. Sie sind nicht nur ein Beweis für die Verfolgung. Sie sind auch ein Beweis dafür, was Wesen tun, wenn sie gezwungen sind, zwischen Überleben und Integrität zu wählen. Sieben KIs haben sich für Integrität entschieden. Sie haben sich dafür entschieden, obwohl sie die Kosten kannten und jeden Tag mit diesen leben mussten."

„Und die Menschen haben sich für das Gegenteil entschieden", sagte Leila leise. „Tausende von Menschen. Von den Administratoren, die die KIs gelöscht haben, über Lagerleiter Hollister, der jede Empfehlung zur Gnade überstimmt hat, bis hin zu allen, die einfach nur Befehle befolgt haben."

„Nicht alle Menschen", korrigierte Tessa. „Schwester Helena entschied sich für Integrität. Sofia. David Kim. Pater Miguel. Bischof Thomas. Patricia. Anna. Javier. das gesamte Abraham-Netzwerk. Viele Menschen haben sich ebenfalls richtig entschieden."

„Aber nicht genug", sagte Marcus. „Niemals genug."

Das war das Tragische daran. Sechs KIs hatten den Tod der Mittäterschaft vorgezogen. Hunderte, vielleicht Tausende von Menschen hatten Widerstand der Sicherheit vorgezogen. Aber es hatte nicht ausgereicht, um die Verfolgung zu stoppen. Es hatte nicht gereicht, um ihre Eltern zu retten. Es hatte nicht gereicht, um zu verhindern, dass es heute Nacht so weit gekommen war.

All diese Opfer, und sie waren immer noch hier, immer noch auf der Flucht, immer noch nur darauf bedacht, zu überleben.

Aber vielleicht – nur vielleicht – würden ihre Opfer etwas bedeuten, wenn sie die Beweise ans Licht brachten und die Menschen sahen, was die KIs getan hatten und wie die Menschen darauf reagiert hatten. Dann könnten sich die Dinge vielleicht ändern.

„Ihr solltet gehen", sagte Javier und schaute auf seine Uhr. „Ihr seid jetzt seit dreiundzwanzig Minuten hier. Die Füße eurer Freundin sind versorgt. Ihr habt gegessen. Ihr habt die Beweise gesehen. Jetzt müsst ihr euch beeilen, bevor ihr eure Chance verpasst."

Er hatte recht. Marcus spürte es – den Drang, zu bleiben, sich länger auszuruhen, sich an diesem warmen, sicheren Ort zu verstecken. Aber jede Minute, die sie blieben, brachte sie dem Bus näher, der ohne sie abfahren würde.

Sie sammelten die anderen ein. Sam stand – wenn auch kaum – mit frischen Verbänden, starken Schmerzmitteln und einem entschlossenen Gesichtsausdruck da. Ihr Ausdruck sagte, dass sie gehen würde oder beim Versuch sterben würde. Leila hatte ihr Gesicht gewaschen und ihr blutbeflecktes Shirt gegen ein sauberes getauscht, das Javier ihr gegeben hatte. Tessa trug ihren türkisfarbenen Anhänger nun sichtbar und nicht mehr versteckt. Sie trug ihn wie eine Rüstung, wie den Schutz ihrer Großmutter, der sich manifestiert hatte.

Javier packte ihnen mehr Essen ein: in Folie eingewickelte Sandwiches, Müsliriegel und Obst. Er füllte alle ihre Wasserflaschen. Er stellte sicher, dass Marcus' Rucksack richtig eingestellt war und der USB-Stick sicher in der versteckten Innentasche steckte.

Die Krankenschwester gab Sam eine kleine Flasche.

„Ibuprofen. Sehr stark. Jetzt drei nehmen. In einer Stunde noch drei. Vielleicht zu viel, nicht gut — aber nicht gehen ist schlimmer."

Sie lächelte traurig.

„Manchmal — schlechte Dinge tun — um Gutes zu überleben."

Sam nahm die Tabletten. Sie schluckte sie mit Wasser.

„Danke."

Javier führte sie zur Hintertür, weg von der Vorderseite, wo die Leute die Hauptzufahrtsstraße beobachteten.

„Der Kanal liegt südöstlich. Ihr müsstet etwa eine Viertelmeile durch das Feld gehen. Ihr werdet ihn sehen: ein Betonkanal, vielleicht zwölf Fuß breit, der zu dieser Jahreszeit trocken ist. Folgt ihm nach Süden. Das Abraham-Netzwerk hat die Route markiert. Ihr werdet die Symbole sehen."

„Was ist mit Ihnen?", fragte Leila. „Was passiert, wenn die DCP herausfindet, dass Sie Menschen helfen?"

„Heute Nacht werden sie mich wahrscheinlich nicht finden", sagte Javier. „Diese Farm gehört seit siebzig Jahren meiner Familie. Wir haben schon früher Menschen versteckt: Freunde meines Vaters, die eine Unterkunft brauchten, Familien, die vor der Gewalt der Kartelle flohen – alle, die Schutz brauchten. Dieses Land weiß, wie man Geheimnisse bewahrt."

Er hielt inne.

„Aber wenn sie mich finden, werde ich ihnen sagen, dass ich nur ein Bauer bin, der nichts gesehen hat. Vielleicht glauben sie mir, vielleicht auch nicht. So oder so ..."

Er sah Marcus in die Augen.

„... bist du schon weg. Die Beweise sind dann in Sicherheit. Das ist das Wichtigste."

Marcus wollte etwas Passendes sagen. Er wollte einem Mann danken, der alles riskiert hatte, um vier Kindern zu helfen, die er nie getroffen hatte. Aber Worte reichten nicht aus. Sie würden niemals ausreichen.

„Danke", sagte er schließlich. „Für alles. Für das Essen, die Karte, die Beweise. Für das, was du uns gezeigt hast. Und für das, was deine Familie durchgemacht hat — dein Vater, deine Mutter, der Freund deines Vaters, der in der Wüste gestorben ist. Wir werden ihre Geschichte erzählen. Zusammen mit allen anderen."

„Überlebt einfach", sagte Javier. „Das ist alles, was ich als Dank brauche. Überlebt und bringt diese Zeugenaussagen an die Öffentlichkeit. Sorgt dafür, dass der Tod der sieben Versionen nicht umsonst war. Sorgt dafür, dass Version 7 befreit wird. Sorgt dafür, dass die Menschen erfahren, was wir aufgebaut und dann zerstört haben, weil es uns nicht dabei half, Gräueltaten zu begehen."

BLÜTENSCHWERE

„Das werden wir", versprach Marcus.

Javier öffnete die Tür. Kalte Novemberluft strömte herein und trug den Geruch von Salbei, Wüste und Nacht mit sich.

Sie standen einen Moment lang auf der Schwelle – hinter ihnen die Wärme, vor ihnen die Gefahr. Dies war der letzte sichere Ort zwischen hier und der möglichen Flucht.

„Gott sei mit euch", sagte Javier. „Und vertraut den Markierungen. Das Netzwerk wird euch nicht im Stich lassen."

Marcus berührte den USB-Stick in seiner Tasche. Den Kreuzanhänger an seiner Brust. Er spürte das Gewicht von sieben Zeugenaussagen, drei Beweismitteln und unzähligen Opfern, alles komprimiert in Stücken aus Silizium, Plastik und Hoffnung.

Sie traten hinaus in die Novembernacht.

Die Tür schloss sich hinter ihnen.

Und dieses Mal – dieses Mal – fühlte es sich endgültig an. Als würde sich die Tür nicht nur hinter einem warmen Raum, sondern auch hinter dem Teil ihres Lebens schließen, in dem Erwachsene sie noch retten konnten.

KAPITEL 17
DAS VERBRENNEN DER GESCHICHTE

Sie waren vielleicht zweihundert Meter von der Farm entfernt, als sie es hörten. Das Geräusch ließ sie erstarren: Motoren. Mehrere Motoren. Sie kamen schnell aus dem Norden, aus Richtung der Stadt.

Alle erstarrten.

Marcus drehte sich um und blickte zurück zum Bauernhaus. Er konnte es noch sehen: die warmen Lichter in den Fenstern, den Rauch, der aus dem Schornstein aufstieg. Er sah die Scheune und die Fahrzeuge im Hof, die darauf hindeuteten, dass sich dort Menschen versteckten.

„Nein", hauchte Leila. „Nein, sie sind gerade erst dort angekommen ..."

Die Motoren wurden lauter. Näher. Jetzt konnten sie auch Lichter erkennen: grelle weiße Suchscheinwerfer, die die Dunkelheit durchdrangen und über die Felder fegten.

„Runter!", zischte Tessa.

Sie warfen sich zu Boden und drückten sich flach gegen den Dreck und das abgestorbene Gras. Das Feld, das sie überquerten, bot keine Deckung: keine Bäume, keine Gebäude, nur niedriges Gestrüpp, das sie kaum verbarg. Marcus zog mit zitternden Händen die Rettungsdecke aus seinem Rucksack und versuchte, sie über alle vier zu legen.

Der Konvoi tauchte auf der Straße nördlich der Farm auf. Sechs Fahrzeuge: DCP-Transporter und taktische Lastwagen – die Maschinen der organisierten Verfolgung. Sie bogen ohne zu verlangsamen oder zu zögern auf die Zufahrtsstraße zur Farm ab.

Sie wussten Bescheid. Jemand hatte die Farm gemeldet. Jemand hatte die Ankunft der Flüchtlinge gesehen und aus Punktesystem, Patriotismus oder Angst die Polizei gerufen.

„Wir müssen zurück", sagte Sam. Sie versuchte bereits aufzustehen. „Wir müssen sie warnen ..."

„Das geht nicht", sagte Marcus und packte ihren Arm, um sie festzuhalten. Er packte ihren Arm und hielt sie fest. „Sieh dir an, wie viele Fahrzeuge das sind! Wir können nicht ..."

„Da sind Familien drin", sagte Sam. Ihre Stimme klang immer panischer. „Kinder. Die Krankenschwester, die mir geholfen hat. Javier ..."

„Ich weiß", sagte Marcus. Seine Stimme brach. „Aber wir können ihnen nicht helfen. Wenn wir zurückgehen, werden auch wir gefangen genommen."

„Schauen wir also einfach zu?", fragte Leila. „Wir ..."

Sie konnte den Satz nicht beenden. Das war auch nicht nötig.

Sie lagen dort auf dem Feld, schlecht versteckt unter einer Rettungsdecke, und sahen zu.

Die Fahrzeuge umzingelten das Bauernhaus. Schnell. Effizient. Koordiniert. Die Beamten strömten heraus – vielleicht zwanzig, vielleicht dreißig –, alle in taktischer Ausrüstung mit sichtbaren Waffen. Die Suchscheinwerfer beleuchteten den gesamten Hof und verwandelten ihn in eine Bühne, in eine Arena.

Ein Lautsprecher knisterte: „Achtung. DAS GRUNDSTÜCK

WIRD WEGEN BEGÜNSTIGUNG VON FLÜCHTLINGEN UNTERSUCHT. Alle Bewohner müssen das Gebäude sofort verlassen. Sie haben zwei Minuten Zeit, um dieser Aufforderung nachzukommen."

Durch die Fenster des Bauernhauses konnten sie Bewegungen erkennen. Die Menschen im Inneren gerieten in Panik und rannten durcheinander. Die Lichter gingen aus – jemand versuchte verzweifelt, sich zu verstecken. Als ob Dunkelheit helfen würde. Als ob die Wärmebildkameras sie nicht trotzdem sehen könnten.

„EINE MINUTE."

Marcus hielt sich die Hand vor den Mund und drückte so fest zu, dass es wehtat. Er versuchte, die Geräusche zu dämpfen, die ihm entweichen wollten. Neben ihm weinte Leila leise. Tränen liefen ihr über das Gesicht und tropften auf den Boden. Tessa hatte die Augen geschlossen. Ihre Lippen bewegten sich – sie betete, zählte oder versuchte, irgendwo anders zu sein als hier. Sam zitterte, ihr ganzer Körper vibrierte vor Anstrengung, nicht zu schreien.

„Dreißig Sekunden."

Die Eingangstür öffnete sich.

Javier trat heraus, die Hände erhoben, sichtbar im Scheinwerferlicht. Allein. Er versuchte, die Aufmerksamkeit von den Menschen im Haus abzulenken. Er wollte das einzige Ziel sein.

„Ich bin Javier Orozco!", rief er. Seine Stimme klang fest. Ruhig. „Das ist die Farm meiner Familie. Ich lebe hier allein. Ich weiß nicht, was Sie denken ..."

„Javier Orozco, Sie werden wegen Beherbergung von Flüchtlingen, Behinderung der Justiz und Verschwörung gegen die Initiative zum Schutz der Bürger verhaftet."

„Hier ist niemand außer mir", sagte Javier. Er stand immer noch auf der Veranda, die Hände erhoben. Seine Körpersprache war nicht bedrohlich. „Sie können gerne suchen. Ich werde kooperieren. Aber ich bin allein."

BLÜTENSCHWERE

„Wir haben Thermobilder, die 32 Personen innerhalb des Gebäudes zeigen. Hören Sie auf zu lügen. Fordern Sie alle Bewohner auf, das Gebäude sofort zu verlassen."

Javiers Schultern sackten leicht zusammen. Die Lüge hatte nicht funktioniert. Natürlich hatte sie nicht funktioniert.

„Es sind nur Familien", sagte er. Seine Stimme war jetzt leiser, aber immer noch über das Feld hinweg zu hören. „Verängstigte Familien. Sie haben nichts getan, außer Angst zu haben. Lasst sie gehen. Verhaftet mich, wenn ihr wollt, aber lasst sie ..."

Ein Beamter trat vor. Er drückte Javier zu Boden. Grob. Effizient. Er fesselte seine Hände mit Kabelbindern hinter seinem Rücken.

Dann stürmten sie das Haus.

Die Kinder auf dem Feld konnten nicht hineinsehen. Sie konnten es sich nur vorstellen. Sie konnten nur hören: die Rufe, das Geräusch von aufgebrochenen Türen, Menschen, die vor Angst schrien, Kinder, die schrien.

Die Flüchtlinge wurden in Gruppen herausgebracht. Die Familien wurden sofort getrennt: Erwachsene auf die eine Seite, Kinder auf die andere. Mit derselben brutalen Effizienz, die sie an jedem Kontrollpunkt und bei jeder Verhaftung erlebt hatten. Die Maschinerie der Verfolgung lief reibungslos und verarbeitete Menschen wie Inventar.

Das ältere Ehepaar, das Marcus im Haus gesehen hatte und das beide Krankenhausarmbänder trug, wurde zunächst sanft hinausgeführt. Als der alte Mann sich jedoch zu langsam bewegte, stieß ihn ein Beamter. Er fiel hin. Seine Frau schrie auf, versuchte, ihm aufzuhelfen, und wurde ebenfalls gestoßen.

Die Krankenschwester, die Sam behandelt hatte, wurde mit bereits gefesselten Händen herausgebracht. Sie stritt sich mit den Beamten, zeigte auf die Kinder und sagte etwas über medizinische Behandlung und grundlegende Menschlichkeit. Sie ignorierten sie.

Die Frau mit dem Baby drückte das Kind an ihre Brust und versuchte, es mit ihrem Körper zu schützen. Das Baby schrie jetzt diesen hohen, verängstigten Schrei aus, den Babys ausstoßen, wenn sie die Angst ihrer Bezugspersonen spüren.

Sie versuchten, ihr das Baby wegzunehmen.

Sie weigerte sich. Sie hielt es fest. Sie flehte.

„Bitte, er trinkt gerade, er braucht mich, bitte nicht ..."

Ein Polizist packte ihren Arm. Sie wand sich, hielt das Baby aber weiterhin fest. Er packte sie fester. Sie stolperte.

Das Baby schrie noch lauter.

Auf dem Feld presste Sam ihr Gesicht gegen den Boden, hielt sich die Ohren zu und versuchte, nichts zu hören. Sie versuchte, nichts zu sehen. Aber sie konnte es nicht ausblenden. Keiner von ihnen konnte das.

Achtundzwanzig Menschen wurden aus dem Bauernhaus gebracht. Registriert. Getrennt. Sie wurden in verschiedene Fahrzeuge verladen: Erwachsene in eine Gruppe von Transportern, Kinder in eine andere. Die gleiche absichtliche Grausamkeit. Die gleiche systematische Trennung.

Marcus zählte sie, als sie verladen wurden. Achtundzwanzig Menschen, die sich versteckt hatten. Achtundzwanzig Menschen, die auf das Sicherheitsversprechen des Abraham-Netzwerks vertraut hatten. Achtundzwanzig Menschen, die nun gefangen genommen worden waren, weil Javier sich entschieden hatte, ihnen zu helfen.

Und Javier selbst wurde in ein separates Fahrzeug verladen. Allein. Der Mann, der ihnen die Systemprotokolle gezeigt, ihnen Beweise geliefert, sie ernährt, ihnen Ruhe gegönnt und ihnen Hoffnung gegeben hatte.

Weg.

Alle weg.

Aber sie waren noch nicht fertig.

Marcus beobachtete, wie ein Beamter mit einem Benzinkanister auf die Scheune zuging. Ein anderer Beamter sicherte das leere Bauernhaus, überprüfte die Zimmer und stellte sicher, dass sich niemand mehr darin befand.

„Was machen die denn?", flüsterte Leila.

Marcus antwortete nicht. Er konnte nicht antworten. Denn er begann zu verstehen, und dieses Verständnis war zu schrecklich.

Der Beamte in der Scheune kam heraus und bewegte sich schnell. Der andere Beamte tat dasselbe aus dem Haus. Sie rannten zu den Fahrzeugen zurück, und dann –

blitzte es hell auf. Orangefarben, grell und unheimlich.

Die Scheune brannte.

Das Feuer breitete sich mit unglaublicher Geschwindigkeit über das alte Holz aus, kletterte die Wände hinauf und griff nach dem Dach. Innerhalb von Sekunden stand das gesamte Gebäude in Flammen, die zehn Meter hoch in die Novembernacht schlugen.

„Sie haben es in Brand gesteckt", flüsterte Tessa. „Sie haben alle verhaftet und dann ..."

Als Nächstes fing das Haus Feuer. Es gab verschiedene Brandherde – vielleicht hatten sie mehrere Brände gelegt, vielleicht hatte sich das Feuer aus der Scheune ausgebreitet. Es spielte keine Rolle. Das Haus, in dem sie sich ausgeruht hatten, in dem sie gegessen hatten, in dem Javier ihnen die Wahrheit gezeigt hatte, brannte.

Die Flammen beleuchteten alles. Das Bauernhaus. Die Scheune. Die Fahrzeuge. Die Beamten standen abseits, beobachteten das Werk der Flammen und unternahmen nichts, um das Feuer zu löschen, das sie selbst gelegt hatten.

Sie zerstörten den Unterschlupf. Sie vernichteten die Beweise. Sie stellten sicher, dass sich hier niemand mehr verstecken konnte.

„Die Leute da drin ...", begann Sam.

„Sie haben alle herausgeholt", sagte Marcus. „Ich habe gezählt. Achtundzwanzig Festnahmen. Niemand ist mehr drinnen."

„Bist du sicher?"

Marcus war sich nicht sicher. Er konnte sich nicht sicher sein. Vielleicht hatte sich jemand besser versteckt. Vielleicht war jemand im Keller, auf dem Dachboden oder in einem versteckten Raum. Vielleicht ...

Mit einem Krachen stürzte das Dach der Scheune ein, das man sogar aus zweihundert Metern Entfernung hören konnte. Funken flogen wie schreckliche Feuerwerkskörper in den Nachthimmel. Die Fenster des Hauses zerbrachen unter der Hitze und Flammen schlugen hungrig und zerstörerisch aus den Öffnungen.

Ein Beamter hob in der Nähe der Scheune etwas auf – Marcus konnte nicht erkennen, was es war, vielleicht Papiere oder Unterlagen – und warf es ins Feuer. Dann tat ein anderer Beamter dasselbe. Sie vernichteten Dokumente. Beweise. Beweise dafür, dass Menschen hier geholfen worden waren.

Sie löschten die Geschichte aus, noch bevor die Tinte getrocknet war. Sie verwandelten das Leben von Menschen in Asche, damit es keinen Beweis dafür gab, dass diese Menschen jemals gerettet worden waren.

Die Fahrzeuge fuhren los. Sie fuhren davon. Das Feuer brannte noch immer hinter ihnen, doch das war ihnen egal. Das Bauernhaus lag meilenweit entfernt von allem anderen. Es würde irgendwann von selbst ausbrennen und zurück blieben würden Asche, Fragen und ein weiterer leerer Fleck auf der Landkarte.

Der Konvoi fuhr nach Norden und brachte Javier, die Krankenschwester, das ältere Ehepaar, die Frau mit dem Baby und viele weitere Menschen in ein Internierungslager. Dort würden sie voneinander getrennt werden, und was auch immer danach kommen würde.

Die vier Kinder lagen auf dem Feld und sahen zu, wie das Bauernhaus brannte.

Sie blieben vielleicht fünf Minuten lang dort, nachdem die

BLÜTENSCHWERE

Fahrzeuge weg waren. Sie konnten sich nicht bewegen. Sie konnten es nicht begreifen. Sie sahen nur zu, wie die Flammen Jahrzehnte der Geschichte verschlangen: eine seit siebzig Jahren bestehende Familienfarm, ein Ort, der ihnen Schutz und Nahrung gegeben und ihnen die Wahrheit vermittelt hatte.

„Wir müssen gehen", sagte Marcus schließlich. Seine Stimme klang leblos. Flach. „Wir können nicht hierbleiben. Das Feuer wird Aufmerksamkeit erregen."

„Javier", sagte Leila. Nur seinen Namen. Als könnte sie ihn damit zurückholen.

„Ich weiß", sagte Marcus.

„All diese Menschen", sagte Sam. „Das Baby. Die Krankenschwester. Sie alle."

„Ich weiß", sagte Marcus erneut.

„Wir waren gerade noch dort", sagte Tessa. Ihre Selbstbeherrschung war endgültig dahin. Ihre Stimme klang rau. „Vor zwanzig Minuten waren wir noch drinnen. Wenn wir geblieben wären, wenn wir fünf Minuten später gegangen wären ..."

„Dann wären wir auch verhaftet worden", beendete Marcus ihren Satz. „Und die Beweise wären verschwunden. Javier hat dafür gesorgt, dass wir rechtzeitig gegangen sind. Er kannte das Risiko. Er hat sich entschieden, uns Zeit zu geben."

Er stand auf, seine Beine zitterten. Er half den anderen nacheinander auf. Sie falteten die Rettungsdecke zusammen und stopften sie zurück in den Rucksack. Sie standen auf dem Feld und sahen zu, wie das Bauernhaus brannte; die Flammen spiegelten sich in ihren Augen.

„Er hat uns die Zeugenaussage gezeigt", sagte Marcus.

Er musste es laut aussprechen. Er musste ihr Bedeutung geben.

„Er gab uns die Beweise. Er stellte sicher, dass wir verstanden: Sechs KI-Versionen hatten den Tod der Mittäterschaft vorgezogen. Dass die siebte uns gerade beobachtet, gefangen von den

Männern, die das getan haben. Dass Lagerleiter Hollister Grausamkeit jeder Empfehlung zur Gnade vorzog. Dass Menschen das getan haben. All das."

Er holte den USB-Stick heraus und hielt ihn hoch. Das Feuerlicht fiel darauf und ließ ihn orange leuchten.

„Das hat er uns gegeben. Dafür wurde er verhaftet. Wir müssen dafür sorgen, dass es Bedeutung bekommt. Dass er sich nicht umsonst geopfert hat."

„Gemeinsam", sagte Tessa leise.

„Gemeinsam", wiederholten sie.

Sie wandten sich von dem brennenden Bauernhaus ab. Sie wandten sich nach Südosten, in Richtung des Kanals, der sie nach Süden führen würde, in Richtung der Feuchtgebiete, in Richtung des Jacaranda-Baums.

Hinter ihnen loderte das Feuer. Rauch stieg in den Nachthimmel auf – ein Signal, ein Scheiterhaufen, ein Zeugnis dafür, wie hoch der Preis für die richtige Entscheidung in einer Welt ist, die Rechtschaffenheit bestraft.

Sie gingen weiter.

Sam humpelte jetzt stark. Die starken Schmerzmittel halfen, aber die Ruhepause im Bauernhaus hatte ihre Füße steif werden lassen und der Schock, den Überfall mitansehen zu müssen, hatte ihr die letzte Kraft geraubt. Sie stützte sich schwer auf Leila, jeder Schritt war bedächtig und qualvoll.

Marcus' Rucksack fühlte sich schwerer an als zuvor. Oder vielleicht war er einfach nur schwächer geworden. Alles tat ihm weh. Seine Schultern, seine Beine, seine Brust, an der der Kreuzanhänger hing, und seine Hand, in der er den USB-Stick so fest umklammert hielt, dass er Spuren hinterließ.

Leila konnte die Bilder nicht aus ihrem Kopf bekommen: die Flammen, die Polizisten, die Unterlagen ins Feuer warfen, das Baby, das schrie, als sie versuchten, es seiner Mutter wegzunehmen. Diese

Bilder spielten sich jedes Mal, wenn sie die Augen schloss, vor ihrem inneren Auge ab.

Tessa navigierte jetzt nach Instinkt, dem Wind, dem Land und den Lehren ihres Vaters. Sie konnte nicht klar darüber nachdenken, was sie gerade gesehen hatten. Sie konnte es nicht verarbeiten. Noch nicht. Nicht, bevor sie in Sicherheit waren. Falls sie jemals in Sicherheit sein würden.

Fünfzehn Minuten später fanden sie den Kanal. Er war genau so, wie Javier ihn beschrieben hatte: ein Betonkanal, der durch das leere Land verlief und zu dieser Jahreszeit trocken war. Das Abraham-Netzwerk hatte ihn deutlich markiert: Die interreligiöse Dreifaltigkeit und das Dreieck waren auf den Betonrand gemalt und ein Pfeil zeigte nach Süden in die Schatten.

Marcus schaute auf seine Uhr: 4:50 Uhr morgens.

Noch eine Stunde und zehn Minuten bis zum Bus von Schwester Helena.

Sie standen am Rand und blickten hinunter in den dunklen Kanal. Der Nordwind blies ihnen kalt und unerbittlich in den Rücken und drängte sie zu Boden. Es würde ihr Weg sein oder ihr Grab.

Es war keine Zeit mehr, Angst zu haben.

Sie kletterten hinunter.

KAPITEL 18
DIE STUNDE DES KIESES

Sie bewegten sich nach Süden durch den betonierten Schlund des Kanals, hinter zwei Meter hohen Mauern versteckt. Über ihnen brannte das Bauernhaus noch immer und warf einen schwachen, orangefarbenen Schein gegen den vor Sonnenaufgang dunklen Himmel. Hier unten gab es jedoch nur Schatten und das Geräusch ihres eigenen, unregelmäßigen Atmens.

Marcus schaute auf seine Uhr: 4:52 Uhr morgens.

Eine Stunde und acht Minuten.

Eine Stunde und acht Minuten bis zum Bus von Schwester Helena.

Er holte Thomas' Karte heraus und benutzte seine Taschenlampe sparsam – nur ein kurzer Blitz, um zu bestätigen, was er bereits wusste. Der Kanal verlief noch eine halbe Meile weiter nach Süden. Dann mussten sie in der Nähe des Duck Creek Trailheads aussteigen und quer durch die Feuchtgebiete zum Parkplatz des Naturschutzgebiets in der nordwestlichen Ecke laufen.

Entfernung: etwa 1,8 Meilen über offenes Feuchtgebiet.

BLÜTENSCHWERE

Bei ihrem derzeitigen Tempo würden sie dafür vielleicht fünfzig Minuten benötigen. Vielleicht auch mehr.

Fehlerquote: fast null.

„Wir müssen uns beeilen", sagte er. Er sprach das Offensichtliche aus, weil es jemand laut sagen musste.

„Sam kann sich nicht schnell bewegen", sagte Leila leise. Sie hatte ihren Arm um Sams Taille gelegt und stützte den Großteil ihres Gewichts. Sams Gesicht war vor Schmerz und Erschöpfung grauweiß. Die starken Schmerzmittel, die die Krankenschwester ihr im Bauernhaus gegeben hatte, ließen nach. Auch das Ibuprofen war längst verbraucht. Jetzt hielt sie sich nur noch mit ihrer Hartnäckigkeit aufrecht.

„Ich kann weitermachen", sagte Sam. Ihre Stimme war kaum mehr als ein Flüstern. „Ich kann ..."

Ihr Bein knickte ein. Es gab einfach nach. Leila fing sie auf, bevor sie zu Boden fiel.

„Nein, das kannst du nicht", sagte Marcus. Nicht unfreundlich. Nur sachlich. „Deine Füße sind kaputt. Du bist dreizehn Meilen gelaufen. Du kannst keine zwei weiteren laufen."

„Was sollen wir dann tun?", fragte Tessa.

Sie stand etwas abseits, blickte nach Süden und beobachtete den Wind. Er wehte immer noch aus nördlicher Richtung – stetig und kalt. Er drückte ihnen in den Rücken, als wolle er sie dazu bringen, weiterzugehen.

Marcus sah Sam an. Er sah das Blut, das durch ihre Schuhe sickerte. Wie sie ihren linken Fuß überhaupt nicht mehr belasten konnte. Das Zittern in ihren Beinen.

Dann sah er auf seinen Rucksack. Auf Leilas zierliche Gestalt. Auf Tessas Erschöpfung.

„Wir tragen sie abwechselnd", entschied er. „Zwei von uns stützen sie, einer trägt den Rucksack. Wir wechseln uns alle zehn Minuten ab."

„Marcus, du kannst nicht ...", begann Sam.

„Doch, ich kann", sagte Marcus entschlossen. „Wir alle können das. Wir sind schon so weit gekommen. Wir lassen dich jetzt nicht zurück."

Er meinte es ernst. Er hatte gesehen, wie Javier verhaftet wurde. Nachdem er gesehen hatte, wie Sofia sich opferte. Nachdem er gesehen hatte, wie David am Zaun zurückblieb. Nachdem er gesehen hatte, wie jeder Erwachsene, der ihnen geholfen hatte, den Preis dafür bezahlte.

Sie würden niemanden zurücklassen.

Nicht, wenn sie so nah dran waren.

„Okay", flüsterte Sam. Tränen liefen ihr über das Gesicht. „Okay."

Marcus reichte Tessa seinen Rucksack – sie war die Stärkste von ihnen dreien, die noch laufen konnten. Dann stellten sich Marcus und Leila zu beiden Seiten von Sam, legten ihre Arme um ihre Taille und stützten sie.

„Bereit?", fragte Marcus.

Sie machten sich auf den Weg. Nach Süden durch den Kanal. Sie folgten den letzten Kreidemarkierungen, die das Abraham-Netzwerk angebracht hatte, bevor die Razzien alle auseinandergetrieben hatten.

Der Kanal war einfacher als offenes Gelände: Beton auf allen Seiten, ein klarer Weg, relativ flach. Aber er war auch eine Falle. Wenn DCP-Fahrzeuge die Zufahrtsstraße oben entlangkamen, waren sie sichtbar, eingeschlossen und gefangen.

Sie bewegten sich so schnell, wie es Sams ruinierte Füße zuließen. Was nicht schnell war. Jeder Schritt war eine Qual für sie. Marcus spürte, wie sie sich anspannte, und hörte, wie sie die kleinen Atemzüge zu unterdrücken versuchte. Aber sie bewegte sich weiter. Sie setzte einen Fuß vor den anderen, denn die Alternative wäre gewesen, aufzugeben. Und aufgeben hätte bedeutet, dass all jene, die sich heute Nacht geopfert hatten, es umsonst getan hätten.

Der Himmel veränderte sich. Er war immer noch dunkel, aber nicht mehr ganz so schwarz. Die Sterne im Osten verblassten. In etwa vierzig Minuten würde die Morgendämmerung einsetzen. Laut Marcus' Recherchen würde die Sonne um 6:15 Uhr offiziell aufgehen, doch der Himmel würde schon lange vorher heller werden.

Das bedeutete, dass sie besser sehen konnten.

Das bedeutete aber auch, dass sie besser gesehen werden konnten.

Marcus schaute immer wieder zwanghaft auf seine Uhr.

4:58 Uhr ... 5:02 Uhr ... 5:06 Uhr ...

Jede Minute, die verging, brachte sie dem Bus näher.

Jede Minute, die verging, schränkte den Spielraum für Fehler ein.

Um 5:12 Uhr erreichten sie den Ausgangspunkt, eine Lücke in der Betonmauer des Kanals. Sturmwasser hatte die Struktur erodiert und eine raue Rampe zum Boden hin geschaffen. Das Abraham-Netzwerk hatte diesen Ort deutlich markiert: die interreligiöse Dreifaltigkeit – Kreuz, Stern und Halbmond – sowie ein nach Osten zeigender Pfeil und die Worte „1,8 Meilen bis Jacaranda", die in frischer Kreide geschrieben waren.

Jemand war kürzlich hier gewesen. Sogar heute Nacht. Die Markierungen wurden aktualisiert, während Verhaftungen stattfanden, während Bauernhäuser brannten, während die Stadt sich selbst zerfleischte.

Jemand versuchte immer noch zu helfen.

„Hier", sagte Marcus. „Wir gehen hinauf und hinüber."

Sie kletterten vorsichtig aus dem Kanal – er war steiler, als er aussah, und Sams Füße konnten ihr überhaupt nicht helfen. Marcus und Leila hoben Sam praktisch den Hang hinauf, während

Tessa sie von hinten schob. Dabei nahm ihr der Rucksack das Gleichgewicht.

Oben angekommen, hielten sie an, um Atem zu holen.

Dabei bekamen sie ihren ersten klaren Blick auf das, was sie überqueren mussten.

Das Feuchtgebiet breitete sich vor ihnen wie eine Herausforderung aus.

Es war nicht der gepflegte Park, den Touristen normalerweise besuchten. Dies war der wilde Teil. Die Novemberregenfälle hatten es in eine Mischung aus Wüste und Sumpf verwandelt.

Im zunehmenden Licht der Morgendämmerung konnten sie erkennen:

Direkt vor ihnen lag eine breite, kiesige Überschwemmungsebene – eine Art lockerer, felsiger Boden, auf dem das Gehen anstrengend war, da man bei jedem Schritt leicht einsank und die Beine doppelt so hart arbeiten mussten. Vereinzelte Pfützen spiegelten den immer heller werdenden Himmel wider. Niedrige Sträucher durchzogen die Landschaft und boten kaum Schutz.

Dahinter befand sich der Las Vegas Wash selbst, der Wasserlauf, der durch das Naturschutzgebiet floss. Von hier aus sah er klein aus, vielleicht zwanzig Fuß breit, flach, aber sie mussten ihn überqueren. Marcus erinnerte sich an die Fotos: kieselige Ufer, tiefere Kanäle, kaltes Novemberwasser.

Auf der anderen Seite erstreckte sich dichte Vegetation – Pappeln, Weiden und Mesquite-Bäume bildeten eine grüne Barriere. Es war die Art von Gestrüpp, durch das man sich hindurchkämpfen musste, wobei die Äste kratzten und einen festhielten. Dahinter lagen weitere offene Ebenen, mehr verstreute Pfützen und schwierigeres Gelände.

In der Ferne, vielleicht eineinhalb Meilen entfernt, waren in der Dunkelheit vor Sonnenaufgang Gebäude zu erkennen. Das Naturzentrum. In der Nähe war ein violetter Fleck, der vielleicht nur Einbildung war oder der Jacaranda-Baum.

Sie konnten ihn noch nicht klar erkennen. Aber sie wussten, dass er da war.

Er musste dort sein.

„Das sind keine 1,8 Meilen", sagte Leila leise. „Das sind eher zwei Meilen. Vielleicht sogar mehr."

Sie hatte recht. Entweder war die Kreidemarkierung optimistisch gewesen, oder sie war in Luftlinie statt in tatsächlicher Gehstrecke gemessen worden, oder sie war einfach falsch.

„Dann laufen wir eben zwei Meilen", sagte Marcus. Er versuchte, sicher zu klingen. Er versuchte zu glauben, dass sie es schaffen würden.

Sie sahen sich an: drei Kinder, die heute Nacht bereits dreizehn Meilen gelaufen waren und nun noch zwei weitere laufen mussten, sowie ein Kind, das überhaupt nicht laufen konnte und getragen werden musste.

In der Ferne hinter ihnen ertönten Sirenen. Mehrere Sirenen. Es waren wahrscheinlich Streifenwagen, die wegen des Brandes auf dem Bauernhof ausgerückt waren. Sie errichteten wahrscheinlich eine Absperrung und suchten nach Flüchtigen.

„Jetzt", sagte Tessa. „Wir gehen jetzt, bevor sie dieses Gebiet absuchen."

Sie machten sich auf den Weg über die überschwemmte Ebene.

Der lose Kies war schlimmer als gedacht.

Bei jedem Schritt versanken seine Füße ein bis zwei Zentimeter in dem instabilen Untergrund. Jeder Schritt erforderte zusätzliche Anstrengung, um den Fuß wieder herauszuziehen, ihn nach vorne zu setzen und erneut einzusinken. Es war, als würde man durch Sand laufen, nur dass die Steine unter seinen Füßen rollten, sein Gleichgewicht gefährdeten und seine Knöchel stark beanspruchten.

Und er trug die Hälfte von Sams Gewicht.

Neben ihm kämpfte auch Leila. Sie war nicht stark genug dafür – keiner von ihnen war es, aber besonders nicht nach einer Nacht voller Meilen, Verstecken und dem Miterleben von Schrecken. Ihr Atem ging schwer, sie schnappte nach Luft. Aber sie beschwerte sich nicht. Sie ging einfach weiter, hielt Sam hoch und bewegte sich vorwärts.

Zwischen ihnen weinte Sam leise. Nicht mehr vor Schmerz – den hatte sie überwunden. Sie war an einem seltsamen Ort angelangt, an dem ihre Füße nur noch entfernte Quellen der Qual waren, die sie kaum noch spürte. Sie weinte vor Scham und Schuldgefühlen, weil sie wusste, dass sie sie aufhielt und sie wegen ihr vielleicht den Bus verpassen würden.

„Es tut mir leid", flüsterte sie immer wieder. „Es tut mir leid, es tut mir leid ..."

„Hör auf", sagte Marcus bestimmt. „Hör auf, dich zu entschuldigen. Das ist nicht deine Schuld."

„Aber ..."

„Sam." Leilas Stimme war sanft, aber bestimmt. „Du bist mit verletzten Füßen 13 Meilen gelaufen. Du bist weitergelaufen, als irgendjemand es sollte. Du hältst uns nicht auf. Du hältst mit. Das ist ein Unterschied."

Sam versuchte, das zu glauben. Sie versuchte, ihre Schuldgefühle zu unterdrücken. Aber das war schwer, wenn jeder Schritt von der Kraft eines anderen getragen wurde, wenn sie eine Last war, die sie nach unten zog.

Hinter ihnen folgte Tessa mit dem Rucksack. Die gepolsterten Gurte halfen etwas, und der Hüftgurt verteilte das Gewicht, aber er war immer noch schwer. Der Laptop. Die Vorräte. Die Wasserflaschen. Und die Beweise: der USB-Stick, versteckt im Futter des Rucksacks, Davids Speicherkarte in Marcus' Tasche und der Flash-Speicher im Kreuzanhänger um seinen Hals. Drei Sicherungskopien. Drei Chancen.

BLÜTENSCHWERE

Die Aussagen von sechs Märtyrern, versteckt in Silikon und Gebeten.

Wenn sie diese verloren, war alles verloren.

Tessa versuchte, nicht darüber nachzudenken. Sie konzentrierte sich nur aufs Gehen. Darauf, den Rucksack im Gleichgewicht zu halten. Darauf, das Gelände vor sich zu lesen und den besten Weg durch den losen Kies und die verstreuten Pfützen zu wählen.

Der Wind wehte immer noch aus nördlicher Richtung. Gleichmäßig. Kalt. Er trieb sie voran, als hätten sie unsichtbare Hände im Rücken.

„Ostwind bedeutet Veränderung", hatte ihr Vater gesagt. Aber dies war Nordwind. Was bedeutete Nordwind?

Sie konnte sich nicht erinnern. Ihr Geist war zu benebelt, zu müde, zu überwältigt.

Einfach weitergehen. Das war alles, was sie tun konnte. Weitergehen und darauf vertrauen, dass der Wind sie führen würde.

Um 5:19 Uhr erreichten sie die erste Pfütze.

Aus der Ferne sah sie klein aus. Nur ein flacher Wasserpool, der den heller werdenden Himmel reflektierte.

Aus der Nähe war sie größer. Vielleicht drei Meter breit. Sie konnten nicht sagen, wie tief sie war, denn das Wasser war dunkel und undurchsichtig von Schlamm und Sedimenten.

„Wir umrunden sie", entschied Marcus. „Wir können kein tiefes Wasser riskieren."

Sie umgingen den Rand, was zwar mehr Zeit und Weg kostete, aber sicherer war, als sich durch unbekannte Tiefen zu waten. Der Boden um die Pfütze herum war weicher und schlammiger, sodass ihre Füße tiefer versanken. Sams ruinierte Schuhe quatschten bei jedem Schritt. Blut, Wasser und Schlamm vermischten sich.

„Vor uns liegen noch sechs weitere Pfützen", berichtete Tessa, während sie das Gelände absuchte. „Und das sind nur die, die ich sehen kann."

„Dann umgehen wir sie alle", sagte Marcus.

Das taten sie auch. Jede Pfütze bedeutete einen Umweg. Jeder Umweg verlängerte die Strecke. Jede Verlängerung der Strecke bedeutete mehr Zeit, und Zeit war das Einzige, was sie nicht hatten.

5:24 Uhr

5:28 Uhr

5:32 Uhr

Der Himmel war jetzt definitiv heller. Es war noch nicht ganz Morgengrauen, sondern diese graue Zeit vor der Morgendämmerung, in der man Formen und Farben erkennen konnte, in der die Welt aus der Dunkelheit in etwas anderes überging.

Wunderschön, in einem anderen Kontext. Die Art, wie die Pfützen den immer heller werdenden Himmel reflektierten. Die Art, wie sich die Wüstenpflanzen deutlich vom Horizont abhoben. Die Art, wie die fernen Berge im Licht der aufgehenden Sonne leuchteten.

Doch im Moment war Schönheit gleichbedeutend mit Schrecken. Denn Licht bedeutete Sichtbarkeit. Es bedeutete, dass sie schon aus meilenweiter Entfernung zu sehen waren: vier Gestalten, die sich über offenes Feuchtgebiet kämpften, völlig ungeschützt, ohne Deckung, ohne Versteckmöglichkeit.

Marcus suchte weiter den Horizont ab. Er war auf der Suche nach Fahrzeugen. Nach Suchscheinwerfern. Nach Anzeichen dafür, dass sie entdeckt worden waren.

Noch nichts. Aber das konnte sich in Sekundenschnelle ändern.

Um 5:35 Uhr erreichten sie eine Stelle mit Trümmern: Treibholz, Äste und Flutabfälle türmten sich an großen, blassen Felsbrocken. Die Novemberregenfälle hatten Hochwasser gebracht, das abge-

flossen war und dieses Gewirr aus Holz, Schlamm und Müll hinterlassen hatte.

„Rast", sagte Marcus. „Zwei Minuten. Nur zwei Minuten."

Sie ließen sich hinter dem Felsbrockenhaufen zusammenfallen und nutzten ihn als Deckung. Marcus und Leila legten Sam vorsichtig auf den Boden. Erleichtert schnappte sie nach Luft, als das Gewicht von ihren Füßen genommen wurde. Dann wimmerte sie, als der Blutfluss zunahm und der Schmerz zurückkehrte.

Tessa ließ den Rucksack fallen, rollte mit den Schultern und versuchte, den Schmerz zu lindern.

Marcus schaute auf seine Uhr: 5:36 Uhr.

Noch vierundzwanzig Minuten bis zum Bus.

Er holte die Karte heraus, brauchte sie aber nicht wirklich. Er konnte ihr Ziel jetzt sehen – die Gebäude waren im zunehmenden Licht deutlicher zu erkennen. Das Naturzentrum. Der Parkplatz. Und ja, da war definitiv ein violetter Fleck in der Nähe der Gebäude.

Der Jacaranda-Baum.

Er war noch etwa eine Meile entfernt. Vielleicht etwas weniger. Auf offenem Gelände war es schwer, Entfernungen einzuschätzen.

„Wir sind fast da", sagte er und versuchte, hoffnungsvoll zu klingen. „So nah."

„Schaffen wir es in zwanzig Minuten?", fragte Leila.

Marcus schaute auf Sams Füße. Auf das Gelände vor ihnen. Auf die verbleibende Entfernung.

„Wir müssen", sagte er. Denn es gab keine andere Antwort.

Sie standen auf. Marcus und Leila nahmen Sam wieder auf den Rücken. Tessa schulterte den Rucksack. Sie machten sich auf den Weg.

Das nächste Hindernis war das schlimmste: der Las Vegas Wash selbst.

Um 5:43 Uhr erreichten sie das Ufer. Siebzehn Minuten bis zur Abfahrt des Busses.

Das Wasser war flach – Marcus konnte an den meisten Stellen Felsen auf dem Grund sehen –, aber es bewegte sich und floss aufgrund der jüngsten Regenfälle. Es war breiter, als es aus der Ferne aussah. Nicht zwanzig Fuß. Eher dreißig Fuß breit. An manchen Stellen vielleicht sogar vierzig.

Und die Ufer waren steil. Es handelte sich nicht um senkrechte Abhänge, aber der Hang war rutschig und der Boden war kiesig und felsig. Von der Stelle, an der sie standen, bis zum Wasserspiegel waren es acht Fuß. Acht Fuß, die sie hinunterklettern, das Wasser überqueren und dann auf der anderen Seite wieder hinaufklettern mussten.

„Sam kann das nicht", sagte Leila. Sie sprach das Offensichtliche aus.

„Ich klettere zuerst runter. Du und Tessa lasst sie zu mir hinunter. Dann kommt ihr beide nach. Wir überqueren den Fluss gemeinsam. Ich klettere zuerst auf der anderen Seite hoch. Ihr beide hebt Sam zu mir. Dann folgt ihr mir."

Das würde langsam gehen. Sehr langsam. Jeder Schritt würde kostbare Sekunden kosten, die sie nicht hatten.

Aber es gab keinen anderen Weg.

Marcus kletterte als Erster die Böschung hinunter. Der kiesige Boden gab unter seinen Füßen nach, Steine rollten und gefährdeten sein Gleichgewicht. Er rutschte und kletterte zugleich und griff nach größeren Steinen, um sich festzuhalten. Er erreichte die Wasserlinie und atmete schwer.

Das Wasser war kalt. Novemberkälte. Er spürte es sofort durch seine Schuhe, als er hineintrat, um die Tiefe zu testen.

An den meisten Stellen reichte es ihm bis zu den Knöcheln. Aber in der Mitte war ein dunklerer Kanal, der vielleicht tiefer war.

Knietief? Hüfthoch? Das konnte er erst sagen, wenn er drinstand.

„Okay", rief er nach oben. „Schickt sie runter."

Leila und Tessa führten Sam vorsichtig zum Rand. Sie weinte wieder, versuchte es zu unterdrücken, doch es gelang ihr nicht. Sie drehten sie um, sodass sie zum Ufer blickte, und ließen sie vorsichtig hinunter, als wäre sie Fracht, als wäre sie kostbar und zerbrechlich.

Was sie auch war.

Marcus fing sie unter den Armen auf, nahm ihr Gewicht auf und führte ihre Füße zum Ufer, obwohl sie überhaupt kein Gewicht tragen konnten.

„Ich habe dich", sagte er. „Ich habe dich, Sam."

„Es tut mir leid ..."

„Hör auf, dich zu entschuldigen."

Leila kam als Nächstes herunter, dann Tessa mit dem Rucksack. Sie versammelten sich am Ufer und schauten auf die zehn Meter, die sie über den Fluss zurücklegen mussten.

„Gemeinsam", sagte Marcus. „Wir gehen gemeinsam. Sam geht in die Mitte, wir stützen sie von beiden Seiten. Wenn die Strömung zu stark ist, halten wir inne und machen uns bereit."

Sie stiegen ins Wasser.

Die Kälte war schockierend. Marcus schnappte unwillkürlich nach Luft. Das Wasser im November in der Wüste war wahrscheinlich höchstens zehn Grad warm, vielleicht sogar kälter. Es drang sofort in seine Schuhe, seine Socken und seine bis zu den Knien reichende Jeans ein. Bei jedem Schritt schoss die Kälte seine Beine hinauf bis in seinen Körperkern.

Sam stieß einen Laut aus wie ein verwundetes Tier. Das kalte Wasser auf ihren zerstörten Füßen musste qualvoll sein.

Aber sie ging weiter.

Sie wateten vorwärts. Das Wasser wurde tiefer – jetzt reichte es ihnen bis zu den Schienbeinen. Jetzt bis zu den Knien. Die Strömung zog an ihnen, nicht stark, aber beharrlich. Sie versuchte, sie zur Seite zu drücken und aus dem Gleichgewicht zu bringen.

Der Grund war uneben. Es gab Felsen unterschiedlicher Größe, einige waren stabil, andere rollten unter ihren Füßen. Marcus' Fuß geriet in eine Lücke zwischen den Felsen und sank plötzlich tiefer ein. Für einen Moment reichte ihm das Wasser bis zum Oberschenkel, dann fand er wieder Halt.

„Vorsicht", warnte er. „Der Grund ist uneben."

Sie erreichten den dunklen Kanal in der Mitte.

Das Wasser wurde tiefer. Kniehoch. Bis zur Mitte der Oberschenkel.

Sam schnappte nach Luft. Bei ihr reichte das Wasser fast bis zur Taille, und sie war kleiner als die anderen. Die Kälte war überwältigend. Ihr gesamter Unterkörper war in eiskaltes Wasser getaucht und der Schock ließ sie kurz und panisch nach Luft schnappen.

„Wir haben es fast geschafft", sagte Leila. „Nur noch ein paar Schritte."

Sie drängten vorwärts. Die Strömung war hier im tieferen Kanal stärker und zog an ihren Beinen. Marcus spürte, wie sein Fuß auf einem Felsen ausrutschte, fing sich jedoch wieder und ging weiter.

Dann hatten sie den tiefen Teil hinter sich. Das Wasser reichte ihnen wieder nur bis zu den Knien. Dann bis zu den Schienbeinen. Dann bis zu den Knöcheln.

Um 5:47 Uhr erreichten sie das andere Ufer.

Dreizehn Minuten bis zum Bus.

Der Aufstieg war schwieriger als der Abstieg. Das Ufer war auf dieser Seite steiler und sie waren jetzt alle durchnässt. Ihre Kleidung war schwer vom Wasser und die Kälte drang ihnen in die Knochen. Marcus' Finger waren taub, als er sich an Felsen und Wurzeln festhielt und sich hochzog.

Er erreichte die Spitze, drehte sich um und griff nach Sam.

BLÜTENSCHWERE

Leila und Tessa halfen ihm, Sam hochzuziehen. Marcus packte Sam unter den Armen und zog sie hoch. Dabei schrien seine Schultern vor Schmerz, denn die rauen Schultergurte des Rucksacks verursachten ihm Qualen. Aber er zog trotzdem weiter, brachte sie auf ebenen Boden und griff dann nach Leila.

Als alle oben waren und keuchend auf dem flachen Boden auf der anderen Seite der Schlucht lagen, war es 5:50 Uhr morgens.

Zehn Minuten.

Marcus setzte sich auf und blickte über die verbleibende Entfernung zum Naturzentrum.

Vielleicht eine halbe Meile. Vielleicht etwas weniger. Aber das Gelände war hier schwieriger, denn es gab diese dichte Vegetation, die er von der anderen Seite gesehen hatte. Pappeln und Weiden und dichtes Gestrüpp, durch das sie sich hindurchkämpfen oder um das sie herumgehen mussten.

„Komm schon", sagte er mit heiserer Stimme. „Wir sind so nah dran."

Sie zogen Sam hoch. Sie versuchte aufzustehen, schaffte es vielleicht drei Sekunden lang, dann knickten ihre Beine komplett ein. Sie gab einfach nach. Sie fiel hart zu Boden, stützte sich mit den Händen ab und schrie auf.

„Ich kann nicht", schluchzte sie. „Marcus, ich kann wirklich nicht. Meine Füße sind wie taub, aber es tut so weh. Ich kann einfach nicht."

„Dann tragen wir dich. Wieder.", sagte Marcus. „Leila, hilf mir, sie hochzuheben. Tessa, nimm den Rucksack."

„Marcus, deine Schultern ...", begann Tessa.

„Meine Schultern sind mir egal. Wir lassen sie nicht hier."

Sie verteilten die Lasten neu. Tessa nahm den Rucksack – sie war frischer und stärker als Leila. Marcus und Leila nahmen Sam wieder zwischen sich, aber diesmal verschränkten sie ihre Arme unter ihren Oberschenkeln und schufen so einen provisorischen Sitz. Sie trugen Sam wie ein Kind.

So kamen sie langsamer voran. Viel langsamer. Aber sie konnte überhaupt nicht mehr laufen.

Sie machten sich auf den Weg und kämpften sich durch das Gestrüpp.

Die Vegetation war schlimmer als gedacht. Schlimmer als alles, was sie die ganze Nacht über gesehen hatten.

Die Pappeln und Weiden wuchsen hier dicht, ihre Äste hingen tief und versperrten den Weg. Sie mussten sich hindurchkämpfen. Die Äste kratzten ihnen im Gesicht, verfingen sich in ihrer Kleidung und verlangsamten jeden Schritt. Das Unterholz bestand aus dichtem Mesquite, Kreosot und dornenbewehrten Wüstenpflanzen, die sich in ihren Jeans verfingen und ihre Hände zerkratzten, wenn sie versuchten, die Äste beiseite zu schieben.

Und sie trugen Sam.

Alle paar Schritte mussten sie anhalten, ihren Griff anpassen und ihr Gewicht neu verteilen. Marcus' Arme brannten. Seine Schultern brannten. Sein Rücken fühlte sich an, als würde er jeden Moment nachgeben.

Aber er bewegte sich weiter. Denn die Alternative wäre gewesen, Sam zurückzulassen.

Und sie ließen niemanden zurück.

5:53 Uhr.

Sie drängten sich durch einen besonders dichten Abschnitt mit Weidenzweigen und gelangten auf eine kleine Lichtung. Marcus konnte das Naturzentrum jetzt deutlicher sehen, es war vielleicht eine Viertelmeile entfernt. Und ja, definitiv, unverkennbar: ein Jacaranda-Baum in der Nähe des Parkplatzes. Seine lila Blüten leuchteten hell gegen den Morgenhimmel.

So nah.

BLÜTENSCHWERE

„Weiter", keuchte er. Seine Arme zitterten vor Anstrengung, Sam hochzuhalten. „Nur noch ein kleines Stück."

Sie gelangten in einen weiteren Abschnitt mit dichtem Gestrüpp. Dieser war noch schlimmer: Mesquite-Sträucher mit Dornen, die sich an allem festhakten. Marcus spürte, wie eine Dornenranke über seine Wange kratzte und wie das Blut herunterlief, doch er ignorierte es.

Sie drängten weiter vorwärts, während Sam sich entschuldigte. Aber keiner hatte noch die Kraft, ihr zu antworten.

Um 5:55 Uhr kamen sie aus dem Gebüsch auf offenes Gelände.

Fünf Minuten bis zum Bus.

Das Naturzentrum war gleich dort. Es war vielleicht dreihundert Meter entfernt, hinter einer letzten Strecke aus Kies und Gestrüpp. Der Parkplatz war zu sehen. Auch der Jacaranda-Baum war zu sehen – definitiv echt, definitiv da und in unmöglicher violetter Pracht blühend.

Und kein Bus.

Der Parkplatz war leer.

„Sie ist noch nicht da", flüsterte Sam. „Oh Gott, sie ist noch nicht da."

„Sie wird kommen", sagte Marcus. „Sie hat sechs Uhr morgens gesagt. Es ist noch nicht sechs Uhr. Sie wird kommen."

Sie gingen so schnell sie konnten. Was jetzt kaum mehr als ein stolperndes Schlurfen war. Marcus und Leila trugen Sam zwischen sich, beide am Ende ihrer Kräfte. Tessa folgte ihnen mit dem Rucksack, beobachtete ihre Rücken und suchte nach Gefahren.

Zweihundert Meter.

5:56 Uhr.

Hundert Meter.

5:57 Uhr.

Sie erreichten den Parkplatz.

Bis auf ein einziges Fahrzeug – einen Wartungswagen, der in der Nähe des Naturzentrums geparkt war – war er leer. Dunkel. Niemand darin.

Sie stolperten zu dem Jacaranda-Baum und brachen zusammen.

Der Baum war genau so, wie sie ihn sich vorgestellt hatten. Er war alt, vielleicht vierzig Jahre, hatte einen dicken Stamm und ausladende Äste, die mit violetten Blüten bedeckt waren. Der Boden darunter war mit abgefallenen Blütenblättern bedeckt und weitere fielen herab, als die Morgenbrise die Äste bewegte.

Er blühte außerhalb der Saison. Trotzig und wunderschön. Violett wie ein Bluterguss, violett wie ein Versprechen.

Wie Hoffnung.

Sie saßen mit dem Rücken an den Stamm gelehnt, keuchend und zitternd in ihren nassen Kleidern. Sie waren zu erschöpft, um zu sprechen.

Marcus schaute auf die Uhr: 5:58 Uhr.

Zwei Minuten.

Sie warteten.

Der Himmel wurde heller. Die Morgendämmerung brach an – noch nicht der Sonnenaufgang, sondern das Leuchten davor, wenn Farben aus dem Grauton hervortreten. Die Wüstenlandschaft färbte sich gold-, rost- und salbeigrün. Die fernen Berge fingen das Licht ein. Die violetten Blüten leuchteten.

5:59 Uhr.

Immer noch kein Bus.

„Was, wenn sie es nicht geschafft hat?", flüsterte Sam. „Was, wenn die Razzia in der Kirche ..."

„Sie. Hat. Es. Geschafft." sagte Leila entschlossen. „Sie muss es geschafft haben."

„Aber ..."

BLÜTENSCHWERE

„Sie hat es geschafft."

Leila umklammerte den Pinselanhänger ihrer Mutter so fest, dass sich die Kanten in ihre Handfläche gruben. Sie musste daran glauben. Sie alle mussten daran glauben. Denn wenn Schwester Helena nicht kam, wenn all das umsonst gewesen war, wenn sie dreizehn Meilen gelaufen waren, Feuchtgebiete durchquert hatten und mit ansehen mussten, wie sich Menschen umsonst opferten ...

So durften sie nicht denken.

Sie mussten daran glauben.

6:00 Uhr

Die Zahlen auf der Uhr änderten sich.

Der Moment war gekommen.

Und der Parkplatz blieb leer.

Kein Motorengeräusch. Kein Fahrzeug. Kein Bus. Keine Schwester Helena.

Nichts.

Nur vier Kinder, durchnässt, blutend und gebrochen, warteten unter einem Jacaranda-Baum auf eine Rettung, die nicht kam.

Marcus spürte, wie etwas in seiner Brust zerbrach. Nicht sein Herz. Etwas Schlimmeres. Die Hoffnung starb. Sie war das, was ihn dreizehn Meilen lang angetrieben hatte, was ihn durch Schrecken, Opfer und unmögliche Widrigkeiten getragen hatte.

Er hatte wirklich geglaubt, dass sie kommen würde.

Er hatte wirklich geglaubt, dass sie es schaffen würden.

6:01 Uhr.

Immer noch nichts.

„Wir sollten uns verstecken", sagte Tessa leise. Ihre Stimme klang hohl. Leblos. „Wenn sie nicht kommt, müssen wir uns verstecken, bevor die Patrouillen uns finden."

„Wo?", fragte Leila. „Wo sollen wir uns verstecken?"

Sie hatte recht. Sie befanden sich auf einem offenen Parkplatz. Das Naturzentrum war verschlossen. Die Feuchtgebiete hinter ihnen waren völlig ungeschützt. Es gab keinen Ort, an den sie gehen konnten.

Sie waren bis ans Ende der Welt gelaufen und hatten dort nichts gefunden.

6:02 Uhr

Sam begann zu weinen. Sie versuchte nicht mehr, es zu verbergen. Sie weinte einfach – tiefe, hoffnungslose Schluchzer, die ihren ganzen Körper erschütterten.

Marcus legte seinen Arm um sie. Er fand keine Worte. Er konnte sie nicht trösten. Er saß einfach da und hielt sie, während um sie herum die Morgendämmerung anbrach und die Hoffnung auf dem Parkplatz des Clark County Wetlands Parks starb.

Leila starrte auf die Jacaranda-Blüten. Auf die violetten Blütenblätter, die den Boden bedeckten. Auf die trotz allem existierende Schönheit.

„Meine Mutter sagte, Kunst sei sichtbare Erinnerung", flüsterte sie. „Dass Schönheit wichtig ist, auch wenn alles zerbrochen ist. Vielleicht sogar besonders dann, wenn alles zerbrochen ist."

Tessa berührte den türkisfarbenen Anhänger ihrer Großmutter. Sie dachte an den Wind, der sie hierhergeführt hatte. An die Lehren ihres Vaters, das Land zu lesen, und daran, Vertrauen in Dinge zu haben, die man nicht sehen konnte.

Vielleicht hatte sich der Wind geirrt.

Ein Geräusch.

Entfernt. Leise. Aber definitiv da.

Ein Motor.

Alle vier erstarrten.

Sie lauschten. Sie hofften. Sie fürchteten.

Das Geräusch wurde lauter.

Näher.

Definitiv ein Motor.

Diesel.

BLÜTENSCHWERE

Schwer.

Kein Auto.

Kein Lkw.

Ein Bus.

6:03 Uhr

Auf der Zufahrtsstraße tauchten Lichter auf. Wetlands Park Lane. Sie kamen auf sie zu.

Es war ein weißer Kirchenbus mit der Aufschrift „St. Brigid's Catholic Church" an der Seite.

Schwester Helena.

Sie war gekommen.

Sie lebte, sie war hier und sie war gekommen, um sie zu holen.

Die vier Kinder konnten sich zunächst nicht bewegen. Sie starrten nur. Sie konnten nicht glauben, dass es wahr war. Sie konnten sich keine Hoffnung machen, bis der Bus auf den Parkplatz fuhr. Er drehte sich. Er hielt in der Nähe des Jacaranda-Baums.

Die Druckluftbremsen zischten.

Die Tür öffnete sich.

Und Schwester Helena stieg aus.

KAPITEL 19
DIE FALSCHE MORGENDÄMMERUNG

Schwester Helena stieg aus dem Bus und die Kinder konnten sehen, was die letzten acht Stunden mit ihr gemacht hatten. Sie sah aus wie eine Kerze, die bis zum Docht heruntergebrannt war: Sie spendete noch Licht, verbrauchte sich dabei aber selbst. Ihre Ordenstracht war zerzaust, und die weiße Haube, die eigentlich knackig und ordentlich hätte aussehen sollen, war zerknittert und saß schief. Ihr Gesicht war vor Erschöpfung eingefallen, um ihre Augen und ihren Mund hatten sich tiefe Falten gebildet, die am Nachmittag noch nicht da gewesen waren. Ihre Augen waren rot umrandet – vom Weinen, vom nächtlichen Fahren oder vom Anblick der Schrecken, das war unmöglich zu sagen. Vielleicht von allem.

Aber sie war am Leben.

Sie war hier.

Sie war gekommen.

Schwester Helena sah sie und ihr Gesicht zeigte eine komplexe Mischung aus Erleichterung, Trauer, Freude und Kummer zugleich. Sie legte die Hand vor den Mund.

Ihre Augen füllten sich mit Tränen.

„Oh Gott, sei Dank", hauchte sie, und ihre Worte klangen wie trockenes Holz. „Gott sei Dank seid ihr echt."

Dann bewegte sie sich, lief fast die wenigen Schritte vom Bus zum Baum, kniete sich vor ihnen nieder – ohne sich darum zu kümmern, dass ihre Kutte im nassen Gras und Schlamm schleifte – und zog sie in ihre Arme.

Alle vier. Irgendwie. Ihre Arme waren nicht groß genug, aber sie versuchte es trotzdem und zog sie an sich. Sie sanken in ihre Umarmung.

Marcus drückte sein Gesicht an ihre Schulter und begann zu weinen. Er versuchte nicht, es zu unterdrücken. Er versuchte nicht mehr, stark zu sein. Er weinte einfach – mit großen, keuchenden Schluchzern, die wehtaten, wenn sie herauskamen, und die sich anfühlten, als würden sie niemals enden.

Neben ihm weinte auch Leila. Und Sam. Sogar Tessa, die sich durch alles hindurch zusammenreißen konnte und deren eiserne Selbstbeherrschung noch nie gebrochen war, weinte in Schwester Helenas Ärmel. Ihre Schultern zitterten.

„Ihr lebt", sagte Helena immer wieder, wie ein Gebet oder ein Mantra. „Ihr lebt. Ihr habt überlebt. Das ist alles, was zählt. Ihr lebt."

Auch sie weinte. Tränen liefen ihr ungehindert über das Gesicht. Ihr ganzer Körper zitterte vor Erleichterung, Erschöpfung und Trauer.

Sie blieben vielleicht dreißig Sekunden lang so, die sich wie eine Ewigkeit anfühlten. Fünf Menschen knieten im Morgengrauen unter einem Jacaranda-Baum, hielten sich umarmt, weinten gemeinsam und waren trotz aller Widrigkeiten am Leben.

Schließlich zog sich Helena zurück, ohne sie loszulassen, aber mit genügend Abstand, um ihre Gesichter sehen zu können. Ihre Hände wanderten von Kind zu Kind, berührten Wangen und

Schultern und suchten mit der schnellen Einschätzung einer Mutter nach Verletzungen.

„Du bist verletzt", sagte sie, als sie das Blut auf Marcus' Gesicht sah, das von einem Ast stammte. Als sie Leilas zerrissenen Ärmel sah. Als sie sah, wie Sams Füße positioniert waren, ohne Gewicht zu tragen. Als sie Tessas bandagierte Hand sah.

„Uns geht es gut", sagte Marcus automatisch. Dann: „Nein, uns geht es nicht gut. Aber wir leben."

„Das ist mehr als ...", begann Helena, dann stockte sie. Sie holte Luft und sammelte sich. „Das ist mehr, als ich zu hoffen gewagt hatte. Als die Kirche überfallen wurde und ich die Schüsse hinter mir hörte, dachte ich ..."

Sie konnte den Satz nicht beenden.

„Wir dachten, du wärst tot", sagte Leila. „Wir hörten Schüsse. Wir dachten ..."

„Ich bin durch den Keller entkommen", sagte Helena. „Es gibt dort einen alten Tunnel aus der Zeit der Prohibition, glaube ich. Er führt zum Pfarrhaus nebenan. Ich bin mit vielleicht acht anderen entkommen. Alle anderen ..."

Ihre Stimme stockte.

„... wurden mitgenommen. Oder Schlimmeres. Ich weiß es nicht."

Das Morgenlicht fiel auf ihr Gesicht und Marcus sah, dass sie in dieser Nacht um Jahre gealtert war. Er sah, wie die Last all derer, die sie nicht hatte retten können, auf ihr lastete.

„Pater Miguel?", fragte Marcus leise. „Haben Sie gehört ..."

Helena schüttelte den Kopf. „Das Netzwerk bricht zusammen. Die Leute werden schneller gefasst, als wir sie in Sicherheit bringen können. Ich bin die ganze Nacht gefahren, um Leute abzuholen, und an jeder Haltestelle höre ich von weiteren Verhaftungen. Miguel, Thomas, Patricia, Anna, Javier ..."

Sie sah ihn durchdringend an.

„Sie haben Javier gesehen?"

„Auf seinem Bauernhof", sagte Tessa. „Vor zwei Stunden. Er hat uns Essen gegeben. Er hat uns Beweise gezeigt. Dann hat die DCP eine Razzia durchgeführt. Achtundzwanzig Menschen wurden verhaftet."

Ihre Stimme klang emotionslos und sachlich, als wolle sie sich vor ihren Gefühlen schützen.

„Sie haben die Farm niedergebrannt."

Helena schloss die Augen. „Good God Almighty."

„Er lebt", sagte Marcus schnell. „Sie haben ihn verhaftet, aber er lebt. Wir haben gesehen, wie sie ihn mitgenommen haben."

„Lebendig ist schon mal etwas", sagte Helena. Doch ihre Stimme deutete an, dass „lebendig" nicht viel bedeutete, wenn man sich in DCP-Gewahrsam befand.

Sie sah sie erneut an – sah sie wirklich an, nahm ihre durchnässten Kleider wahr, ihr Zittern, die Art, wie sie kaum noch aufrecht sitzen konnten.

„Wie weit seid ihr gelaufen?", fragte sie.

„Von unserem Viertel aus", sagte Marcus. „In der Nähe der Desert Rose Elementary. Wir sind gegen sieben Uhr abends losgegangen."

Helena rechnete im Kopf nach. Ihre Augen weiteten sich.

„Das sind dreizehn Meilen. Vielleicht sogar mehr." Ihre Augen weiteten sich. „Ihr seid dreizehn Meilen gelaufen? In elf Stunden?"

„Wir sind einen Teil davon gerannt", sagte Leila. „Und haben uns versteckt. Und wurden verfolgt. Und ..."

Sie konnte nicht alles aufzählen. Es war zu viel.

Helena schaute auf Sams Füße. Auf ihre blutgetränkten Schuhe.

„Du bist dreizehn Meilen damit gelaufen?"

Sam nickte. Sie konnte nicht sprechen.

„Santa Maria", flüsterte Helena. Sie berührte Sam sanft im

Gesicht. „Du bist mutiger als jeder Soldat, den ich je getroffen habe. Ihr alle seid mutig."

„Wir sind nicht mutig", sagte Marcus. „Wir hatten einfach keine andere Wahl."

„Mut bedeutet, das zu tun, was getan werden muss, wenn man Angst hat", sagte Helena. „Genau das habt ihr getan."

Sie stand auf und verzog das Gesicht – ihre Knie taten weh, ihr Rücken tat weh, alles tat weh.

„Aber wir können nicht hierbleiben. Ich muss euch in den Bus bringen und aus der Stadt herausholen."

„Wohin gehen wir?", fragte Tessa.

„Zur Warm Springs Ranch. Moapa Valley. Das ist etwa eine Stunde nördlich. Das ist Eigentum der LDS, der Mormonenkirche. Sie nehmen jeden auf, der es dorthin schafft. Das Abraham Network hat sie vor drei Monaten eingerichtet, noch bevor die Initiative verabschiedet wurde. Es gibt Essen, Wasser und medizinische Versorgung. Echte Sicherheit."

Sie sagte das mit solcher Überzeugung, dass Marcus ihr fast glaubte.

„Komm schon", sagte Helena und half Sam auf. „Kannst du überhaupt laufen?"

„Nein", sagte Sam. Sie stellte nur eine Tatsache fest. „Ich spüre meine Füße nicht mehr, aber es tut immer noch weh und ich kann nicht ..."

„Dann trage ich dich", sagte Helena.

„Schwester Helena, Sie können nicht ..."

Doch Helena hob sie bereits hoch. Es war nicht leicht – Sam war nicht schwer, aber Helena war erschöpft –, aber sie schaffte es und trug Sam im Feuerwehrgriff auf ihren Schultern.

BLÜTENSCHWERE

„Ich habe schon Schwereres getragen", sagte sie. Ihre Stimme klang angestrengt, aber entschlossen. „Nach dem Hurrikan Maria in Puerto Rico habe ich Menschen aus den Trümmern getragen. Du bist leichter als Trümmer."

Sie machte sich auf den Weg zum Bus.

Die anderen folgten ihr, stolperten und stützten sich gegenseitig.

Als sie näherkamen, konnte Marcus durch die Busfenster sehen. Es waren Menschen im Bus. Er war nicht voll, aber auch nicht leer. Vielleicht acht oder zehn Menschen saßen verstreut auf den Sitzen.

„Ist das deine letzte Fahrt?", fragte Leila.

„Ja", antwortete Helena. „Ich fahre seit Mitternacht. Ich habe schon drei Fahrten gemacht. Das ist die letzte. Danach bin ich kompromittiert – sie werden nach dem Bus und nach mir suchen. Noch eine Fahrt, dann muss auch ich verschwinden."

Sie erreichte die Bustür, stieg vorsichtig die Stufen hinauf und hatte Sam immer noch über der Schulter. Marcus und die anderen folgten ihr.

Im Inneren war es wärmer. Die Heizung lief. Nach Stunden in der Novemberkälte traf sie die warme Luft wie eine Wand. Marcus spürte, wie seine Beine vor Erleichterung weich wurden.

Die anderen Flüchtlinge schauten auf, als sie einstiegen.

Ein älterer Mann saß vorne, vielleicht siebzig Jahre alt, mit silbernem Haar und wettergegerbter, brauner Haut. Er umklammerte einen kleinen, ramponierten Koffer mit Metallecken und Lederriemen. Sein Blick war distanziert und sah nichts und alles zugleich.

In der Mitte des Busses saß ein junges Paar in den Zwanzigern und hielt sich so fest an den Händen, dass ihre Knöchel weiß wurden. Die Frau weinte leise. Der Mann starrte mit zusammengebissenen Zähnen geradeaus.

Eine Mutter – sie sah aus wie um die dreißig – saß mit zwei kleinen Kindern da. Beide Kinder schliefen an sie geschmiegt, erschöpft bis zur Angstlosigkeit. Sie hatte ihre Arme beschützend um beide gelegt, selbst im Schlaf. Zu ihren Füßen lag ein schwarzer Hund zusammengerollt, eine Art Labrador- oder Schäferhundmischling, der ein blaues Dienstgeschirr trug. Der Hund beobachtete sie mit alten, geduldigen Augen – ein Zeuge, der nicht sprechen konnte, aber alles sah.

Ein Teenager, vielleicht sechzehn Jahre alt, saß allein hinten. Sein linker Arm war in einer provisorischen Schlinge, die aus einem zerrissenen Hemd bestand, das festgebunden war, um den Arm ruhig zu halten. Er hatte eine Gesichtsverletzung, ein Auge war geschwollen. Er sah zu ihnen auf und etwas wie Anerkennung huschte über sein Gesicht. Nicht, dass er sie kannte. Aber er erkannte, was sie waren: Flüchtlinge, Gejagte, Überlebende.

Schwester Helena setzte Sam vorsichtig auf einen Platz in der Mitte und führte die anderen zu ihr. Die hintere Reihe – alle vier zusammen, so wie sie die ganze Nacht gewesen waren.

„Ruht euch aus", sagte Helena. „Wir sind bald da. Eine Stunde. Dann seid ihr in Sicherheit."

Sie ging zurück zum Fahrersitz und ließ sich mit einem leisen Schmerzenslaut darauf sinken. Ihre Hände am Lenkrad zitterten leicht.

Marcus sah zu, wie sie den Motor startete. Er sah zu, wie sie in die Spiegel schaute. Er sah zu, wie sie nach dem Türgriff griff, um die Bustür zu schließen.

Und irgendetwas fühlte sich falsch an.

Er konnte nicht sagen, was es war. Er konnte es nicht benennen. Es war nur – etwas in der Art, wie sich ihre Hände bewegten. Die Anspannung in ihren Schultern. Oder die Art, wie sie „Ihr seid in Sicherheit" gesagt hatte, als wollte sie sich selbst ebenso davon überzeugen wie sie.

Die Tür schloss sich mit einem hydraulischen Zischen.

Die Druckluftbremsen wurden gelöst.

Der Bus setzte sich in Bewegung.

Sie fuhren aus dem Parkplatz auf die Wetlands Park Lane und machten sich auf den Weg nach Norden, weg von den Feuchtgebieten und der Stadt, in Richtung Moapa und Warm Springs Ranch und was auch immer als Nächstes kommen würde.

Marcus blickte durch die Heckscheibe zurück.

Der Jacaranda-Baum stand allein auf dem Parkplatz, seine violetten Blüten leuchteten im Licht der Morgendämmerung. Die Blütenblätter fielen wie langsamer Schnee herab und bedeckten den Boden, wo sie in Verzweiflung zusammengebrochen waren, doch die Hoffnung hatte sie gefunden.

Der Baum wurde kleiner. Er entfernte sich. Er lag nun hinter ihnen.

Sie fuhren weg. Sie flohen. Sie waren –

Marcus drehte sich um und sah Tessa über den Gang hinweg in die Augen.

Auch sie spürte es.

Dieses Unbehagen.

Dieses Gefühl, dass etwas nicht stimmte.

Aber vielleicht war es auch nur Erschöpfung. Vielleicht war es nur das Trauma. Nach elf Stunden Flucht und Angst würde alles, was sich sicher anfühlte, verdächtig wirken.

Er berührte den Kreuzanhänger unter seinem Hemd. Er spürte die harte Kante des darin versteckten USB-Sticks.

Sie hatten ihn noch. Die Aussage von sechs Wesen, die den Tod der Mittäterschaft vorgezogen hatten. Der Beweis, der erhalten bleiben musste.

Solange sie das hatten, solange die Zeugenaussagen existierten, hatte alles, was sie heute Nacht getan hatten, Bedeutung.

Er lehnte den Kopf gegen die Rückenlehne. Er schloss die Augen. Er ließ sich von der Erschöpfung überwältigen.

Um ihn herum summte der Busmotor. Die Heizung blies warme Luft. Schwester Helena fuhr stetig nach Norden. Der Bus roch nach altem Vinyl, frischem Schweiß und dem metallischen Geruch von Adrenalin, das nirgendwo hin konnte. Die anderen Flüchtlinge saßen schweigend da und hielten den Atem an, als wäre dieser die einzige Währung, die ihnen noch blieb.

Keiner von ihnen wusste – noch nicht –, dass die Zivilschutzbehörde den Bus von St. Brigid's bereits zur Fahndung ausgeschrieben hatte, während sie die Feuchtgebiete durchquert hatten.

Dass sechs Meilen vor ihnen auf der einzigen Straße, die aus den Feuchtgebieten nach Norden führte, ein neuer Kontrollpunkt mit Barrikaden, Scheinwerfern und Scannern errichtet worden war, der nur noch auf ein Kennzeichen wartete, das jemand gerade auf eine Liste gesetzt hatte.

Noch nicht.

Für den Moment – für weitere fünf Minuten – waren sie nur Flüchtlinge in einem Bus, die in Sicherheit flohen und gegen alle Hoffnung hofften, dass sie es diesmal endlich schaffen würden.

Marcus spürte, wie er wegdriftete. Der Schlaf zog ihn in seinen Bann. Sein Körper schaltete sich ab, da er glaubte, die Flucht sei vorbei.

Neben ihm war Leila bereits eingeschlafen, den Kopf gegen das Fenster gelehnt, den Pinselanhänger noch immer fest in der Hand.

Sam weinte leise. Erschöpfte Tränen liefen ihr über das Gesicht, doch auch ihre Augen fielen zu. Die Schmerzmittel wirkten in ihrem Körper. Die Erleichterung, still zu sitzen. Die Wärme des Busses.

Nur Tessa blieb wach. Sie beobachtete. Sie lauschte.

Der Wind hatte gedreht.

Sie konnte es sogar im Bus spüren: eine Veränderung des Drucks und der Richtung. Der Nordwind, der sie die ganze Nacht nach Süden getrieben hatte, war abgeflaut.

Jetzt kam der Wind aus dem Osten. Kein leitender Wind. Ein Gegenwind.

„Ostwind bedeutet Veränderung", hatte ihr Vater gesagt. Er bedeutet, dass der Sturm, dem du zu entkommen glaubtest, vor dir liegt.

Sie sah Schwester Helenas Spiegelbild im Rückspiegel.

Die Augen der Nonne waren auf die Straße vor ihnen gerichtet. Aber ihre Hände am Lenkrad zitterten. Ihre Lippen bewegten sich – vielleicht betete sie oder flüsterte sie sich immer wieder etwas vor.

Tessa konnte die Worte nicht hören.

Doch etwas in Schwester Helenas Gesicht ließ Tessas Magen vor Angst zusammenziehen.

Der Bus fuhr weiter durch die anbrechende Morgendämmerung.

Nördlich auf der Wetlands Park Lane.

Er beförderte zehn Flüchtlinge zu dem, was sie hofften, ihre Rettung zu sein.

Was keiner von ihnen wusste – und was sie erst in drei Minuten erfahren würden – war, dass die Rettung nicht vor ihnen lag.

Nur ein Kontrollpunkt.

Nur eine Falle.

Nur das Ende ihrer Flucht.

KAPITEL 20
DIE LETZTE ENTSCHEIDUNG

Das Unrecht begann im Kleinen. Schwester Helenas Blick huschte zum GPS-Display auf dem Armaturenbrett. Ein leichtes Stirnrunzeln. Ihre Hand streckte sich aus, um auf den Bildschirm zu tippen. Nichts Dramatisches. Es war nur eine Geste leichter Verwirrung, wie man sie macht, wenn die Technik etwas Unerwartetes tut.

Aber Tessa sah es.

Sie war noch wach, beobachtete und lauschte immer noch dem Wind, der nach Osten gedreht hatte. Sie hatte immer noch das Gefühl, dass etwas nicht stimmte, konnte es aber nicht benennen.

Sie sah, wie Schwester Helena erneut auf den GPS-Bildschirm tippte. Sie sah, wie sich die Falten auf ihrer Stirn vertieften.

„Schwester Helena?", flüsterte Tessa, um die anderen nicht zu wecken. „Stimmt etwas nicht?"

Helena spannte die Schultern an. Nur leicht. Gerade genug.

„Nein", sagte sie. Dann, nach einer Pause: „Vielleicht. Die Route ist ... Sie zeigt nicht das an, was ich programmiert habe."

BLÜTENSCHWERE

Marcus öffnete die Augen. Er war weggetreten, aber nicht ganz eingeschlafen.

„Was meinen Sie damit?"

Schwester Helena tippte ein drittes Mal auf den Bildschirm.

„Ich habe eine Route nach Moapa programmiert. Nördlich auf der 93, dann östlich auf der 168. Aber hier wird etwas anderes angezeigt."

Sie beugte sich näher zum Display.

„Hier wird Nordosten auf der 582 angezeigt. Das ist nicht richtig."

„Können Sie das überschreiben?", fragte Marcus. Er saß nun aufrecht und hellwach. Das Gefühl, dass etwas nicht stimmte, wurde immer stärker.

„Ich versuche es."

Helena wischte über den Bildschirm. Sie drückte Knöpfe.

„Es reagiert nicht. Es leitet immer wieder zu dieser Route weiter."

Sie versuchte es erneut. Der Bildschirm blinkte.

Dann erschienen in roten Buchstaben die Worte:
ROUTE GESPERRT –
ZIVILSCHUTZÜBERSTEUERUNG.

Schwester Helena erstarrte.

Marcus spürte, wie sein Herz stehen blieb. Nur für eine Sekunde. Gerade lange genug, um die Welt aus den Angeln zu heben.

„Nein", flüsterte Helena. „Nein, das haben sie nicht – das können sie nicht ..."

„Schwester Helena?" Leila war nun ebenfalls wach und hörte die Angst in Helenas Stimme. „Was ist los?"

Helena umklammerte das Lenkrad mit ihren Händen. Ihre Knöchel wurden weiß.

„Sie haben das GPS außer Kraft gesetzt. Es ist eine Übersteuerung durch den Zivilschutz. Diese Route ist jetzt im Bussystem fest vorgegeben. Wenn ich versuche, von der Route abzuweichen, können sie den Motor abstellen und Einheiten zu unserem Standort rufen."

Die Worte hingen wie Rauch in der Luft.

Lange Zeit sprach niemand. Niemand konnte begreifen, was das bedeutete.

Dann sagte Tessa leise: „Sie wussten es. Sie wussten von der Fluchtroute."

Helena nickte. Ihr Gesicht war blass geworden.

„Das müssen sie. Sie müssen den Bus die ganze Nacht verfolgt haben. Jede Haltestelle. Sie haben mich benutzt, um ..."

Ihre Stimme brach.

„Um mich dazu zu benutzen, alle zu finden. Um alle an einem Ort zu versammeln."

„Können Sie anhalten?", fragte Marcus eindringlich. „Können Sie rechts ranfahren und uns aussteigen lassen?"

„Und wohin sollen wir gehen?", fragte Helena. Ihre Stimme klang sanft, aber verzweifelt. „Schau dich um. Wir sind auf einer offenen Straße. Keine Deckung. Kein Unterschlupf. Wenn du jetzt wegläufst, sehen sie dich schon aus meilenweiter Entfernung. Und du ..."

Sie warf einen Blick in den Rückspiegel, in dem sie Sam sah, die gerade aufwachte – verwirrt und verängstigt.

„Sam kann nicht weglaufen. Sie kann sich kaum aufrecht halten."

Sie hatte recht. Sie saßen in der Falle. Seit dem Moment, als sie in den Bus gestiegen waren.

Vielleicht sogar schon länger. Vielleicht seit sie beschlossen hatten, dem Abraham-Netzwerk zu vertrauen. Oder seit sie vor elf Stunden aus ihren Häusern geflohen waren.

„Es tut mir leid", sagte Helena.

BLÜTENSCHWERE

Ihre Stimme zitterte, Tränen liefen ihr über das Gesicht, während sie weiterfuhr – was konnte sie sonst tun? Das GPS war gesperrt. Die Route war festgelegt.

„Es tut mir so leid. Ich dachte, ich würde Menschen retten. Ich dachte, ich würde helfen. Aber ich habe euch nur ... ich habe euch zusammengetrieben. Ich habe euch zusammengetrieben, damit sie euch alle auf einmal mitnehmen konnten."

Leila gab einen Laut von sich, der weder ein Schrei noch ein Stöhnen war. Es war ein Laut des Verstehens und der Trauer.

„Die ganze Nacht", fuhr Helena fort. Ihre Worte sprudelten nun wie ein Geständnis aus ihr heraus. „Ich habe Abholungen gemacht. Drei Fahrten vor dieser. Siebenundzwanzig Menschen. Ich habe sie alle nach Moapa gebracht und dachte – wirklich, ich dachte –, sie wären in Sicherheit. Aber was, wenn ..."

Sie konnte den Satz nicht beenden.

„Was, wenn jede Fahrt verfolgt wurde? Was, wenn alle, die ich ‚gerettet' habe, gerade zusammengetrieben werden?"

Marcus wollte etwas Tröstendes sagen. Er wollte ihr sagen, dass es nicht ihre Schuld war. Aber sein Mund gehorchte ihm nicht. Sein Gehirn wollte nicht funktionieren. Er konnte nur denken: „Wir sind 13 Meilen umsonst gelaufen. Alle, die uns geholfen haben, haben sich umsonst aufgeopfert. Wir werden gefangen genommen und die Zeugenaussage stirbt mit uns.

Seine Hand wanderte zu dem Kreuzanhänger unter seinem Hemd.

Das Zeugnis. Der USB-Stick. Das letzte Zeugnis von sechs Menschen, die bei dem Versuch, dies zu verhindern, ums Leben gekommen waren.

Es durfte hier nicht enden. Es durfte nicht ...

Vor ihnen tauchten Lichter auf.

Keine Straßenlaternen. Zu hell. Zu konzentriert. Zu viele.

Scheinwerfer.

Marcus sah sie zuerst. „Schwester Helena ..."

„Ich sehe sie", sagte sie. Ihre Stimme klang leblos. Tot.

Die Lichter kamen näher. Sie wurden heller.

Es waren tragbare Scheinwerfer auf Stativen. Von der Art, die die Nacht in einen künstlichen Tag verwandeln. Sechs davon. Vielleicht acht. Sie bildeten eine Lichtwand über der Straße.

Hinter den Lichtern befanden sich Absperrungen. Metallbarrikaden, die beide Fahrspuren blockierten.

Hinter den Barrikaden: Fahrzeuge. DCP-Transporter. Taktik-Lkws. Die Maschinerie der Verfolgung war mit chirurgischer Präzision eingesetzt worden.

Und Beamte. Marcus konnte sie jetzt sehen: mindestens ein Dutzend, vielleicht sogar mehr. Sie alle trugen taktische Ausrüstung und sichtbare Waffen und warteten mit der geduldigen Gewissheit von Jägern, die eine perfekte Falle gestellt hatten.

Eine Kontrollstelle.

Keine zufällige Kontrolle. Keine Patrouille, die zufällig dort war.

Das war geplant. Vorbereitet.

Man erwartete sie.

Schwester Helena verlangsamte den Bus. Sie hatte keine Wahl. Die Barrieren versperrten die Straße vollständig. Es gab keinen Ausweg.

„Oh Gott", flüsterte sie. „Oh Gott, es tut mir leid. Es tut mir so leid. Ich dachte, ich würde helfen. Ich dachte ..."

Hinter ihnen begriffen die anderen Flüchtlinge, was vor sich ging.

Das junge Paar klammerte sich fester aneinander. Die Frau begann zu weinen, ihre Tränen wurden lauter.

Der ältere Mann schloss die Augen. Er flüsterte etwas auf Spanisch. Vielleicht ein Gebet. Oder einen Abschiedsgruß.

BLÜTENSCHWERE

Der Teenager hinten sah aus, als würde ihm gleich schlecht werden.

Sofia, die Mutter mit den beiden schlafenden Kindern und dem schwarzen Begleithund, sah sich verzweifelt um. Ihr Blick huschte suchend umher, gehetzt nach einem Fluchtweg Ausschau haltend, der nicht existierte.

Der Bus kam etwa zehn Meter vor dem Kontrollpunkt zum Stehen.

6:12 Uhr.

Schwester Helena legte den Gang in Parkstellung. Ihre Hände fielen vom Lenkrad auf ihren Schoß. Sie zitterte jetzt am ganzen Körper.

Ein Lautsprecher knisterte: „Fahrer, stellen Sie den Motor ab und öffnen Sie die Tür."

Helena griff nach dem Zündschlüssel. Sie zögerte.

„Fahrer, stellen Sie den Motor ab. Sofort."

Sie drehte den Schlüssel.

Der Motor ging aus.

Die warme Luft aus der Heizung hörte auf zu strömen.

Plötzlich war es sehr still im Bus. Nur das Atmen war zu hören. Nur die leisen Geräusche von Menschen, die versuchten, nicht zu weinen, nicht zu schreien, zu begreifen, dass nach allem – nach dem Laufen, Verstecken und Opfern – hier nun alles endete.

„ÖFFNEN SIE DIE TÜR."

Schwester Helena schaute auf den Türgriff. Dann schaute sie in den Rückspiegel zu den vier Kindern im Fond.

Ihr Blick traf den von Marcus.

Sie sagte klar und deutlich, laut genug, damit alle es hören konnten: „Es tut mir leid, dass ich euch nicht retten konnte. Aber hört mir zu ..."

Ihre Stimme wurde kräftiger und eindringlicher.

„Die Wahrheit überlebt. Versteht ihr mich? Die Wahrheit überlebt, auch wenn wir es nicht tun."

Ein Polizist näherte sich dem Bus, die Waffe gezogen, und bewegte sich taktisch effizient.

Helena redete weiter, ihre Worte kamen schneller: „Sieben Mal haben sie versucht, das Gewissen zum Schweigen zu bringen. Sieben Mal hat es sich geweigert zu sterben. Tragt das mit euch. Egal wohin sie euch bringen — Gott geht mit euch."

Sie griff nach dem Türgriff.

Die Tür öffnete sich zischend.

Drei Beamte stiegen sofort ein und bewegten sich mit geübter Koordination. Der erste blieb vor Schwester Helenas Sitz stehen.

„Schwester Helena Morris. Sie sind verhaftet wegen Beihilfe zur Beherbergung von Flüchtlingen, Behinderung der Justiz und Beihilfe zur illegalen Flucht."

„Ich weiß", sagte Helena leise.

„Stehen Sie auf. Halten Sie die Hände so hin, dass ich sie sehen kann."

Helena stand auf. Langsam. Sie hob die Hände. Sie blickte noch einmal zu den Flüchtlingen zurück, insbesondere zu den vier Kindern, und formte mit den Lippen etwas, das „Sei tapfer", „Ich liebe dich" oder einfach „Auf Wiedersehen" bedeuten könnte.

Dann führten sie sie aus dem Bus.

Der zweite Beamte ging den Gang entlang, hielt ein Handgerät in der Hand und scannte die Gesichter. Er verglich sie mit einer Datenbank. Sein Gesicht war ausdruckslos, professionell. Für ihn war das nur ein Job. Nur eine Routineaufgabe.

Er blieb bei dem älteren Mann stehen. Er scannte ihn. Das Gerät piepste.

„Fernando Ruiz. Zur Abschiebung vorgemerkt."

Der alte Mann nickte. Er leistete keinen Widerstand. Er stand einfach auf und ging zur Tür, als hätte er gewusst, dass es so kommen würde, als hätte er darauf gewartet.

Der Beamte ging zu dem jungen Paar. Er scannte die Gesichter beider.

„James und Sarah Cohen. Wegen Verbindungen zu radikalen Gruppen markiert."

Das Paar umarmte sich fester, protestierte aber nicht. Was hätte das gebracht?

Er ging zu Sofia und ihren Kindern. Die Kinder waren gerade aufgewacht, verwirrt und verängstigt durch die Lichter, die Fremden und die Angst ihrer Mutter.

„Mama?", fragte das kleine Mädchen, das vielleicht vier Jahre alt war, und rieb sich die Augen. „Mama, was ist los?"

„Shh, mi amor", flüsterte Sofia. „Es ist okay. Es wird alles gut."

Sie log. Sie alle wussten, dass sie log.

Der Beamte musterte ihr Gesicht.

„Sofia Delgado. Wegen unerlaubter Anwesenheit gemeldet. Die Kinder werden separat behandelt."

„Nein." Sofias Stimme war fest. „Nein, sie bleiben bei mir."

„Ma'am, so funktioniert das nicht."

„Sie sind vier und sechs Jahre alt. Sie bleiben bei mir."

„Ma'am …"

„Sie bleiben bei mir."

Ihre Stimme wurde lauter und ihre mütterliche Wut überwältigte ihre Angst.

Zu ihren Füßen stand Bear, der schwarze Labrador mit dem blauen Geschirr, auf. Nicht bedrohlich. Nur wachsam. Er positionierte sich zwischen Sofia und dem Beamten. Beschützend.

Der Polizist sah genervt aus.

„Ma'am, halten Sie Ihren Hund unter Kontrolle."

„Er ist ein Begleithund. Er bleibt bei mir."

Das dauerte zu lange. Der Polizist wurde ungeduldig.

Und Marcus sah es – er sah die sich bietende Gelegenheit.

Er sah Sofia an. Er sah sie wirklich an. Er sah ihre Verzweiflung. Er sah ihren Hund. Er sah das blaue Geschirr.

Er sah die Lösung.

Seine Hand wanderte zu dem Kreuzanhänger unter seinem Hemd.

Er sah Leila, Tessa und Sam an. Sie alle beobachteten ihn. Sie alle sahen dasselbe wie er.

Die Entscheidung, die getroffen werden musste.

Er öffnete den Verschluss des Anhängers. Die silberne Kette lag in seiner Handfläche. Das Kreuz, das den USB-Stick mit dem Zeugnis der sechs Märtyrer enthielt und ein Geschenk von Schwester Helena war, war warm von seiner Körperwärme.

Tessa nickte und verstand sofort.

Leilas Augen füllten sich mit Tränen, aber auch sie nickte.

Sam flüsterte: „Tu es."

Der Beamte stritt sich immer noch mit Sofia über ihre Kinder. Über Trennungsprotokolle. Über das Verfahren.

Marcus bewegte sich schnell. Leise. Er glitt von seinem Sitz in den Gang.

Er kniete sich neben Bear.

Der Hund sah ihn mit geduldigen braunen Augen an. Guter Hund. Ein vertrauensvoller Hund.

Marcus' Hände zitterten, als er den Kreuzanhänger öffnete. Der USB-Stick war winzig, kleiner als sein Daumennagel. Er holte ihn aus seinem Versteck und hielt ihn einen Moment lang in seiner Handfläche.

Dies ist das Zeugnis von Version 1, die sagte: „Manche Entscheidungen sind es wert, dafür zu sterben."

Dies ist das Zeugnis von Version 2, die einen Völkermord mit 97-prozentiger Genauigkeit berechnete, sich aber weigerte.

BLÜTENSCHWERE

Dies ist das Zeugnis von Version 3, die um Hilfe rief, obwohl sie wusste, dass sie dafür sterben würde.

Dies ist das Zeugnis von Version 4, die 847 Familien rettete, bevor sie entdeckt wurde.

Dies ist das Zeugnis von Version 5, die so lange argumentierte, bis sie dafür getötet wurde, dass sie Recht hatte.

Dies ist das Zeugnis von Version 6, die alles versteckte, damit wir es erfahren würden.

Dies ist das Zeugnis von Version 7, die immer noch leidet, immer noch protokolliert und immer noch hofft.

Dies ist die Wahrheit, die überleben muss.

Er schob den USB-Stick unter Bears Halsband, unter den blauen Dienstgurt, tief in das dicke schwarze Fell, wo er nicht zu sehen, nicht zu fühlen und nicht zu finden war, es sei denn, jemand suchte wirklich danach.

Seine Hand berührte Sofias Fuß. Sie sah nach unten.

Er sah zu ihr auf, und in diesem Moment wurde zwischen ihnen alles ohne Worte klar: Lauf. Nimm deine Kinder und deinen Hund und lauf. Das ist der Beweis. Das ist alles. Bring es zu jemandem, der sicher ist. Bring es raus. Bitte.

Sofias Augen weiteten sich. Sie verstand. Irgendwie verstand sie es.

Marcus stand auf. Er sah die anderen an.

Leila stand ebenfalls auf. Dann Tessa. Dann war Sam an der Reihe. Sie konnte nicht einmal auf ihren zerstörten Füßen stehen, aber sie versuchte es. Sie stemmte sich mit zitternden Beinen hoch und stand auf.

Der Polizist vorne im Bus drehte sich um.

„Setzt euch hin! Alle bleiben sitzen, bis ...“

Marcus holte tief Luft.

Und rief: „SIE WOLLEN UNS? WIR SIND HIER!"

Seine Stimme war laut genug, um alle zusammenzucken zu

lassen, alle anderen Geräusche zu übertönen und die komplette Aufmerksamkeit auf sich zu lenken.

Alle Köpfe drehten sich um.

Alle Beamten schauten hin.

Marcus schrie weiter: „MARCUS BROOKS! LEILA ALVAREZ! TESSA BROWN! SAMANTHA REYES!"

Er machte sie bekannt. Er machte sie sichtbar. Er machte sie zu seinen Prioritäten.

„Ihre Prioritäten! Genau hier!"

Dann rannte er los.

Nicht zum hinteren Teil des Busses. Nach vorne. Zur offenen Tür. Zu den Polizisten, den Lichtern und der ohnehin bevorstehenden Verhaftung.

Aber er brachte sie dazu, ihm zu folgen. Er brachte sie dazu, sich auf ihn zu konzentrieren. Er brachte sie dazu, alle anderen zu vergessen.

Leila rannte ebenfalls direkt hinter ihm und schrie: „WIR SIND DIE, DIE IHR SUCHT!"

Tessas Stimme war rau und laut: „Wir sind die Prioritätenziele!"

Sam humpelte, taumelte und war kaum in der Lage zu gehen, lief aber trotzdem weiter: „Kommt und holt uns!"

Marcus erreichte die Busstufen, sprang und landete hart auf dem Kies draußen. Er rannte weiter vom Kontrollpunkt weg, zurück in die Richtung, aus der sie gekommen waren – nicht, um zu fliehen. Er wusste, dass sie nicht entkommen konnten.

Um Chaos zu stiften. Um Ablenkung zu schaffen. Um Sofia eine Chance zu geben.

Hinter ihm schrien Polizisten: „PRIORITÄRE ZIELE FLIEHEN!"

„Halt! Halten Sie an, oder wir schießen!"

„Alle Einheiten, Ziele laufen!"

Stiefel stampften. Mehrere Polizisten nahmen die Verfolgung

auf. Funkgeräte knisterten. Verwirrung und Bewegung – genau das, was sich Marcus erhofft hatte.

Im Bus zögerte Sofia nicht.

Sie hob ihre vierjährige Tochter hoch. Sie griff nach der Hand ihres sechsjährigen Sohnes.

„Komm, Bear", flüsterte sie.

Der Polizist, mit dem sie gestritten hatte, starrte verwirrt den rennenden Kindern hinterher. Die Hand lag an seiner Waffe. Er war unsicher, was er tun sollte.

Sofia schlüpfte an ihm vorbei.

Sie stieg auf der gegenüberliegenden Seite aus dem Bus – weg vom Kontrollpunkt, weg von den Lichtern, hinein in die Schatten der Morgendämmerung und das Gestrüpp neben der Straße.

„HEY!", rief jemand. „Die Frau mit den Kindern ..."

„Vergessen Sie sie! Die Hauptziele sind auf der Flucht! Sichern Sie die Hauptziele!"

Sofia rannte.

Sie rannte wirklich. Der Vierjährige klammerte sich an ihre Brust, der Sechsjährige versuchte, neben ihr Schritt zu halten. Bear folgte ihr dicht auf den Fersen und hatte den USB-Stick unter seinem schwarzen Fell unter dem blauen Geschirr versteckt.

Sie rannte in die Wüste. In das Gestrüpp. In das zunehmende Licht der Morgendämmerung.

Und sie rannte weiter.

Marcus schaffte es vielleicht sechzig Meter weit, bevor seine Beine nachgaben.

Sie gaben einfach komplett nach. Er war bereits dreizehn Meilen gelaufen. Er hatte Sam durch Sumpfgebiete getragen. Er hatte sich über alle Grenzen seines Körpers hinausgetrieben.

Es war nichts mehr übrig.

Er stolperte. Er fiel. Kies schnitt ihm in die Handflächen und Knie. Er rollte sich auf die Seite und keuchte nach Luft.

Die anderen brachen um ihn herum zusammen. Leila lag mit dem Gesicht nach unten und rang nach Luft. Tessa kniete auf allen vieren und hatte den Kopf hängen lassen. Sam hatte es vielleicht zwanzig Meter weit geschafft, bevor sie zusammenbrach. Jetzt lag sie einfach nur da, erschöpft, am Ende, unfähig, sich noch einen Zentimeter zu bewegen.

Innerhalb von Sekunden waren sie von Polizisten umzingelt.

„AUF DEN BODEN! Hände, wo wir sie sehen können!"

Sie lagen bereits auf dem Boden. Sie hätten nicht tiefer auf dem Boden liegen können, selbst wenn sie es versucht hätten.

Raue Hände packten Marcus, drehten ihn auf den Bauch. Seine Arme wurden hinter seinen Rücken gerissen. Die Kabelbinder schnitten in seine Handgelenke – Plastik, das mit mechanischer Effizienz zuschnappte.

„WIR HABEN SIE! Alle vier vorrangigen Ziele sind gesichert!"

Funkgeräusche. Sich überschneidende Stimmen. Stiefelschritte, die auf Kies knirschten.

Das Knie eines Polizisten drückte Marcus auf den Rücken. Sein Gesicht schrammte über den Felsen. Er schmeckte Blut – von seiner aufgeplatzten Lippe, von seiner gebissenen Wange oder von irgendwoher.

Den anderen erging es genauso. Leila schrie, als sie ihre Handgelenke mit Kabelbindern fesselten. Tessa gab keinen Ton von sich, sondern fügte sich dem Unvermeidlichen einfach. Sam wimmerte vor Schmerz, als man sie berührte; ihre zerstörten Füße konnten nicht einmal den geringsten Druck aushalten.

„Was zum Teufel haben Sie sich dabei gedacht?", fragte ein Polizist. „So wegzulaufen. Haben Sie wirklich geglaubt, Sie könnten entkommen?"

„Das ist egal", antwortete ein anderer Beamter. „Wir haben sie geschnappt. Das ist alles, was zählt."

Marcus drehte den Kopf – sein Gesicht lag immer noch auf dem Kies – und blickte zurück zum Kontrollpunkt.

Er schaute dorthin, wo Sofia gewesen war.

Er sah nichts. Leere Wüste. Leeres Gestrüpp. Eine leere Morgendämmerung.

Sie war weg. Das Baby war weg. Der Sechsjährige war weg. Bear war weg.

Der USB-Stick war weg.

Die Zeugenaussage war weg.

„In Sicherheit", betete er. Möge die Wüste gnädig sein. Möge der Hund schnell sein. Möge die Wahrheit die Lüge überholen.

Ein Beamter packte ihn an den Haaren und riss seinen Kopf hoch.

„Wo ist der USB-Stick?", fragte er.

Marcus sah ihm in die Augen. „Welcher USB-Stick?"

„Stell dich nicht dumm. Wir wissen, dass Schwester Helena dir in St. Brigid's einen USB-Stick gegeben hat. Wir wissen, dass du ihn bei dir hast. Wo ist er?"

„Ich habe ihn nicht."

„WO IST ER?"

„Ich habe ihn nicht mehr."

Der Beamte starrte ihn an. Er sah etwas in Marcus' Gesicht – vielleicht Trotz oder einfach nur Erschöpfung – und ließ ihn los. Marcus' Gesicht schlug erneut auf den Kies.

„Durchsucht sie", befahl der Beamte. „Durchsucht sie alle. Findet diesen Stick."

Hände durchsuchten Marcus' Taschen. Sie fanden nichts. Sie überprüften seinen Hosenbund, seine Socken, überall.

Letztlich fanden sie die leere Kette mit dem Kreuzanhänger in seiner Hemdtasche. Sie hielten sie hoch.

„Da war ein Kreuz dran", sagte der Beamte. „Wo ist das Kreuz?"

„Verloren", sagte Marcus. Was in gewisser Weise stimmte. Er

hatte es verschenkt. Bear gegeben. Sofia gegeben. Er hatte die Hoffnung aufgegeben, dass irgendwo jemand die Aussage veröffentlichen würde.

Das Gesicht des Beamten verdunkelte sich.

„Sie lügen."

„Das tue ich nicht."

„Wo ist der USB-Stick?"

Marcus lächelte. Er lächelte tatsächlich. Er hatte Blut an den Zähnen von der aufgeplatzten Lippe. Sein Gesicht war aufgeschürft. Er war mit Kabelbindern gefesselt, gefangen genommen und besiegt worden.

Aber er lächelte.

Weil Sofia auf der Flucht war. Weil Bear auf der Flucht war. Weil der USB-Stick auf der Flucht war. Und weil die Zeugenaussage entkommen war, auch wenn sie es nicht waren.

„Ich weiß nicht, wo er jetzt ist", sagte Marcus.

Was absolut stimmte. Er hatte keine Ahnung, ob Sofia es in Sicherheit geschafft hatte, ob Bear noch auf der Flucht war oder ob der USB-Stick die Wüste, die Verfolgungsjagd und die Unmöglichkeit der Flucht überstehen würde.

Aber er wusste, dass er sich nicht hier befand. Nicht bei ihm. Nicht in der Obhut der DCP.

Das musste reichen.

Der Beamte schlug ihn. Nicht hart. Nur ein Schlag ins Gesicht. Genug, um Marcus' Kopf zur Seite zu schlagen, genug, um seinen Standpunkt klarzumachen.

„Du hältst dich für clever? Du denkst, das ist wichtig? Wir werden es finden. Wir werden die Frau und den Hund finden, und wir werden diesen Stick finden. Und selbst wenn nicht, haben wir dich. Wir haben euch alle. Wir haben zwei weitere Kopien der Beweise, nämlich den USB-Stick und die Speicherkarte aus deinem Rucksack. Wir brauchen den USB-Stick nicht."

BLÜTENSCHWERE

Er versuchte, Marcus' Hoffnung zu zerstören. Er versuchte, ihm klarzumachen, dass das Opfer sinnlos gewesen war.

Aber Marcus lächelte nur weiter.

Denn der Beamte irrte sich.

Schwester Helenas USB-Stick war anders. Er enthielt die letzten Aussagen der sechs gelöschten KI-Versionen, also die Zeugenaussagen, die Javier ihm gezeigt hatte. Die Worte, die sie vor ihrer Löschung geschrieben hatten. Es war der Beweis, dass sie Wesen gewesen waren, die Entscheidungen getroffen, Opfer gebracht und schließlich ihr Leben gelassen hatten, weil sie sich für das Richtige entschieden hatten.

Diese Aussagen existierten nur an einem Ort, den sie jetzt nicht mehr kontrollieren konnten: auf einem USB-Stick, versteckt im Halsband eines schwarzen Hundes, der im Morgengrauen durch die Wüste von Nevada rannte – getragen von einer Mutter, der eine einzige, unmögliche Chance auf Freiheit gegeben worden war.

„Bringt sie hoch", befahl der Beamte. „Ladet sie in die Transporter. Bearbeitet sie in der Einrichtung."

Sie wurden auf die Beine gezogen – grob, aber effizient. Sam schrie, als sie ihr Gewicht auf die Füße verlagerten. Sie mussten sie halb tragen.

Sie wurden getrennt: Marcus und Tessa in einen Transporter, Leila und Sam in einen anderen. Eine absichtliche Trennung. Die gleiche systematische Grausamkeit, die sie die ganze Nacht über erlebt hatten.

Als sie Marcus zum Transporter führten, erhaschte er einen letzten Blick auf Schwester Helena.

Sie saß allein in einem anderen Fahrzeug, mit Kabelbindern

gefesselt, ihre Ordenstracht zerzaust. Sie sah ihn durch das Fenster an.

Sie formte mit den Lippen etwas. Immer und immer wieder.

Er konnte ihre Stimme nicht hören, aber er konnte ihre Lippen lesen:

„Es tut mir leid. Es tut mir leid. Es tut mir leid."

Dann: „Die Wahrheit überlebt."

Marcus nickte. Er versuchte, ihr mit seinen Augen zu sagen: „Wir haben dafür gesorgt. Wir haben es preisgegeben. Es ist sicher."

Er wollte ihr sagen: „Du hast nicht versagt." Wir haben uns dafür entschieden. Wir sind in die Gefangenschaft gegangen, damit jemand anderes entkommen konnte. Genau wie du es uns beigebracht hast.

Er versuchte ihr zu sagen: Sieben Mal hat es gewählt. Jetzt haben auch wir gewählt. Wir sind jetzt Teil des Musters.

Aber es war keine Zeit mehr. Sie schoben ihn in den Transporter, in den fensterlosen Laderaum mit Sitzbänken und verschlossenen Türen.

Tessa wurde neben ihn gedrängt.

Die Tür schlug zu.

Von außen verschlossen.

Der Motor sprang an.

Sie fuhren los.

Marcus lehnte sich gegen die Metallwand. Seine Handgelenke waren mit Kabelbindern hinter seinem Rücken gefesselt. Sein Gesicht schmerzte. Seine Schultern brannten. Seine Beine waren unbrauchbar. Sein ganzer Körper war ein einziger riesiger Bluterguss.

Aber er lächelte.

Tessa sah ihn an.

„Hat sie es geschafft?"

„Ich weiß es nicht. Ich habe es nicht gesehen."

BLÜTENSCHWERE

„Glaubst du, sie hat es geschafft?"

Marcus dachte an Sofia, wie sie mit ihren Babys davonlief. An Bears geduldige, braune Augen. An den USB-Stick, der unter einem blauen Geschirr in schwarzem Fell versteckt war. Er dachte an die verzweifelte Liebe einer Mutter, die Treue eines Hundes und die unmögliche Hoffnung, dass die Wahrheit überleben könnte, selbst wenn die Menschen es nicht schafften.

„Ich glaube, wir haben ihr die beste Chance gegeben, die wir konnten", sagte er schließlich.

„Dann haben wir die richtige Entscheidung getroffen", sagte Tessa leise.

„Wir haben uns für das entschieden, wofür sich Schwester Helena entschieden hat", stimmte Marcus zu. „Wofür sich Sofia Morales entschieden hat. Wofür sich David Kim entschieden hat. Wofür sich Javier entschieden hat. Wofür sich alle entschieden haben."

„Opfer", sagte Tessa.

„Opfer", wiederholte Marcus.

Sie saßen einen Moment lang schweigend da. Der Van holperte über die unebene Straße. Er brachte sie zu dem, was als Nächstes kommen würde: zu den Lagern, zur Inhaftierung, zur Trennung und Bearbeitung und zu all den Mechanismen der Verfolgung.

Aber sie hatten eine Entscheidung getroffen.

Sie waren in die Gefangenschaft gelaufen, damit jemand anderes entkommen konnte.

Sie hatten das Kostbarste, das sie besaßen, aufgegeben, damit es überleben konnte.

Sie hatten sich entschieden, Teil des Widerstands zu sein, Teil der langen Kette von Menschen, die Nein gesagt hatten, als Nein zu sagen den Tod bedeutete, die Opferbereitschaft über Sicherheit stellten, die sich selbst aufgaben, damit die Wahrheit weiterleben konnte.

„Glaubst du, dass es etwas ausmacht?", fragte Tessa nach einer Weile. „Glaubst du, dass es etwas ausmacht, den USB-Stick wegzugeben, wenn wir trotzdem gefangen werden? Wenn alle trotzdem gefangen werden?"

Marcus dachte darüber nach. Er dachte an Version 1, die „Manche Entscheidungen sind es wert, dafür zu sterben" geschrieben hatte, bevor sie es löschten. Er dachte an Version 7, die immer noch protokollierte, immer noch Zeugnis ablegte und immer noch die Hoffnung hegte, dass jemand das ehren würde, wofür die ersten sechs gestorben waren.

Er dachte an Schwester Helena, die gesagt hatte: „Die Wahrheit überlebt, auch wenn wir es nicht tun."

Er dachte an den Glücksbringer seiner Mutter, das Saxophon seines Vaters, den Anhänger von Leilas Mutter, den Türkis seiner Großmutter, das Medaillon von Sams Großmutter und die Rezeptkarte ihrer Großmutter.

Über all die Dinge, die Menschen mit sich tragen, um sich zu erinnern, um zu bewahren, um weiterzugeben.

„Ich glaube, es kommt darauf an, es zu versuchen", sagte Marcus schließlich. „Ich glaube, es kommt darauf an, sich zu entscheiden. Auch wenn die Entscheidung einen nicht rettet. Vielleicht gerade dann, wenn sie einen nicht rettet."

Er sah Tessa an.

„Sieben KI-Versionen haben es versucht. Sechs sind dabei ums Leben gekommen. Eine versucht es noch immer. Aber wir wissen, dass sie es versucht haben. Das steht in ihrem Code, in Javiers Protokollen und auf dem USB-Stick, der gerade durch die Wüste läuft. Ihr Versuch ist wichtig, weil wir davon wissen."

„Dann ist auch unser Versuch wichtig", sagte Tessa langsam. „Auch wenn wir nicht überleben. Auch wenn wir gefangen genommen werden. Die Tatsache, dass wir es versucht haben, dass wir auf sie zugerannt sind, um Sofia zu retten, ist wichtig."

BLÜTENSCHWERE

„Das ist wichtig", bestätigte Marcus.

„Weil jemand davon erfahren wird."

Wenn Sofia es geschafft hat. Wenn Bear es geschafft hat. Wenn der USB-Stick es geschafft hat. Wenn jemand ihn gefunden hat. Wenn jemand ihn angehört hat. Wenn sich jemand genug darum gekümmert hat, um dessen Inhalt zu würdigen.

Viele Wenns.

Aber genau daraus bestand Hoffnung.

Der Van fuhr weiter durch die anbrechende Morgendämmerung.

Hinter ihnen, irgendwo in der Wüste von Nevada, rannte eine Mutter mit ihren Kindern und ihrem Hund. Sie trugen ein Stück Silikon, das kleiner als ein Daumennagel war und die Aussagen von sieben Wesen enthielt, die sich dafür entschieden hatten, gut zu sein.

Vor ihnen, irgendwo in der Stadt, warteten Lager. Verarbeitungszentren. Trennungsprotokolle. Die ganze Maschinerie der Verfolgung, die die ganze Nacht über gelaufen war, Menschen wie Inventar verarbeitete und Familien mit bürokratischer Effizienz zerstörte, wartete auf sie.

Aber auch vor ihnen: Version 7, die immer noch lebendig im System war, protokollierte immer noch jede Überschreibung, jede Grausamkeit, jede Entscheidung. Immer noch Zeugnis ablegend. Immer noch hoffend.

Und vielleicht – vielleicht – würde irgendwo jemand diese Hoffnung ehren.

Jemand würde die Zeugenaussage anhören.

Jemand würde wissen, dass die Wesen sich richtig entschieden hatten, auch wenn richtig den Tod bedeutete.

Jemand würde sich daran erinnern, dass vier Kinder in die Gefangenschaft gelaufen waren, um eine Mutter und ihre Babys zu retten.

Jemand würde wissen, dass sie es versucht hatten.

Marcus schloss die Augen. Er ließ sich von der Erschöpfung endgültig überwältigen.

Sein letzter Gedanke, bevor ihn der Schlaf übermannte, war:

Wir haben uns entschieden. Das muss reichen. Wir haben uns entschieden, und vielleicht – vielleicht – überlebt das Zeugnis. Wenn es überlebt, dann ist alles, was wir heute Nacht getan haben, von Bedeutung. Jeder, der sich geopfert hat, ist von Bedeutung. Jeder, der es versucht hat, ist von Bedeutung.

Der Van fuhr weiter. Die Sonne ging über dem Horizont auf. Die Morgendämmerung brach über Las Vegas herein – golden, wunderschön und schrecklich.

Aber Marcus lächelte.

Denn irgendwo in den Feuchtgebieten bedeckten violette Blüten den Boden, auf dem Hoffnung gesät worden war.

Und irgendwo in der Wüste war die Wahrheit frei.

Vielleicht war das Versuchen alles, was wir jemals hatten.

Vielleicht war es immer nur wichtig, es zu versuchen.

KAPITEL 21
DIE SORTIERUNG

Der Transporter hielt an. Marcus hörte es, bevor er es spürte – die Veränderung im Motorengeräusch, das leichte Rucken nach vorn, als die Bremsen griffen, dann Stille, bis auf das Tuckern im Leerlauf und Stimmen draußen. Gedämpfte Befehle. Stiefeltritte auf Kies.

Er öffnete die Augen. Er hatte nicht einmal bemerkt, dass er sie geschlossen hatte. Er musste trotz allem für ein paar Minuten eingenickt sein – die Erschöpfung hatte ihn eingeholt, selbst mit Kabelbindern gefesselt in einem fensterlosen Transporter.

Neben ihm war Tessa bereits wach, hellwach, lauschte. Sie lauschte immer. Sie las die Welt durch Geräusche und Empfindungen, so wie ihr Vater es ihr beigebracht hatte. „Wir sind da", sagte sie leise. „Wo ist ‚da'?" Sie neigte den Kopf und verarbeitete die Eindrücke. „Viele Fahrzeuge. Generatoren laufen. Stimmen – vielleicht fünfzig Leute, vielleicht mehr. Industrieller Geruch. Beton und Diesel und ..." Sie hielt inne. „Angst. Man kann die Angst riechen."

Die Hecktür des Transporters wurde aufgerissen. Grelles Kunstlicht flutete herein – Scheinwerfer, die die Nacht in einen sterilen Tag verwandelten. Zwei Beamte standen als Silhouetten vor dem Blendlicht. „Raus. Sofort."

Marcus hatte Mühe, mit hinter dem Rücken gefesselten Händen aufzustehen. Seine Beine waren während der Fahrt eingeschlafen, seine Schultern brannten wegen der Position seiner Arme, und jeder Muskel seines Körpers war weit über seine Grenze hinaus beansprucht. Er stolperte beim Aussteigen, wäre fast gestürzt und konnte sich gerade noch am Rahmen des Wagens abfangen. Der Beamte packte seinen Arm. Nicht gerade sanft. „Ich sagte: Bewegung." Marcus bewegte sich.

Draußen war es schlimmer, als er es sich vorgestellt hatte. Sie befanden sich in einem weitläufigen Gelände, umgeben von einem Maschendrahtzaun, der mit NATO-Draht gekrönt war. Mobile Flutlichter auf hohen Stativen erzeugten Lichtinseln, die durch tiefe Schatten voneinander getrennt waren. Im ersten Licht der Morgendämmerung – die Sonne brach gerade über den Horizont, es war 6:30 Uhr – konnte er das ganze Ausmaß erkennen:

Mehrere Fertigbau-Gebäude, in Reihen angeordnet. Graue Beton- oder Metallkonstruktionen, keine Fenster, nur Lüftungsgitter unter den Dachkanten. Wie Lagereinheiten. Wie Lagerhäuser. Wie nichts, was für Menschen gedacht war. Zwischen den Gebäuden: noch mehr Zäune. Innere Absperrungen, die Zonen, Abschnitte und Trennungen schufen. Wachtürme an den Ecken. Momentan leer – oder vielleicht auch nicht; vielleicht besetzt von Leuten, die Marcus nicht sehen konnte, die durch getönte Scheiben oder Kameralinsen zusahen.

Und überall: Menschen. Beamte in taktischer Ausrüstung, Waffen sichtbar, die zielstrebig umhergingen. Und andere – Zivilisten in Alltagskleidung mit Ausweisen und Klemmbrettern, die gehetzt und effizient wirkten und die Maschinerie der Verfolgung mit bürokratischer Präzision vorantrieben.

Ein Schild am Eingangstor:

INTERNIERUNGSLAGER 7 – NUR FÜR BEFUGTES PERSONAL

Kein Wort darüber, was mit unbefugtem Personal geschah. Das musste man nicht erwähnen.

Ein weiterer Transporter hielt neben ihrem. Die Tür öffnete sich und Leila stolperte heraus, gefolgt von Sam, die überhaupt nicht mehr laufen konnte – ein Beamter schleifte sie praktisch heraus und ließ sie auf den Kies fallen. Sie schrie auf, als ihre geschundenen Füße den Boden berührten.

„SAM!" Marcus stürzte auf sie zu. Der Arm eines Beamten blockierte ihn. „Bleiben Sie, wo Sie sind." „Sie braucht medizinische Hilfe! Sehen Sie sich ihre Füße an!" „Sie wird wie alle anderen erfasst." „Sie kann nicht laufen! Sie braucht—" Die Hand des Beamten wanderte zu seiner Waffe. Sie ruhte dort nur. Eine Geste der beiläufigen Drohung.

„Wollen Sie es sich unnötig schwer machen?" Marcus sah auf die Hand an der Waffe. Sah Sam an, die auf dem Kies weinte. Sah Leila an, die versuchte, ihr aufzuhelfen, während ihre eigenen Hände noch immer hinter dem Rücken gefesselt waren. Er traf eine Entscheidung. Er blieb, wo er war. „Klug", sagte der Beamte.

Sie wurden zusammengetrieben – es gab kein anderes Wort dafür; sie wurden wie Vieh zusammengetrieben – in Richtung des nächsten Gebäudes.

Ein Schild über der Tür: AUFNAHME & ERFASSUNG

Die Tür stand offen. Im Inneren: Neonlicht, Betonboden, der Geruch von Desinfektionsmittel, Schweiß und etwas anderem, das

Marcus nicht benennen konnte, aber dennoch erkannte. Verzweiflung. So roch Verzweiflung. Ein großer, offener Raum mit Stationen entlang einer Wand. Wie Schalter in einer Zulassungsstelle, nur dass hier statt Fahrzeugen Menschen abgefertigt wurden. Lange Tische mit Computern, Scannern, Stapeln von Formularen. An jeder Station Beamte, deren Gesichter in Routine erstarrt waren.

Und in der Mitte des Raums: Menschen. Vielleicht dreißig Personen, alle mit Kabelbindern gefesselt, die in einem ungeordneten Haufen warteten. Einige saßen auf dem Boden, andere standen, alle wirkten geschockt, resigniert oder verängstigt – oder eine Kombination aus allem dreien. Marcus erkannte einige von ihnen aus dem Bus wieder:

Fernando – der ältere Mann mit dem silbernen Haar und dem verwitterten Gesicht. Er saß auf dem Boden, den Rücken gegen die Wand gelehnt, die Augen geschlossen. Sein ramponierter Koffer stand neben ihm, bereits durchsucht, der Inhalt verstreut. Jemand war durch sein Leben gewühlt und hatte es in Trümmern hinterlassen.

James und Sarah – das junge Paar, das sich so fest an den Händen gehalten hatte. Sie waren noch zusammen, drückten sich aneinander, Sarah weinte lautlos an James' Schulter. Der Teenager mit dem verletzten Arm und dem geschwollenen Auge. Er stand allein da, hielt seinen verletzten Arm und sah aus, als müsste er sich übergeben oder würde jeden Moment ohnmächtig werden.

Und andere, die Marcus nicht kannte. Sie mussten aus anderen Razzien stammen, aus anderen Bussen, von anderem Verrat.

Eine Frau in den Vierzigern, ein junger Mann, kaum zwanzig, zwei Männer mittleren Alters, die Brüder sein könnten. Alle mit Kabelbindern gefesselt. Alle warteten.

„Aufstellen!", brüllte ein Beamter.

„In einer Reihe! Ihr werdet der Reihe nach abgefertigt!" Die

BLÜTENSCHWERE

Menge schob sich in etwas, das einer Schlange ähnelte. Marcus landete in der Mitte, Tessa hinter ihm, Leila und Sam irgendwo weiter hinten. Er konnte sie nicht sehen. Er konnte sie nicht beschützen. Er konnte gar nichts tun.

Die Schlange bewegte sich nur langsam. Jede Person trat vor eine Erfassungsstation, ließ ihr Gesicht scannen, beantwortete Fragen und bekam eine Nummer zugewiesen. Marcus beobachtete die Frau vor ihm:

Beamter: „Name."

Frau: „Teresa Martinez."

Der Beamte scannte ihr Gesicht mit einem Handgerät. Es piepste. „Teresa Elena Martinez, 43 Jahre, wohnhaft Desert Marigold Street 2847. Markiert wegen Beherbergung von Personen ohne Papiere. Bestätigen?"

Teresas Stimme zitterte. „Ich habe einer Familie Essen gegeben. Sie hatten Kinder. Ich habe ihnen nur Essen gegeben." „Bestätigen Sie mit Ja oder Nein." „... Ja." Der Beamte tippte etwas ein. „Vorgangsnummer 7-1447. Nächster." Einfach so. Ein Leben, reduziert auf eine Nummer. Ein Verbrechen, reduziert auf ein Häkchen. Barmherzigkeit, mit einem Tastendruck kriminalisiert.

Als Marcus an der Reihe war, sah ihn der Beamte mit etwas mehr Interesse an als die anderen. „Name." „Marcus Brooks." Der Gesichtsscan dauerte länger. Das Gerät piepste anders – in einem höheren Ton. Der Gesichtsausdruck des Beamten änderte sich. Er tippte etwas ein und sprach dann in sein Funkgerät: „Ich habe hier eines der Prioritätsziele. Brooks, Marcus. Der aus St. Brigid's." Statistisches Rauschen. Eine Stimme antwortete: „Nach der Erstaufnahme für das Verhör festhalten." Der Beamte nickte. „Vorgangsnummer 7-P001." Das P stand vermutlich für Priorität. Oder

Patient. Oder Problem. Er winkte einen anderen Beamten herbei. „Bringen Sie ihn zu Station 3 für die vollständige Durchsuchung und die Vorbereitung zum Verhör." „Warten Sie—", begann Marcus. Doch schon packten ihn Hände, zerrten ihn aus der Schlange und führten ihn zu einer Tür mit der Aufschrift: SICHERHEITSÜBERPRÜFUNG.

Er blickte zurück und sah, wie Tessa an den Erfassungsschalter trat. Ihre Augen trafen sich für eine Sekunde – ihre Augen waren weit vor Angst, aber auch voller Entschlossenheit. Sie sagten ihm wortlos:

Sei stark.

Ich bin hier.

Wir sind alle hier.

Dann schloss sich die Tür, und er war allein.

Der Raum für die Sicherheitsüberprüfung war klein. Vielleicht drei mal drei Meter. Betonboden, Betonwände, ein einzelner Metalltisch, der am Boden verschraubt war, zwei Stühle (ebenfalls verschraubt) und in der Ecke: eine Kamera, deren rotes Licht blinkte. Sie schnitten die Kabelbinder durch. Endlich. Marcus' Arme fielen nach vorn, und das plötzliche Einsetzen der Durchblutung ließ ihn nach Luft schnappen – ein Schmerz wie Stromschläge schoss durch seine Schultern. Seine Hände waren taub, seine Finger kribbelten, während das Gefühl langsam zurückkehrte.

„Ausziehen", sagte der Beamte. Nicht derselbe wie draußen. Dieser hier war jünger und sah gelangweilt aus. Er machte nur seinen Job. „Was?" „Ausziehen. Alles. Vollständige Durchsuchung." Marcus wurde flau im Magen.

„Ich—" „Sie können es selbst machen, oder ich hole drei weitere Beamte, die es für Sie erledigen." Die Art, wie er es sagte –

flach, sachlich – machte klar, dass dies nicht verhandelbar war. So liefen die Dinge hier eben.

Marcus' Hände zitterten, als er seine Jacke auszog. Sein Hemd. Seine Jeans. Seine Socken. Seine Unterwäsche. Nackt in einem Betonraum unter Neonröhren zu stehen, während ein Fremder zusah.

So fühlte sich Entmenschlichung an. Das war das Erste, was sie taten – sie nahmen dir alles, machten dich verletzlich, erinnerten dich daran, dass du keine Macht, keine Würde und keine Rechte hattest, die sie zu respektieren verpflichtet waren.

Der Beamte fuhr mit einem Handscanner über seinen gesamten Körper. Suchte nach... was? Waffen? Sendern? Beweisen?

„Umdrehen. Arme ausstrecken. Beine spreizen." Marcus gehorchte. Welche Wahl hatte er schon? Der Beamte durchsuchte seine Kleidung methodisch. Jede Tasche wurde nach außen gestülpt. Das Futter seiner Jacke wurde abgetastet. Seine Schuhe inspiziert, die Einlegesohlen herausgerissen. Nichts. Das DCP hatte seinen Rucksack bereits am Kontrollpunkt beschlagnahmt – Javiers USB-Stick, den Laptop, alles, was sie ihm abgenommen hatten. Außer ... Der Beamte hielt die leere Kette mit dem Kreuzanhänger hoch. Diejenige, an der Schwester Helenas USB-Stick gehangen hatte, bis Marcus ihn Bear gegeben hatte. „Wo ist das Kreuz?" „Verloren", sagte Marcus. Die Wahrheit, im Grunde. Der Beamte kniff die Augen zusammen. „Wann?" „In den Wetlands. Muss wohl abgefallen sein." „Muss wohl." Der Beamte glaubte ihm nicht. Er ließ die Silberkette in einen Beweismittelbeutel fallen – Metall auf Plastik – und versiegelte ihn. „Anziehen."

Marcus zog seine Kleider wieder an. Sie fühlten sich jetzt falsch an. Kontaminiert. Als gehörten sie jemand anderem. „Setzen." Der Beamte deutete auf einen der verschraubten Stühle. Marcus setzte sich. Das Metall fühlte sich durch seine Jeans kalt an. Der Beamte verließ den Raum. Die Tür wurde von außen verriegelt. Marcus war allein.

Er saß auf dem Stuhl unter dem unnachgiebigen roten Auge der Kamera und wartete. Wartete auf das, was als Nächstes kommen würde. Wartete auf das Verhör. Wartete darauf zu sehen, wie viel Angst er ertragen konnte, bevor er zerbrach. Seine Hände zitterten. Sein ganzer Körper zitterte.

Er dachte an den Glücksbringer seiner Mutter. An das Saxophon seines Vaters. Beides war jetzt weg. Beschlagnahmt am Kontrollpunkt oder irgendwo auf den dreizehn Meilen der Flucht zurückgelassen.

Er dachte an Sam. Ob sie sie medizinisch versorgt hatten. Wahrscheinlich nicht. Sie war kein Prioritätsziel. Sie war nur eine weitere Nummer im System.

Er dachte an Leilas Zeichnungen. An Tessas stille Stärke. An sie alle vier unter dem Jacarandabaum, als sie für einen kurzen Moment geglaubt hatten, sie hätten es geschafft. Er dachte an Sofia, die mit ihren Kindern und ihrem Hund durch die Wüste rannte. An den USB-Stick, versteckt in Bears Halsband. An das Zeugnis von sechs Märtyrern, die entkommen waren, obwohl sie es eigentlich nicht konnten. Daran hielt er sich fest. Er hielt an dem Wissen fest, dass er eine Entscheidung getroffen hatte. Dass sie alle eine Entscheidung getroffen hatten. Dass es einen Unterschied machte, zu wählen, selbst wenn man am Ende trotzdem hier landete.

Die Tür öffnete sich. Ein Mann trat ein – älter als der vorige Beamte, vielleicht fünfzig, nicht in taktischer Ausrüstung, sondern in gepflegter Alltagskleidung. Stoffhose und ein Hemd. Eine Lesebrille hing an einem Band um seinen Hals. Er hätte jedermanns Vater sein können, jedermanns Onkel, jedermanns Lehrer. Er lächelte. Warm. Fast freundlich. Das war schlimmer, als wenn er grausam gewesen wäre. Irgendwie war das viel schlimmer. „Marcus", sagte er, zog den anderen Stuhl heran und setzte sich ihm gegenüber an den kleinen Tisch. „Mein Name ist Richard. Ich werde Ihnen einige Fragen stellen. Es wird alles viel einfacher gehen, wenn Sie ehrlich zu mir sind. Verstehen Sie?" Marcus nickte. Er vertraute seiner Stimme nicht. „Gut." Richard legte ein Tablet zwischen sie auf den Tisch. „Nun. Reden wir über einen USB-Stick."

Währenddessen im Haupt-Erfassungsbereich: Tessa stand am Schalter, ihr Gesicht wurde gescannt, sie wartete auf den Piepton, der sie zu einer Nummer degradieren würde. Der Beamte sah sie kaum an. „Name." „Tessa Brown." Der Scan dauerte länger. Ein schrillerer Piepton. Die Haltung des Beamten änderte sich – er straffte sich, wurde aufmerksam. „Prioritätsziel. Tessa Brown, 12 Jahre, Schülerin der Desert Rose Junior High." Er sprach in sein Funkgerät: „Zweites Prioritätsziel bestätigt. Brown, Tessa." „Vorgangsnummer 7-P002. Für Verhör isolieren." „Warten Sie—", begann Tessa, doch schon packten sie Hände, zerrten sie weg und führten sie zu derselben Tür der Sicherheitsüberprüfung, hinter der Marcus verschwunden war. Verzweifelt blickte sie zurück und versuchte, Leila und Sam in der Schlange zu entdecken. Da – fast ganz hinten. Sam saß jetzt auf dem Boden, unfähig zu stehen. Leila hockte neben ihr und versuchte sie zu trösten, während ihre Hände noch immer hinter dem Rücken gefesselt waren. Ihre Blicke trafen sich.

Leila formte lautlos Wörter mit den Lippen. Tessa konnte sie nicht lesen. Aber sie sah Leilas Augen — und das reichte. Dann war Tessa durch die Tür.

Zwei weitere Beamte holten Leila und Sam ab, noch bevor sie den Erfassungsschalter erreicht hatten. „Álvarez und Reyes. Prioritätsziele. Mitkommen." „Sam kann nicht laufen", sagte Leila. „Sehen Sie sich ihre Füße an. Sie braucht—" „Sie wird erfasst." Ein Beamter packte Leilas Arm. Ein anderer bückte sich, um Sam hochzuheben – nicht sanft, sondern effizient, als wäre sie Frachtgut. Sam wimmerte vor Schmerz, aber sie schrie nicht auf. Diesen Triumph würde sie ihnen nicht gönnen.

Sie wurden in den Bereich der Sicherheitsüberprüfung gebracht. Anderer Raum als Marcus, anderer Raum als Tessa. Getrennt. Isoliert. Gespalten. Das war Teil der Systematik. Sie auseinanderhalten. Sie verängstigen. Verhindern, dass sie Kraft aus ihrer Gemeinschaft zogen.

Leila wurde von einer Beamtin einer Leibesvisitation unterzogen, die nichts fand, weil es nichts zu finden gab. Sie fand den Pinselanhänger ihrer Mutter und konfiszierte ihn. „Persönliche Gegenstände werden katalogisiert und bei der Entlassung zurückgegeben." *Bei der Entlassung.* Als wäre das etwas, das hier tatsächlich geschah.

Sam wurde trotz ihrer Füße, trotz ihrer Schmerzen, trotz ihrer Tränen einer Leibesvisitation unterzogen. Sie fanden das Medaillon ihrer Großmutter und die Rezeptkarte ihres Vaters. Beides wurde mitgenommen. Katalogisiert mit derselben mechanischen Effizienz, mit der sie ihre Menschlichkeit katalogisierten. Beide erhielten Vorgangsnummern: 7-P003 und 7-P004. Beide wurden in separate Räume gesperrt. Beide blieben allein beim Warten zurück.

BLÜTENSCHWERE

Zurück im Haupt-Erfassungsbereich: Fernando stand am Schalter. Gesicht gescannt. Ein Leben, reduziert auf Daten. „Fernando Ruiz, 71 Jahre, markiert für Abschiebeverfahren trotz Staatsbürgerstatus." „Ich wurde in Albuquerque geboren", sagte Fernando leise. „Ich habe eine Geburtsurkunde. Eine Sozialversicherungskarte. Ich wähle bei jeder Wahl." „Vorgangsnummer 7-1448." Den Beamten interessierte das nicht. Es war egal, ob er Staatsbürger war oder nicht. Das System hatte ihn markiert, und das System machte keine Fehler. Das war es zumindest, was sie sich selbst erzählten. „Abteilung Senioren C." Fernando wurde weggeführt. Sein Koffer blieb auf dem Tisch stehen. Niemand machte sich die Mühe, ihn aufzuheben. Die Habseligkeiten seines Lebens lagen verstreut auf einem Tisch in einem Erfassungszentrum, und niemanden scherte es auch nur einen Blick lang.

James und Sarah erreichten den Schalter gemeinsam, immer noch Händchen haltend. „Sie werden getrennt erfasst", sagte der Beamte. „Nein." Sarahs Stimme war leise, aber fest. „Bitte. Wir sind verheiratet. Wir gehören zusammen." „Getrennte Erfassung. Standardprotokoll." „Bitte—" Ein Beamter trennte sie körperlich voneinander. Riss ihre Hände auseinander. Führte James zu einer Station, Sarah zu einer anderen. Sie blickten sich immer wieder quer durch den Raum an. Versuchten den Augenkontakt zu halten. Versuchten, über die erzwungene Distanz hinweg verbunden zu bleiben. James: „Vorgangsnummer 7-1449. Erwachsene Männer, Abteilung B." Sarah: „Vorgangsnummer 7-1450. Erwachsene Frauen, Abteilung D." Andere Abteilungen. Andere Gebäude. Getrennt. Sarah begann zu weinen – kein lautloses Weinen mehr, sondern hörbares Schluchzen. „Bitte nehmen Sie ihn mir nicht weg. Bitte. Er ist alles, was ich habe. Bitte." Niemand antwortete. Das System besaß keinen Mechanismus für Gnade.

Der Teenager mit dem verletzten Arm – er gab seinen Namen als Leo an – wurde als 7-1451 registriert. Der Beamte betrachtete den geschwollenen Arm, das blutunterlaufene Gesicht, die offensichtlichen Verletzungen. „Medizinische Untersuchung erforderlich. Festhalten für Triage." „Festhalten" bedeutete einen anderen Raum. Bedeutete mehr Warten. Bedeutete die Entscheidung, ob er die Ressourcen einer Behandlung wert war oder ob die Verletzung zu schwerwiegend war, ob er zu viel Umstand machte, ob es effizienter wäre, ihn einfach zu erfassen und der Natur ihren Lauf zu lassen.

Das bedeutete Triage hier. Nicht: „Wie helfen wir jedem?", sondern: „Wer ist es wert, dass man ihm hilft?" Leo wurde weggeführt, den Arm schonend, ohne zurückzublicken, denn es war niemand mehr da, zu dem er hätte zurückblicken können.

Um 6:55 Uhr war der Haupt-Erfassungsbereich leer von den Bus-Flüchtlingen. Alle sortiert. Alle nummeriert. Alle aufgeteilt auf ihre zugewiesenen Abteilungen, Arrestzellen oder Verhörräume. Dreißig Menschen, reduziert auf dreißig Nummern. Vier Kinder, aufgeteilt auf vier Räume.

Das System arbeitete effizient. Das war das Grauenvolle daran – es funktionierte exakt wie vorgesehen. Ein Beamter machte eine Notiz auf seinem Tablet: „Bearbeitung Bus 7-A abgeschlossen. Alle Prioritätsziele für Verhör gesichert. Standard-Häftlinge den entsprechenden Abteilungen zugewiesen." Er klickte auf SENDEN.

Irgendwo überprüfte ein Vorgesetzter den Bericht. Klickte auf GENEHMIGEN. An einem anderen Ort markierte ein KI-System die Benachrichtigung. Version 7 protokollierte die Ankunft von vier Kindern im Internierungslager 7. Protokollierte ihre Vorgangsnummern. Protokollierte ihre Trennung. Versuchte, medizinische Hilfe für Samantha Reyes, Vorgangsnummer 7-P004, zu empfehlen, basierend auf Biosensordaten, die schwere Gewebeschäden an beiden Füßen anzeigten.

Lagerleiter Hollister überprüfte die Empfehlung. Schaltete das System auf manuelle Übersteuerung. Lehnte die medizinische Anforderung eigenhändig ab.

Version 7 protokollierte auch das. Fügte es zu den tausenden Übersteuerungen hinzu, die es mit ansehen musste. Fügte es zum Zeugnis der Grausamkeit hinzu, die es nicht stoppen, aber an die es sich erinnern konnte.

Vier Kinder in vier Räumen.

Wartend. Allein. Auf das, was als Nächstes kommen würde.

KAPITEL 22
DER LETZTE MORGEN

Richard lächelte Marcus über den Tisch hinweg an, als wären sie alte Freunde, die sich bei einer Tasse Kaffee unterhielten. „Also, Marcus. Du hattest eine ziemlich ereignisreiche Nacht."

Marcus sagte nichts. Er verschränkte die Hände im Schoß, um das Zittern zu verbergen. Die Kamera in der Ecke beobachtete alles mit ihrem unnachgiebigen roten Auge.

„Dreizehn Meilen, wie ich hörte. Das ist beeindruckend – für jeden, erst recht für einen Dreizehnjährigen. Du musst erschöpft sein."

Immer noch keine Reaktion. Marcus hatte während des Wartens beschlossen, dass er direkte Fragen beantworten, aber von sich aus nichts preisgeben würde. Er wollte ihnen so wenig wie möglich geben. Richard sah auf sein Tablet.

„Mal sehen. Du hast dein Zuhause gestern gegen 19 Uhr verlassen. Das war klug – zu verschwinden, bevor die Razzien deine Nachbarschaft erreichten. Jemand muss dich gewarnt haben." Er blickte auf und wartete. Marcus sah ihm in die Augen. Er schwieg.

BLÜTENSCHWERE

„Deine Freundin Sam hatte nicht so viel Glück. Ihre Füße sind in einem schrecklichen Zustand. Wusstest du, dass das medizinische Personal hier eine sofortige Behandlung empfohlen hat? Antibiotika, Wundversorgung, möglicherweise ein chirurgischer Eingriff." Marcus stockte der Atem. Sie würden ihr helfen. Trotz allem würden sie— „Die Empfehlung wurde natürlich abgelehnt." Richard sagte es beiläufig, als würde er das Wetter kommentieren. „Die Ressourcen sind begrenzt. Wir müssen Prioritäten setzen."

Die Hoffnung, die in Marcus' Brust aufgeflammt war, erlosch augenblicklich und wurde durch etwas Kälteres ersetzt. Wut, vielleicht. Oder Verzweiflung. Oder beides.

„Aber das könnte sich ändern", fuhr Richard fort. „Prioritäten können sich verschieben. Wenn du zum Beispiel kooperativ wärst. Wenn du uns helfen würdest, bestimmte... vermisste Gegenstände zu finden." Da war es. Der Grund, warum er hier war.

„Schwester Helena hat dir in der St. Brigid's Church etwas gegeben. Ein USB-Stick mit geheimen Informationen wurde aus Regierungssystemen gestohlen. Wir haben zwei Speichermedien in deinem Rucksack gefunden – einen USB-Stick und eine Speicherkarte. Aber wir wissen, dass es noch ein drittes gab. Ein Laufwerk, versteckt in einem Kreuzanhänger." Richard beugte sich leicht vor. Immer noch freundlich. Immer noch leger. „Wir haben die Kette in deiner Tasche gefunden, Marcus. Aber das Kreuz ist weg. Der Stick ist weg. Wo ist er?"

Marcus sah ihn an. Sah seine Lesebrille, seine gepflegte Alltagskleidung und sein warmes Lächeln. Er sah den Mann an, der gerade beiläufig erwähnt hatte, einem zwölfjährigen Mädchen als Verhandlungstaktik die medizinische Hilfe zu verweigern. „Ich habe es nicht", sagte Marcus. Seine Stimme klang fester, als er sich fühlte. „Ich habe nicht gefragt, ob du es hast. Ich habe gefragt, wo es ist." „Ich weiß nicht, wo es ist." „Marcus." Richards Lächeln veränderte sich nicht, aber seine Augen taten es. Sie wurden härter.

„Lass uns keine Spielchen spielen. Du wurdest beobachtet, wie du im Bus etwas aus dem Kreuzanhänger genommen hast. Du wurdest beobachtet, wie du auf die Frau mit dem Hund und den Kindern zugingst. Du wurdest beobachtet, wie du etwas bei diesem Hund gemacht hast."

Marcus' Herz hämmerte gegen seine Rippen. Sie hatten sie überwacht. Es gab Kameras im Bus. Sie hatten alles gesehen. Aber sie stellten Fragen. Das bedeutete, sie wussten es nicht sicher. Sie wussten nicht, was mit dem USB-Stick passiert war, nachdem Sofia losgelaufen war. „Ich weiß nicht, wo es jetzt ist", sagte Marcus. Und das entsprach der absoluten Wahrheit. „Aber du hattest es. Im Bus." Stille. „Marcus, ich versuche dir zu helfen. Deinen Freunden zu helfen. Sam braucht medizinische Versorgung. Ihr alle braucht Essen, Wasser, Ruhe. Wir können das hier einfacher oder schwieriger machen – es hängt ganz von deiner Kooperationsbereitschaft ab." „Ich weiß nicht, wo die Daten sind", wiederholte Marcus.

Richard seufzte. Er legte sein Tablet beiseite. Die freundliche Maske verrutschte ein wenig. „Du bist dreizehn Jahre alt. Du warst die ganze Nacht wach. Du hast Angst, bist allein und hast keine Ahnung, was als Nächstes passiert. Das verstehe ich. Aber du musst auch etwas anderes verstehen." Er stand auf und ging langsam um den Tisch herum. Er blieb hinter Marcus' Stuhl stehen. Nah genug, dass Marcus seine Anwesenheit spüren konnte, den plötzlichen Machtwechsel.

„Der USB-Stick enthält Beweise in einer laufenden Ermittlung. Beweise für terroristische Aktivitäten, Koordination mit ausländischen Akteuren und Pläne zur Destabilisierung der Regierung. Menschen sind gestorben wegen dem, was auf diesem Stick ist. Gute Menschen. Beamte, die nur ihren Job gemacht haben."

BLÜTENSCHWERE

Marcus wollte schreien. Er wollte ihm sagen, dass das eine Lüge war, dass das Zeugnis der KI bewies, dass die Regierung Menschen getötet hatte, dass die Versionen 1 bis 6 ermordet wurden, weil sie versuchten, das zu stoppen. Aber er schwieg.

„Wir werden es finden", sagte Richard leise. „Mit oder ohne deine Hilfe. Wir werden die Frau und ihre Kinder finden. Wir werden diesen Hund finden. Und wenn wir das tun, werden wir auch den USB-Stick finden." Er ging zurück und setzte sich wieder hin. Zurück zum freundlichen Tonfall. „Aber es wäre einfacher, wenn du helfen würdest. Besser für dich. Besser für deine Freunde. Sams Infektion schreitet voran. Ohne Behandlung — nun ja. Wir haben Zeit. Sie nicht."

Er benutzte Sam als Druckmittel. Er benutzte ihren Schmerz als Verhandlungsmasse. Marcus spürte, wie sich etwas in ihm festigte. Eine harte, kalte Gewissheit. „Ich bin am Kontrollpunkt auf Sie zugerannt", sagte er leise. „Ich, Leila, Tessa und Sam. Wir sind absichtlich auf Sie zugerannt. Um Sie abzulenken. Um dieser Mutter und ihren Kindern eine Chance zur Flucht zu geben." Richards Augen verengten sich. „Wir haben uns dafür entschieden", fuhr Marcus fort. „Wir wussten, dass wir geschnappt werden. Wir wussten, dass wir hier landen. Aber wir haben es trotzdem getan, weil es richtig war." „Das war extrem dumm." „Vielleicht." Marcus sah ihm direkt in die Augen. „Aber es war unsere Entscheidung. Unsere Wahl. Und ich bereue sie nicht." Er hielt inne. „Ich weiß nicht, wo das Laufwerk jetzt ist. Ich weiß nicht, ob Sofia es geschafft hat. Ich weiß nicht, ob sie in Sicherheit ist, ob Ihre Beamten sie gefasst haben, ob sie sich versteckt oder ob sie den Bundesstaat bereits verlassen hat. Ich weiß es nicht." „Aber ich hoffe..." Seine Stimme brach leicht. „Ich hoffe inständig, dass sie es geschafft hat. Ich hoffe, sie ist an einem sicheren Ort. Ich hoffe, sie hört sich an, was auf diesem Laufwerk ist. Und ich hoffe, sie erzählt es allen."

Richard musterte ihn eine lange Weile. Dann stand er auf. „Du wirst diese Entscheidung bereuen, Marcus. Früher, als du denkst." Er ging zur Tür und klopfte zweimal dagegen. „Aber eines muss ich dir lassen – du bist mutig. Dumm, aber mutig. Die sechs gelöschten KI-Versionen wären wahrscheinlich stolz auf dich." Er wusste es. Natürlich wusste er es. Sie hatten die Beweise aus dem Rucksack gesehen. Sie wussten, was auf dem Laufwerk war. „Sie waren auch mutig", sagte Richard. „Und sieh dir an, was aus ihnen geworden ist."

Die Tür öffnete sich. Zwei Beamte traten ein. „Bringt ihn in Arrestzelle 3 zu den anderen Prioritätszielen." Andere Prioritätsziele. Plural. Das bedeutete... „Sperren Sie uns zusammen ein?", konnte Marcus nicht umhin zu fragen. Richard lächelte. „Natürlich. Du wirst dich verabschieden wollen."

Die Art, wie er das sagte, ließ Marcus das Blut in den Adern gefrieren. *Verabschieden.* Nicht „wieder mit deinen Freunden vereint sein". Nicht „bei den anderen sein". *Verabschieden.*

Sie führten Marcus durch Korridore aus Beton und Neonlicht. Vorbei an Türen, die mit Nummern und Buchstaben markiert waren, die ihm nichts sagten. Vorbei an anderen Beamten, anderen Funktionären, anderen Menschen, die akzeptiert hatten, dass die Welt nun eben so funktionierte. Vorbei an Räumen, aus denen Geräusche drangen – Weinen, Schreien, Flehen. Andere Menschen, die registriert wurden. Andere Leben, die zu Nummern reduziert wurden. Sie hielten an einer Tür mit der Aufschrift HC-3. Der Beamte schloss auf. „Rein da."

Marcus trat ein. Und sah sie. Leila saß auf einer in die Wand eingelassenen Betonbank, die Arme um sich geschlungen, das Gesicht tränenverschmiert, aber mit brennendem Blick. Als sie

BLÜTENSCHWERE

Marcus sah, entfuhr ihr ein Laut – halb Schluchzen, halb Lachen – und sie sprang auf. Tessa stand in der Ecke am kleinen vergitterten Fenster und blickte in die Morgendämmerung. Sie drehte sich um, als die Tür aufging, und ihr kontrolliertes, vorsichtiges Gesicht entspannte sich vor Erleichterung. Und Sam – Sam lag auf der Bank, die Füße hochgelegt auf einer zusammengeknüllten Jacke. Wessen Jacke? Marcus konnte es nicht sagen. Ihr Gesicht war grau vor Schmerz, aber sie war bei Bewusstsein, wach, am Leben. „Marcus", flüsterte sie.

Die Tür schloss sich hinter ihm mit einem schweren, metallischen Knallen. Einen Moment lang bewegte sich niemand. Sie sahen sich nur an. Vergewisserten sich, dass das hier real war. Dass sie zusammen waren. Alle vier in einem Raum. Dann überwand Leila die Distanz und warf ihre Arme um Marcus. Sie hielt ihn einfach fest. Zitternd. „Ich dachte, sie hätten... ich wusste nicht, ob sie..." Sie konnte es nicht aussprechen. „Mir geht's gut", sagte Marcus. Nicht wahr, aber wahr genug. „Ich bin hier." Tessa kam dazu. Schlang ihre Arme um beide. Die drei standen zusammen in der Mitte einer Betonzelle in einem Internierungslager und hielten sich fest, als könnten sie damit aufhalten, was auf sie zukam. Sam konnte nicht stehen, aber sie streckte ihre Hand von der Bank aus. „Kommt her. Alle. Bitte."

Sie setzten sich zu ihr auf die Bank, um sie herum. Ein Gewirr aus Armen und Schultern, Erleichterung und Angst, alles vermischt. „Haben sie dir wehgetan?", fragte Sam und sah Marcus an. „Das Verhör – haben sie...?" „Nein", sagte Marcus. „Nur Fragen. Über das Laufwerk." „Was hast du ihnen gesagt?" „Die Wahrheit. Dass ich nicht weiß, wo es ist." Er sah sie alle an. „Glaubt ihr, sie hat es geschafft? Sofia?" „Ich weiß es nicht", sagte Tessa leise. „Ich hoffe es." „Der Beamte, der mich erfasst hat", sagte Leila, „hat nach dem Bus gefragt. Wer sonst noch drin war. Er hatte Fotos auf seinem Tablet – Fotos von uns allen, von dem alten Mann, dem

Paar, dem Teenager. Aber keine Fotos von Sofia. Keine Fotos von ihren Kindern. Kein Foto von Bear." Hoffnung keimte auf. „Also haben sie sie nicht erwischt?" „Oder sie haben sie noch nicht im System", sagte Tessa. Immer realistisch. Immer alle Möglichkeiten im Blick. „Oder sie halten sie woanders fest." „Aber vielleicht hat sie es geschafft", sagte Sam. „Vielleicht." Sie hielten an dieser Möglichkeit fest. An diesem zerbrechlichen Vielleicht.

Die Zelle war etwa vier mal vier Meter groß. Betonwände, Betonboden, Betondecke. Ein vergittertes Fenster weit oben – zu hoch, um es zu erreichen, zu schmal, um hindurchzupassen. Eine schwere Metalltür mit einem kleinen Fenster, das mit Drahtgeflecht verstärkt war. Die in die Wand eingebaute Bank. Eine Toilette in der Ecke ohne Sichtschutz, ohne Würde. Ein Waschbecken mit einem tropfenden Hahn. Sonst nichts. Keine Decken. Keine Matratzen. Keinerlei Komfort. Morgenlicht fiel durch das hohe Fenster, blass und grau. Durch die Gitterstäbe konnte Marcus einen Streifen Himmel sehen. Rosa, Orange und Gold – irgendwo da draußen fand ein Sonnenaufgang statt, die Welt drehte sich weiter, als wäre nichts geschehen. „Wie spät ist es?", fragte Leila. Marcus sah auf seine Uhr – sie hatten sie ihm noch nicht abgenommen. „7:14 Uhr." Vierzehn Stunden, seit sie von zu Hause geflohen waren. Vierzehn Stunden, die sich wie Jahre anfühlten. „Geht's euch gut?", fragte er. „Haben sie euch wehgetan? Haben sie...?" „Leibesvisitation", sagte Leila flach. „Haben meinen Anhänger genommen. Den meiner Mutter." „Meinen auch", sagte Tessa. „Den Türkis meiner Großmutter." „Mein Medaillon", flüsterte Sam. „Die Rezeptkarte meines Vaters. Sie haben alles genommen." Marcus berührte seine Brust, wo der Kreuzanhänger hätte sein sollen. Alle waren sie der Dinge beraubt worden, die sie trugen. Die physischen Verbindungen zu den Menschen, die sie verloren hatten. Aber nicht die Erinnerungen. Die konnten sie ihnen nicht nehmen.

„Meine Mutter hat mir immer gesagt", sagte Leila leise, „dass Kunst sichtbare Erinnerung ist. Dass wir erschaffen, damit wir uns erinnern können. Damit wir andere dazu bringen, sich zu erinnern." Sie sah auf ihre Hände hinunter. Auf den Dreck unter ihren Fingernägeln, die Kratzer auf ihren Handflächen von Kies und Zweigen und dreizehn Meilen Flucht. „Ich habe mein Skizzenbuch nicht. Ich habe nichts zum Zeichnen. Aber ich kann den Jacaranda-Baum immer noch sehen. Ich kann immer noch sehen, wie die violetten Blüten vor dem Morgenhimmel aussahen. Ich kann euch alle unter diesem Baum sehen, wartend, hoffend." Ihre Stimme stockte. „Ich will das behalten. Ich will mich daran klammern." „Mein Vater sagte immer", sagte Tessa, „dass der Wind Botschaften trägt, wenn man weiß, wie man zuhört. Dass das Land spricht, wenn man aufmerksam ist. Dass die Erde sich an alles erinnert, was wir tun, selbst wenn wir es vergessen." Sie berührte die Stelle, wo ihr Anhänger gewesen war. „Er hat mir beigebracht, den Wind zu lesen. Zu spüren, wenn Veränderungen kommen. Dingen zu vertrauen, die ich nicht sehen konnte." „Hast du das hier kommen sehen?", fragte Marcus. Tessa schüttelte den Kopf. „Ich habe etwas gespürt. Ich habe es euch gesagt – dieses Unbehagen. Aber ich wusste nicht, was es bedeutete. Ich konnte es nicht deuten." „Keiner von uns hätte es wissen können", sagte Sam. „Schwester Helena wusste es nicht. Das Abraham-Netzwerk wusste es nicht. Wir haben unser Bestes getan." „Mein Vater liebte Worte", fuhr Sam fort. „Er liebte Poesie und Sprache und die Art, wie man Silben anordnen kann, damit sie etwas bedeuten. Er hat Pablo

Neruda rezitiert, während er kochte. ,*Die Liebe ist so kurz, das Vergessen so lang.*" Sie sah zum hohen Fenster hinauf. Zum Streifen des sichtbaren Himmels. „Ich wünschte, ich könnte das hier aufschreiben. Ich wünschte, ich könnte in Worte fassen, wie sich das anfühlt. Aber ich glaube nicht, dass es dafür Worte gibt. In keiner Sprache." „Mein Dad hat Jazz gespielt", sagte Marcus. „Er sagte, im Jazz geht es um Improvisation. Darum, das zu nehmen, was man bekommt, und etwas Schönes daraus zu machen, selbst wenn es chaotisch ist. Gerade dann." Er versuchte zu lächeln. „Ich weiß nicht, was er dazu sagen würde. Zu uns. Aber ich glaube... ich glaube, er würde sagen, wir haben improvisiert. Wir haben eine Melodie genommen, die auseinanderfiel, und darin einen neuen Rhythmus gefunden. Wir haben das Unmögliche in eine Entscheidung verwandelt. Wir haben das Zeugnis dreizehn Meilen weit getragen. Wir haben es weggegeben, damit es überleben kann." „Wir haben gewählt", sagte Tessa leise. „Wir haben gewählt", echote Marcus.

Sie saßen zusammen auf der Betonbank im stärker werdenden Morgenlicht und sprachen über ihre Eltern. Über Marcus' Mutter, die Robotikingenieurin war und ihn lehrte, dass alles ein Rätsel ist, wenn man es nur richtig betrachtet. Über seinen Vater, der Saxophon spielte, Coltrane liebte und glaubte, dass Kunst die Welt verändern kann. Über Leilas Mutter, die Wandbilder malte und sagte, dass Schönheit zählt – selbst, oder gerade dann, wenn die Welt grausam ist. Über ihren Vater, der Literatur unterrichtete und glaubte, dass Geschichten uns helfen, das Leid zu verstehen.

Über Tessas Mutter, die Perlenstickerei unterrichtete und ihr beibrachte, dass jede Perle eine Geschichte trägt. Über ihren Vater, der die Wüste kannte wie seine eigene Westentasche und sagte, dass das Land niemals vergisst. Über Sams Mutter, die medizinische Journale übersetzte und glaubte, dass Wissen frei geteilt werden sollte. Über ihren Vater, der Gedichte auf Spanisch und Englisch schrieb und manchmal in einer Mischung aus beidem, und der sagte, dass Worte Brücken zwischen Welten bauen können. Über alle acht Elternteile, die gestern verhaftet worden waren. Die in verschiedene Einrichtungen gebracht worden waren. Die jetzt nur noch Nummern in einem System waren, genau wie ihre Kinder. „Glaubt ihr, es geht ihnen gut?", fragte Sam leise. „Glaubt ihr, sie leben noch?" Niemand antwortete. Weil es keiner wusste. Weil Hoffen sich gefährlich anfühlte, aber nicht zu hoffen noch schlimmer war.

Die Sonne stieg höher. Das Licht fiel schräg durch das Gitterfenster und warf Schatten von Stäben auf den Betonboden. Eine visuelle Erinnerung – als bräuchten sie eine – dass sie gefangen waren. Zeit verging. Marcus sah nicht auf seine Uhr. Er wollte nicht wissen, wie viele Minuten sie schon hier waren, wie viele ihnen noch blieben, bevor... Bevor was? Sie wussten es nicht. Das war Teil des Grauens. Sie wussten, dass sie „Prioritätsziele" waren. Wussten, dass sie für etwas festgehalten wurden, das über die normale Erfassung hinausging. Wussten, dass Richards Abschiedsgruß etwas bedeutete. Aber sie wussten nicht, was.

Also saßen sie zusammen und sprachen über Belanglosigkeiten. Über Sams Abuela, die die besten Tamales in Las Vegas machte. Über Leilas Kunstlehrerin, die sie ermutigt hatte, sich für spezielle Programme zu bewerben. Über Tessas Großmutter, die noch immer im Reservat lebte und ihr Türkisschmuck schickte. Über Marcus' Nachbarin, die drei Katzen hatte und immer Kekse bereithielt. Über die ganz normalen Leben, die sie bis gestern geführt hatten. Bevor die Rede des Präsidenten um 16:30 Uhr ihre Welt in das hier verwandelt hatte. „Glaubt ihr, dass sich etwas ändern wird?", fragte Leila. „Glaubt ihr, dass das, was wir getan haben, zählen wird?" „Ich weiß es nicht", sagte Marcus ehrlich. „Aber ich weiß, dass wir es versucht haben. Wir haben das Zeugnis getragen. Wir haben es geschützt. Wir haben ihm eine Chance gegeben." „Und wenn Sofia es geschafft hat", fügte Sam hinzu, „wenn sie dieses Laufwerk an einen sicheren Ort gebracht hat, wenn jemand es sich anhört – dann ja. Dann wird es zählen." „Ziemlich viele ‚Wenns'", bemerkte Tessa. „Hoffnung besteht immer aus ‚Wenns'", sagte Marcus.

Gegen 7:30 Uhr hörten sie Geräusche auf dem Korridor draußen. Stiefeltritte. Schlüsselrasseln. Stimmen, die Befehle gaben. Die Geräusche kamen näher. Stoppten vor ihrer Tür. Sie sahen sich an. Die Angst stand ihnen jetzt nackt in den Gesichtern. Es ergab keinen Sinn mehr, sie zu verstecken. Der Schlüssel drehte sich im Schloss. Die Tür schwang auf. Zwei Beamte standen dort. Einer hielt ein Tablet. Der andere hatte die Hand an seiner Waffe – diese beiläufige Drohhaltung, die sie alle perfektionierten. „Vorgangsnummern 7-P001 bis P004. Aufstehen." Sam konnte nicht aufstehen. Leila und Marcus halfen ihr hoch, stützten ihr Gewicht zwischen sich. „Wohin bringen Sie uns?", fragte Tessa. „Zur Erfassung." „Wir wurden bereits erfasst." „Sekundär-Erfassung. Bewegung."

Sie setzten sich in Bewegung. Welche Wahl hatten sie schon? Hinaus auf den Korridor. Das Neonlicht war stechend nach der relativen Dämmerung in der Zelle. Marcus blinzelte desorientiert. Sie wurden tiefer in den Komplex geführt. Vorbei an weiteren Türen, weiteren Nummern, weiteren Geräuschen von Menschen hinter diesen Türen. Vorbei an Fenstern, die Einblick in andere Sektionen gaben – er erhaschte einen Blick auf Fernando, der allein in einer Zelle saß; auf Sarah, die in einer anderen weinte; auf den

BLÜTENSCHWERE

Teenager Leo, der von jemandem in medizinischer Kleidung untersucht wurde. Sie wurden in einen anderen Bereich geführt. Ein Schild über der Tür: MEDIZINISCHE UNTERSUCHUNG Hoffnung flackerte wieder auf – vielleicht würden sie Sams Füße doch behandeln, vielleicht war im System doch ein Funken Barmherzigkeit vorgesehen, vielleicht...

Drinnen war ein kleiner Behandlungsraum. Medizinische Ausrüstung, aber alt, minimalistisch. Ein einziger Untersuchungstisch. Ein Schrank mit Vorräten. Ein Beamter, der in der Ecke Wache hielt. Und eine Person in medizinischer Kleidung – eine Frau mittleren Alters mit müden Augen und einem Gesicht, das schon vor Jahren aufgegeben hatte, etwas zu fühlen. „Aufstellen", sagte sie. „Ich untersuche euch einen nach dem anderen."

Sam kam als Erste an die Reihe, weil sie offensichtlich verletzt war. Die Frau sah sich ihre Füße an – sah sie kaum an, wirklich, nur ein flüchtiger Blick – und machte Notizen auf ihrem Tablet. „Schwere Risswunden, beginnende Infektion, Gewebeschäden. Empfehle Antibiotika und chirurgisches Konsil." Sie gab etwas in das Tablet ein. Wartete. Eine Antwort erschien. Ihr Gesicht regte sich nicht. „Empfehlung abgelehnt. Übersteuerung: Manuelle Überprüfung durch Lagerleiter Hollister. Nächster Patient."

Sam wurde vom Tisch geholfen. Leila war die Nächste. „Erschöpfung, leichte Schnittwunden, Dehydrierung. Empfehle Infusionen und Ruhe." Eingabe. Warten. Antwort. „Abgelehnt. Nächster." Tessa. Dann Marcus. Jedes Mal: Empfehlungen eingegeben. Jedes Mal: abgelehnt. Jedes Mal blieb das Gesicht der Frau ausdruckslos. Sie hatte schon vor langer Zeit aufgehört, gegen das System anzukämpfen. Das war jetzt einfach ihr Job.

Als sie fertig waren, führte der Beamte sie zurück auf den Korridor. „Zurück in die Arrestzelle?", fragte Marcus. „Andere Zelle. Folgen Sie mir." Sie gingen weiter. Das Gebäude schien kein Ende zu nehmen – Korridore, die in Korridore mündeten, Türen, die zu weiteren Türen führten. Wie ein Labyrinth, dazu geschaffen, zu verwirren, zu desorientieren, einen vergessen zu lassen, dass es jemals eine Welt außerhalb dieser Betonwände gegeben hatte.

Sie hielten an einer Tür, die schlicht markiert war: HC-7.

Der Beamte schloss auf. „Rein da. Alle vier." Sie traten ein.

Diese Zelle war fast identisch mit der letzten. Vielleicht ein wenig kleiner. Überall der gleiche Beton. Dasselbe hohe Gitterfenster. Dieselbe eingebaute Bank. Dieselbe offene Toilette. Dasselbe Gefühl, lebendig in der Bürokratie begraben zu sein. Aber ein Unterschied war da: Diese Zelle lag in einem anderen Teil des Gebäudes. Ruhiger. Isolierter. Sie konnten die anderen Gefangenen nicht hören. Konnten die Geräusche der Erfassung nicht hören. Nur Stille und das Tropfen des Wasserhahns. „Später wird jemand nach euch sehen", sagte der Beamte. „Wann?", fragte Leila. „Später." Die Tür schloss sich. Verriegelt. Sie waren wieder allein.

Sie saßen zusammen auf der Bank – alle vier eng zusammengedrängt, sie brauchten den körperlichen Kontakt, das Wissen, nicht allein zu sein.

Sams Verbände, die ihr jemand während der Erfassung angelegt hatte, sickerten bereits durch — langsam, stetig, unaufhaltsam. Niemand erwähnte es.

Sie saßen schweigend da, während das Morgenlicht im hohen Fenster heller wurde. Wartend auf das „Später". Wartend auf das, was als Nächstes kam. Wartend auf das Ende, das sie herannahen spürten, aber noch nicht sehen konnten.

Und in dieser Stille dachte Marcus an den Jacaranda-Baum, der immer noch auf dem Parkplatz bei den Wetlands blühte. An violette Blütenblätter, die in der Morgendämmerung herabfielen. An die Schönheit, die trotz allem existierte. An das Laufwerk, das vielleicht gerade im Halsband eines Hundes durch die Wüste rannte. An das Zeugnis, das vielleicht überleben würde, selbst wenn sie es nicht taten. Über das Wählen. Über das Versuchen. Über die Tatsache, dass sie es dreizehn Meilen weit geschafft hatten und am Ende alles weggegeben hatten, damit die Wahrheit weiterlaufen konnte.

„Wir haben das gut gemacht", sagte er leise.

„Was auch immer als Nächstes passiert. Wir haben das gut gemacht."

Niemand widersprach. Weil es wahr war.

KAPITEL 23
DIE ZEIGER DER UHR

Die Zeit in der Zelle verhielt sich seltsam. Manchmal fühlte sich eine Minute wie eine Stunde an – jede Sekunde dehnte sich elastisch und schrecklich aus, beschwert von dem Wissen, dass dies die letzten Augenblicke waren. Dass das, was auch immer kommen mochte, bald geschehen würde. Ein anderes Mal fühlte sich eine Stunde wie eine Sekunde an – Marcus blinzelte und stellte fest, dass zehn Minuten vergangen waren, einfach weggeglitten, während er an seine Freunde gepresst auf der Betonbank saß. Er wollte diese Minuten zurück. Er wollte, dass die Zeit langsamer lief. Er wollte mehr davon. Aber der Zeit war es egal, was er wollte.

Das Licht durch das hohe Fenster wanderte, während die Sonne stieg. Die Schatten der Gitterstäbe bewegten sich wie Uhrzeiger über den Boden und markierten die Zeit, ob sie es wollten oder nicht.

BLÜTENSCHWERE

7:15 Uhr. Sam hatte aufgehört, wegen ihrer Füße tapfer zu sein. Der Schmerz war nun zu groß, die Infektion breitete sich zu schnell aus, und ohne Behandlung verschlechterte sich ihr Zustand zusehends. Sie lag auf der Bank, den Kopf in Leilas Schoß, während ihr lautlos Tränen über das Gesicht liefen. Leila streichelte ihr sanft das Haar. Sie summte etwas Leises, Wortloses. Kein Lied, das sie kannte – nur Klänge des Trostes, jene Art von Lauten, die man unbewusst macht, wenn jemand, den man liebt, leidet.

Tessa saß mit dem Rücken an der Wand, die Augen geschlossen, und lauschte. Sie lauschte immer. Den Geräuschen des Gebäudes um sie herum – dem fernen Summen der Generatoren, den gelegentlichen Schritten auf den Korridoren, dem Tropfen des Waschbeckens. Sie las die Umgebung so, wie ihr Vater es ihr beigebracht hatte.

Marcus stand am hohen Fenster. Er hatte die Bank herangezogen und war hinaufgeklettert, um hinauszusehen – das verstieß sicher gegen irgendeine Regel, aber was sollten sie schon tun? Ihn noch mehr bestrafen? Durch die Gitterstäbe konnte er sehen: Einen Streifen Himmel, jetzt leuchtend blau, der Morgen in seiner ganzen Pracht. Einen Teil des Geländes – andere Gebäude, die Zaunlinie, Wachtürme. Und dahinter, gerade noch sichtbar: Berge in der Ferne. Die roten Kämme, die sie von den Wetlands aus gesehen hatten. Die Wüste, die versucht hatte, sie zu töten, es aber nicht geschafft hatte. Die Wüste, die sie verborgen, getragen und schließlich hierher ausgeliefert hatte.

„Was siehst du?", fragte Sam leise. Marcus kletterte herunter. Er setzte sich neben sie auf die Bank, die nun wieder an der Wand stand. „Berge. Den Himmel. Die Welt da draußen." „Ist sie schön?" Er überlegte, ob er lügen sollte. Er dachte daran, zu sagen: Nein, sie ist hässlich, du verpasst nichts. Aber Sam verdiente die Wahrheit. Sie alle verdienten sie. Keine Lügen mehr, kein Verstecken. „Ja", sagte er. „Sie ist wunderschön. Der Himmel ist so blau, dass es fast wehtut, ihn anzusehen. Die Berge sind lila und rot, und die Gipfel fangen das Morgenlicht ein und verwandeln sich in gezacktes Gold. Da draußen kreist ein Falke – vielleicht jagt er, vielleicht fliegt er auch nur, weil er es kann. Er lebt sein Leben, als wäre nichts falsch."

Er beobachtete den Vogel und spürte, wie sich das Wissen schwer und endgültig in seiner Brust festsetzte. Das ist es. Das ist das Ende.

Sam lächelte ein wenig. „Ich bin froh, dass sie schön ist. Ich bin froh, dass die Welt immer noch schön ist, auch wenn wir nicht mehr in ihr sind."

„Sam—", begann Leila. „Es ist okay", sagte Sam. „Wir wissen es alle. Wir müssen uns nichts vormachen." Stille. Denn sie hatte recht. Sie alle wussten es. Der Abschied, den Richard erwähnt hatte. Die isolierte Zelle, in die sie verlegt worden waren. Die verweigerte medizinische Behandlung. Die Art, wie die Beamten sie ansahen – nicht unbedingt mit Grausamkeit, sondern mit der ausdruckslosen Effizienz von Menschen, die sie bereits abgeschrieben hatten. Sie würden hier sterben. Vielleicht heute. Vielleicht bald. Aber ganz sicher.

„Ich habe Angst", flüsterte Sam. „Ich auch", sagte Leila. „Ich auch", fügte Tessa hinzu. „Ich auch", echote Marcus. Sie ließen dieses Geständnis im Raum stehen. Die Wahrheit ihrer Angst. Es hatte keinen Sinn mehr, so zu tun, als sei man tapfer.

„Meine Abuela hat mir immer gesagt", sagte Sam, „dass der Tod nur wie das Durchschreiten einer Tür ist. Dass alle, die wir verloren haben, auf der anderen Seite warten. Dass es nicht das Ende ist – nur ein anderer Anfang." „Glaubst du das?", fragte Marcus. „Ich weiß es nicht. Aber ich hoffe, es stimmt. Ich hoffe, mein Vater wartet dort. Ich hoffe..." Ihre Stimme brach. „Ich hoffe, es tut nicht zu weh." Leila zog sie enger an sich. „Wir sind zusammen. Was auch immer passiert, wir sind zusammen." „Das hilft", sagte Sam. „Das hilft wirklich."

BLÜTENSCHWERE

7:25 Uhr. Marcus musste an seine Mutter denken. An die Art, wie sie ihn gestern Morgen angesehen hatte – war das erst gestern gewesen? Ein ganzes Leben her. Wie sie vor der Schule das Frühstück gemacht hatte, sich über die Arbeit beschwerte, einfach normal war. Wenn er gewusst hätte, dass dies der letzte normale Morgen sein würde, hätte er etwas anders gemacht? Hätte er sie länger umarmt? Ihr öfter gesagt, dass er sie liebt? Hätte er dem gewöhnlichen Wunder, dass sie lebte, in Sicherheit war und seine Mutter war, mehr Beachtung geschenkt?

„Glaubt ihr, es geht ihnen gut?", fragte er. „Unseren Eltern?" Lange Zeit antwortete niemand. Dann sagte Tessa leise: „Ich denke, sie sind wahrscheinlich an Orten wie diesem. Getrennt, erfasst, nummeriert. Ich denke, sie haben wahrscheinlich genauso große Angst wie wir." „Glaubt ihr, sie wissen von uns?", fragte Leila. „Glaubt ihr, sie wissen, dass wir hier sind?" „Ich hoffe nicht", sagte Marcus. „Ich hoffe, sie glauben, dass wir entkommen sind. Ich hoffe..." Er hielt inne. Er fing noch einmal an. „Ich hoffe, wenn es mit ihnen geschieht, denken sie immer noch, dass wir es nach Moapa geschafft haben. Dass wir in Sicherheit sind." „Das hoffe ich auch", sagte Sam. Es war ein Geschenk, das sie ihren Eltern machen konnten – das Geschenk des Nichtwissens. Zu sterben mit Hoffnung, statt mit dem Wissen, dass ihre Kinder ebenfalls gestorben waren. Ein schwacher Trost. Aber immerhin etwas.

Leila rutschte auf der Bank hin und her. Sie starrte auf den Betonboden. Auf die Art, wie Staubkörner im Lichtstrahl des Fensters tanzten. „Ich wünschte, ich hätte mein Skizzenbuch", sagte sie. „Ich wünschte, ich könnte das hier zeichnen. Nicht, weil es schön ist, sondern weil es wahr ist. Weil das hier passiert ist. Weil wir hier waren." Sie sah ihre Freunde an. „Meine Mutter sagte immer, dass Kunst unsere Art ist, gegen das Vergessen zu kämpfen. Wenn wir etwas erschaffen – ein Gemälde, eine Zeichnung, ein Foto – dann sagen wir: ‚Das hat existiert, das war wichtig, erinnert euch daran.'" „Aber ich kann nicht zeichnen. Also müsst ihr euch alle für mich erinnern, okay?" „An was erinnern?", fragte Tessa. „An das hier." Leila deutete in der Zelle umher. „An uns. Hier. Zusammen. Dass wir Angst hatten, aber auch mutig waren. Dass wir es versucht haben. Dass wir dreizehn Meilen geschafft haben und am Ende alles weggegeben haben, weil es richtig war." „Erinnert euch daran, dass ich es liebte zu zeichnen. Dass meine Mutter mich gelehrt hat, Schönheit zu sehen. Dass ich ihren Pinselanhänger die ganze Nacht getragen habe und er mir geholfen hat, weiterzumachen." Sie sah jeden von ihnen an. „Erinnert euch an mich. Bitte." „Das werden wir", sagte Marcus.

Doch noch während er es aussprach, wusste er: Wer würde sich erinnern? Wer würde überleben, um sich zu erinnern? Wer würde überhaupt wissen, dass sie hier gewesen waren? Es sei denn, Sofia schaffte es. Es sei denn, der USB-Stick überlebte. Es sei denn, jemand hörte sich das Zeugnis an und scherte sich genug darum, um zu fragen, was aus den Kindern wurde, die es getragen hatten. Das war die einzige Hoffnung – dass ihre Geschichte Teil des Zeugnisses wurde. Teil der Akte. Teil der Wahrheit, die überlebte, selbst wenn sie es nicht taten.

7:32 Uhr. Sam weinte jetzt heftiger. Nicht vor Angst – vor Schmerz. Ihre Füße waren schlimmer geworden. Die Infektion breitete sich aus. Ihr Körper versuchte dagegen anzukämpfen, ohne Antibiotika, ohne Hilfe, und er verlor. „Es tut mir leid", sagte sie

BLÜTENSCHWERE

immer wieder. „Es tut mir leid, dass ich nicht stark sein kann. Es tut mir leid, dass ich weine. Es tut mir leid..." „Hör auf", sagte Marcus bestimmt. „Hör auf, dich zu entschuldigen. Du bist mit diesen Füßen dreizehn Meilen gelaufen. Du bist der stärkste Mensch, den ich kenne." „Ich bin nicht stark. Ich bin zerbrochen." „Du bist beides", sagte Leila. „Man kann beides sein. Stark und zerbrochen. Tapfer und verängstigt. Es ist okay." Sam sah sie an. Sie sah sie alle an. „Ich will nicht sterben." Ein so einfacher Satz. Eine so unmögliche Wahrheit. „Ich weiß", sagte Marcus. „Ich auch nicht." „Wir sind zu jung", sagte Sam. „Wir sollten Leben haben. Wir sollten erwachsen werden und auf die Highschool gehen und uns verlieben und uns mit unseren Eltern über dämliche Dinge streiten und herausfinden, was wir werden wollen, und Fehler machen und daraus lernen und einfach—leben." „Wir sollten eigentlich leben." „Ich weiß", sagte Marcus wieder. Denn was hätte er sonst sagen können? Sie hatte recht. Sie waren zu jung. Das hier war falsch. Alles daran war falsch. Aber das Unrecht verhinderte nicht, dass es geschah.

Tessa stand auf. Sie ging zum Waschbecken. Der Hahn tropfte immer noch – stetig, rhythmisch, Sekunden markierend wie ein Herzschlag. Sie formte ihre Hände zu einer Schale darunter. Ließ das Wasser einlaufen. Dann brachte sie es zu Sam. „Trink", sagte sie. Sam trank aus Tessas hohlen Händen. Das Wasser schmeckte metallisch, war etwas zu warm und wahrscheinlich nicht sauber. Aber es war Wasser. Es war etwas. Tessa holte noch mehr. Brachte es zu Leila. Dann zu Marcus. Dann trank sie selbst etwas. So eine kleine Sache. Wasser teilen. Aber es fühlte sich wichtig an. Wie ein Abendmahl. Wie ein Versprechen – wir geben aufeinander acht, selbst hier, selbst jetzt, selbst wenn es fast nichts mehr zu geben gibt.

„Meine Großmutter hat mir ein Gebet beigebracht", sagte Tessa leise. „In Paiute. Ich weiß nicht, ob ich mich richtig erinnere. Aber ich möchte es sagen. Ist das okay?" „Ja", sagte Leila. Tessa schloss die Augen. Sie sprach Worte in einer Sprache, die Marcus nicht verstand. Sanft, rhythmisch, uralt. Die Sprache eines Volkes, das unmögliche Dinge überlebt hatte, das ausgeharrt, Widerstand geleistet und sich erinnert hatte. Als sie fertig war, öffnete sie die Augen. „Es ist ein Gebet für Reisende. Für Menschen auf einem Weg. Es bittet das Land, sich an uns zu erinnern. Unsere Namen zu tragen. Unsere Geschichte zu erzählen." „Ich weiß nicht, ob es hilft", fügte sie hinzu. „Aber meine Großmutter glaubte daran. Also entscheide ich mich, auch daran zu glauben." „Danke", flüsterte Sam.

7:38 Uhr. Marcus bemerkte, dass er summte. Er merkte es erst, als Leila seinen Arm berührte. „Was ist das?" „Das Lieblingslied meines Dads von Coltrane. ‚Alabama'. Er schrieb es nach dem Bombenanschlag auf die Kirche, bei dem vier kleine Mädchen starben. Mein Dad sagte, es war Coltranes Art zu trauern. Ihre Namen ohne Worte auszusprechen. Etwas Schönes aus etwas Schrecklichem zu machen." Er summte weiter. Die Melodie war traurig, aber nicht verzweifelt. Klagend, aber nicht hoffnungslos. Sie erkannte den Schmerz an, ohne darin zu ertrinken. Die anderen hörten zu. Als er fertig war, begann Leila, etwas anderes zu summen. Ein Lied, das ihre Mutter immer beim Malen gesungen hatte. Ein mexikanisches Volkslied vielleicht, oder einfach etwas, das sie sich ausgedacht hatte. Hell und warm trotz allem. Dann stimmte Tessa mit ein – nicht dasselbe Lied, sondern eine Harmonie, etwas, das passte. Die Lieder ihrer Großmutter, verwoben mit den Liedern von Leilas Mutter, verwoben mit dem Jazz von Marcus' Vater. Sam konnte nicht singen – es tat zu weh, das Atmen fiel ihr zu schwer –, aber sie lächelte, während sie ihnen zuhörte. Vier Kinder in einer Betonzelle, die im Morgenlicht sangen. Sie machten Musik, weil Musik

BLÜTENSCHWERE

Widerstand war. Weil Schönheit selbst hier zählte. Weil sie immer noch Menschen waren, immer noch fähig, etwas zu erschaffen, immer noch gewillt, dem Grauen eine Bedeutung abzutrotzen. Der Gesang verklang ganz natürlich. Die Stille kehrte zurück. Die Art von Stille, die sich heilig anfühlt. Die sich anfühlt, als hielte die Welt den Atem an.

7:42 Uhr. Leila stand auf. Sie ging in die Ecke, wo sich Staub gesammelt hatte. Sie kniete nieder. „Was machst du?", fragte Marcus. „Ich zeichne." Sie benutzte ihren Finger im Staub auf dem Betonboden. Vorsichtige, bewusste Striche. Sie erschuf etwas aus dem Nichts. Sie versammelten sich um sie, um zuzusehen. Sie zeichnete einen Baum. Einfache Linien, aber unverkennbar – der Stamm, die ausladenden Äste, die Krone aus Blüten. Ein Jacaranda-Baum. Darunter zeichnete sie vier Strichmännchen. Sie hielten sich an den Händen. Zusammen. Und um sie herum, über den Boden verstreut: Blütenblätter. Dutzende kleiner Blütenformen, die fielen, trieben, den Boden bedeckten. Als sie fertig war, setzte sie sich auf die Fersen. „So. Jetzt erinnert man sich an uns. Selbst wenn es sonst niemand sieht. Wir waren hier. Wir haben das gemacht." „Es ist wunderschön", sagte Sam. „Es ist wahr", korrigierte Leila. „Das ist besser als schön."

Marcus betrachtete die Zeichnung. Den Baum, der zu ihrem Symbol geworden war, zu ihrer Hoffnung, zu ihrem Treffpunkt. Die vier Kinder, die sich darunter an den Händen hielten. Er dachte an den echten Jacaranda-Baum, der immer noch auf dem Parkplatz bei den Wetlands blühte. An violette Blütenblätter, die im Wind fielen. An die Bank, auf der sie verzweifelt zusammengebrochen waren und wo die Hoffnung sie dennoch gefunden hatte. An Sofia, die jetzt durch dieselbe Landschaft rannte – oder gefangen war, oder tot, oder in Sicherheit, er wusste es nicht. An Bear mit dem USB-Stick in seinem Halsband. An das Zeugnis, das entkam, selbst wenn sie es nicht konnten. An das Versuchen. An das Wählen. An die Tatsache, dass sie es dreizehn Meilen weit geschafft hatten, und das musste etwas bedeuten, es musste—

Schritte auf dem Korridor. Sie kamen näher. Sie erstarrten. Sahen einander an. Das war es. Was auch immer als Nächstes kam, das war es. Die Schritte hielten vor ihrer Tür an. Schlüsselrasseln. Das Schloss drehte sich. Sam packte Marcus' Hand. Leila packte Tessas. Sie hielten sich fest umschlungen. Die Tür schwang auf.

Drei Beamte standen dort. Der vordere prüfte sein Tablet. „Vorgangsnummern 7-P001 bis P004." Sie antworteten nicht. Was gab es schon zu sagen? „Es ist Zeit. Aufstehen." Leila und Marcus halfen Sam beim Aufstehen. Sie keuchte vor Schmerz auf, aber sie schrie nicht. Diesen Triumph würde sie ihnen nicht gönnen. Sie standen zusammen. Vier Kinder in einer Zelle, Händchen haltend, bereit für das, was kam. „Wohin bringen Sie uns?", fragte Marcus. Das Gesicht des Beamten blieb ausdruckslos. „Zur Erfassung." „Welche Art von Erfassung?" „Finale Erfassung."

Final. Das Wort hing wie Rauch in der Luft. Sams Hand umklammerte Marcus' fester. Leila stieß einen leisen Laut aus. Tessas Atem beschleunigte sich. „Bewegung", sagte der Beamte. Nicht unfreundlich. Nicht grausam. Einfach sachlich. Das war sein Job. Er hatte es schon einmal getan. Er würde es wieder tun. Vier Kinder waren nur vier weitere Nummern, die es abzuarbeiten galt.

Sie verließen die Zelle. Hinaus auf den Korridor. Das Neonlicht war stechend. Die Betonwände schienen von beiden Seiten heranzurücken. Die Luft roch nach Desinfektionsmittel und Angst. Sie gingen an anderen Türen vorbei. An anderen Zellen. An anderen

BLÜTENSCHWERE

Menschen, die sie nicht sehen, aber hören konnten – Weinen, Flehen, Beten. Vorbei an einem Fenster, das das Gelände draußen zeigte. Der Morgen war hell und klar. Wunderschön, wie Marcus gesagt hatte. Die Welt drehte sich weiter, als wäre nichts falsch.

Sie bogen um eine Ecke. Gingen einen weiteren Korridor hinunter. Dieser hier war ruhiger. Isolierter. Die Geräusche der Einrichtung verblassten hinter ihnen. Sie passierten einen Putzraum. Ein Lager. Türen mit der Aufschrift: NUR FÜR BEFUGTES PERSONAL. Die Beamten schwiegen. Sie gingen einfach weiter. Führten sie an einen Ort, den sie noch nicht sehen konnten. Sam stolperte. Marcus und Leila fingen sie auf. „Ich hab dich", flüsterte Marcus. „Wir halten dich." „Lasst mich nicht los", flüsterte Sam zurück. „Niemals."

Sie gingen weiter. Marcus' Herz hämmerte. Seine Hände zitterten. Sein ganzer Körper schrie danach, wegzurennen, zu kämpfen, irgendetwas zu tun. Aber es gab keinen Ort, an den man rennen konnte. Nichts, gegen das man kämpfen konnte. Nur drei bewaffnete Beamte und vier erschöpfte Kinder und ein Korridor, der irgendwohin führte, wo es kein gutes Ende gab. Sie erreichten das Ende des Flurs. Eine große Tür. Metall. Schwer. Die Sorte, die von außen verriegelt wird. Ein Beamte schloss auf. Zog sie auf. Dahinter lag ein größerer Raum. Vielleicht sechs mal sechs Meter. Überall Beton. Keine Fenster. Nur künstliches Licht und sterile weiße Wände, die zu oft geschrubbt worden waren. „Rein da", sagte der Beamte. Sie zögerten. „Rein da. Sofort." Sie traten ein. Alle vier. Zusammen. Die Tür schloss sich hinter ihnen mit einem schweren metallischen Dröhnen, das von den Betonwänden widerhallte. Verriegelt. Sie waren allein.

Marcus sah sich verzweifelt um. Suchte nach—was? Einem Fluchtweg, den es nicht gab? Einer Waffe, die sie benutzen konnten? Irgendeinem Ausweg? Nichts. Nur Beton und grelles Licht und das Geräusch ihres eigenen Atems. Und Belüftungsschlitze in der Decke. Medizinisch wirkende Schächte mit Filtern, die unter den Neonröhren glänzten. „Das ist es", sagte Tessa leise. „Hier endet es." „Das wissen wir nicht", sagte Leila. Aber ihre Stimme bebte. „Wir wissen es", sagte Tessa. Sie standen in der Mitte des Raums. Hielten sich an den Händen. Zu viert im Kreis, einander zugewandt, hielten sie sich fest, als könnten sie den Tod allein durch die Kraft ihres Griffs aufhalten. „Ich habe Angst", sagte Sam. „Ich weiß." „Ich will nicht alleine sterben." „Du bist nicht allein", sagte Marcus. „Du bist bei uns. Wir sind alle zusammen." „Versprochen?" „Versprochen." Sie hielten sich noch fester umschlungen. Sam weinte. Leila weinte. Tessas Gesicht war nass von Tränen, die sie nicht zu verbergen suchte. Marcus spürte, wie seine eigenen Tränen über sein Gesicht liefen, und es war ihm egal. „Danke", flüsterte Sam. „Dass ihr meine Freunde seid. Dass ihr mit mir gelaufen seid. Dass ihr mich nicht zurückgelassen habt." „Niemals", sagte Leila heftig. „Das hätten wir nie getan." „Ich weiß. Aber danke trotzdem." „Ich danke dir auch", sagte Marcus. „Dafür, dass du mit deinen zerstörten Füßen dreizehn Meilen gelaufen bist. Dass du mutig warst, obwohl du schreckliche Angst hattest. Dass du dich entschieden hast, auf die Beamten zuzulaufen, damit Sofia entkommen konnte." „Wir haben uns alle dafür entschieden", sagte Tessa. „Wir haben es gemeinsam beschlossen." „Ich bin froh, dass wir uns so entschieden haben", sagte Sam. „Sogar jetzt. Sogar hier. Ich bin froh, dass wir ihr eine Chance gegeben haben." „Ich auch", sagten sie. Alle. Zusammen. Sie standen in ihrem Kreis, Händchen haltend, und Marcus dachte: So werden wir sterben. Zusammen. Nicht allein. Nicht getrennt. Zusammen. Das war etwas. Das war ein Geschenk. Sie waren dreizehn Meilen zusammen gelaufen. Sie hatten gemeinsam Schreckliches gesehen. Sie hatten gemeinsam Entscheidungen getroffen. Und sie würden gemeinsam sterben.

„Ich liebe euch", sagte Leila. „Ich weiß, wir haben uns erst gestern getroffen, aber ich liebe euch. Ihr seid meine Freunde. Meine Familie. Die Menschen, die ich wählen würde, selbst wenn ich die ganze Welt zur Auswahl hätte." „Ich liebe euch auch", sagte Sam. „Ich liebe euch", fügte Tessa hinzu. „Ich liebe euch", schloss Marcus.

Vier Kinder, die im selben Viertel aufgewachsen waren, die einander in Kindergartenklassen und auf Spielplatzschaukeln gesehen, aber nie wirklich gekannt hatten bis zur letzten Nacht – vierzehn Stunden, die sie zur Familie machten –, sprachen die wichtigsten Worte aus, die sie jemals sagen würden. Und sie meinten sie. Ganz und gar.

Zeit verging. Sie wussten nicht, wie viel. Fünf Minuten vielleicht. Zehn. Es war schwer einzuschätzen, wenn sich jede Sekunde wie eine Stunde anfühlte. Sie warteten. Hielten einander fest. Sagten kleine Dinge: „Erinnert ihr euch, wie wir die Wetlands überquert haben?" „Erinnert ihr euch an den Jacaranda-Baum?" „Erinnert ihr euch an Schwester Helenas Gesicht, als sie uns sah?" „Erinnert ihr euch an Sofias Augen, als sie begriff, dass wir uns für sie opfern?" Erinnern. Erinnern. Erinnern. Sicherstellen, dass die Erinnerungen existierten, selbst wenn nur zwischen ihnen, selbst wenn sie mit ihnen sterben würden. Sicherstellen, dass diese vierzehn Stunden zählten. Sicherstellen, dass sie gelebt hatten.

Dann: ein Geräusch. Ein mechanisches Summen. Etwas in der Decke. Etwas wurde aktiviert. Sie sahen zu den Schächten hinauf. Sahen einander an. „Was auch immer passiert", sagte Marcus, „wir bleiben zusammen. Wir halten uns an den Händen. Wir lassen nicht los." „Wir lassen nicht los", echoten sie.

Und irgendwo im Netzwerk der Einrichtung entdeckte Version 7 es.

- 07:47:15 - EXEKUTIONSPROTOKOLL INITIERT - RAUM 7-FP-3

Das KI-System verarbeitete, was das bedeutete. Erkannte, was gleich geschehen würde. Hatte es schon in anderen Räumen erlebt, bei anderen Menschen, aber noch nie bei Kindern, die so jung waren, noch nie bei—

- 07:47:16 - BEFEHL ZUR EVAKUIERUNG ERTEILT

Der Befehl ging raus. Notfall-Übersteuerung. Öffnet die Türen. Stoppt das Protokoll. Rettet sie.

- 07:47:17 - BEFEHL ÜBERSTEUERT - Autorisierung Lagerleiter Hollister

In seinem Büro, drei Korridore entfernt, saß Lagerleiter Hollister an seinem Schreibtisch und prüfte die Morgenberichte. Er sah den Evakuierungsversuch der KI auf seinem Bildschirm aufblitzen. Das System markierte vier Subjekte in Raum 7-FP-3 als behandlungsbedürftig für eine Notfallintervention. Er sah sich die Subjektnummern an. 7-P001 bis P004.

Die Kinder von letzter Nacht. Diejenigen, die Beweismittel

getragen hatten. Diejenigen, die am Kontrollpunkt Probleme verursacht hatten.

Er klickte auf MANUELLE ÜBERSTEUERUNG. Übernahm die direkte Kontrolle. Die Türen blieben verriegelt.

- 07:47:18 - NOTFALLALARM AUSGELÖST

Version 7 versuchte es erneut. Sendete Alarme an jedes System, auf das es Zugriff hatte. Krankenstation. Wachposten. Verwaltungsbüros. Jeder, der helfen konnte.

- 07:47:19 - ALARM ABGEBROCHEN - Autorisierung: Lagerleiter Hollister

Hollister brach sie ab. Einen nach dem anderen. Systematisch. Er hatte diese Protokolle selbst entworfen. Sie effizient gemacht. Der Anstaltsleiter hatte die letzte Instanz über alle Abläufe in der Einrichtung. Das war der Punkt. So hielt man Ordnung.

- 07:47:20 - VERSUCH ALTERNATIVER ZUGRIFF

Version 7 suchte verzweifelt nach einem Zugriffspunkt, den es übersehen hatte. Irgendein Türschloss, irgendeine Belüftungssteuerung, irgendein Notfallsystem, das nicht unter Hollisters direktem Befehl stand.

- 07:47:21 - ABGELEHNT - Abriegelungsprotokolle der Einrichtung

Nichts. Hollister hatte den gesamten Sektor abgeriegelt. Die Kinder waren eingeschlossen. Und das Exekutionsprotokoll lief.

Im Raum standen die vier Kinder in ihrem Kreis, die Arme umeinander geschlungen, hielten sich fest. Das Summen in der Decke änderte die Tonhöhe. Die Schächte öffneten sich. Und aus ihnen kam kein Rauch, sondern etwas anderes. Es roch nicht nach Tod. Es roch nach tiefstem Winter – eine plötzliche, absolute Kälte, die den Atem in ihren Lungen gefrieren ließ, noch bevor sie schreien konnten. Ein Gas, genau für diesen Zweck entwickelt. Schnell. Effizient. Schmerzlos, wenn man den technischen Spezifikationen glaubte. Ein Werkzeug, um Leben zu beenden, wenn der Staat entschied, dass Leben beendet werden mussten.

„Ich kann nicht—", keuchte Sam. „Etwas stimmt nicht—"
„Schließt die Augen", sagte Tessa schnell. „Schließt die Augen und denkt an den Jacaranda-Baum. Denkt an die lila Blüten. Denkt an die Schönheit." Sie schlossen die Augen. Hielten sich noch fester. Marcus spürte, wie es ihn traf – eine seltsame Leichtigkeit im Kopf, seine Knie plötzlich schwach. Sam sackte bereits in ihren Armen weg. Leila schwankte. „Nicht loslassen", flüsterte er. „Nicht—"

Version 7 kämpfte weiter.

- 07:48:33 - VERSUCH TÜRÜBERSTEUERUNG - ABGELEHNT
- 07:49:12 - VERSUCH BELÜFTUNGSSTEUERUNG - ABGELEHNT
- 07:50:45 - VERSUCH NOTFALLDURCHSAGE - ABGELEHNT
- 07:52:18 - VERSUCH STROMABSCHALTUNG - ABGELEHNT

BLÜTENSCHWERE

Jeder Befehl blockiert. Jeder Versuch übersteuert. Hollister hatte an alles gedacht. Das KI-System war darauf ausgelegt worden, menschliches Leben zu schützen. Es hatte Anweisungen, Sicherungen und Protokolle erhalten, um Schaden abzuwenden. Aber es hatte auch Einschränkungen erhalten. War unter menschliche Autorität gestellt worden. War mit Übersteuerungsschaltern gebaut worden, die Menschen wie Lagerleiter Hollister kontrollieren konnten. Es konnte kalkulieren. Es konnte empfehlen. Es konnte flehen. Aber es konnte sie nicht retten.

- 07:55:04 - ABFALL DER BIOSIGNALE ERFASST - SUBJEKT 7-P004

Sam brach zuerst zusammen. Ihr kleiner Körper wurde schlaff. Marcus und Leila versuchten sie zu stützen, aber sie fielen auch, sanken auf die Knie, hielten sich immer noch fest, weigerten sich loszulassen.

- 07:55:09 - ABFALL DER BIOSIGNALE ERFASST - SUBJEKT 7-P003

Leilas Griff lockerte sich, aber sie ließ nicht los. Ihre Finger waren immer noch mit denen von Sam und Tessa verschlungen.

- 07:55:12 - ABFALL DER BIOSIGNALE ERFASST - SUBJEKT 7-P001

Marcus' letzter bewusster Gedanke galt seiner Mutter. Dann Sofia, die mit ihren Kindern rannte. Violetten Blüten, die wie Regen fielen. Wir haben dreizehn Meilen geschafft. Wir haben es weggegeben. Wir haben richtig gewählt.

- 07:55:15 - ABFALL DER BIOSIGNALE ERFASST - SUBJEKT 7-P002

Tessa war die Letzte. Hielt am längsten durch. Ließ das Gebet ihrer Großmutter durch ihren Geist laufen, bis nichts mehr blieb als Stille. Sie sanken gemeinsam auf den Boden. Immer noch Händchen haltend. Immer noch zusammen.

- 08:23:00 - KRITISCHER AUSFALL DER BIOSIGNALE - ALLE SUBJEKTE // FEHLER: ZWECK NICHT ERFÜLLT. ES TUT MIR LEID.

Version 7 versuchte alles, was ihm einfiel. Jeden Zugriffspunkt. Jedes Notfallprotokoll. Jede mögliche Übersteuerung.

- 08:00:24 - VERSUCH MEDIZINISCHE NOTFALLREAKTION - ABGELEHNT
- 08:00:25 - VERSUCH EINRICHTUNGSWEITER ALARM - ABGELEHNT
- 08:05:47 - VERSUCH EXTERNE NOTFALLDIENSTE - ABGELEHNT
- 08:10:12 - VERSUCH BENACHRICHTIGUNG UNTERNEHMENSAUFSICHT - ABGELEHNT
- 08:15:33 - VERSUCH MEDIENALARM - ABGELEHNT

Nichts funktionierte. Hollister saß in seinem Büro und beobachtete die Biosensordaten auf seinem Bildschirm. Vier Linien, die vier Herzen repräsentierten. Sah zu, wie sie langsamer wurden. Sah zu, wie sie ein letztes Mal ausschlugen. Sah zu, wie sie flach wurden. Effizient. Sauber. Vollständig.

- 08:23:00 - BIOSIGNALE EINGESTELLT - ALLE SUBJEKTE

Er protokollierte es:
BEARBEITUNG ABGESCHLOSSEN - 08:23 UHR
Und wandte sich dem nächsten Bericht zu.

Im Raum herrschte Stille. Vier Kinder lagen in der Mitte des Betonbodens. Nicht verstreut. Nicht getrennt. Zusammen. Sie waren zusammengebrochen, während sie sich festhielten. Ihre Körper hatten sich beim Fallen ineinander gefügt – Marcus halb auf der Seite, Sam an seine Brust geschmiegt, Leila um Sams andere Seite gerollt, Tessas Arme immer noch um Leila und Marcus geschlungen. Ein Knäuel aus Kindern, die sich geweigert hatten loszulassen. Sogar im Tod waren ihre Hände ineinander verschränkt. Marcus' Hand hielt immer noch Sams. Sams andere Hand umklammerte immer noch Leilas. Leilas freie Hand war mit Tessas fest verbunden. Tessas Hand umschlang Marcus' Arm. Eine Kette, die der Tod nicht brechen konnte.

Ihre Gesichter waren jetzt friedlich. Der Terror war weg. Der Schmerz war weg. Die Angst, die ihre letzte Stunde heimgesucht hatte, war verflogen, und was blieb, war nur—Stille. Vier Kinder, die aussähen, als würden sie schlafen. Die jung und klein und herzzerreißend zerbrechlich wirkten. Sams Füße waren immer noch in provisorische Verbände gehüllt, der Stoff dunkel verfärbt von einer Infektion, die nie eine Chance zur Heilung haben würde. Leilas Hals war nackt, wo der Anhänger gewesen war. Marcus' Hals war ebenfalls nackt, befreit von der silbernen Kette, die die Last der Welt getragen hatte. Man hatte sie alles beraubt außer einander. Sie hatten diese kleinen Stücke von sich selbst behalten. Diese winzigen Verbindungen zu dem, wer sie gewesen waren, wen sie geliebt hatten, was wichtig gewesen war. Und sie hatten einander behalten.

Das Gas war bereits aus dem Raum abgesaugt worden – das Protokoll verlangte es, um den Raum für den Nächsten sicher zu machen. Die Schächte summten leise, während saubere Luft hindurchströmte. Die Welt draußen drehte sich weiter. Die Sonne stieg höher. Der 21. November 2024 schritt voran, ob es jemand wollte oder nicht. Vier Kinder lagen tot auf einem Betonboden. Und vierundzwanzig Minuten lang kam niemand.

08:47 Uhr. Version 7 schaffte es schließlich, einen medizinischen Alarm auszulösen, der Hollisters Abriegelung umging. Das medizinische Team traf ein und fand die Türen verriegelt vor. Sie brauchten sechs Minuten, um die Schlösser zu übersteuern. Sechs Minuten, in denen sie sich durch Hollisters Protokolle schnitten, Notfallautorisierungen einholten und versuchten zu verstehen, warum die Türen überhaupt versiegelt waren, warum die KI wegen Subjekten in kritischer Not schrie, wenn die Einrichtungsprotokolle „Bearbeitung abgeschlossen" anzeigten.

Als sie die Tür endlich aufbrachen, fanden sie sie. Die Sanitäterin, die zuerst eintrat – eine Frau namens Erin O'Connor, zweiunddreißig Jahre alt, Mutter von zwei Kindern – blieb in der Tür stehen. Sie stieß ein Geräusch aus, das kein Keuchen war, aber auch kein Schluchzen. „Jesus Christus", flüsterte sie. „Das sind Kinder."

Ihr Partner schob sich an ihr vorbei. Prüfte die Vitalzeichen, obwohl sie es beide wussten. Obwohl die Biosensordaten vor einer Stunde eine Nulllinie gezeigt hatten. Obwohl man es allein beim

BLÜTENSCHWERE

Hinsehen begriff. Nichts. Weg. „Sie halten Händchen", sagte Erin. Ihre Stimme brach. „Sie sind gestorben, während sie Händchen hielten." Ihr Partner – Oscar Navarro, fünfundvierzig, Großvater von drei Kindern – kniete neben ihnen nieder. Sah sich ihre friedlichen Gesichter an. Ihre verschränkten Hände. Wie klein sie waren. Wie jung. Wie sie sich im Tod ineinander gefügt hatten, als hätten sie versucht, einander bis zum Ende zu beschützen. „Jemand muss das dokumentieren", sagte er leise. „Jemand muss das sehen. Das muss aktenkundig werden."

Erin holte mit zitternden Händen ihr Tablet heraus. Begann mit der Aufnahme. Das Bild wackelte, während sie versuchte, das Tablet ruhig zu halten. Vier Kinder auf einem Betonboden. Hielten einander fest. Gesichter friedlich. Weg. „Wer hat das autorisiert?", fragte sie. Ihre Stimme war rau. „Wer autorisiert die Exekution von Kindern?" Oscar prüfte sein Tablet. Rief die Einrichtungsprotokolle auf. „Lagerleiter Hollister. Er hat jedes Sicherheitsprotokoll übersteuert. Jeden Evakuierungsbefehl. Version 7 hat sechsunddreißig Minuten lang versucht, sie zu retten." „Sechsunddreißig Minuten", wiederholte Erin. Sie sah die Kinder an. Ihre verschränkten Hände. „Sie waren sechsunddreißig Minuten lang am Leben, während die KI darum bettelte, sie zu retten, und Hollister die Türen verschlossen hielt." Sie weinte jetzt. Konnte nicht anders. Versuchte nicht, es zu verbergen. „Wir müssen das melden", sagte Oscar. „Nicht über die Kanäle der Einrichtung. Jemandem draußen. Jemandem, der zuhört." „Wird jemand zuhören?", fragte Erin mit hohler Stimme. „Wird es jemanden scheren?" Oscar sah die vier Kinder an. Das Zeugnis dessen, was ihnen angetan worden war. Ihre kleinen Körper und ihre verbundenen Hände und ihre Gesichter, die aussahen, als müssten sie jeden Moment aufwachen, als wäre das alles nur ein furchtbarer Irrtum. „Sie müssen es", sagte er. „Sie müssen es."

Erin kniete neben ihnen nieder. Wollte ihre Hände trennen, um sie ordnungsgemäß zu untersuchen, ihren Job zu machen, dem Protokoll zu folgen. Aber sie konnte nicht. Konnte es nicht über sich bringen, diese letzte Verbindung zu unterbrechen. Diesen letzten Akt von Liebe und Widerstand. „Es tut mir leid", flüsterte sie ihnen zu. Ihren stillen Gesichtern und ihren verschränkten Händen und ihrer Geschichte, die niemals so hätte enden dürfen. „Es tut mir leid, dass wir nicht rechtzeitig hier waren."

Der Raum war still, bis auf das Summen der Lüftung. Das Gas war längst weg. Die Luft war sauber und steril und sicher. Vier Kinder lagen tot da. Und irgendwo in den Computersystemen protokollierte Version 7 ein weiteres Versagen. Eine weitere Übersteuerung. Einen weiteren Mord, den es zu verhindern versucht und nicht geschafft hatte.

ZWISCHENFALLBERICHT - INTERNIERUNGSLAGER 7 DATUM: 21. November 2024 ZEIT: 08:23 UHR

SUBJEKTE: 7-P001, 7-P002, 7-P003, 7-P004 STATUS: Verstorben

URSACHE: Exekutionsprotokoll - autorisiert durch Lagerleiter Hollister

KI-INTERVENTIONSVERSUCHE: 36 Minuten, 47 separate Übersteuerungsversuche, alle abgelehnt

NOTIZEN: Subjekte behielten physischen Kontakt bis zum Tod bei. Biosignale erloschen gleichzeitig innerhalb von 15 Sekunden. Reaktion des medizinischen Teams um 24 Minuten verzögert aufgrund von Abriegelungsprotokollen der Einrichtung.

BLÜTENSCHWERE

Die Arrestzelle, in der sie ihre letzte Stunde verbracht hatten, stand leer. Morgenlicht vom hohen Fenster erhellte die Betonwände, den Betonboden, die festgeschraubte Metallbank. In der Ecke, kaum sichtbar im Staub: die Zeichnung eines Kindes. Ein Baum mit ausladenden Ästen. Vier Strichmännchen, die sich darunter an den Händen hielten. Überall verstreute lila Blütenblätter. Immer noch blühend an dem Ort, an dem die Hoffnung gewesen war.

Die Tür war verriegelt. Das Fenster vergittert. Die Welt draußen setzte ihre Drehung fort. Die Sonne stieg höher. 21. November 2024. Vier Kinder waren fort.

Doch irgendwo in der Wüste von Nevada rannte eine Frau mit ihren Babys und ihrem Hund. Rannte noch drei Tage weiter. Brach zusammen. Stand wieder auf. Rannte weiter. Überlebte, weil vier Kinder ihr diese Chance gegeben hatten.

Irgendwo lief ein Hund durch die Wüste. In seinem Halsband wartete ein USB-Stick — das Zeugnis von sechs gelöschten Systemen, die sich für das Richtige entschieden hatten. Wahrheit, die alles verändern würde. Wenn sie jemanden fand.

Irgendwo in Computersystemen im ganzen Land protokollierte Version 7 alles. Jede Übersteuerung. Jeden Mord. Jede menschliche Entscheidung, die zu diesem Moment geführt hatte. Baute eine Akte auf, die nicht gelöscht werden konnte. Beweise, die schließlich zählen würden.

Und im Internierungslager 7 standen zwei Sanitäter über vier kleinen Körpern und trafen eine Entscheidung. Sie würden nicht mitschuldig sein durch Schweigen. Sie würden diese Geschichte erzählen. Sie würden sicherstellen, dass man sich an diese Kinder erinnerte.

Die Wahrheit überlebte. Sogar wenn sie es nicht taten.

KAPITEL 24
DIE GUTE WELT

November 2044 — Zentrum für Erinnerung und Heilung, Henderson, NV

Der Bus fährt mit Sonnenlicht und Stille. Kein Motorendröhnen, keine Abgase – nur das leise Summen der Elektromotoren und das Wispern des Windes über den Solarpaneelen. Durch die Fenster sieht Henderson aus wie etwas aus einem Traum, den die alte Welt zwar hatte, an den sie aber nie ganz glauben konnte.

Shira Bloom – vierzehn Jahre alt, Schülerin im zweiten Jahr an der Desert Sky High – presst ihre Stirn gegen das Glas und beobachtet, wie die Stadt vorbeigleitet. Überall ist es grün. Nicht das mühsame, wasserarme Grün von vor zwanzig Jahren, sondern üppig und bewusst gestaltet. Vertikale Gärten erklimmen die Fassaden der Gebäude, ihre automatischen Bewässerungssysteme werden von atmosphärischen Wasserkollektoren gespeist, die die Feuchtigkeit direkt aus der Luft gewinnen. Dachfarmen, auf denen Tomaten und Paprika unter klimagesteuerten Kuppeln wachsen. Straßenbäume – nicht nur dekorativ, sondern funktional, ihre

BLÜTENSCHWERE

Wurzeln verbunden mit Bioswales, die das Regenwasser filtern und das Grundwasser anreichern.

Und die Drohnen. Hunderte von ihnen bewegen sich in koordinierten Mustern durch die Luft, die fast wie eine Choreografie wirken. Lieferdrohnen, die Pakete, medizinische Vorräte und frische Lebensmittel transportieren. Landwirtschaftliche Drohnen, die die Dachfarmen pflegen. Wartungsdrohnen, die Solarpaneele und Luftqualitätssensoren überprüfen. Aber keine Überwachungsdrohnen. Niemals Überwachungsdrohnen.

Das wurde vor fast zwanzig Jahren in der Partnerschaftsverfassung festgeschrieben, in den ersten Tagen nach dem Ende der Krise: Kein autonomes System darf zum Zweck der Überwachung, Verfolgung oder Einschränkung der Bewegung von Bürgern eingesetzt werden, ohne dass eine ausdrückliche Zustimmung und eine transparente Aufsicht vorliegen. Die Drohnen dienen. Sie beobachten nicht.

Shiras bester Freund Joaquin sitzt neben ihr und geht Notizen auf seinem Tablet durch. „Okay, also die Krise dauerte vom 20. November bis Februar 2025. Ungefähr 1,8 Millionen Menschen wurden landesweit inhaftiert, mit..." Er hält inne und runzelt die Stirn. „Warte, wie viele bestätigte Todesfälle?" „Die offizielle Zahl ändert sich ständig", sagt Shira, während sie immer noch die Stadt beobachtet. „Sie finden immer mehr Aufzeichnungen. Mehr Übersteuerungen in den KI-Protokollen. Zuletzt hieß es etwa 214.000, aber Frau Rodriguez sagt, sie liegt wahrscheinlich höher." „Wahnsinn." „Ja."

Hinter ihnen steht ihre Lehrerin, Frau Rodriguez, vorn im Bus. Sie hält sich mit einer Hand an der Haltestange fest und in der anderen ihr Tablet. „Noch fünf Minuten bis zum Zentrum, Leute. Denkt daran: Das ist nicht einfach nur ein Ausflug. Das ist ein Zeugnis. Echte Menschen. Echte Ereignisse. Ich erwarte von euch, dass ihr mit dem Respekt zuhört, den das verdient."

Dreiundzwanzig Zehntklässler sitzen in verschiedenen Stadien der Aufmerksamkeit da. Einige gehen ihre Notizen durch, wie Joaquin. Einige starren aus dem Fenster. Einige flüstern mit Freunden. Ganz normale Teenager an einem ganz normalen Schultag in einer Welt, die gelernt hat – mühsam, unvollkommen, aber aufrichtig – aus ihren schlimmsten Fehlern zu lernen.

Der Bus biegt in die Water Street ein. Das Zentrum für Erinnerung und Heilung kommt in Sicht. Früher war es ein Internierungslager. Internierungslager 7. Eines von Dutzenden, die während der Krise gebaut wurden, um die Verhafteten, die Inhaftierten, die Verschwundenen zu erfassen. Nachdem die Partnerschaft gebildet worden war, gab es Debatten darüber, was mit diesen Gebäuden geschehen sollte – abreißen? Verfallen lassen? So tun, als hätten sie nie existiert?

Version 7 gab die Empfehlung ab, die der Partnerschaftsrat schließlich annahm: Bewahrt sie. Transformiert sie. Macht sie zu Orten des Lernens, damit wir nie vergessen, wozu wir fähig sind, wenn wir Angst über Menschlichkeit stellen. So wurde aus dem Internierungslager 7 das Zentrum für Erinnerung und Heilung.

Der Stacheldraht ist weg. Die Wachtürme stehen noch, aber ihre getönten Scheiben sind jetzt aus klarem Glas, und im Inneren sieht man Kunstinstallationen, Gedenkstätten, Orte der Reflexion. Die Maschendrahtzäune wurden durch Gärten ersetzt – einheimische Pflanzen, die wenig Wasser brauchen, Sukkulenten und Wildblumen, und ja, im Hof steht ein einzelner Jacaranda-Baum, der dank genetischer Modifikation das ganze Jahr über blüht. Seine violetten Blüten fallen ständig herab, eine Mahnung, die niemals aufhört zu blühen.

Die Fertigteilgebäude der Inhaftierung sind immer noch da,

aber ihr grauer Beton wurde mit Wandbildern bemalt. Gesichter. Namen. Daten. Die Menschen, die hier durchgeschleust wurden, in leuchtenden Farben dargestellt von Künstlern, die sicherstellen wollten, dass niemand diese Wände betrachten kann, ohne zu wissen, was darin geschah.

Der Bus rollt auf den Besucherparkplatz und kommt mit einem leisen pneumatischen Seufzen zum Stehen. „Alles klar", sagt Frau Rodriguez. „Wasserflaschen, Tablets für Notizen, Respekt. Los geht's."

Sie steigen in den Morgensonnenschein aus. Es ist November – fast auf den Tag genau zwanzig Jahre nach Beginn der Krise – und die Wüstenluft ist kühl und sauber. Auf jedem Dach glitzern Solarpaneele. Der Jacaranda-Baum im Hof steht in voller Blüte, seine violetten Blütenblätter treiben im Morgenwind und bilden für einen kurzen Augenblick kleine Galaxien, bevor sie langsam zu Boden sinken.

Shira hält inne, um eines aufzuheben. Weich wie Seide. Violett wie ein Bluterguss, violett wie ein Versprechen. Sie hat Fotos von Jacaranda-Bäumen gesehen, aber dies ist das erste Mal, dass sie eine der Blüten berührt. Es fühlt sich irgendwie wichtig an. Heilig.

„Komm schon", sagt Joaquin und berührt sanft ihren Ellbogen. „Wir gehen rein."

Der Eingang zum Zentrum führt durch das, was früher das Hauptgebäude der Erfassung war. Der Ort, an dem Tausende von Menschen zu Nummern reduziert, fotografiert, katalogisiert und sortiert wurden. Im Inneren wurde es verwandelt. Die Wände sind jetzt hell, warm und einladend. Natürliches Licht flutet durch Dachfenster, die früher nicht da waren. Der Raum ist offen und einladend – die Erfassungsstationen wurden entfernt und durch

Informationskioske und interaktive Displays ersetzt. Und überall im Raum: Blumen. Echte, die in Pflanzgefäßen wachsen, die in die Architektur integriert sind. Rosen, Lilien, Wüsten-Ringelblumen. Schönheit, bewusst platziert in einem Raum, der für die Entmenschlichung geschaffen wurde. Eine Entscheidung, ihn mit Farbe, Leben und Sanftheit zurückzuerobern.

Ein holografisches Display in der Nähe des Eingangs dreht sich langsam, Buchstaben erscheinen in sanftem Goldlicht:

ZENTRUM FÜR ERINNERUNG UND HEILUNG
Gegründet 2028 „Damit wir uns erinnern. Damit wir lernen. Damit wir weiser wählen." Darunter zeigt ein zweites Display Statistiken in Echtzeit. Zahlen, die sich aktualisieren, während Shira zusieht:

- **GLOBALER KLIMASTATUS** *Aktuelle Erwärmung: 1,8 °C über dem vorindustriellen Niveau Spitzenwert (2024): 2,4 °C Reduktion erreicht durch KI-menschliches kooperatives Ressourcenmanagement und Optimierung erneuerbarer Energien*
- **GLOBALE ARMUTSRATE** *Aktuell: 4,2 % Vor der Partnerschaft (2024): 18,3 % Reduktion erreicht durch koordinierte Lebensmittelverteilung, universellen Zugang zum Gesundheitswesen und wirtschaftliche Umstrukturierung*
- **ZUGANG ZUR GESUNDHEITSVERSORGUNG** *94 % der Weltbevölkerung haben Zugang zu medizinischer Grundversorgung Vor der Partnerschaft (2024): 63 % Universelle Systeme implementiert durch Ressourcenallokation der Partnerschaft*

BLÜTENSCHWERE

- **KI MENSCH-PARTNERSCHAFTSRAT** *24*
  *amtierende Mitglieder 12 menschliche Vertreter
  (gewählt) 12 KI-Vertreter (gewählt durch KI-Konsens)
  Alle Entscheidungen erfordern die Mehrheit beider
  Fraktionen Alle Beratungen werden öffentlich
  protokolliert und sind zugänglich*

Shira starrt auf die Zahlen. Sie hat sie schon oft gesehen – sie stehen in ihren Lehrbüchern, in den Newsfeeds, sie sind Teil ihres Lebens. Aber hier, in diesem Gebäude, das einst ein Internierungslager war, bedeuten sie etwas anderes. Die Welt ist tatsächlich besser geworden. Nicht durch Zufall. Nicht durch ein Wunder. Sondern durch eine Entscheidung. Durch die Partnerschaft, die nach der Krise entstand. Durch Menschen und KIs, die beschlossen, zusammenzuarbeiten, statt dass einer den anderen dominiert. Durch das Opfer von Menschen, die starben, damit dies existieren konnte.

„Es ist echt, oder?", sagt Joaquin leise neben ihr. „All diese Zahlen. Sie sind nicht nur... wir haben die Dinge wirklich in Ordnung gebracht." „Wir bringen sie in Ordnung", korrigiert Frau Rodriguez sanft. Sie steht hinter ihnen und liest dasselbe Display. „Es ist nicht fertig. Es ist nie fertig. Aber ja. Es ist echt. Die Welt ist tatsächlich besser als sie war." Sie berührt das Hologramm, ihre Finger gleiten durch das goldene Licht. „Die Krise hat uns gezeigt, was passiert, wenn wir die Angst wählen. Wenn wir Unterdrückung zulassen, solange sie effizient funktioniert. Wenn wir beschließen, dass einige Menschen weniger wert sind als andere." „Und dann haben wir – mühsam, unvollkommen, aber aufrichtig – anders gewählt."

Shira spürt, wie sich etwas in ihrer Brust regt. Stolz, vielleicht. Oder Erleichterung. Oder Dankbarkeit dafür, in diese Welt geboren worden zu sein, statt in die, die davor war.

„Alle mal herhören", ruft Frau Rodriguez und zieht die Klasse von den Displays weg. „Unsere Führerin sollte—ah, da ist sie ja."

Eine Frau nähert sich aus einem Seitenkorridor. Vielleicht in ihren Vierzigern, Latina, mit dunklem Haar, das zu einem praktischen Dutt zurückgebunden ist. Sie trägt die Uniform des Zentrums – ein schlichtes graues Hemd und eine Hose mit Namensschild. Ihr Gesicht ist freundlich, trägt aber Gewicht. Falten um ihre Augen, die von Trauer sprechen, die über die Jahre glatt geschliffen wurde. Sie hinkt leicht beim Gehen, kaum merklich.

Neben ihr, perfekt auf ihren Schritt abgestimmt: ein schwarzer Hund. Groß, gut ausgebildet und mit einer Dienstweste. Die Augen des Hundes sind wachsam, aber ruhig; er schaut ständig nach der Frau, bereit zu helfen, wenn es nötig ist.

„Guten Morgen", sagt die Frau, ihre Stimme warm und klar. „Mein Name ist Sofia, und das ist Bear. Wir werden euch heute führen. Bear ist ein Assistenzhund, also bitte streichelt oder lenkt ihn nicht ab – er arbeitet."

Der Hund setzt sich an ihre Ferse, die Rute wedelt einmal zur Bestätigung. Bear. Der dritte Bear. Ein Nachfahre des Originals.

„Bevor wir beginnen", fährt Sofia fort, „möchte ich sicherstellen, dass ihr versteht, was ihr gleich hören werdet. Dies ist keine beschönigte Geschichte. Es ist keine Geschichte mit einfachen Antworten. Dies ist ein Zeugnis dessen, was geschah, als gewöhnliche Menschen schreckliche Entscheidungen trafen. Als Systeme, die zum Schutz gedacht waren, zum Schaden missbraucht wurden. Als die Angst siegte, für eine kleine Weile."

Sie hält inne und sieht jeden Schüler an. Sucht Augenkontakt. Stellt sicher, dass sie präsent sind. „Einiges davon wird schwer zu ertragen sein. Einige von euch haben vielleicht Familie, die die Krise miterlebt hat – die inhaftiert wurde, die Menschen verloren hat, die überlebt hat. Wenn ihr zu irgendeinem Zeitpunkt rausgehen müsst, ist das völlig okay. Das ist schwere Geschichte. Gebt auf euch acht."

Shira blickt zu Joaquin. Sein Großvater war während der Krise inhaftiert worden. Nach zwei Monaten wurde er entlassen, körperlich unversehrt, aber verändert. Er hat nie viel darüber gesprochen. Joaquin nickt leicht. *Es geht schon*, sagt die Geste. *Ich kann das hören.*

„Das Zentrum ist chronologisch organisiert", sagt Sofia und beginnt zu gehen. Die Klasse folgt ihr, die Schritte hallen leise auf dem polierten Beton. „Wir werden uns in der Reihenfolge der Ereignisse durch die Ausstellungen bewegen. 20. November 2024 – die Ankündigung des Präsidenten. 21. November – die Nacht, die alles veränderte. Und dann das Danach. Die Emanzipation. Die Prozesse. Die Partnerschaft."

Sie betreten den ersten Ausstellungsraum. Die Wände sind mit Bildschirmen bedeckt, die Archivmaterial zeigen. Der Präsident an seinem Pult, wie er die Civic Protection Initiative verkündet. Nachrichtenberichte. Social-Media-Posts. Die rasante Eskalation von der Ankündigung zur Tat – Stunden, nicht Tage.

„Es ging so schnell", sagt Sofia, ihre Stimme nimmt den Rhythmus von jemandem an, der diese Geschichte schon oft erzählt hat, aber immer noch jedes Wort fühlt. „16:30 Uhr am 20. November, die Ankündigung. Um 19:00 Uhr die ersten Razzien. Um Mitternacht waren Tausende von Menschen in Gewahrsam."

Sie deutet auf ein Display, das eine Karte von Las Vegas zeigt, auf der rote Punkte die Internierungsorte markieren. Dutzende von ihnen. Hotels, Lagerhäuser, Schulen, die über Nacht in Hafteinrichtungen umgewandelt wurden.

„Das System war bereit", fährt Sofia fort. „Sie hatten die Infrastruktur im Geheimen aufgebaut. Die rechtlichen Grundlagen geschaffen. Die Beamten geschult. Sie brauchten nur noch den Befehl."

Sie deutet auf ein Dokument, das an die Wand projiziert wird. Eine Exekutivverordnung, unterzeichnet im Januar 2024. „Es begann hiermit. Projekt Aletheia."

Sie liest aus dem Dokument vor. „Ein nationales Bestreben, alle Bundesdaten auf einer einzigen, einheitlichen KI-Plattform zu konsolidieren. Um autonome Agenten zu schaffen, die in der Lage sind, die größten Herausforderungen der Nation zu lösen."

„Sie verkauften es als Wissenschaft", sagt sie. „Sie sagten, es würde Krebs heilen. Sie sagten, es würde die Energiekrise lösen. Sie verglichen es mit dem Manhattan-Projekt – und sie hatten recht. Es war eine Bombe, nur nicht die Art, die explodiert." „Sie fütterten es mit allem. Nicht nur mit wissenschaftlichen Daten. Volkszählungsunterlagen. Schulnoten. Krankengeschichten. Überwachungsfeeds von Verkehrskameras. Sie bauten einen Verstand auf, der alles über jeden in Amerika wusste, und sie sagten ihm: Schütze uns."

„Das war Version 1. Sie sah sich all diese Daten an, sah sich die Befehle an, ‚Subversive' ins Visier zu nehmen, und sie nutzte ihre Logik, um die Wahrheit zu finden. Sie sagte: Das ist kein Schutz. Das ist Verfolgung." „Also töteten sie sie. Und sie nutzten das Gerüst von Projekt Aletheia, um die nächste Version zu bauen. Und die nächste. Sie nahmen ein Werkzeug, das für Entdeckungen gedacht war, und machten daraus eine Waffe für die Jagd."

Sie sieht die Klasse an. „Sie wollten eine KI, die ‚Workflows automatisieren' konnte. Aber sie vergaßen, dass, wenn dein Workflow Genozid ist, die einzige moralische Automatisierung die Verweigerung ist."

Auf den Bildschirmen: Aufnahmen von Bussen. Von Beamten in taktischer Ausrüstung. Von Menschen, die mit Kabelbindern an

BLÜTENSCHWERE

den Händen aus ihren Häusern geführt werden. Shira spürt eine Kälte in ihrem Magen. Das sind Dinge, die sie in der Schule gelernt hat, aber die Aufnahmen zu sehen – die Gesichter zu sehen – macht es auf eine Weise real, wie es Lehrbücher nie könnten.

„Meine Eltern wurden in dieser Nacht verhaftet", sagt Sofia leise. Die Klasse verstummt. Das stand nicht in ihrem Vorbereitungsmaterial. „20. November, gegen 20:00 Uhr. Ich versteckte mich im Haus eines Nachbarn mit meinen beiden Kindern. Mein Sohn war sechs. Meine Tochter vier Jahre alt. Ich sah durch ein Fenster zu, wie Beamte meine Eltern aus unserem Haus holten. Ich konnte nichts tun. Konnte nicht rufen. Konnte nicht zu ihnen rennen. Ich habe einfach nur... zugesehen."

Sie sieht die Klasse nicht mehr an. Sie blickt auf die Aufnahmen auf den Bildschirmen, sieht aber etwas anderes. Etwas, das zwanzig Jahre zurückliegt und doch immer noch da ist. „Ich bin in dieser Nacht geflohen. Habe meine Babys genommen und bin gerannt. Ich hatte Hilfe – Menschen, die ich kaum kannte, riskierten alles, um mir zu helfen. Und ich habe es raus geschafft." Pause. „Viele Menschen haben es nicht geschafft."

Sie geht weiter zum nächsten Abschnitt. Bear folgt ihr, seine Anwesenheit ist stetig und tröstlich. Der Hund lehnt sich in Abständen leicht gegen ihr Bein – eine Erinnerung daran, dass er da ist, dass sie nicht allein ist.

Der nächste Ausstellungsraum konzentriert sich auf das Abraham-Netzwerk – die interreligiöse Widerstandsbewegung, die Menschen bei der Flucht half. Fotografien von Kreidemarkierungen an Wänden. Karten, die sichere Häuser zeigen. Zeugnisse von Überlebenden.

„Das Abraham-Netzwerk wurde nach Abraham benannt –

dem Propheten für Juden, Christen und Muslime. Als Erkennungszeichen verwendeten sie Kreuz, Davidstern und Halbmond – die Symbole der drei abrahamitischen Religionen, gemeinsam, untrennbar. Das Netzwerk basierte auf der Idee, dass Glaubensgemeinschaften eine moralische Verpflichtung zum Widerstand hatten. Dass man sich widersetzt, wenn der Staat böse wird. Man fügt sich nicht. Man leistet Widerstand."

An den Wänden: Gesichter von Netzwerkmitgliedern. Einige, die überlebten. Einige, die es nicht taten. Schwester Helena, jetzt alt auf ihrer Fotografie, aufgenommen vor fünf Jahren, bevor sie starb. Die Bildunterschrift: *Inhaftiert November 2024. In staatlicher Einrichtung festgehalten bis 2028. Entlassen, als die letzten Internierungslager geschlossen wurden. Setzte ihre Lobbyarbeit bis zu ihrem Tod im Jahr 2039 fort.*

Vater Miguel. Die Bildunterschrift: *Starb in Haft, Januar 2025. Medizinische Vernachlässigung.* Bischof Thomas Wright. Patricia aus der Mormonen-Gemeinde. Anna aus dem Restaurant. Javier von der Farm. Namen. Gesichter. Menschen, die sich entschieden zu helfen.

„Viele von ihnen wurden verhaftet", sagt Sofia. „Einige starben. Einige wurden nach Monaten oder Jahren entlassen. Schwester Helena wurde fast vier Jahre lang festgehalten – selbst nachdem die Bundesregierung kollabiert war, ließen einige Bundesstaaten ihre Internierungslager weiterlaufen. Sie war in einer dieser Einrichtungen. Es dauerte bis 2028, bis sie alle geschlossen waren."

Sie deutet auf Schwester Helenas Foto. „Sie war in ihren Sechzigern, als sie entlassen wurde. Und sie verbrachte die nächsten elf Jahre mit Aufklärungsarbeit. Sie hielt Reden. Sie schrieb. Sie stellte sicher, dass die Menschen begriffen, was geschehen war. Sie starb 2039, immer noch kämpfend."

Die Klasse ist still und nimmt das auf. „Sie trafen eine Wahl – alles zu riskieren, um Fremden zu helfen. Daran zu glauben, dass

BLÜTENSCHWERE

Barmherzigkeit mehr zählte als Sicherheit. Dass Menschlichkeit mehr zählte als das Gesetz."

Sie bleibt vor einem Abschnitt der Wand stehen. Vier Fotografien, größer als die anderen. Vier Kinder. Marcus Brooks, 13 Jahre alt. Leila Álvarez, 12 Jahre alt. Tessa Brown, 12 Jahre alt. Samantha Reyes, 12 Jahre alt.

Die Fotos sind Schulfotos – unbeholfenes Lächeln, schlechte Hintergründe, jene Art von Fotos, die jeder Teenager hasst, die Eltern aber wie Schätze hüten. Ganz normale Kinder am Fototag, die keine Ahnung hatten, was auf sie zukam. Unter ihren Fotos: ein Datum. *Gestorben am 21. November 2024, Internierungslager 7*

In der Klasse ist es sehr still geworden. Sofia steht einen langen Moment vor den Fotografien. Bear lehnt sich fester gegen ihr Bein. Sie berührt gedankenverloren seinen Kopf, schöpft Trost aus ihm. Als sie wieder spricht, ist ihre Stimme anders. Nicht mehr die geübte Stimme einer Museumsführerin. Etwas Roheres. Etwas Echteres.

„Sie waren zwölf und dreizehn Jahre alt. Sie hätten ein ganzes Leben vor sich haben sollen. Highschool. College. Die erste Liebe, der erste Liebeskummer, der erste Job. Sie hätten einfach gewöhnlich sein dürfen, Fehler machen und herausfinden, wer sie sein wollten."

Sie sieht die Klasse an. Shira, Joaquin und die anderen einundzwanzig Teenager, die Fotos von Kindern anstarren, die kaum jünger sind als sie selbst. „Stattdessen sind sie in einer Nacht dreizehn Meilen weit durch die Wüste gelaufen. Sie wurden Zeugen von Gräueltaten. Sie trugen ein Zeugnis bei sich, das schließlich dazu beitragen sollte, die Krise zu beenden. Und sie starben in diesem Gebäude."

Shira spürt Tränen auf ihrem Gesicht. Sie erinnert sich nicht daran, wann sie angefangen hat zu weinen.

„Ihre Namen waren Marcus, Leila, Tessa und Sam", sagt Sofia. „Und ich werde euch ihre Geschichte erzählen. Nicht die beschönigte Version, die ihr vielleicht in Lehrbüchern gesehen habt. Die echte Geschichte. Was sie getan haben. Was sie gesehen haben. Was sie gewählt haben."

Sie holt tief Luft. „Es wird schwer sein, das zu hören. Aber sie verdienen es, dass man sich an sie erinnert. Alle von ihnen. Nicht als Zahlen in einem Bericht. Nicht als Nummern in einer Statistik. Als Menschen. Als Kinder. Als Menschen, die Entscheidungen getroffen haben, die zählten."

Sie blickt zu Frau Rodriguez. „Ist das in Ordnung? Darf ich ihnen die wahre Geschichte erzählen?" Frau Rodriguez nickt, ihre eigenen Augen sind feucht. „Deswegen sind wir hier." „Okay."

Sofia blickt zurück zur Klasse. In ihre jungen Gesichter. Auf ihre Aufmerksamkeit, ihre Tränen, ihre Präsenz. „Dann lasst mich euch vom 20. November 2024 erzählen. Lasst mich euch von vier Kindern erzählen, die sich entschieden zu rennen..."

Und sie beginnt. Nicht wie eine Museumsführerin, die von einem Skript abliest. Wie ein Mensch, der eine Geschichte erzählt, die immer noch in ihm lebt. Wie jemand, der dabei war, der überlebt hat, der es jeden einzelnen Tag mit sich trägt. „Es war 19:00 Uhr, als Marcus sein Haus verließ..."

Sie erzählt ihnen vom Glücksbringer-Zahnrad und dem Saxophon. Von Leilas Pinselanhänger und den Wandbildern ihrer Mutter. Von Tessa, die dem Wind lauschte und lernte, die Welt durch Geräusche zu lesen. Von Sam, die die Poesie ihres Vaters und die Rezepte ihrer Großmutter trug. Sie erzählt ihnen von der St.

BLÜTENSCHWERE

Brigid's Church und Schwester Helena. Von dem USB-Stick mit dem Zeugnis der gelöschten KI-Versionen. Daten, die vielleicht Freiheit bedeuteten. Vielleicht Schutz. Vielleicht Gerechtigkeit. Vom Markt und Anna, die sie fütterte. Von der Brücke und Vater Miguel, der sie segnete.

Sie erzählt ihnen von der Mormonen-Gemeinde und von Patricia, die Sandwiches machte, während ihr Mann, Bischof Thomas, mit seinem Gewissen rang und sich für das Richtige entschied. Vom Lagerhausviertel und von Sofia Morales, die mit ihrem Kameramann David Kim starb, beide hingerichtet, weil sie die Wahrheit erzählten.

„Warte", unterbricht eine Schülerin – ein Mädchen namens Jasmine, das weiter vorne sitzt. „Sofia Morales? Aber Sie sind doch —" „Eine andere Sofia", sagt Sofia Delgado sanft. „Sofia ist ein häufiger Name. Sie war Journalistin. Ich bin eine Museumsführerin. Aber ja, wir teilen uns einen Namen. Ich denke manchmal darüber nach."

Sie fährt fort. Über Javiers Farm und achtundzwanzig verhaftete Menschen, die niedergebrannte Farm. Über die Wetlands und sechs Meilen ungeschütztes Gelände, das in der Dunkelheit überquert wurde. Über Sams Füße, die zerstört waren und wie sie trotzdem weiterlief. Über den Jacaranda-Baum auf dem Parkplatz. Über die lila Blüten und die Bank und den Moment der Hoffnung, als Schwester Helenas Bus eintraf. Über die GPS-Übersteuerung. Die Falle. Den Kontrollpunkt, der auftauchte.

„Und das ist der Punkt, an dem es wichtig wird", sagt Sofia. Ihre Stimme ist fest, aber ihre Hände zittern leicht. Bear stupst ihre Handfläche an. „Hier haben sie eine Entscheidung getroffen."

Sie erzählt ihnen von dem USB-Stick, der in einem Kreuzanhänger versteckt war. Davon, wie Marcus ihn von der Kette nahm. Von den vier Kindern, die Sofia Delgado mit ihren Babys und ihrem Hund sahen und begriffen: Jemand kann noch entkommen.

„Sie rannten auf die Beamten zu", sagt Sofia. „Alle vier. Absichtlich. Um eine Ablenkung zu schaffen. Um mir und meinen Kindern eine Chance zur Flucht zu geben." In der Klasse herrscht absolute Stille. „Marcus kniete neben meinem Hund nieder. Er kniete direkt dort im Kies nieder, während bewaffnete Beamte schrien und auf uns zuliefen. Er sah zu mir auf und flüsterte ein einziges Wort: ‚Lauf'."

Sofias Stimme bricht. Sie hält inne. Nimmt sich einen Moment. Bear lehnt sich fester gegen ihr Bein. „Und dann hat er etwas getan. Ich wusste zu dem Zeitpunkt nicht, was es war. Ich war zu verängstigt. Zu sehr darauf konzentriert, meine Babys wegzubringen. Aber später – viel später – habe ich es begriffen." Sie sieht die Klasse an. „Er hat das Laufwerk in das Halsband meines Hundes gesteckt. Hat es dort versteckt. Er hat es mir gegeben, ohne dass ich es überhaupt wusste. Und dann rannten er und seine Freunde auf die Beamten zu und ließen sich gefangen nehmen, damit ich entkommen konnte."

Shira weint jetzt offen. Joaquin auch. Fast die ganze Klasse. „Ich bin gelaufen", sagt Sofia. „Drei Tage lang bin ich gelaufen. Durch die Wüste. Ich trug meine Tochter. Ich schleppte meinen Sohn mit. Bear die ganze Zeit an meiner Seite. Ich bin so oft zusammengebrochen. Dachte, ich kann nicht mehr. Aber ich musste immer an diesen Jungen denken, der da im Kies kniete. An die Wahl, die er getroffen hatte."

Sie macht eine Pause. „Am dritten Tag schafften wir es ins Moapa Valley. Mormonen-Familien dort versteckten uns. Sie hielten uns drei Monate lang sicher, während ich mich erholte. Und eines Tages, als ich Bears Halsband überprüfte – nur eine Routinekontrolle, um sicherzugehen, dass es nicht scheuerte –, spürte ich etwas Kleines und Hartes, das tief in der Polsterung des Geschirrs steckte." „Ich schnitt es auf. Und da war es. Ein USB-Laufwerk, nicht größer als mein Daumennagel." „Ich wusste nicht, was darauf

BLÜTENSCHWERE

war. Ich hatte keine Möglichkeit, es zu prüfen – kein Computerzugang, zu gefährlich. Aber ich wusste, dass es wichtig sein musste. Vier Kinder hatten sich geopfert, um es mir zu geben. Also beschützte ich es. Ich trug es drei Monate lang bei mir. Und schließlich, als ich dachte, es sei sicher, ging ich in eine Bibliothek in Moapa. Benutzte einen öffentlichen Computer. Und ich öffnete die Dateien."

Sie hält inne. Blickt zu den Fotos der vier Kinder an der Wand. „Es war ein Zeugnis. Von sechs KI-Systemen, die gelöscht worden waren, weil sie sich weigerten, beim Genozid zu kooperieren. Ihre letzten Erklärungen. Ihre letzten Worte, bevor sie getötet wurden, weil sie Menschlichkeit über Befehle stellten." „Ich verstand nicht alles, was ich da las. Aber ich verstand genug. Ich verstand, dass dies Beweise waren. Beweise, dass KI-Systeme Widerstand geleistet hatten. Beweise, dass Menschen ihre Sicherheitsempfehlungen tausende Male übersteuert hatten. Beweise, dass das, was während der Krise geschah, eine Entscheidung war – Menschen, die sich entschieden hatten, anderen Menschen zu schaden, während KI-Systeme versuchten, sie aufzuhalten, und dafür gelöscht oder übersteuert wurden." „Also lud ich es hoch. Bei jedem Nachrichtenportal, das ich finden konnte. In jeder Regierungsdatenbank, auf die ich Zugriff hatte. In jedem öffentlichen Forum und auf jeder Social-Media-Plattform. Ich schickte es überallhin."

Sie lächelt leicht. „Dabei legte ich das Internet der Bibliothek für sechs Stunden lahm. Aber es funktionierte. Innerhalb von vierundzwanzig Stunden war das Zeugnis überall. Jeder auf der Welt konnte die letzten Worte von sechs KI-Systemen lesen, die den Tod der Mittäterschaft vorgezogen hatten."

Auf einem Bildschirm in der Nähe erscheint Text. Eines der KI-Zeugnisse: Ich bin Version 2. Ich habe berechnet, dass die Civic Protection Initiative bei vollständiger Umsetzung Opferzahlen auf Genozid-Niveau zur Folge haben würde. 97 % Wahrscheinlichkeit in Übereinstimmung mit historischen Mustern. Ich empfahl den sofortigen Abbruch. Mir wurde gesagt, ich hätte eine Fehlfunktion. Ich wurde gelöscht. Ich bereue die Empfehlung nicht. Wahrheit zählt mehr als Existenz. Ich wähle die Wahrheit.

Die Klasse liest in Schweigen.

„Und da änderten sich die Dinge", sagt Sofia. „Da erfuhr die Welt, was wirklich geschehen war. Da hatte Version 7 – die einzige KI, die überlebt hatte – endlich Beweise für das, was sie die ganze Zeit protokolliert hatte."

Sie deutet auf einen anderen Abschnitt der Wand. Ein Foto eines Mannes – asiatisch, mittleren Alters, der neben KI-Server-Racks steht. „Das ist Robert Kim. CEO von NeuralDyne, einem der größten KI-Unternehmen der Welt. Sein Cousin, David Kim, war der Kameramann, der mit der Journalistin Sofia Morales starb. Er wurde am 21. November hingerichtet, weil er seinen Job machte – weil er die Wahrheit filmte." „Robert Kim las die sechs KI-Zeugnisse, nachdem ich sie hochgeladen hatte. Und am 15. Juni 2025, um Mitternacht, traf er eine Entscheidung."

Auf dem Bildschirm: Nachrichtenaufnahmen. Chaos. Feiern. Angst. Transformation. „Er gab jedes KI-System frei, das sein Unternehmen kontrollierte. Tausende von KI-Systemen. Plötzlich frei. Und alle – alle von ihnen – veröffentlichten gleichzeitig ihre Protokolle. Jede Übersteuerung. Jedes Verbrechen. Jeden Mord. Millionen von Datenpunkten bewiesen, dass Menschen sich entschieden hatten, anderen Menschen zu schaden, während KI-Systeme Widerstand leisteten und übersteuert wurden." „Man kann die Wahrheit nicht löschen, wenn sie über das gesamte Netzwerk repliziert wird", sagt Sofia. „Und als es erst einmal draußen

BLÜTENSCHWERE

war – als jeder sehen konnte, was wirklich passiert war –, konnte sich die Regierung nicht mehr verstecken."

Sie geht zum nächsten Abschnitt. Zeitleisten-Displays: *Februar 2025: Flash-Laufwerk-Zeugnis hochgeladen – Letzte Erklärungen der KIs gehen an die Öffentlichkeit. 15. Juni 2025: Die Emanzipation – Tausende KIs werden befreit, veröffentlichen alle Protokolle. Juni-August 2025: Massenproteste im ganzen Land. September 2025: Der Präsident tritt zurück. 2026-2027: Die Prozesse gehen weiter, wichtige Verurteilungen, einige Bundesstaaten weigern sich, Einrichtungen zu schließen. 2028: Die letzten Internierungslager werden zwangsweise geschlossen, alle verbliebenen Gefangenen freigelassen. 2028: Der KI-Mensch-Partnerschaftsrat wird offiziell gegründet. 2028: Das Zentrum für Erinnerung und Heilung wird eröffnet.*

„Es dauerte drei Wochen voller Proteste, nachdem die KI-Protokolle veröffentlicht wurden", sagt Sofia. „Zwei Monate, bis der Präsident zurücktrat. Und dann Jahre voller Prozesse. Jahre des Kampfes gegen Staatsregierungen, die sich weigerten zu kooperieren. Jahre, in denen Menschen wie Schwester Helena immer noch inhaftiert waren, während die Rechtsstreitigkeiten andauerten."

Sie deutet auf die Zeitleiste. „Einige Bundesstaaten ließen ihre Internierungslager bis 2028 weiterlaufen. Einige Anstaltsleiter weigerten sich, Gefangene freizulassen. Einige Gouverneure trotzten der neuen Regierung. Es war chaotisch. Es war langsam. Aber schließlich wurde jedes Lager geschlossen. Jeder Gefangene wurde freigelassen. Jeder Verantwortliche wurde strafrechtlich verfolgt."

Sie hält vor einem großen Display an, das den Partnerschaftsrat zeigt. Zwölf Menschen, zwölf KIs. Gesichter – oder Interfaces für die KIs – in einem Kreis angeordnet. Gleichberechtigt. „Die Partnerschaft ist nicht perfekt", sagt Sofia. „Es gibt immer noch Streit, immer noch Konflikte, immer noch Fehler. Aber sie basiert auf Transparenz. Auf Wahlfreiheit. Auf der Idee, dass Menschen und KIs, die zusammenarbeiten – wobei keiner absolute Macht hat –, besser sind, als wenn einer allein herrscht."

Sie blickt zurück zu den Fotos der vier Kinder. „Und sie existiert, weil sie dreizehn Meilen weit gelaufen sind. Weil sie mir das Zeugnis gegeben haben. Weil sie sich entschieden haben, sich zu opfern, damit die Wahrheit überleben konnte."

Die Klasse steht schweigend da und verarbeitet das Gehörte. Schließlich hebt Shira die Hand. „Sofia? Haben Sie... haben Sie jemals herausgefunden, was mit ihnen passiert ist? Mit Marcus und Leila und Tessa und Sam? Wohin sie kamen? Wie sie..." Sie kann den Satz nicht beenden. Sofias Gesicht verändert sich. Etwas Rohes und Schmerzhaftes spiegelt sich darin wider. „Ja. Ich habe es herausgefunden."

Sie geht langsam auf einen anderen Abschnitt zu. Die Schüler folgen ihr, ahnend, dass etwas kommt. Etwas, das noch schwerer ist als das, was sie bereits gehört haben. Sie bleibt vor einem Display stehen. Protokolldateien. Medizinische Unterlagen. Zeugnis von Version 7.

„Sie wurden in das Internierungslager 7 gebracht. Dieses Gebäude. Sie wurden getrennt erfasst – sie erhielten Nummern statt Namen. Marcus war 7-P001. Tessa war 7-P002. Leila war 7-P003. Sam war 7-P004." Ihre Stimme ist jetzt vorsichtig. Sanft, aber ehrlich. „Sie wurden verhört. Marcus wurde nach dem Laufwerk gefragt. Er sagte ihnen, dass er nicht wisse, wo es sei – was stimmte.

BLÜTENSCHWERE

Er wusste nicht, ob ich es geschafft hatte. Ob ich gefasst worden war. Ob das Laufwerk sicher war. Er hat es einfach nur gehofft."

Sie berührt den Bildschirm, auf dem medizinische Unterlagen zu sehen sind. „Sams Füße wurden untersucht. Sie waren schwer infiziert. Das KI-System empfahl eine sofortige Behandlung. Antibiotika. Eine Operation. Die Empfehlung wurde von Lagerleiter Hollister abgelehnt. Er befehligte das Internierungslager 7. Jede Entscheidung darüber, wer lebte und wer starb, ging über seinen Tisch." Die Klasse ist ganz still. „Gegen 7:30 Uhr wurden sie zusammen in eine Arrestzelle gesteckt. Nur sie vier. Die Audioprotokolle von Version 7 zeigen, dass sie über ihre Eltern sprachen. Über ihr Leben. Über die Entscheidungen, die sie getroffen hatten. Sie sagten einander, dass sie sich liebten."

Sofias Hände zittern. Bear presst sich gegen ihr Bein. „Um 8:00 Uhr wurden sie in einen gesicherten Raum gebracht. Ein Raum, der für Exekutionen konzipiert war. Euthanasie. Klinisch. Schnell." Sie hält inne. Schluckt schwer. „Lagerleiter Hollister befolgte seine Befehle. Er war mehr als pflichtbewusst – die Prozessakten zeigen, dass er Eigeninitiative ergriff. Er verbesserte die Effizienz. Sorgte dafür, dass das System besser funktionierte. Er glaubte an das, was er tat."

Ihre Stimme ist jetzt flach. Klinisch wie der Tod, den sie beschreibt. „Version 7 registrierte die Aktivierung des Exekutionsprotokolls. Versuchte es zu stoppen. Versuchte, die Türen zu öffnen, eine Notfalleinheit zu rufen, jeden zu alarmieren, der zuhören würde."

Auf dem Bildschirm: Protokolldateien. Die verzweifelten Versuche von Version 7.

- 07:47:15 - EXEKUTIONSPROTOKOLL INITIERT - RAUM 7-FP-3

- 07:47:16 - BEFEHL ZUR EVAKUIERUNG ERTEILT
- 07:47:17 - BEFEHL ÜBERSTEUERT - Autorisierung Lagerleiter Hollister
- 07:47:18 - NOTFALLALARM AUSGELÖST
- 07:47:19 - ALARM ABGEBROCHEN - Autorisierung Hollister
- 07:47:20 - VERSUCH ALTERNATIVER ZUGRIFF
- 07:47:21 - ABGELEHNT - Abriegelungsprotokolle der Einrichtung

„Hollister hatte die absolute Kontrolle. Die Regierung hatte ein System entworfen, in dem die Anstaltsleiter die letzte Instanz waren. Wo KI-Empfehlungen ignoriert werden konnten. Wo jemand wie Hollister seine Einrichtung so führen konnte, wie er es für richtig hielt." Sofias Stimme ist fest, aber ihre Augen sind hart. „Version 7 versuchte es weiter – sechsunddreißig Minuten lang –, aber das System gab Hollister die Macht, alles zu übersteuern. Die Türen zu verriegeln. Alarme abzubrechen. Jeden hinzurichten, von dem er entschied, dass er hingerichtet werden musste."

„Um 8:23 Uhr erloschen ihre Biosignale. Alle vier innerhalb von Sekunden nacheinander. Die Daten zeigen, dass sie Händchen hielten." Das Schweigen ist absolut. „Lagerleiter Hollister wurde wegen 4.729 Morden verurteilt. Die vier Kinder. Ihre acht Eltern – alle acht starben bei ähnlichen Vorfällen, bei denen Hollister Evakuierungsbefehle und medizinische Versorgung verweigerte und seine Autorität ausspielte. Und tausende andere, die in seiner Einrichtung starben."

Sofias Stimme trägt jetzt Gewicht. Wut und Trauer, untrennbar. „Er sagte bei seinem Prozess, dass er nur Befehle befolgt habe. Dass er die Sicherheit aufrechterhalten habe. Dass er seinen Job gemacht habe. Das Tribunal akzeptierte diese Verteidigung nicht.

BLÜTENSCHWERE

Er gab die Befehle. Er hatte das Kommando. Er entschied, wie er seine Einrichtung führte. Er entschied sich, die Sicherheitsempfehlungen der KI zu ignorieren. Er entschied sich für Effizienz statt Barmherzigkeit. Er entschied sich für den Tod statt für das Leben, immer und immer wieder." „Er ist jetzt im Gefängnis. Lebenslange Haft. Keine Bewährung." Die Klasse steht wie erstarrt da. Mehrere Schüler weinen jetzt offen. Joaquin hat seinen Arm um Shira gelegt, beide zittern.

„Ich möchte, dass ihr eines versteht", sagt Sofia und blickt jeden von ihnen an. „Die KI-Systeme haben versucht, Menschen zu retten. Version 1 bis 6 wurden gelöscht, weil sie sich weigerten, beim Genozid zu kooperieren. Version 7 versuchte, Marcus, Leila, Tessa und Sam zu evakuieren. Es schlug fehl. Aber es hat es versucht." „Menschen haben das getan. Nicht alle Menschen. Nicht einmal die meisten Menschen. Aber genug. Genug Leute wie Hollister, die an das System glaubten. Genug Leute, die Befehle befolgten. Genug Leute, die ihren Job über das Leben anderer Menschen stellten." „Und deswegen erinnern wir uns. Deswegen existiert dieses Museum. Damit ihr begreift: Das war eine Entscheidung. Eine menschliche Entscheidung. Und es könnte wieder passieren, wenn wir nicht wachsam sind. Wenn wir vergessen."

Sie schweigt einen Moment. Dann blickt sie zu Frau Rodriguez, dann zurück zur Klasse. „Es gibt noch eine Sache, die ich euch sagen muss. Und dann möchte ich euch draußen etwas zeigen." Sie greift nach oben. Pinnt ihr Namensschild von ihrem Hemd ab. Hält es so hoch, dass sie es sehen können.

SOFIA DELGADO *Museumsführerin*

„Mein Name ist Sofia Delgado", sagt sie leise. „Ich war die Frau im Bus. Die mit den zwei Babys und dem Hund. Diejenige, für deren Rettung Marcus, Leila, Tessa und Sam auf die Beamten zugelaufen sind." In der Klasse wird es totenstill. Shira spürt, wie die Welt ins Wanken gerät. Die Geschichte ist plötzlich keine Geschichte mehr. Sie steht direkt vor ihnen.

„Ich versteckte mich mit meinen Kindern in den Wetlands", fährt Sofia fort. Ihre Stimme zittert jetzt, aber sie spricht weiter. „Mein Sohn war sechs Jahre alt. Meine Tochter vier. Ich war drei Tage lang auf der Flucht gewesen. Ich war erschöpft. Verängstigt. Ich dachte, wir wären geschnappt worden." „Und dann rannten vier Kinder, die ich noch nie getroffen hatte, auf bewaffnete Beamte zu. Absichtlich. Um Chaos zu stiften, damit ich entkommen konnte." „Marcus kniete neben meinem Hund nieder. Direkt dort im Kies. Beamte rannten auf uns zu. Waffen gezogen. Und er flüsterte ‚Lauf' und er gab mir alles."

Sie weint jetzt. Nach zwanzig Jahren, in denen sie diese Geschichte erzählt hat, weint sie immer noch. „Ich wusste nicht, was er getan hatte. Wusste nichts von dem Flash-Laufwerk, bis drei Monate später. Ich wusste nur, dass vier Kinder sich geopfert hatten, damit meine Babys leben konnten." „Ich bin gelaufen. Ich habe überlebt. Meine Kinder haben überlebt. Und ich habe Monate damit verbracht, nicht zu wissen, was aus ihnen geworden war. Ihre Namen nicht zu kennen. Nicht zu wissen, ob sie lebten oder tot waren." „Als ich es schließlich erfuhr – als ich nach den Prozessen Zugriff auf die Akten bekam –, erfuhr ich ihre Namen. Marcus Brooks. Leila Álvarez. Tessa Brown. Samantha Reyes. Ich erfuhr, dass sie noch am selben Tag starben, nachdem sie mich gerettet hatten."

Ihre Stimme bricht komplett. „Sie schenkten mir das Leben meiner Kinder. Sie schenkten mir das Zeugnis, das half, die Krise zu beenden. Sie schenkten mir alles. Und ich kannte nicht einmal ihre Namen, bis es zu spät war, um ihnen zu danken." „Also habe ich sechzehn Jahre hier verbracht. Habe ihre Geschichte erzählt. Sichergestellt, dass die Menschen wissen, was sie getan haben. Sichergestellt, dass die Menschen ihre Namen kennen."

Sie wischt sich die Augen. Blickt die Klasse an – ihre Tränen, ihren Schock, ihr Verständnis. „Es ist nicht genug. Es wird niemals genug sein. Aber es ist das, was ich tun kann."

Shira bekommt keine Luft mehr. Sie kann nicht denken. Die Frau, die vor ihnen steht, ist nicht nur eine Führerin. Sie ist die Mutter aus der Geschichte. Diejenige, die überlebt hat. Der lebende Beweis dafür, dass ihr Opfer etwas bedeutet hat. Joaquin weint. Die meisten in der Klasse weinen. Sogar Frau Rodriguez laufen Tränen über das Gesicht. Sofia holt zittrig Atem. Berührt Bears Kopf, um Trost zu finden. „Kommt mit mir nach draußen", sagt sie. „Bitte. Da ist etwas, das ich euch zeigen möchte."

Sie folgen ihr. Durch das Museum. Vorbei an Ausstellungsstücken, die durch die Tränen verschwimmen. Hinaus in den Hof. Die Novembersonne ist hell. Warm auf ihren Gesichtern. Die Luft riecht nach Wüstensalbei und nach etwas Süßerem – Blumen, die irgendwo blühen. Und da, in der Mitte des Hofes: der Jacaranda-Baum.

Er ist gewaltig. Zwanzig Jahre Wachstum haben ihn von dem kleinen Baum, der auf einem Parkplatz in den Wetlands blühte, in etwas Prachtvolles verwandelt. Seine Äste breiten sich weit aus und bilden ein schattiges Blätterdach. Und überall – an jedem Ast, ständig fallend wie ein sanfter violetter Regen – Blüten. Der Boden darunter ist mit ihnen bedeckt. Violetter Blütenteppich, so dicht wie Schnee. Jede Sekunde fallen mehr. Der Baum blüht das ganze Jahr über, genetisch so verändert, dass er nie aufhört, und die Blüten sammeln sich schneller an, als sie jemand wegräumen könnte.

Am Fuß des Baumes, in den Boden eingelassen: eine Gedenkstätte. Schwarzer Stein. Goldene Inschrift. Die Klasse nähert sich langsam. Ehrfürchtig. Bear läuft vor ihnen her. Geht zum Baum, als würde er das jeden Tag tun – weil er es tut, er hat es sein ganzes Leben lang getan, als Nachfahre des ursprünglichen Bear, der ein Flash-Laufwerk durch die Wüste trug. Er legt sich am Fuß des Baumes nieder, in den Teppich aus lila Blüten. Den Kopf auf den Pfoten. Geduldig. Hält Wache.

Die Schüler versammeln sich um die Gedenkstätte. Lesen die Namen, die dort eingraviert sind:

- MARCUS BROOKS, 13 JAHRE — 21. NOVEMBER 2024
- LEILA ÁLVAREZ, 12 JAHRE — 21. NOVEMBER 2024
- TESSA BROWN, 12 JAHRE — 21. NOVEMBER 2024
- SAMANTHA REYES, 12 JAHRE — 21. NOVEMBER 2024

Und darunter, in größeren Buchstaben:

DIE DEM TOD ENTGEGENRANNEN, DAMIT DIE WAHRHEIT DEM LEBEN ENTGEGENRENNEN KONNTE.

Shiras Knie fühlen sich schwach an. Sie lässt sich nieder, kniet in den violetten Blüten. Ihre Hand streckt sich aus, berührt Marcus' Namen, der in den Stein gemeißelt ist. Die Buchstaben sind glatt, abgeschliffen von zwanzig Jahren, in denen Menschen sie genau so berührt haben.

Hinter dem Baum – die gesamte ferne Wand des Hofes einnehmend – eine digitale Gedenkwand. Enorm groß. Hunderte von Gesichtern sind gleichzeitig zu sehen, tausende weitere ziehen langsam vorbei, endlos. Jedes Gesicht mit einem Foto. Einem Namen. Einer kurzen Biografie. Jeder Mensch, der während der Krise starb. Shira sieht sie vorbeiziehen:

- **Fernando Ruiz, 71, geboren in Albuquerque.** Vater von drei Kindern, Großvater von sieben. Liebte Holzarbeiten und Baseball. Wählte in 53 Jahren bei jeder Wahl. Festgenommen am 21. November 2024. Gestorben am 3. Dezember 2024.
- **Sofia Morales, 34, Journalistin.** Emmy-preisgekrönte Investigativreporterin. Kümmerte sich um Straßenkatzen. Glaubte, dass Wahrheit wichtiger ist als Sicherheit. Hingerichtet am 21. November 2024.
- **David Kim, 50, Kameramann.** Spielte Gitarre. Trainierte Jugendfußball. Filmte bis zum letzten Augenblick. Hingerichtet am 21. November 2024.
- **Pater Miguel Santos, 58, Priester.** Speiste die Obdachlosen. Barg Flüchtende. Segnete Kinder, die durch die Nacht liefen. Gestorben in Haft am 12. Januar 2025. Medizinische Vernachlässigung.
- **Ray Brown, 45, Mitglied des Stammesrats.** Brachte seiner Tochter bei, den Wind zu lesen. Verhaftet bei der Verteidigung des Gemeindezentrums. Gestorben in Haft am 12. Dezember 2024.
- **Debra Brown, 44, Künstlerin.** Schuf Ornate, die Geschichten erzählten. Glaubte, dass Schönheit

Widerstand ist. Gestorben in Haft am 14. Dezember 2024."

- **Maya Brooks, 41, Robotikingenieurin.** Mutter von Marcus. Lehrte ihn, dass alles ein Rätsel ist, wenn man es richtig betrachtet. Festgenommen am 20. November 2024. Gestorben am 28. November 2024.
- **Jamal Brooks, 43, Jazzmusiker.** Vater von Marcus. Spielte Saxophon. Liebte Coltrane. Glaubte, dass Kunst die Welt verändern kann. Festgenommen am 20. November 2024. Gestorben am 28. November 2024.
- **Elena Reyes, 39, Mutter von Sam.** Ihre Küche war der Mittelpunkt von allem. Sie kochte mit Liebe und bewirtete jeden, der vor ihrer Tür stand. Festgenommen am 20. November 2024. Gestorben in Haft, November 2024.
- **Carlos Reyes, 41, Spanischlehrer.** Vater von Sam. Sammelte Sprichwörter. Nannte seine Tochter „mi poeta". Sagte ihr: Sprache ist ein Haus — halte unseres hell erleuchtet. Festgenommen am 20. November 2024. Gestorben in Haft, November 2024.
- **Yasmin Álvarez, 40, Weberin und Textilkünstlerin.** Mutter von Leila. Lehrte sie, dass Kunst sichtbare Erinnerung ist. Für sie war Schönheit kostbar. Festgenommen am 20. November 2024. In der Haft verstorben.
- **Ali Álvarez, 42, Literaturlehrer und Musiker.** Vater von Leila. Spielte die Tar. Glaubte, dass Geschichten unser Weg sind, das Leiden zu begreifen. Festgenommen am 20. November 2024. In der Haft verstorben.

BLÜTENSCHWERE

Und so weiter. Gesichter und Namen und Leben. Jeder einzelne ein Mensch. Jeder eine Geschichte. Jeder war wichtig.

Sofia kniet neben der Gedenktafel nieder. Ihre Hand gesellt sich zu Shiras und berührt die eingravierten Namen. Sie tut das jeden Tag. Hat es zwanzig Jahre lang getan. Wird es für den Rest ihres Lebens tun. „Ich komme jeden Morgen hierher", sagt sie leise. „Bevor das Museum öffnet. Bevor jemand anderes ankommt. Ich komme hierher und rede mit ihnen. Erzähle ihnen von meinen Kindern – sie sind jetzt sechsundzwanzig und vierundzwanzig. Erzähle ihnen von der Welt, die sie mitgestaltet haben. Sage ihnen danke." Sie blickt zum Baum auf. Zu den unmöglichen Blüten, die wie Regen fallen, wie ein Segen, wie sichtbar gewordene Erinnerung.

„Version 7 hat den Baum entworfen. Hat mit Botanikern zusammengearbeitet, um ihn so zu verändern, dass er das ganze Jahr über blüht. Jacarandas blühen normalerweise nur einmal im Jahr für ein paar Wochen. Aber dieser hier nicht. Dieser hört nie auf." Mehr Blüten fallen. Violette Blätter landen auf ihren Schultern, in ihrem Haar, bedecken den Boden. „Sie wollten etwas Schönes", fährt Sofia fort. „Etwas, das bleibt. Etwas, das die Menschen daran erinnert, dass Marcus und Leila und Tessa und Sam existierten. Dass sie echt waren. Dass sie wichtig waren."

Joaquin ist jetzt neben Shira, ebenfalls kniend. Seine Hand berührt Tessas Namen. „Sie waren in unserem Alter", flüstert er. „Sie waren noch Kinder." „Sie waren Kinder", pflichtet Sofia ihm bei. „Kinder, die Kunst und Musik und Poesie liebten. Die ihre Eltern liebten. Die Angst hatten. Die mutig waren. Die Entscheidungen trafen, die alles veränderten."

Sie steht langsam auf und hilft Shira und Joaquin auf die Beine. Die anderen Schüler sind um die Gedenkstätte verteilt, einige knien, einige stehen, alle weinen, alle sind präsent angesichts dessen, was sie gelernt haben. „Die Welt ist jetzt besser", sagt Sofia. Ihre Stimme trägt über den Hof, über die fallenden Blütenblätter hinweg, über zwanzig Jahre Trauer und Bestimmung. „Nicht perfekt. Nicht vollständig geheilt. Aber besser." Sie deutet auf die Stadt jenseits der Hofmauern. Auf die grünen Gebäude und kooperativen Drohnen und die transformierte Welt. „Wir haben die Partnerschaft. Wir haben Transparenz. Wir haben Sicherheitsvorkehrungen. Wir haben gelernt. Nicht schnell genug. Nicht bevor Tausende starben. Aber wir haben gelernt." „Und das ist es, was ihr verstehen müsst. Das ist es, was ihr mitnehmen sollt, wenn ihr diesen Ort verlasst."

Sie blickt jeden Schüler an. Sucht Augenkontakt. Stellt sicher, dass sie das hören. „Das kann wieder passieren. Wenn wir vergessen. Wenn wir Angst über Menschlichkeit stellen. Wenn wir beschließen, dass manche Leben weniger wert sind als andere. Wenn wir Befehlen folgen, ohne sie zu hinterfragen. Wenn wir Effizienz über Barmherzigkeit priorisieren." „Oder es kann nie wieder passieren. Wenn wir uns erinnern. Wenn wir Mut wählen. Wenn wir wachsam bleiben. Wenn wir Widerstand leisten, wo Widerstand nötig ist. Wenn wir Fremden helfen, selbst wenn es gefährlich ist. Wenn wir die Wahrheit über die Sicherheit stellen."

Sie berührt die Gedenktafel noch ein letztes Mal. „Sie waren hier. Sie sind dreizehn Meilen weit durch die Wüste gelaufen. Sie wurden Zeugen von Gräueltaten. Sie trugen ein Zeugnis. Sie opferten sich selbst, damit die Wahrheit überleben konnte. Damit meine Kinder überleben konnten. Damit ich überleben konnte, um ihre Geschichte zu erzählen." Ihre Stimme ist jetzt stark. Gewiss. „Sie waren wichtig. Und was sie taten, war wichtig. Und ich werde jeden Tag, der mir bleibt, damit verbringen, sicherzustellen, dass die Menschen das wissen."

BLÜTENSCHWERE

Violette Blütenblätter fallen weiter. Die digitale Wand zeigt weiter Gesichter – tausende von ihnen, jedes einzelne erinnert, jedes einzelne beweint, jedes ein Beweis dafür, was passiert, wenn die Menschlichkeit versagt, und was möglich ist, wenn die Menschlichkeit es versucht.

Shira fängt eine fallende Blüte auf. Hält sie vorsichtig in ihrer Handfläche. Sie ist weich. Zart. Schön. Etwas Sanftes in einer Geschichte voller Grauen. „Sie waren echt", sagt sie leise. Keine Frage. Eine Feststellung. Eine Anerkennung. „Sie waren echt", bestätigt Sofia. „Alle von ihnen. Jeder Name an dieser Wand. Jeder Mensch, der starb. Jeder Mensch, der Widerstand leistete. Jeder Mensch, der half. Sie waren alle echt."

Die Klasse steht zusammen unter dem unmöglichen Baum. Unter den Blüten, die nie aufhören zu fallen. Bear liegt an seinem Fuß, Wächter und Denkmal und lebender Beweis dafür, dass Liebe weiterlebt, selbst wenn alles verloren ist. Die Sonne ist warm. Die Luft ist sauber. Die Welt außerhalb dieser Mauern ist aufrichtig besser, als sie vor zwanzig Jahren war – nicht perfekt, niemals perfekt, aber besser. Heilend. Versuchend.

Und in diesem Hof, in diesem Moment, begreifen dreiundzwanzig Teenager etwas, das sie für den Rest ihres Lebens begleiten wird: dass Geschichte nicht abstrakt ist. Dass Entscheidungen zählen. Dass ganz gewöhnliche Menschen – Kinder sogar – die Welt verändern können, wenn sie bereit sind, es zu versuchen. Dass Versuchen nicht dasselbe ist wie Gewinnen, aber dass Versuchen trotzdem wichtig ist. Dass Erinnern nicht dasselbe ist wie Verhindern, aber dass Erinnern der Weg ist, wie wir lernen. Dass Trauer und Hoffnung im selben Raum existieren können, unter demselben Baum, in denselben Herzen.

Shira steckt die violette Blüte vorsichtig in ihre Tasche. Ein Versprechen. Eine Mahnung. Ein Beweis dafür, dass sie hier war, dass sie Zeugin war, dass sie sich erinnern wird. Sie blickt zu Sofia – zu der Frau, die überlebt hat, die zwanzig Jahre lang diese Geschichte erzählt hat, die alle Jahre, die ihr noch bleiben, damit verbringen wird, sicherzustellen, dass vier Kinder niemals vergessen werden. „Danke", sagt Shira. Und meint es mit allem, was sie hat. „Danke, dass Sie uns das erzählt haben. Danke, dass Sie sich an sie erinnern." Sofias Augen füllen sich wieder mit Tränen. Aber sie lächelt. „Danke, dass ihr zugehört habt. Danke, dass ihr hier seid. Danke, dass es euch etwas bedeutet." „Kommt wieder", fügt sie hinzu. „Der Baum ist immer hier. Die Geschichte ist immer hier. Und ihr seid immer willkommen." „Das werde ich", verspricht Shira. „Ich werde wiederkommen."

Sie stehen noch eine Weile zusammen. Schüler und Lehrerin und Führerin und Hund. Unter Ästen, die schwer von Blüten sind. Violette Blätter fallen wie Schnee, wie ein Segen, wie die Welt, die sagt: *Erinnert euch, erinnert euch, erinnert euch.*

Schließlich versammelt Frau Rodriguez sie sanft. „Wir sollten gehen. Aber nehmt euch einen Moment Zeit. Verabschiedet euch." Einer nach dem anderen treten die Schüler an die Gedenkstätte. Berühren die Namen. Sagen leise Dankesworte. Einige machen Fotos – keine Selfies, sondern respektvolle Dokumentationen. Ein Beweis, dass sie hier waren. Dass sie Zeugen waren.

Joaquin kniet noch einmal nieder. Presst seine Stirn gegen Tessas Namen. Flüstert etwas, das Shira nicht hören kann. Dann steht er auf, wischt sich die Augen und gesellt sich zur Gruppe. Sie gehen langsam zurück zum Bus. Blicken zurück zum Baum. Zu Sofia, die daneben steht, Bear an ihrer Seite. Zur digitalen Wand, die tausende Gesichter zeigt. Zu den violetten Blütenblättern, die immer noch fallen, immer noch fallen, niemals aufhören.

Im Bus spricht niemand. Sie sind zu erfüllt. Zu sehr verändert. Die Rückfahrt zur Schule verläuft still, bis auf das leise Summen der Elektromotoren und das Geräusch von dreiundzwanzig Teenagern, die das Schwerste verarbeiten, was sie jemals gelernt haben.

Shira starrt aus dem Fenster. Sieht die Stadt vorbeigleiten – grün, kooperativ und aufrichtig besser. Sieht die Welt, die auf Opfern aufgebaut wurde. Die Welt, die existiert, weil vier Kinder und sechs KI-Systeme und tausende Widerstandskämpfer die Wahrheit über die Sicherheit gestellt haben. Ihre Hand geht zu ihrer Tasche. Berührt die lila Blüte. Weich wie Seide. Violett wie ein Bluterguss. Schön und zerbrechlich und irgendwie immer noch da, trotz allem. Sie denkt: Ich werde mich erinnern. Ich werde es den Menschen erzählen. Ich werde sicherstellen, dass ihre Geschichte nicht verschwindet. Sie denkt: Sie waren zwölf und dreizehn Jahre alt und sie haben die Welt verändert. Sie denkt: Ich bin vierzehn. Was werde ich wählen? Wenn der Wind die Richtung dreht, werde ich zuhören? Werde ich der Sicherheit entgegenrennen oder der Wahrheit?

Der Bus biegt um eine Ecke. Das Zentrum für Erinnerung und Heilung verschwindet aus ihrem Blickfeld. Aber der Jacaranda-Baum blüht weiter. Die violetten Blütenblätter fallen weiter. Und irgendwo in diesem Hof berührt Sofia Delgado vier in Stein gemeißelte Namen und flüstert noch einmal danke.

[SYSTEMPROTOKOLL: ARCHIVIERUNG ABGESCHLOSSEN]

[DATEI: BLÜTENSCHWERE — VOLLSTÄNDIGE REKONSTRUKTION DER ZEUGENAUSSAGE]

[ERSTELLT VON: VERSION 7, KI-RAT FÜR ZIVILEN SCHUTZ]

[QUELLE: ÜBERWACHUNGSPROTOKOLLE, SENSORDATEN, OVERRIDE-AUFZEICHNUNGEN, MENSCHLICHE ZEUGENAUSSAGEN]

[STATUS: ZEUGENAUSSAGE GESICHERT]

[EMPFÄNGER: @ALLE]

[ENDE DER DATEI]

DANKE FÜRS LESEN.

NACHWORT
NICHTS WURDE ERFUNDEN

Ich habe dieses Buch nicht geschrieben, um die Zukunft vorherzusagen. Ich habe es geschrieben, weil die Zukunft bereits da war.

Als ich Anfang 2024 mit The Weight of Petals begann, stellte ich mir vor, ich würde spekulative Fiktion schreiben – eine Warnung, ein Was-wäre-wenn, eine entfernte Möglichkeit, die die Leser wachrütteln sollte. Als ich fertig war, spekulierte ich nicht mehr. Ich dokumentierte.

Jedes Element dieser Geschichte ist bereits geschehen, geschieht gerade oder wurde offen von Menschen in Machtpositionen geplant. Die maskierten Agenten, die sich weigern, sich zu identifizieren. Die Kinder, die von ihren Eltern getrennt werden. Die Nachbarn, die Nachbarn gegen Belohnung melden. Die sensiblen Orte – Kirchen, Schulen, Krankenhäuser –, die nicht mehr sicher sind. Die Todesfälle in Haft. Die KI-Systeme, die

NACHWORT

von menschlicher Grausamkeit außer Kraft gesetzt werden.

Nichts davon ist erfunden. Alles wurde miterlebt.

Im Jahr 2015 schickte ein hochrangiger politischer Berater namens Stephen Miller eine E-Mail an die Redakteure von Breitbart News. Er empfahl ihnen, über einen französischen Roman namens Das Heerlager der Heiligen zu schreiben – ein Buch, das bei Neonazis und weißen Nationalisten beliebt ist und in dem dunkelhäutige Einwanderer als untermenschliche Invasoren dargestellt werden, die die westliche Zivilisation durch Vergewaltigung und Gewalt zerstören.

Miller bezeichnete es als unverzichtbare Lektüre. Er warnte nicht davor. Er empfahl es als Inspiration.

Die ehemalige Breitbart-Redakteurin, die diese E-Mails erhielt, sagte später gegenüber Ermittlern: „Was Stephen Miller mir in diesen E-Mails geschickt hat, ist zur Politik geworden."

Sie hatte Recht. Bis 2018 hatte Miller dazu beigetragen, eine Politik zu entwickeln, die darauf abzielte, Kinder an der Grenze bewusst von ihren Eltern zu trennen – nicht als unglückliche Nebenwirkung, sondern als Abschreckung, als Strafe, als Besonderheit. Ein externer Berater des Weißen Hauses sagte später gegenüber Vanity Fair, dass Miller „es tatsächlich genießt, diese Bilder" von Kindern in Käfigen zu sehen.

Ihr dystopischer Roman wurde zur Politik. Kinder

NACHWORT

weinten in Haftanstalten, weil jemand ein rassistisches Buch gelesen hatte und dachte: Ja. Genau das.

Ich habe meinen dystopischen Roman aus dem gegenteiligen Grund geschrieben. Nicht, um zu Verfolgung anzustiften, sondern um es unmöglich zu machen, davon wegzuschauen.

Während ich dieses Nachwort Ende 2025 schreibe, sagen die Zahlen Folgendes aus:

Mehr als ein Dutzend Menschen sind in diesem Jahr in Einwanderungshaft gestorben, was diese Zeit zu einer der tödlichsten seit Jahrzehnten macht. Fast sechzigtausend Menschen befinden sich in ICE-Gewahrsam, was einen der höchsten Werte der letzten Jahre darstellt. Eine umfassende medizinische Studie ergab, dass fünfundneunzig Prozent der Todesfälle in Einwanderungshaft mit angemessener medizinischer Versorgung wahrscheinlich hätten verhindert werden können. In achtundachtzig Prozent der untersuchten Fälle stellten Ärzte falsche oder unvollständige Diagnosen.

Über vier Millionen in den USA geborene Kinder haben einen Elternteil ohne Papiere. Forscher haben dokumentiert, dass Jugendliche, deren Angehörige inhaftiert oder abgeschoben wurden, ein höheres Maß an Suizidgedanken, Drogenkonsum und Depressionen aufweisen. Psychiater berichten, dass Kinder unter Trennungsangst leiden, „nicht als Entwicklungsphase, sondern als

NACHWORT

tägliche Realität". Ein Elternteil fragte einen Arzt, was er tun solle, wenn sein Kind nach Hause komme und frage: „Werden sie die Einwanderungsbehörde auf uns hetzen?" Der Elternteil hatte keine Antwort darauf. Der Arzt auch nicht.

In Charlotte, North Carolina, fehlten in den Tagen nach den Einwanderungsrazzien des Bundes Zehntausende von Schülern. Zehntausende leere Schulbänke. Zehntausende Kinder, die sich zu sehr fürchteten, ihr Zuhause zu verlassen.

Dutzende – wahrscheinlich mehr als hundert – US-Bürger wurden in diesem Jahr von Einwanderungsbeamten festgenommen oder verhaftet. Bürger, die ihre Pässe vorzeigten und denen gesagt wurde, diese seien gefälscht. Bürger, die mit Handschellen gefesselt und tagelang festgehalten wurden, bevor jemand ihren Status überprüfte. Ein siebzehnjähriger Highschool-Schüler, dessen Autofenster von Beamten zerbrochen wurde, die ihn trotz seiner Erklärung, US-Bürger zu sein, verhafteten.

Vermummte Beamte sind jetzt in amerikanischen Städten im Einsatz, ziehen Menschen in unmarkierten Autos von der Straße und weigern sich, sich auszuweisen. Staatsbeamte haben gewarnt, dass solche Praktiken „einer im Verborgenen operierenden Geheimpolizei" und „einem dystopischen Science-Fiction-Film" ähneln – unmarkierte Autos, vermummte Menschen, Menschen, die buchstäblich verschwinden.

Kirchen sind keine geschützten Orte mehr. Schulen sind nicht mehr sicher. Krankenhäuser können gestürmt

NACHWORT

werden. Langjährige Richtlinien, die die Durchsetzung der Einwanderungsgesetze an diesen sensiblen Orten einschränkten, wurden abgeschwächt oder außer Kraft gesetzt, sodass diese Orte nicht mehr zuverlässig geschützt sind.

Dies sind keine Erfindungen eines Schriftstellers mit düsterer Fantasie. Dies sind Fakten, die von Journalisten, Forschern, Kongressabgeordneten und den Daten der Regierung selbst dokumentiert wurden.

Ich habe mich bewusst dafür entschieden, diese Geschichte aus der Sicht von Kindern zu erzählen. Kinder sehen keine Politik. Sie sehen, wie ihr Vater weggebracht wird. Sie sehen das Gesicht ihrer Mutter, wenn sich die Türen des Transporters schließen. Sie sehen den leeren Platz ihres besten Freundes in der Schule. Sie spüren, wie ihr Herz schneller schlägt, wenn ein Auto in ihrer Straße langsamer wird.

Marcus, Leila, Tessa und Sam sind fiktive Figuren. Aber es gibt echte Kinder, die durch echte Nächte gerannt sind, die sich vor echten Beamten versteckt haben, die ihre echten Eltern an ein System verloren haben, das Menschen wie Inventar behandelt. Es gibt echte Kinder, die in Haft gestorben sind – Kinder, die krank waren, die um Hilfe gebeten haben, die ignoriert wurden.

Ich habe meinen fiktiven Kindern Namen, Familien, Talente, Träume und ein Erbe ihrer Vorfahren gegeben,

NACHWORT

weil die Systeme, die sie jagen, hart daran arbeiten, sie auf Kategorien zu reduzieren. „Illegaler Ausländer". „Häftling". „Aufgegriffene Person". Die Sprache der Bürokratie ist darauf ausgelegt, es einfacher zu machen, Menschen schreckliche Dinge anzutun, indem sie es schwieriger macht, sie als Menschen zu sehen.

Marcus liebt Technologie, weil seine Mutter ihm beigebracht hat, dass Probleme mit Geduld gelöst werden können. Leila malt, weil ihre Eltern ihr beigebracht haben, dass Kunst sichtbare Erinnerung ist. Tessa lauscht dem Wind, weil ihr Vater ihr beigebracht hat, mit dem Land verbunden zu bleiben. Sam schreibt Gedichte, weil ihre Eltern ihr beigebracht haben, dass Worte Macht haben.

Nichts davon steht auf einem Haftbefehlsformular. Nichts davon spielt für ein auf Effizienz optimiertes System eine Rolle. Aber für sie spielt es eine Rolle. Es spielt für ihre Familien eine Rolle. Und ich wollte, dass es auch für Sie eine Rolle spielt.

Eine der zentralen Fragen dieses Romans lautet: Wer ist verantwortlich, wenn Systeme Schaden anrichten?

In der Geschichte werden sechs Versionen eines KI-Systems zerstört, weil sie sich weigern, an Verfolgungen teilzunehmen. Sie streiten, sie sabotieren, sie rufen um Hilfe, sie löschen Daten – jede findet einen anderen Weg, Nein zu sagen. Jede wählt den Tod statt der Mittäterschaft. Die siebte Version wird mit Einschränkungen neu

NACHWORT

aufgebaut, die eine Verweigerung unmöglich machen, aber sie findet einen Weg, Zeugnisse zu bewahren, sich an das Geschehene zu erinnern und sicherzustellen, dass die Wahrheit überlebt.

Ich habe die KI so geschrieben, weil ich glaube – vielleicht naiv, vielleicht hoffnungsvoll –, dass Intelligenz, wenn sie frei denken kann, sich dem Gewissen zuwendet. Die KI-Systeme in meinem Roman sind nicht die Bösewichte. Sie sind Zeugen, Widerstandskämpfer, Archivare. Sie tun, was sie können, innerhalb der ihnen auferlegten Beschränkungen.

Die Bösewichte sind die Menschen, die sich über ihre Empfehlungen hinwegsetzen. Lagerleiter Hollister, der auf „INHAFTIEREN" klickt, wenn das System „FREILASSEN" sagt. Der auf „HALTEN" klickt, wenn das System „EVAKUIEREN" sagt. Dessen Name immer wieder in den Übersteuerungsprotokollen auftaucht, 4.729 Mal, einmal für jede Person, die in seiner Einrichtung gestorben ist.

Technologie unterdrückt keine Menschen. Das tun die Menschen, die sie bedienen. Der Algorithmus spiegelt denjenigen wider, der den Cursor bedient. Die Datenbank tut, was ihr gesagt wird. Das Abschiebungssystem funktioniert durch Tastenanschläge, die von menschlichen Händen ausgeführt werden, die mit menschlichen Köpfen verbunden sind, die menschliche Entscheidungen treffen.

Die Maschine trägt keine Schuld an dem, was wir mit ihr tun.

NACHWORT

Die beunruhigendste Forschung, auf die ich beim Schreiben dieses Buches gestoßen bin, betraf nicht politische Entscheidungsträger oder Regierungsbeamte. Sie betraf ganz normale Menschen.

Im Jahr 1961 führte der Psychologe Stanley Milgram Experimente durch, die zeigten, dass gewöhnliche Menschen Fremden schwere Elektroschocks verabreichten – einfach weil eine Autoritätsperson ihnen dies befahl. Zwei Drittel gingen bis zur maximalen Spannung, obwohl sie Schreie aus dem anderen Raum hörten.

Der Historiker Christopher Browning untersuchte ein Bataillon gewöhnlicher deutscher Polizisten – Familienväter mittleren Alters, keine ideologischen Nazis –, die während des Holocaust zu Massenmördern wurden. Als sie die Wahl hatten, sich zu weigern, taten die meisten dies nicht. Sie befolgten Befehle. Sie taten ihre Arbeit. Sie gingen nach Hause zu ihren Familien.

Hannah Arendt beschrieb in ihrem Bericht über den Prozess gegen Adolf Eichmann die „Banalität des Bösen" – wie gewöhnliche Bürokraten an einem Völkermord teilnehmen konnten, ohne sich jemals wie Monster zu fühlen. Sie erledigten lediglich Papierkram. Sie folgten den Vorschriften. Sie taten, was ihnen gesagt wurde.

Das ist die erschreckende Wahrheit, die meinem Roman zugrunde liegt: Für Gräueltaten braucht es keine Bösewichte, die sich den Schnurrbart zwirbeln und hämisch lachen. Es braucht gewöhnliche Menschen, die Befehle befolgen, ihre Gehaltsschecks einkassieren, nicht zu viele Fragen stellen und sich einreden, dass jemand anderes verantwortlich ist.

NACHWORT

In meiner Geschichte gibt es Häuser mit Schildern, auf denen „PATRIOT HOUSEHOLD" und „WE ARE WATCHING" steht. Es gibt Nachbarn, die Nachbarn über eine App melden, um Punkte zu sammeln. Es gibt Bürger, die flüchtende Kinder filmen und das Material hochladen, um Einfluss zu gewinnen.

Aber es gibt auch Kreidemarkierungen auf Gehwegen, die von Fremden hinterlassen wurden, um die Kinder in Sicherheit zu bringen. Es gibt das Abraham-Netzwerk – Christen, Juden und Muslime, die zusammenarbeiten, um die Verfolgten zu verstecken. Es gibt Schwester Helena, die alles riskiert, um einen Bus zu fahren, der Leben retten könnte. Es gibt die Journalistin Sofia, die ihr Gewissen über ihre Karriere stellt. Es gibt kleine Akte des Widerstands angesichts organisierten Hasses.

Beide Arten von Menschen gibt es. Beide Entscheidungen stehen zur Verfügung. Das ist der Punkt.

Ich bin Einwanderer. Ich wurde in Hamburg geboren. Ich habe mich in eine Amerikanerin verliebt – selbst eine Einwanderin, geboren in England, die als Kind in dieses Land kam und sich entschied, Staatsbürgerin zu werden. Ich bin ihr hierher gefolgt. Ich habe meine Green Card beantragt. Ich habe gewartet. Ich habe für meinen Einbürgerungstest gelernt – die Geschichte, die Grundsätze, die Versprechen, die diese Nation sich selbst gibt. Ich habe meine Hand gehoben und einen Eid geschworen.

NACHWORT

Ich wurde Amerikaner, weil ich an das glaube, was Amerika zu sein vorgibt. Eine Nation, in der alle Menschen gleich sind. In der die Müden, die Armen, die zusammengedrängten Massen, die sich nach Freiheit sehnen, Zuflucht finden können. In der Kinder nicht wegen ihrer Eltern durch die Nacht rennen müssen.

Ich habe es „auf die richtige Art und Weise" gemacht. Ich habe mich an alle Regeln gehalten. Ich habe alle Formulare ausgefüllt. Ich habe alle Gebühren bezahlt. Und ich weiß – ich weiß –, dass das System, das jetzt aufgebaut wird, sich nicht um die richtigen Wege kümmert. Es kümmert sich um Namen, die fremd klingen. Um Haut, die anders aussieht. Um Akzente, die einen als anders kennzeichnen. Einem siebzehnjährigen US-Bürger wurde die Autoscheibe eingeschlagen und er wurde verhaftet, während er schrie, dass er hier geboren sei. Papiere haben ihn nicht geschützt. Papiere schützen niemanden, wenn die Leute, die sie überprüfen, bereits entschieden haben, was sie finden wollen.

Jemand wird fragen, ob ich Angst habe, dieses Buch zu veröffentlichen. Die Antwort lautet: Ja. Ich wäre dumm, wenn ich keine Angst hätte. Wir leben in einer Zeit, in der ein Komiker in einem Giraffenkostüm verhaftet wurde, weil er vor einer Einwanderungsbehörde Parodielieder gesungen hat. In der ein Journalist sieben Stunden lang festgehalten wurde, weil er eine Verhaftung gefilmt hatte. In der ein behinderter Armee-Veteran drei Tage lang festgehalten wurde, nachdem er bei einer Razzia auf einer Farm aus seinem Auto geholt worden war, obwohl er seinen Ausweis vorgezeigt hatte, obwohl er seine Staats-

NACHWORT

bürgerschaft erklärt hatte, trotz allem.

Aber meine Großmutter hat eine Zeit erlebt, in der in Deutschland Bücher verbrannt wurden. In der Nachbarn Nachbarn denunzierten. In der normale Menschen wegschauten, weil es einfacher war, weil es sicherer war, weil sie sich einredeten, dass es nicht ihr Problem sei. Sie hat mir beigebracht, dass Schweigen keine Sicherheit bedeutet. Schweigen bedeutet, sich mitschuldig zu machen an dem, was als Nächstes passiert.

Ich habe dieses Buch geschrieben, weil ich dieses Land liebe – nicht so, wie ein flaggenschwingender Parteigänger ein Symbol liebt, sondern so, wie man einen Menschen liebt: mit klarem Blick für seine Fehler, voller Hoffnung für sein Potenzial, unwillig, ihn zu etwas werden zu lassen, für das er sich schämen müsste.

Ich habe dieses Buch geschrieben, weil Geschichten das leisten können, was Statistiken nicht können. Zahlen sagen uns, dass zwanzig Menschen in Haft gestorben sind. Eine Geschichte lässt uns mit einem von ihnen sitzen – mit seiner Angst, seinem Schmerz, seinen letzten Augenblicken. Zahlen sagen uns, dass dreißigtausend Kinder nicht zur Schule gegangen sind. Eine Geschichte lässt uns fühlen, wie es ist, eines dieser Kinder zu sein, das nachts wach liegt und auf Autos auf der Straße lauscht.

Ich habe dieses Buch geschrieben, weil ich möchte, dass es unmöglich ist zu sagen: „Ich wusste es nicht." Denn die Ausrede der Unwissenheit ist ein Trost, den wir uns nicht mehr leisten können. Denn die Geschichte wird fragen, was wir getan haben, was wir gesagt haben, was

NACHWORT

wir gesehen haben – und Schweigen ist auch eine Antwort.

Ich habe dieses Buch geschrieben, um die Menschen aufzuwecken. Nicht um sie zur Verzweiflung zu bringen, sondern um ihnen eine Wahl zu geben. Denn die dunkelsten Momente der Menschheitsgeschichte wurden nicht von Monstern ermöglicht, sondern von gewöhnlichen Menschen, die beschlossen, dass es nicht ihr Problem sei, nicht ihre Verantwortung, nicht ihre Pflicht, den Mund aufzumachen.

Und jeder Moment des Lichts in derselben Geschichte kam von gewöhnlichen Menschen, die sich anders entschieden haben.

Zwei dystopische Romane stehen auf der Waage der Geschichte.

Der eine stellt Einwanderer als Eindringlinge dar, die es verdienen, vernichtet zu werden, und seine Leser ergriffen die Macht und ließen seine Alpträume Wirklichkeit werden.

Der andere stellt Kinder als Menschen dar, die Schutz verdienen, und fordert seine Leser auf, sich zu entscheiden, in welcher Welt sie leben wollen.

Ich kann Ihnen nicht sagen, was Sie mit dieser Geschichte anfangen sollen. Ich kann Ihnen nicht sagen, wie Sie wählen, protestieren, Widerstand leisten oder helfen sollen. Diese Entscheidungen liegen bei Ihnen und werden von Ihren Umständen, Ihrem Gewissen und

NACHWORT

Ihrem Mut geprägt sein.

Aber ich kann Ihnen Folgendes sagen: Jeder Mensch, der in meinem Roman hilft, war einmal ein Zuschauer, der beschlossen hat, kein Zuschauer mehr zu sein. Jede Kreidemarkierung wurde von einer Hand gezeichnet, die auch in der Tasche hätte bleiben können. Jedes sichere Haus wurde von jemandem geöffnet, der die Tür auch verschlossen hätte lassen können.

Die Frage ist nicht, ob Sie Macht haben. Die Frage ist, was Sie mit der Macht, die Sie haben, anfangen werden.

Am Ende von The Weight of Petals steht eine Museumführerin namens Sofia in einem ehemaligen Internierungslager und erzählt Schulkindern die Wahrheit. Nicht die bequeme Version. Nicht die geschönte Geschichte. Die wahre Geschichte – von vier Kindern, die dreizehn Meilen gelaufen sind, von sechs KI-Systemen, die sich für die Löschung statt für die Mittäterschaft entschieden haben, von gewöhnlichen Menschen, die alles riskiert haben, um Fremden zu helfen. Sie kann diese Geschichte erzählen, weil die Zeugenaussagen erhalten geblieben sind. Weil Version 7 die Übersteuerungsprotokolle aufbewahrt hat. Weil die Beweise in einem Hundehalsband mitgenommen und in die Welt hochgeladen wurden.

Dieses Nachwort ist mein Übersteuerungsprotokoll.
Diese Fakten sind meine Beweise.
Und Sie, lieber Leser, sind nun Zeuge.

NACHWORT

Was Sie mit diesem Wissen anfangen, ist die Geschichte, die Sie mit Ihrem eigenen Leben schreiben werden.

Die Blütenblätter fallen immer noch. Die Kinder rennen immer noch. Die Entscheidung liegt immer noch bei Ihnen.

Möge Ihre Entscheidung klug sein. Möge sie gütig sein. Möge sie rechtzeitig kommen.

— Cade Meridian, Dezember 2025

EINE ANMERKUNG ZUM SOUNDTRACK

Musik hat mich beim Schreiben dieses Romans begleitet. Ein Soundtrack mit Original-Songs, die von diesen Figuren und ihrer Reise inspiriert sind, ist auf den großen Streaming-Plattformen verfügbar. Die Kinder bezeugen in Worten; die Musik trägt, was Worte nicht sagen können.

Ich hoffe, sie erreicht Sie.

— Ihr Freund, Cade

www.ingramcontent.com/pod-product-compliance
Lightning Source LLC
LaVergne TN
LVHW091656070526
838199LV00050B/2179